Jo Beverley

Una Dama en Peligro

Titania Editores

ARGENTINA - CHILE - COLOMBIA - ESPAÑA
ESTADOS UNIDOS - MÉXICO - PERÚ - URUGUAY - VENEZUELA

Título original: *Lady Beware*
Editor original: Signet, New American Library, a division of Penguin Group
(USA) Inc., New York
Traducción: Claudia Viñas Donoso

1ª edición Febrero 2011

Copyright © *by* Jo Beverley Publications, 2007
All Rights Reserved
Copyright © 2011 *by* Ediciones Urano, S.A.
Aribau, 142, pral. - 08036 Barcelona
www.titania.org
atencion@titania.org

ISBN: 978-84-92916-01-6
Depósito legal: B-1.931-2011

Fotocomposición: A.P.G. Estudi Gràfic, S.L.
Impreso por Romanyà Valls, S.A. - Verdaguer, 1 - 08786 Capellades
(Barcelona)

Impreso en España - *Printed in Spain*

Agradecimientos

Gracias, como siempre, a mi maravillosa agente Margaret Ruley, a la Rotrosen Agency y a mi supereditora Claire Zion, y a todo el alentador personal de la New American Library. Gracias especiales al departamento artístico por la fabulosa cubierta.

Los miembros de mi grupo chat de Yahoogroups siempre tienen preparadas palabras de aliento, preguntas interesantes e informaciones útiles. Kathy, Lisa y Joan, muchísimas gracias por abreviarme el estudio sobre *cave canem* y las tradiciones romanas. (Cualquiera puede entrar en http://groups.yahoo.com/groups/jobeverley)

Y a mis lectores y lectoras de todas partes, sois los que hacéis cobrar vida a mis libros.

Capítulo 1

Londres, mayo de 1817

Lady Thea Debenham se quitó a toda prisa el vaporoso vestido verde.

—Otro vestido, Harriet, rápido.

—Pero remolacha, milady —gimió su doncella, recogiendo el vestido manchado como si fuera un niño herido.

—Sí, lo sé, pero seguro que tú tienes algo mágico para limpiarlo. Por favor, otro vestido.

—¿Cuál, milady?

—Cualquiera, no me importa. —Pero sí le importaba; se giró a mirarse en el espejo de cuerpo entero; su ropa interior siempre iba a juego con sus vestidos, así que era un mar de verde, desde el corsé con encajes hasta la orilla de la enagua—. ¿Tengo otro de color parecido a este?

—No, milady.

Thea se mordió los nudillos, y entonces se fijó en sus guantes de seda verdes; se los quitó.

—Cualquier cosa, entonces. ¿Hay alguno que todavía no me haya puesto?

Harriet corrió al vestidor contiguo.

Entonces Thea vio los zapatos verdes asomados por debajo de la enagua.

—¡Zapatos a juego! —gritó.

Se agachó a quitarse los zapatos, pero se lo impidieron las tiesas barbas del corsé. No podía doblarse por la cintura. ¡Maldito el corsé y maldito Uffham! Se había sentido armada para esa difícil fiesta llevando el más favorecedor conjunto de su guardarropa.

De acuerdo a la moda, el escote del vestido verde era muy pronunciado, y eso fue la causa del desastre. El marqués de Uffham estaba tan absorto contemplándole el pecho que se le ladeó el plato y un trozo de remolacha encurtida le cayó en la falda, con el líquido.

Dos señoras chillaron al ver el desastre.

Ella logró no chillar aunque lo deseó. Un estropicio. El vestido verde estaba estropeado, la primera vez que se lo ponía. Y justamente esa noche. Comenzó a pasearse por la habitación, agitando la enagua de seda.

El motivo oficial para ese baile que ofrecía su madre era celebrar el compromiso de su hermano Dare, lord Darius Debenham, con lady Mara Saint Bride. Pero bajo la superficie de ese feliz acontecimiento había una finalidad más importante: a Dare le había surgido un nuevo problema.

Su hermano había sufrido muchísimo. En la batalla de Waterloo resultó mal herido y lo creyeron muerto; su nombre apareció en la lista de muertos. Durante más de un año, año largo y terrible, ella y su familia habían creído eso. Pero en realidad no había muerto, aunque la mujer que cuidó de él le había dado demasiado opio durante demasiado tiempo, por lo que cuando volvió a Inglaterra estaba frágil y era adicto al opio.

Lo cuidaron hasta que recuperó la salud, y ya había encontrado el amor. Había logrado reducir poco a poco las dosis de opio hasta una muy pequeña diaria. Y ahora esto; como si los hados no pudieran soportar verlo feliz, había comenzado a correr un horrible rumor: que la herida que recibió en Waterloo no fue honrosa, que quedó herido cuando intentaba huir del campo de batalla.

¡Eso no era cierto! Todos los que lo conocían bien sabían que no era cierto, pero no había manera de refutar la historia. Él ni siquiera recordaba el momento en que cayó en la batalla ni los días siguientes, y el miedo de que la historia fuera cierta lo había llevado de vuelta a las tinieblas.

Necesitaban un testigo. Ocurrió en una batalla, por el amor de Dios. Seguro que había cientos de hombres cerca, pero al parecer el humo cubría el campo de batalla como una niebla espesa, la acción estaba fraccionada, y cada hombre estaba concentrado en desempeñar su propio cometido.

Así las cosas, lo único que podía hacer su familia en esos momentos era presentar un frente confiado y seguro y aprovechar hasta la última pizca de su inmensa influencia. Ese baile organizado a toda prisa era el desafío arrojado a los miembros de la alta sociedad: asiste y demuestra que no crees esa tontería; no asistas y no eres amigo nuestro.

Claro que todo aquel que era alguien estaba presente en el baile. El duque y la duquesa de Yeovil eran poderosos, sí, pero también todo el mundo los quería y admiraba. Todos habían venido, pero ella había percibido, e incluso oído aquí y allá, las preguntas que hervían a fuego lento bajo las sonrisas.

¿Sería cierta la historia? Al fin y al cabo lord Darius no era un soldado entrenado, sino sólo un caballero que se ofreció como voluntario. No sería sorprendente, tal vez, que una batalla tan terrible como esa resultara demasiado para él.

¿Sería ese el motivo de que hubiera tardado tanto en regresar a su casa? ¿Permitiendo que su pobre madre sufriera tanto?

¿Sería por eso que seguía necesitando opio? ¿Sentimiento de culpa?

Ella había sonreído, bailado y coqueteado, demostrando al mundo que su familia no tenía ninguna duda, pero el desastre seguía amenazando, y ahí estaba ella al otro lado de la casa en ropa interior.

—¡Harriet!

—Vengo, milady —dijo la doncella saliendo del vestidor con un vestido de satén rojo vivo en los brazos, y encima el corsé y los zapatos a juego.

—Ah, ese.

Cuando llegó a Londres a pasar la temporada, se enteró de que la habían apodado «la Sublime Intocable»: fría, distante, orgullosa. ¡Qué injusto! ¿Podía alguien extrañarse de que no se hubiera entregado a la frivolidad durante su primera temporada, habiendo vuelto Napoleón a atormentar a Europa y Dare se hubiera marchado corriendo a combatir?

En cuanto al año pasado, fue un desastre. Todavía creían muerto a Dare. Ella sólo participó en esa temporada con el fin de distraer a su madre de la aflicción. ¿Era de extrañar que no hubiera conseguido mostrarse cálida y alegre? ¿Que hubiera rechazado a todos sus pretendientes?

Dolida por ese apodo, se mandó hacer un buen número de vestidos atrevidos. El verde resultó bien, pero el rojo lo encontraba bastante exagerado. Jamás se vestía de rojo.

Pero esa noche se libraba una especie de batalla, así que tal vez era justo lo que le convenía.

—Muy bien. —Cogió el corsé y lo arrojó sobre la cama—. No tengo tiempo para cambiármelo.

—Pero lleva el verde, milady.

—Que quedará cubierto. Date prisa.

Refunfuñando, Harriet le pasó el vestido por la cabeza. Ella pasó los brazos por las mangas cortas y el resto se deslizó por su cuerpo como agua. O como sangre.

¡Buen Dios! Se miró en el espejo. El vestido tenía un corte nuevo, que hacía fluir la tela desde el talle alto y ceñírsele al cuerpo. Por el espejo vio que Harriet tenía los ojos agrandados.

—Es como demasiado, ¿no, milady?

Harriet ya pasaba de los treinta años, pero había sido su doncella sólo dos años y rara vez se atrevía a dar una opinión, por lo que su comentario era importante.

—¡Buen Dios! —exclamó.

—Le buscaré otra cosa, milady.

—No hay tiempo. —Cuando Harriet terminó de abrocharle el vestido, se sentó en el banco—. Los zapatos.

Harriet no tardó en quitarle los zapatos verdes, le puso los rojos y comenzó a atarle las cintas cruzadas. Desde ahí seguía viéndose en el espejo, así que se miró para comprobar si había algún problema. Llevaba perlas; no iban bien con el vestido rojo, pero todas sus otras joyas buenas estaban en la caja fuerte de su padre. La guirnalda de rosas blancas que le adornaba el pelo tendría que desaparecer. Comenzó a quitarse las horquillas que la sujetaban. Tan pronto como Harriet terminó de atarle los zapatos, fue a sentarse ante el tocador.

—Ve qué puedes hacer con mi pelo.

Mientras la doncella le arreglaba los rizos se contempló en el espejo. El vivo color rojo le destacaba la blancura de las elevaciones de los pechos, levantados por el corsé; el escote le dejaba a la vista las mitades superiores. Tal vez debería ponerse otro vestido.

Pero Harriet ya le estaba poniendo botones de rosa y cintas rojas en el pelo. Entonces el reloj de la repisa del hogar dio las once. ¡Las once! Se levantó, cogió su abanico de madreperlas, que tampoco quedaba bien con el rojo, pero al menos iba bien con las perlas, y se dirigió a la puerta.

—¡Milady!

Ante esa exclamación se giró.

—¿Qué?

Harriet apuntó con un dedo hacia el escote, con los ojos redondos como platos.

Se miró en el espejo grande. Una pequeña franja de encaje verde asomaba chillón por el escote del corpiño rojo.

—El otro corsé, milady.

—Tardaré una eternidad en cambiármelo.

Meneándose se tironeó el corpiño y se bajó el corsé hasta hacer desaparecer la franja verde.

—Ya está.

—Milady...

—No te preocupes, Harriet. Haz lo que puedas con la mancha del verde.

Capítulo 2

*T*hea salió al corredor tenuemente iluminado y echó a andar a toda prisa hacia el salón de baile. Al dar la vuelta a la esquina captó su imagen en un espejo con marco dorado, iluminada por una lámpara de pared que había al lado. Volvía a asomar esa pequeña franja verde.

¡Qué lata!

Dejó el abanico en una mesita y volvió a arreglárselo todo. ¡Buen Dios, el escote! Alcanzaban a verse las aréolas más oscuras. ¿Por qué tenía que ser tan escandalosa la moda? La sociedad predicaba recato y buena conducta, pero esperaba que las damas se vistieran así.

Ya está. Afirmándose los pechos, movió los hombros hacia delante y hacia atrás, para comprobar la estabilidad del arreglo. Debería mantenerse.

De pronto percibió algo que la alertó. Miró hacia la izquierda y se quedó inmóvil.

En el mal iluminado corredor había un hombre mirándola. Un hombre de pelo moreno y ojos oscuros de extranjero; unos ojos profundos de párpados semientornados que la observaban con perversa diversión.

Sintiendo arder la cara cogió el abanico y lo abrió a modo de escudo.

—¿Quién es usted, señor? ¿Qué hace aquí en esta parte de la casa?

Si él hubiera contestado tal vez sólo hubiera sido un momento embarazoso, pero él no contestó.

Y no lo conocía.

Conocía a todas las personas que tenían motivo para estar en la casa Yeovil esa noche, y sin duda no habría olvidado a ese hombre aunque sólo hubiera tenido un encuentro muy breve con él.

Aunque no era corpulento ni alto, su presencia llenaba el corredor, con su aire de poder y autoridad; casi podía imaginarse que había chupado el aire, dejándolo enrarecido. Aunque no llegaba a él la luz de la lámpara que tenía al lado y la de más allá estaba detrás de él, le distinguía la cara, de rasgos bien formados y fuertes.

El elegante traje negro de noche hablaba de riqueza, como también el destello de una joya en su corbata blanca. Pero no era un caballero; ningún caballero miraría a una dama como la estaba mirando él.

¿Quién podía ser ese hombre, que entraba como un intruso en la parte privada de su casa, haciéndole retumbar el corazón?

—¿Señor?

—¿Señora? —contestó él, hablando por fin, y esa sola palabra dicha en tono burlón reveló una voz sorprendentemente dulce. ¿Y una entonación extranjera, tal vez?

Casi se echó a reír de alivio. Claro, tenía que ser un nuevo miembro de una de las embajadas. A veces llegaban con mal inglés y modales raros. Recordó a uno de los diplomáticos persas que continuamente invitaba a las damas a formar parte de su harén.

—¿Se ha perdido, señor? —preguntó, pronunciando muy lento y claro—. Esta es la parte privada de la casa.

Él no contestó. Simplemente avanzó hacia ella.

Retrocedió un paso, pensando que tal vez debería gritar, pero eso sería ridículo, ahí, en la casa de su padre.

—Señor... —repitió. Entonces levantó una mano enguantada, con la palma hacia él—. ¡Pare!

Ante su sorpresa, él se detuvo. Le disminuyó un tanto el terror, pero de todos modos, no sabía qué hacer. Sería detestable causar un incidente diplomático, pero todos sus instintos le gritaban «¡Peligro!» Hizo un gesto hacia el corredor.

—¿Me permite que le guíe de vuelta al baile, señor?

—Creo que puedo encontrar el camino sin ayuda.

Ella se quedó inmóvil, con la mano extendida. El inglés del hombre era perfecto.

—Entonces le dejaré libre en su recorrido —dijo, y avanzó para pasar por un lado.

Él le cerró el paso.

Thea se encontró a poco más de un palmo de él, sintiendo la boca seca como papel. Era imposible que estuviera en peligro ahí, donde con un grito haría venir a familiares o criados.

Pero en realidad no estaba a una distancia en que alguien pudiera oír sus gritos. Su familia estaba con los invitados, y la mayoría de los criados estaban ahí también, ocupados. Ni siquiera Harriet la oiría, puesto que ya estaría en camino hacia el lavadero, con su vestido manchado. Estaba, comprendió, increíblemente sola y aislada en ese silencioso corredor mal iluminado en compañía de un hombre peligroso.

—¿Señor? —dijo, poniendo ochocientos años de poder aristocrático en su glacial desafío.

Él inclinó la cabeza.

—Señora. A su servicio, aunque, claro, depende de cuál sea el servicio que desee.

De un modo muy sutil, pareció alargar la palabra «desee», y eso le recordó la forma como la había estado mirando.

—Lo único que «exijo» es que me deje pasar.

—He dicho que dependía.

—Señor, es usted un patán y un sinvergüenza. Apártese de mi camino.

—No.

Lo miró indignada, deseando pasar por la fuerza. Pero la fuerza física emanaba de él como calor. La dominaría con una sola mano.

—Entonces tomaré otra ruta —dijo, y se giró para alejarse.

Él le cogió la parte de atrás de la falda.

Thea se quedó inmóvil, con la garganta oprimida por la incredulidad, el terror y la furia.

—Si supiera quién soy —dijo, y notó que la voz le salía enronquecida.

—Lady Theodosia Debenham, supongo.

¿La conocía?

—¿Es esto una broma ridícula?

—No.

—¿Qué pretende, entonces?

—Intentar hablar con usted.

Ella hizo dos respiraciones profundas.

—Suélteme.

Él la soltó.

Sintió la fuerte tentación de echar a correr, pero él le daría alcance muy fácilmente, así que optó por la dignidad y se giró a mirarlo, agitando el abanico abierto, tratando de que los latidos del corazón igualaran ese ritmo.

Así de cerca vio que él sí tenía facciones regulares, en una cara que se podía considerar guapa, si no daba importancia a su expresión de fría dureza. Pero también le vio los defectos: la nariz ligeramente torcida, por actos de violencia, y varias cicatrices de menor consideración.

Ese era un hombre que conocía el peligro, y lo llevaba con él.

Recordó que ante un animal peligroso hay que intentar no mostrar miedo.

—No le conozco, señor —dijo—, así que ¿cómo es que sabe quien soy yo?

—Tiene un claro parecido con su hermano. Estuvimos en el mismo colegio.

A ella le disminuyó un poco el miedo.

No conocía a todos los amigos de Dare de su tiempo en Harrow, el grupo que se hacía llamar Compañía de los Pícaros, pero ese no era un comportamiento que habría esperado en ellos.

—¿Es un Pícaro?

—No.

En esa lacónica negativa detectó algo que la alarmó.

—Sea quien sea, ya está muy mayor para comportarse como un escolar. Déjeme pasar.

Él arqueó sus oscuras cejas.

—¿Suele tener enfrentamientos así con escolares?

Thea cerró bruscamente el abanico.

—¡Déjeme pasar!

Él no se movió.

—Me echarán de menos. Alguien vendrá a buscarme y entonces recibirá lo que se merece.

—Muy rara vez lo recibo.

¿Eso era una sonrisa? En ese caso era una sonrisa ligeramente sesgada a causa de una cicatriz blanca, corta y vertical en la comisura izquierda de la boca y por otra que le levantaba un poco la ceja derecha. Era verdaderamente peligroso, y sabía que, pese a sus osadas palabras, podría pasar bastante tiempo hasta que alguien viniera a ese lado de la casa. Tal vez no la oirían si gritaba.

No muestres miedo.

—¿Quién es usted, señor? ¿Y qué desea?

—Me llamo Horatio, y deseo hablar con usted.

—Está hablando conmigo, pero sin ningún objetivo que yo vea.

—Hablar le hace agitarse deliciosamente el pecho.

Ella se miró. Maldiciéndose, volvió a fijar la vista en él.

—¡Hable!

—¿O callo para siempre? Qué conveniente. Le voy a hacer una proposición.

Ella lo miró boquiabierta.

—¿Quiere pedirme que me case con usted?

—¿Se casaría?

—¡Por supuesto que no! Basta de esto. Déjeme pasar, señor Horatio Nadie, o lo lamentará amargamente.

—O lo lamentará su hermano.

Esas palabras cayeron sobre Thea como un chorro de agua helada.

—Ha dicho que fue amigo de él.

—¿Todos los que estuvieron en el colegio con Dare Debenham deben adorarlo? Pero claro, él debe de necesitar amigos ahora, lisiado, abatido y adicto al opio.

—No está...

—Y acusado de cobardía.

—Lo que es una negra mentira. —Entrecerró los ojos—. ¿Es usted el responsable de esa historia? Si lo es, señor, es el gusano más despreciable que se ha arrastrado por la tierra.

—¿Suele hablar con gusanos?

Ella lo habría golpeado con el abanico, pero sería estropear una obra de arte sin causar ningún efecto. Ni un martillo le haría mella.

Entonces él levantó una mano, gesto que se podría considerar una especie de disculpa.

—No tengo nada que ver con ese rumor —dijo—, pero ahora que se ha extendido, aunque su madre ofrezca bailes todos los días de la semana y ordene a los miembros de la alta sociedad que asistan a todos, eso no lo borrará. Es necesario un testigo digno de crédito, si no el rumor se cernirá eternamente sobre su hermano.

—¿Cree que no sabemos eso?

—A veces es útil decir lo obvio.

—Y a usted le agrada hacerlo. —Eso fue un palo de ciego, pero le pareció que daba en el blanco. Frunció el ceño—. Le desea mal a Dare. Nadie le odia.

—¿No? Qué agradable sería ser él. Si encuentro algún placer en esta situación, sólo se debe a que me permitirá corregir el error.

Ella no le creyó ni una sola palabra.

—¿Por qué?

—Por una recompensa conveniente.

—Ah, dinero —le espetó ella, curvando los labios, sarcástica.

—Lady Theodosia, las personas sólo desprecian el dinero cuando nunca les ha faltado.

Ese era el encuentro más extraño de toda su vida, pero comenzaba a ver una salida, aunque, curiosamente, la decepcionaba que ese hombre resultara ser tan ruin.

—Entonces, señor, ¿qué ofrece? ¿Y cuál es su precio?

Él no dio señales de sentirse ofendido.

—Puedo decirle al mundo que vi el caballo de su hermano caer herido de bala, y a él en medio de la acción, no huyendo. Es decir, que lo vi caer honrosamente.

A ella le dio un vuelco el corazón, pero intentó que no se le notara.

—¿Sería cierto?

—¿Importaría?

Esa era una pregunta sorprendente, pero dio en el clavo. Por quitarle esa carga a Dare ella mentiría si mentir sirviera de algo.

—Pues, entonces, ¿le creerían? Eso es esencial.

Él asintió.

—Combatí en Waterloo, y estaba en el lugar para verlo.

Un soldado. Claro. Eso no lo hacía menos peligroso, pero por lo menos lo entendía. En su mundo habían abundado los oficiales durante toda su vida adulta. Los había de todos los tipos, pero una cosa los distinguía, incluso a los más alegres y desenfadados: habían mirado cara a cara a la muerte, y habían matado. En ese hombre eso era particularmente potente. Le hacía chisporrotear los nervios y no lo hacía más de fiar, pero comprender le aliviaba la ansiedad. En todo caso, su principal consuelo era saber que se trataba de comprar y vender. Su familia era riquísima.

—Así pues, ¿su precio?

—Matrimonio. Cásese conmigo y limpiaré el nombre de Dare.

Capítulo 3

*T*hea no pudo evitar reírse.

—No sea ridículo.

—¿Tan poco le quiere?

Visto así, parecía incorrecto negarse, pero la idea sí era ridícula. Entonces comprendió por qué.

—Lo quiero tanto que no le pondría esa carga encima, la felicidad de mi vida por la de él.

—Si simulara que me adora, él no lo sabría nunca.

—No soy tan buena actriz —dijo ella, sarcástica.

—¿Tan horroroso soy?

Otra vez se burlaba de ella.

—Es usted un miserable matón grosero, un mentiroso repugnante, un cerdo codicioso...

Se interrumpió al ver pasar algo por su cara.

—No acepto lo de miserable —dijo él.

—¿Puede negar que está loco?

—Sé representar a un hombre cuerdo si lo intento.

—Entonces inténtelo ahora.

—Creo que he actuado de forma cuerda y hablado claro. Matrimonio por la verdad.

—No, pero mi familia sería generosa de otras maneras.

—Tal vez no hay otras maneras.

Se veía relajado, incluso parecía amable, pero la miraba como un predador que tiene acorralada a su presa.

Nuevamente abrió el abanico y lo agitó, tratando de emular su tranquilidad.

—No será por falta de mentirosos, señor, así que simplemente buscaremos otro. Uno que acepte una recompensa sensata.

Él se rió.

—Esta es tal vez la única ocasión que un Debenham regatea. Soy de primera calidad y valgo mi precio, milady.

—Nada valdría, señor, el precio de atarme a usted de por vida.

Diciendo eso intentó pasar por un lado de él. Él le cogió el brazo. Sintió su mano callosa, caliente y fuerte en la piel que quedaba desnuda entre el guante y la manga corta.

—Me conformaré con menos que el matrimonio —dijo él entonces.

Ella giró la cabeza para mirarlo, y se quedó con la cara muy cerca de la suya.

—¿Qué?

¿Acaso quería proponerle...? ¿Vindicaría a Dare por el cuerpo de ella? Imposible.

Pero su imaginación probó el terreno. Unas pocas horas, tal vez menos. ¿Qué sabía ella de esas cosas? ¿Qué era eso comparado con toda la vida de Dare?

—¿Qué? —repitió, pidiéndole que lo explicara, aunque temiendo que se le doblaran las piernas.

—Un compromiso.

—¡¿Qué?!

Él la giró hasta dejarla de cara a él.

—Si limpio el nombre de lord Darius, usted se compromete en matrimonio conmigo. Públicamente. —Al ver que ella abría la boca para protestar, le puso un dedo sobre los labios—. No se aterre. No tendrá que casarse conmigo, pero el compromiso debe durar por lo menos seis semanas.

Thea se soltó el brazo de un tirón, deseando cogerse la cabeza con las dos manos y hacérsela girar para arreglársela.

—¡Está loco!

—Y usted está abrumada. Piénselo. Un compromiso de seis semanas no es algo tan terrible, comparado con el premio que va a comprar.

—¿Y pasadas las seis semanas?

—Usted rompe el compromiso y me despacha con cajas destempladas.

—¿Espera que lo «plante»?

Esta vez el humor le iluminó la cara a él y su sonrisa le formó arruguitas en las delgadas mejillas.

—¿Eso es lo que la horroriza?

—¡Sí! Un caballero que planta a una dama arruina su reputación, pero una dama que planta a un caballero no es una verdadera dama, a no ser que tenga un motivo excelente y conocido. ¿Está dispuesto a dar un motivo excelente y conocido para que yo no deba casarme con usted?

La risa de él pasó a una sonrisa irónica.

—Eso es casi inevitable. Entonces, ¿estamos comprometidos?

—No, claro que no. Si de verdad vio caer a Dare, es su deber decirlo sin recompensa.

—¿Y si tengo que mentir?

—Entonces su palabra no vale nada.

—Las mentiras, milady, pueden valer fortunas —dijo él, pero se apartó para dejarla pasar—. Parece que nuestra conversación ha llegado a su fin.

Thea deseó aprovechar el escape que le ofrecía, pero descubrió que no podía. Fuera verdad o mentira, creía que ese hombre tenía la llave del futuro de Dare.

Un compromiso no sería tan terrible.

Aunque claro...

Todavía no sabía quien era.

—¿Quién es usted?

—El hombre que puede vindicar a su hermano.

—Quiero decir su nombre.

—Horatio.

—El nombre completo, señor.

—¿Por qué tan quisquillosa? He pedido un precio pequeño por un servicio inmenso, y usted lo va a aceptar.

Ella deseó negar eso, pero no podía.

—Podría ser un don nadie.

—Claramente soy alguien.

—Sabe lo que quiero decir.

—Sí. No se rebajaría a casarse con un comerciante.

—Mejor dicho, nadie creería que yo «desee» casarme con un comerciante. Si usted hace de testigo de Dare y yo le prometo casarme con usted, su absoluta falta de idoneidad para ser el marido de la hija de un duque lo estropearía todo.

Él la miró de otra manera.

—Admiro a una mujer lúcida. ¿Acaso la excelente confección de la ropa y los adornos caros no cuentan la historia?

Ella lo miró de arriba abajo, notando otra vez la calidad de su traje de noche y la esmeralda engastada en oro que brillaba en medio de su corbata de lino níveo.

—Podría ser un comerciante rico.

—¿No se rebajaría tanto?

—Ya se lo he dicho, parecería muy extraño. —Los relojes comenzaron a sonar—. Santo cielo, ¿cuánto tiempo ha pasado? Debo volver al baile. Mañana hablaremos más de esto, señor.

—Ahora o nunca. Diga que no y me marcho inmediatamente de esta casa. No volverá a verme nunca más.

Ella lo miró consternada.

—Eso no es justo.

—La vida rara vez lo es.

—Dígame quien es.

—No.

—Dígame una cosa, por lo menos. ¿Es un caballero?

—Sí.

—¿Es honorable?

—Sí.

Thea sabía que hacer esas preguntas era reconocer que iba a ceder, tal como predijera él con tanta arrogancia. La tenía cogida como a un pez en el anzuelo, y estaba enrollando el sedal para arrojarla a su nasa, y ella estaba tan impotente como una trucha debatiéndose.

Era un caballero honorable y un soldado, y guapo, en cierto modo áspero. Aunque su comportamiento había sido horroroso, estaba claro que sabía portarse mejor si quería. Podría ser creíble un compromiso; podría incluso ser tolerable.

Pero ¿por qué? ¿Qué motivo tenía él?

—¿Qué va a ganar con esto? —preguntó.

—Seis semanas de encantadora compañía.

Ella se limitó a mirarlo.

Él le sostuvo la mirada pero continuó en silencio.

Ella intentó encontrar la verdad en su rostro impasible; tal vez también deseaba encontrar debilidad o piedad de último momento. No encontró nada de eso. Lo que sí vio fue una voluntad implacable. Le había puesto una opción delante y no se ablandaría. Sólo había una respuesta que le permitiría dormir por la noche.

—Si limpia el nombre de mi hermano —dijo—, me comprometeré en matrimonio con usted y el compromiso durará seis semanas. —Al ver un destello de triunfo en sus ojos, añadió—: Pero eso es todo.

—Sólo falta el beso para sellar el trato.

Ella retrocedió.

—Eso no formaba parte del trato.

Pero no opuso resistencia cuando él le cogió la mano enguantada. Tampoco cuando se la besó, primero las puntas de los dedos y luego el dorso, con sus ojos oscuros mirando los de ella. Aunque no sintió sus labios a través de la seda, se estremeció de todos modos.

Entonces él le cogió los hombros y fue como si la hubiera hechizado, tal como, según decían, hechiza la serpiente a su presa. ¿Esa presa llegaba a desear ser capturada, como lo deseaba ella?

Ese pensamiento la horrorizó, pero el enfrentamiento con él, la batalla de voluntades, le había despertado una pasión en el interior que exigía cierta culminación, un crescendo final. Cuando él la acercó y bajó los labios hacia los de ella, se le meció el cuerpo, y cuando finalmente los rozó con los suyos, le salió un sonido de la garganta.

—Le ha gustado, ¿verdad, milady?

—No.

Pero el «no» le salió en un resuello.

Él volvió a posar los labios en los de ella. Sólo eso, y muy brevemente, pero se encendió la chispa.

—Mentir la va a enviar al infierno —musitó él—. Dígame que pare y nuestro trato está sellado.

Debería, pero no había tenido bastante.

Entonces él la estrechó en sus brazos, apretándola contra su potente cuerpo. Sentir esa fuerza cruda la horrorizó, pero le empeoró la locura. Lo miró con la boca abierta, pensando que debía pedir clemencia, y entonces él unió la boca a la suya, introduciendo la lengua.

Intentó apartarse pero ya estaba atrapada. No podía escapar, como no puede un animalito cogido en las garras de un águila, aunque tampoco deseaba escapar. Las sensaciones pasaban por toda ella rebotando, gritando «¡Peligro, peligro! ¡Emoción, emoción!» Pasó los dedos por su pelo, deseando no llevar guantes, y apretó su ansioso cuerpo al suyo.

¿Podría ser interminable un beso? Ya sentía ansias en todo el cuerpo, apretada a él, ardiendo, desesperada, girando en un torbellino de pasión.

Fue él el que puso fin al beso, y tuvo que apartarse de sus manos exigentes. Lo hizo lentamente y ella temió caer al suelo sin su sujeción. Se sentía tan débil y temblorosa como si hubiera estado en cama con fiebre, así que tuvo que retroceder para apoyar la espalda en la pared, con el corazón retumbante, inspirando aire desesperada, y mirándolo.

—Así pues —dijo él, y pareció que también tenía dificultad para respirar—, estamos realmente comprometidos.

Thea tuvo que tragar saliva para poder hablar:

—Entonces ahora dígame quién es.

La voz le salió suave, por la debilidad, pero también debido a una especie de ternura, incluso de anhelo. Ser la prometida de ese hombre no sería tan terrible. En realidad, ser su esposa, incluso...

—Su prometido —dijo él. Entonces, observándola, añadió—: Vizconde Darien.

¿Era noble? ¿Por qué, entonces, no lo conocía? De pronto cayó en la cuenta. Se apartó de la pared.

—¡Aseguró que era honorable!

—No mentí.

—¡Pero es un Cave! —La familia Cave (apellido pronunciado «cave»* como la palabra latina que significa «tener cuidado con») tenía muy mala fama. Negó con la cabeza, aterrada—. No puedo comprometerme con un Cave.

—El trato está sellado —dijo él y, dándose media vuelta, se alejó.

—¡No! —gritó ella.

Al no dar él señales de haber oído, avanzó unos pasos como para seguirlo, pero ¿de qué serviría?

---

* *Cave*, imperativo del verbo latino *cavere* (tener cuidado con) se pronuncia «cave»; en inglés, *cave* significa cueva o caverna, y se pronuncia «keiv». (*N. de la T.*)

—No —repitió, hablándole al corredor oscuro y desierto, como si eso pudiera servir de algo—. ¡No!

¿Estaba comprometida con un Cave?

¿Acababa de besar a un Cave?

Se pasó los dedos por los labios todavía sensibles. Los Cave eran villanos y depravados en todas las ramas y ramitas del árbol genealógico. Hacía unos años uno de ellos violó y asesinó a una jovencita en Mayfair. Y luego murió en el manicomio, no en la horca, porque estaba loco de atar.

No podía mantener una promesa así, pensó desesperada.

No habían tenido ningún testigo; nadie lo sabía aparte de él y de ella.

Eso lo encontraba despreciable, pero no tanto comparado con las mentiras y el engaño de él. Debería haberlo sabido. Desde el principio había percibido algo malo en él.

Pero ¿qué debía hacer?

El miedo podría llevarla corriendo de vuelta a su habitación a esconderse debajo de la cama. Podría alegar enfermedad, cualquier cosa, para no volver al salón de baile.

Donde tal vez estaba él en ese momento.

Misericordia, Señor, él podría anunciar el compromiso en ausencia de ella. Eso sería absurdo en cualquier otro hombre, pero él era un Cave.

Comprendió lo que tenía que hacer. Hizo varias respiraciones profundas, para recuperar la serenidad, el aplomo, la seguridad en sí misma, todo lo que sólo unos minutos antes daba por descontado. Entonces echó a andar a toda prisa por el mismo camino que había seguido él, de vuelta al baile.

Capítulo 4

*H*oratio Cave, el vizconde Darien, deseaba detenerse un momento para pensar, para reflexionar, pero ciertos detalles en la batalla exigían acción decidida. Había ganado el premio que había venido a buscar a esa casa. Un premio mayor del que se había imaginado. Sólo tenía que cogerlo.

Había entrado de intruso en el baile de la duquesa de Yeovil con el fin de conseguirse una aliada de alta alcurnia en su campaña para devolver la respetabilidad al apellido de su familia. La presa buscada había sido la propia duquesa. La oportunidad le cayó en las manos cuando se enteró del rumor que corría acerca de su hijo, lord Darius Debenham. Si se ganaba la gratitud de la madre, ella sería como cera en sus manos.

Una cera perfecta. Había pasado el día saboreando la idea de tener a los Debenham como instrumentos. La familia del hombre odiado se convertiría en un obediente instrumento. Y Dare Debenham tendría que reconocer eso en público, a la vista de la mitad del mundo.

Tal como le estropeó la vida a un niño, en público, a la vista de la mitad del colegio.

Pero ahora lo tenía mejor aún. En lugar de una madre obligada a ser amable con él por gratitud, tenía a una hermana obligada a fingir que lo amaba. Trato sellado por un feroz beso.

Ese beso...

Cayó en la cuenta de que se había detenido, y a la vista de los grupos que estaban fuera del salón de baile. Del salón llegaba la música, una música alegre, dinámica, para bailarines alegres que deseaban saltar. Frente a él caminaban y conversaban personas ataviadas con sedas y relucientes joyas, todas absolutamente seguras de su lugar ahí, en el centro del círculo íntimo de la alta sociedad.

Inconscientes del enemigo que tenían infiltrado.

No totalmente inconscientes, por desgracia. Ya lo habían reconocido antes, cuando recorrió el salón en busca de lord Darius.

Había llegado tarde con la esperanza de evitar que lo reconocieran, pero claro, allí había hombres que lo conocían, del ejército. Algunos podrían haberlo acogido bien en otras circunstancias, pero no ahí, donde su apellido y su título causaban horror.

En silencio maldijo a su padre, a sus hermanos mayores, a su tío, a su abuelo y a todos los Cave que habían vivido de acuerdo a lo que significaba su apellido. Después se mezcló con los aristócratas asistentes, y reanudó la búsqueda de Debenham. Tenía que hacer eso antes de que lady Theodosia recobrara la serenidad. Una vez que hiciera su parte del trato, a ella le resultaría difícil echarse atrás.

Entró nuevamente en el bullicioso y atiborrado salón de baile y caminó hacia un lado, para no quedarse en la puerta estorbando el paso. Había fracasado en su búsqueda anterior, y cayó en la cuenta de que Debenham podría haber cambiado desde la última vez que lo vio en los días anteriores a Waterloo. Había quedado mal herido en la batalla y después se había convertido en adicto al opio.

Por lo tanto, observó a la concurrencia en busca de miembros de la Compañía de los Pícaros, esa camarilla de escolares de Harrow. Dondequiera que estuviera el destrozado lord Darius Debenham, seguro que habría algunos Pícaros rondando cerca. Se enorgullecían de cuidarse mutuamente.

Ojalá se le hubiera ocurrido eso antes. Pero claro, tal vez entonces no lo habría pillado desprevenido la vista de algunos de ellos y no habría huido hacia las partes más silenciosas de la casa.

Había reconocido en primer lugar al vizconde Amleigh. Se había encontrado con el fornido y moreno Amleigh en Bruselas, porque este había vuelto al ejército y compartía alojamiento con el amigo suyo, el capitán George Vandeimen. Por desgracia, dado que los Pícaros se pegaban a otros Pícaros, Debenham compartía el mismo alojamiento. Eso significó no poder pasar con Van todo el tiempo que habría deseado. Otro pecado para sumar a la cuenta de los Pícaros.

Cuando vio a Amleigh antes, estaba con un hombre de figura atlética y pelo dorado. Sólo le llevó un momento darse cuenta de que tenía que ser el marqués de Arden, el heredero del ducado de Belcraven, el niño arrogante ya hecho hombre, que había acudido a Harrow todo un séquito de criados.

La mitología afirmaba que la Compañía de los Pícaros se formó con el fin de protegerse mutuamente. ¿Qué necesidad de protección podía tener Arden? No, eso fue la unión de un grupo de elite, tan elevados y poderosos que no podían mezclarse con seres inferiores, y él les había odiado las entrañas.

Junto a Amleigh y Arden vio a un hombre al que sólo reconoció por su distintivo pelo, negro con vetas rojizas: Simon Saint Bride, que recientemente se había convertido en el vizconde Austrey, heredero del conde de Marlowe. La buena fortuna caía en manos de los Pícaros.

Al observar a ese grupo de hombres seguros y relajados, el pasado lo había azotado como una marejada. Harrow, la peor época de una vida difícil. Debido a los Pícaros; debido en particular al maldito lord Darius Debenham.

Y por lo tanto huyó. Claro que huyó caminando con pasos tranquilos, pero por dentro iba corriendo, tal como huía corriendo en ese tiempo en el colegio, y lo detestó igualmente. No había prestado atención al entorno ni hacia dónde iba, con tal de que fuera lo más lejos posible de la gente. Y así fue como se encontró ante la hermana de Debenham, sola y vulnerable, y vio la oportunidad para una venganza perfecta.

Ella resultó ser más de lo que habría imaginado; más valiente, más lista y perspicaz e infinitamente más apasionada, aun cuando ese vestido rojo sangre había sido un aviso. Pero la había capturado. Ahora lo único que le quedaba por hacer era encontrar a Debenham para remachar la victoria.

¿Dónde diablos estaría él? Ese era su baile de compromiso.

De repente se le ocurrió pensar, ¿no se habría marchado ya? ¿Y si estaba tan frágil que no soportaba estar tanto tiempo en el baile? Tendría que investigar un poco.

Mala preparación.

Mal trabajo de información.

Condenación. ¿Qué debía hacer? De todos modos podía contar su historia, pero deseaba ese enfrentamiento cara a cara. Deseaba que Debenham comiera su rescate de la mano del Perro Cave.

¿Marcharse y volver mañana? No. Tenía que hacerlo antes que la hermana de Debenham tuviera la oportunidad de impedírselo.

Terminó el baile, las parejas salieron de la pista, y entonces lo vio.

Casi se echó a reír.

¿Dónde estaba el lisiado adicto?

Dare Debenham avanzaba en dirección a la puerta del salón, sonriente y absorto en la hermosa morena que iba cogida de su brazo, y ella absorta en él, mirándolo con adoración. Caminaba sin siquiera un asomo de cojera, y si tenía cicatrices, no eran visibles. En realidad, se veía en mejor forma y más fuerte que antes.

Y absolutamente feliz.

Deberían haberlo bautizado Theophilus, amado de Dios.

Al diablo todo. Se giró para salir. A ver cuánto le duraba la sonrisa a Debenham con la deshonra colgada al cuello.

Pero se obligó a detenerse. Había resuelto restablecer la reputación del apellido Cave por buenos motivos. Echarse atrás en ese momento sería otra victoria para los Pícaros.

Muy bien, pues, a echar los dados. Si Debenham lo miraba como si fuera transparente, simulando que él no existía o, peor aún, reaccionaba como si él fuera un leproso en el festín, lo dejaría cocerse en su propia salsa. Si no, contaría la historia. Se dio media vuelta y se interpuso en el camino de la pareja.

Al verlo, Debenham pestañeó, como si viniera bajando de otro mundo, y entonces le sonrió amablemente:

—Canem.

Sólo sus amigos más íntimos lo llamaban así, Canem Cave, el juego de palabras *cave canem*, «cuidado con el perro». Y eso lo llevó directo de vuelta al sufrimiento y rabia del escolar. Detestable; en especial dado que fue Dare Debenham el que hizo esa cruel broma. «Cave canem», dijo riendo, convirtiendo a Horatio Cave en Perro Cave, lo que fue causa...

Basta. Había echado los dados y debía pagar. Le dio la buena noticia a su enemigo. Después incluso habló con un par de militares que estaban cerca, pero ya no podía quedarse más tiempo ahí.

Entonces Darien huyó de la celebración, como perseguido por el diablo.

Capítulo 5

*T*hea se mezcló con los invitados, muy sonriente, con la esperanza de que en la cara no se le reflejara el torbellino interior, aunque atenta por si veía señales de algún drama o desastre. Pero percibía algo, algo discordante en el ambiente.

¿Qué habría hecho ese hombre?

Las personas con las que se cruzaba simplemente le sonreían, la saludaban con una inclinación de la cabeza o la felicitaban por el baile. Si él hubiera anunciado el compromiso, alguien tendría que hacer algún comentario, ¿no?

¿Habría sido un engaño? ¿La habría aterrado sólo para divertirse? ¿Tal vez se estaba riendo contándolo a otros?

¿Tal vez ni siquiera era un Cave?

Eso le encendió una esperanza, pero la vergüenza se la apagó. Si todo había sido un juego, Dare continuaría llevando esa carga.

No soportaba no saber. Continuó caminando por entre los invitados, pensando que su sonrisa era una especie de mueca, buscando a Dare o a Darien (qué tonta confusión de nombres) o a cualquiera que pudiera decirle lo que había ocurrido mientras ella estaba ausente.

—¡Qué tragedia!

Sobresaltada miró hacia la voz femenina y se encontró ante lady Swinamer.

—¿Qué ha ocurrido?

—¡Ese pobre vestido, lady Thea! Total, totalmente estropeado, seguro.

Thea estuvo a punto de decir «Ah, eso», de una manera que sin duda habría despertado sospechas, y la flaca lady Swinamer ya era bastante maliciosa sin necesidad de combustible.

—No estropeado del todo, espero, pero sí, una antipática molestia. Discúlpeme, por favor, debo encontrar a mi hermano.

—¿Lord Darius? —gorjeó lady Swinamer—. No más problemas, espero.

Thea esbozó su sonrisa más alegre.

—Todo lo contrario —dijo y se alejó, con la esperanza de que la mujer se atragantara con eso.

Entonces se detuvo. ¿Alguien acababa de decir, «¿Cave?», en tono sorprendido, acentuando la segunda sílaba? Miró alrededor y sólo vio insulsas sonrisas. Se estaba volviendo loca. Necesitaba encontrar a alguien de confianza para poder hablar claramente.

Continuó caminando en dirección al salón de baile, ya segura de que había tensión en el ambiente. Giró la cabeza y vio que una mujer desviaba la vista de ella, tal vez con una sonrisa burlona. Miró desafiante al joven lord Shepstone, que la estaba mirando, y este se ruborizó. Continuó caminando, porque detenerse daría más motivos para hablar a los mirones, pero deseaba que se abriera un agujero en el suelo y se la tragara. Nunca en su vida se había sentido tan incómoda ante los miembros de la alta sociedad.

Miró hacia la pista de baile y no vio a nadie de su familia. Continuó la búsqueda mirando por las puertas de la hilera de antesalas; en todas había grupos de personas. Todos los que la vieron le sonrieron, pero ¿algunos la miraron de manera rara? No vio a nadie de confianza a quien poder hacerle preguntas.

Entonces vio a su prima Maddy, embelesando a tres oficiales uniformados, típico de ella. La rubia y pechugona Maddy siempre cautivaba, y tenía debilidad por los uniformes; pero también se enteraba siempre de todo lo que pasaba.

Entró en la sala y se unió al grupo aparentando despreocupación. Dejó pasar unos minutos participando en la conversación y finalmente dijo:

—Caballeros, os voy a romper el corazón robándoos a Maddy un ratito. Dejadnos solas, señores.

Ellos se tomaron con buen talante esa seca despedida, pero Maddy no se dejó engañar. Tan pronto como se quedaron solas, le preguntó:

—¿Qué pasa?

—Yo quería preguntarte lo mismo. ¿Ocurrió algo mientras yo estaba ausente?

—¿Ausente? —Entonces la miró—. ¿Por qué te has cambiado el vestido?

—Uffham me echó encima la remolacha de su plato. ¿Sabes dónde está Dare?

—No. Hace un rato estaba bailando. ¿Qué diablos te pasa?

Thea no supo qué decir. Estaba claro que Maddy no se había enterado de nada terrible, y ella no tenía el menor deseo de hablar de su aventura particular.

—Uffham —dijo, en tono vago—. El vestido. Me pareció que algunas personas me miraban de forma rara.

—Eso no tiene nada de sorprendente, te asoma el corsé por el escote.

Thea se miró y se tapó el desastre con una mano. Así que eso había sido. Dio la espalda a la gente que había en la sala y volvió a tironearse y arreglarse el vestido.

—Debería ir a cambiármelo.

—Qué tontería. Es escandalosamente atractivo.

—No quiero ser escandalosamente atractiva.

—Toda mujer desea ser escandalosamente atractiva, y ese vestido atrae la atención. No me habría imaginado que el rojo te sentara tan bien. ¿Madame Louise?

—La señora Fortescue.

—Debo visitarla, aunque no tengo la figura para ese estilo ceñido. Ay de mí, debo arreglármelas con la abundancia.

—Lo que haces muy bien.

Thea dijo eso a modo de advertencia, pero Maddy sonrió de oreja a oreja.

—Sí, ¿verdad? Pero tú no puedes quejarte. Los hombres te rondan como un enjambre.

—El rango elevado y una dote sustanciosa ayudan.

—Yo tengo las dos cosas, pero prefiero atribuir mi atractivo para los hombres a mis encantos. Uy, Thea, no me dirijas otra mirada de la Sublime Intocable.

—No me llames así.

—Entonces no actúes así.

Maddy y Thea eran como hermanas. El padre de Maddy era almirante, lo que lo obligaba a estar con mucha frecuencia en el mar, así que ella, su hermano y su madre pasaban muchísimo tiempo en la propiedad del duque de Yeovil en Somerset. Y como suele ocurrir con las hermanas, a veces había discordias entre ellas. Estas surgían principalmente por el comportamiento cada vez más osado de Maddy con su camarilla de oficiales y los intentos de Thea por refrenarla.

—¿Te has enterado de que hay un Cave aquí? —preguntó Maddy.

—¡No! ¿En serio? —exclamó Thea, rogando que su rubor se atribuyera a alarma.

A Maddy le chispearon los ojos.

—Deliciosamente alarmante, ¿verdad? El nuevo vizconde Vil. Mi madre está segura de que nos va a asesinar a todas o hacer algo peor. Pero yo te pregunto, ¿ser violada es peor que ser asesinada?

—¡Maddy! —exclamó Thea, mirando alrededor para comprobar que no hubiera nadie tan cerca que pudiera oír—. ¿Cómo es?

—Diabólicamente moreno. Esa fue la descripción de Alesia. Alguien se lo mostró y ahora está con temblores. Marchampton le conoce —añadió, refiriéndose a uno de los oficiales con los que había estado—. Pelo negro y ojos oscuros, dijo. Tiene aspecto extranjero debido a su madre italiana. No habrá muchos así por aquí, sobre todo con cuernos, cola y olor a azufre.

—Maddy...

Maddy se echó a reír.

—Bueno, la descripción de Alesia es absolutamente ridícula. Cully lo adora.

—¿Qué?

Cully era el teniente Claudius Debenham, hermano de Maddy.

—Irremediable caso de adoración al héroe. Aterradoramente sensacional, dice, y a veces loco.

—¿Eso es un elogio de adoración? —comentó Thea.

Pero encontraba terriblemente exacta la descripción, y eliminaba toda esperanza de que el encuentro hubiera sido una broma.

—Incluso lo llaman Perro Loco —continuó Maddy, encantada.

—Buen Dios.

—Causó estragos entre los «franceses» con su locura, Thea. ¿Desde cuándo te has vuelto tan asustadiza?

Thea intentó serenarse.

—Todo ha sido algo difícil esta noche. —Bueno, eso sí era quedarse corta—. Debo ir a buscar a Dare.

—Ya tiene bastantes cuidadores —dijo Maddy.

Thea se ruborizó. Mientras ella regañaba a Maddy por su conducta con los oficiales, esta la regañaba por su protectora obsesión por Dare. Eso era cierto; durante la recuperación de su hermano se había vuelto obsesiva, ella y su madre.

—En estos momentos tengo motivos para hablar con él.

A Maddy se le agudizó la mirada.

—Tienes secretos. ¡Dímelos!

—No —dijo Thea, comprendiendo al instante que decir eso había sido un error.

—¡Dímelo! ¿Qué pasa?

—No te lo puedo decir, al menos no ahora. En realidad no es

nada, pero tengo que encontrar a Dare. Sólo para asegurarme de que todo está bien.

—Muy bien, pero yo iré contigo. —Se cogió de su brazo—. Y observaré con atención por si veo al moreno diabólico. Necesito conocer al temido Darien.

La idea de Maddy relacionada con su asaltante fue aterradora.

Sólo habían llegado a la puerta de la sala cuando les cerró el paso un fornido oficial rubio, todo de escarlata y dorado.

—¿Habéis oído? —preguntó Cully, en voz tan alta como para ser oído en toda una plaza de armas—. Dare está limpio. Canem Cave dice que lo vio caer. No hay la menor duda.

Alrededor las personas comenzaron a conversar.

—¡Qué extraordinario! —exclamó Maddy.

—Qué maravilloso —dijo Thea, muy en serio, pero con el corazón en la garganta, amenazando con ahogarla.

—¿Canem Cave? —preguntó Maddy—. ¿Quieres decir el Cave? ¿El vizconde Darien?

—¿Quién, si no? Ha dicho que Dare estaba haciendo exactamente lo que debía —continuó Cully, en voz muy alta, para que todos lo oyeran—. Iba a galope tendido con un mensaje cuando una bala derribó a su caballo y él desapareció bajo un montón de cascos. Canem dice que es un milagro que haya sobrevivido.

—¿Por qué Canem? —preguntó Maddy.

—Por *cave canem*, creo —contestó su hermano.

—¿Lo llaman Perro? —preguntó Maddy, riendo.

Cully se ruborizó.

—No en ese sentido. Qué estúpida eres, Maddy.

—Bueno, francamente.

Thea se desentendió de la riña entre los hermanos y las exclamaciones. Se sentía enormemente aliviada por Dare, pero ¿qué significaba eso para ella?

—¿Dónde está lord Darien? —preguntó, intentando que la voz le saliera tranquila, complacida—. Me gustaría darle las gracias.

—Eso tendrá que esperar —repuso Cully—. Contó su historia y se marchó.

—¿Se marchó?

—Es raro, en realidad. Llegó tarde, contó su historia a Dare y a algunos otros y desapareció. Pero nunca se sabe qué esperar de Canem Cave. A la Cámara de los Lores le espera un terremoto si alguna vez se toma la molestia de asistir a un debate. Venga, vamos. Dare y sus amigos lo están celebrando con una cena.

Thea fue a unirse al jubiloso grupo reunido alrededor de una mesa dispuesta en uno de los salones abiertos al jardín iluminado por linternas. Al ver la felicidad de Dare, no eclipsada ya por nada, se sintió verdaderamente agradecida, y sí, dispuesta a pagar el precio si era necesario. Pero cuando cogió la copa de champán que le ofrecieron para hacer un brindis triunfal, estaba estremecida de terror.

Lord Arden hizo una broma acerca del apellido Cave y a que esa noche no había nada de qué «tener cuidado». Otro se refirió al Loco Marcus Cave, el asesino. Otro dijo «El mismísimo vizconde Vil».

Ella había prometido vincularse con un Cave, con un apellido que causaba estremecimientos, horror, y la expectativa de violencia. Él se había marchado, pero eso no la tranquilizaba en absoluto. Volvería, aterradoramente sensacional, moreno y diabólico, a exigir el pago de su precio.

Se sentía como un personaje de cuento, ¿Rapunzel, tal vez?, que hizo un trato estúpido y no pudo escapar de cumplir su promesa.

Mientras todos bebían y brindaban, pasó una brisa por entre los árboles que le tocó la espalda desnuda; tuvo la impresión de que la brisa le susurraba: «Cuidado, señora, cuidado».

Capítulo 6

*E*n sus muchos años en el ejército, viviendo en medio de una muchedumbre, Darien había descubierto que un antro de juego bien llevado era el lugar ideal para estar solo con sus pensamientos, siempre que jugara y no ganara demasiado.

Caminó a paso enérgico hacia una sala de juego llamada Grigg's, sin importarle que los delicados zapatos que iban con su traje de noche no estuvieran hechos para ese tipo de caminata. Mayfair parecía un desfile interminable de casas altas y estrechas adosadas formando bloques perfectos. Extraña preferencia la de vivir ahí con tantas escaleras para criados y para la familia. Sin embargo, cada casa era un lugar cómodo, un refugio, en el que la gente dormía apaciblemente por la noche, protegida de los demás por paredes de ladrillo, puertas cerradas con llave y barrotes en las ventanas de la planta baja.

Y él vivía en una casa de esas, la casa Cave, que había pertenecido a su familia durante generaciones. Un conjunto de habitaciones altas, estrechas y vacías; tenía paredes de ladrillo, cerraduras en las puertas y barrotes, pero distaba mucho de sentirse seguro en ella.

Las habitaciones vacías deberían dar paz y silencio, pero había otro tipo de ruido. Aunque no tenía ningún recuerdo personal de esa casa, y no quedaban rastros de hechos siniestros, ya borrados por la pintura blanca, la silenciosa casa lo ensordecía.

Los ruidos nocturnos eran los peores, y eso era otro motivo para retrasar su vuelta a ella. A veces se despertaba oyendo gruñidos, gemidos y de vez en cuando gritos, en una casa cerrada con llave que compartía con sólo unos pocos criados. Si una casa se merecía estar habitada por fantasmas, era la casa Cave, y la sola idea de encontrar algo que le recordara a su hermano, el Loco Marcus Cave, lo hacía temblar incluso a él.

Puesto a elegir, no volvería a entrar en esa casa nunca más, pero la había convertido en parte de su plan. Suponía que vivir ahí sería como declarar al mundo que el pasado era pasado y que el nuevo vizconde Darien no tenía nada de qué avergonzarse. Se rió fuerte en la oscura calle. Todavía sentía en el cuello la sensación de las miradas, y recordaba haber oído «El Perro Loco Cave. ¿Qué hace aquí?».

E incluso sin palabras, había sido imposible no notar la sutil manera de evitarlo; esa evitación iba diriogida a que no le pasara inadvertida; era la manera de echarlo.

En una de las salas había visto a Van, pero tuvo la presencia de ánimo de no meter a su amigo en el follón. Después, tal vez, a modo de recompensa por la victoria. Por el momento, estaba clarísimo que un Cave era un Cave, fuera cual fuera su personalidad, carácter y reputación, y olía peor que un leproso.

Cuando llegó a la puerta del antro de juego, cayó en la cuenta de una ironía: la acogida más amable que recibió fue justamente de Dare Debenham.

Al instante le vino el recuerdo, jamás olvidado, de Debenham con un pañuelo en la nariz ensangrentada, diciendo: «Cave canem».

Cerró la puerta a ese recuerdo. Ya habían transcurrido más de diez años, caramba, y desde entonces se había forjado una buena reputación y victoria en un mundo hostil. Y ahora tenía que hacer lo mismo ante la alta sociedad.

Después de todo la duquesa de Yeovil le dio las gracias con

lágrimas en los ojos. Tenía en su puño a la hermana de Debenham, la hermosa y altiva lady Theodosia. Su nombre significaba «regalo de Dios». Un regalo de Dios para él.

Golpeó la puerta, la abrieron y lo hicieron pasar. Grigg's era el tipo de sala mal iluminada concurrida por hombres y mujeres cuya atención estaba totalmente fija en las cartas, los dados y la mesa de la ruleta. No había música ahí, ni ofrecían buenos refrigerios. Ahí no importaba ser un Cave. Él siempre procuraba perder al menos tantas veces como ganaba. Lo consideraba una especie de pago de alquiler por el uso del espacio.

Buscó un juego sencillo y finalmente se sentó a una mesa en que estaban jugando al macau, en el que podía tener la mitad de la mente en el juego y con la otra hacer revisión de esa noche.

¿Por qué no se había esperado esa reacción en los aristócratas? ¿Por qué supuso que lo verían como a Canem Cave, el héroe militar, no simplemente como a otro Cave más, tan ruin como todo el resto? Recordó la expresión consternada de lady Theodosia cuando le dijo quien era. Cómo insistió en que no podía ser honorable.

¿Por qué no había supuesto que junto con el vizcondado heredaba todo lo malo? Su libertino abuelo duelista al que llamaban Diablo Cave en una época en que era bastante difícil evocar imágenes de Satán; su brutal padre, apodado el vizconde Vil, en mérito a toda una vida de grave mala conducta; su tío «Dicker» Cave, violador de toda chica vulnerable que se cruzara en su camino.

Sí que había supuesto que llevaría la carga de la mancha definitiva en el sucio escudo de la familia, Loco Marcus Cave, el lunático asesino de la Dulce Mary Wilmott, pero no que lo haría personalmente y tampoco que vería miedo en los ojos de las mujeres o furia protectora en los de los hombres.

Buen Dios.

Con razón a su hermano menor Frank lo habían rechazado como pretendiente.

Frank era teniente en la armada y se había enamorado de la hija de su almirante. El almirante sir Plunkett Dynnevor le advirtió que no intentara pedir su mano. Y no por ser un simple teniente, sino por ser un Cave.

Esto él lo consideró una ofensa tan grande que por ese motivo emprendió la campaña para demostrar su respetabilidad. Pero ahora lo entendía. Si él tuviera una hija no le permitiría que se atara de por vida al apellido Cave.

Sin embargo, había obligado a lady Theodosia a hacer justamente eso, pensó, recogiendo las fichas ganadas y dejando una por valor de una guinea en la mesa.

Pero la dama no acabaría siendo una Cave, y el dorado Debenham sobreviviría sufriendo sólo un roce con el lodo y muy poco daño. Tal vez, a juzgar por esa batalla de voluntades, ella podría obtener un estremecimiento de placer ilícito en el asunto.

Había conocido a mujeres de ese tipo y muchas veces resultaban prometedoras.

Obligó a su mente a concentrarse en un frío análisis.

¿Qué haría ella? Ese era el punto importante. ¿Ganaría la apuesta que había hecho esa noche actuando por impulso, cosa que hacía tan rara vez?

Era posible que en ese mismo momento ella estuviera quejándose de su comportamiento. Por muy agradecida que estuviera la familia Debenham por su testimonio, no aceptarían a un hombre que había tratado de esa manera a su hija. Se convertirían en enemigos, en lugar de aliados.

Eso podría incluso llevar a un duelo, y el paladín evidente sería su hermano.

Dare Debenham había cambiado a causa de sus experiencias, y si estas lo dejaron destrozado, se había recuperado convirtiéndose en una persona más fuerte. Había desaparecido su brillo superficial, revelando verdadero acero.

No era un hombre al que elegiría como enemigo, y ciertamente no era uno con el que deseara enfrentarse en un duelo, aunque sólo fuera porque estaba harto de ver muertos. En todo caso, eso no era un asunto que requiriera derramar sangre.

Y todo por haber perdido el norte y la lógica por causa de una joven perspicaz, arrogante, valiente y ferozmente apasionada.

—¿Más coñac, señor?

Sobresaltado, hizo un gesto de asentimiento al criado. El coñac gratis que servían ahí era malísimo, pero necesitaba algo fuerte y tenía buena cabeza para el licor. Se bebió la mitad de la copa, agradeciendo el ardor que le bajó por la garganta, y miró su carta. Un as. Lo tiró y lo perdió por el ocho que tiró el que repartía las cartas. Todavía tenía la mayoría de sus fichas delante, así que puso una para otra mano.

Había una posibilidad peor.

Si Debenham aún no estaba capacitado para un duelo, el siguiente, por línea de parentesco, sería el primo, el joven Cully. En muchos sentidos Cully Debenham le recordaba a su hermano Frank. Tenían en común el mismo sonriente entusiasmo por la vida, no apagado por la guerra, y la misma fe en la bondad fundamental.

Cully era otra persona a la que había evitado esa noche. Por desgracia, el muchacho le tenía una especie de adoración al héroe.

Juró que huiría del país antes que enfrentarse a Cully a punta de pistola.

Pero eso lo hizo caer en la cuenta de que sería mejor que volviera a su casa, para estar ahí si llegaba un reto y poder tomar las medidas que fueran necesarias. Se levantó y sólo cuando el repartidor de cartas lo instó a continuar se dio cuenta de que había doblado su cantidad de dinero.

—La noche es joven —dijo, arrastrando un puñado de fichas hacia el hombre—. Voy a ir a casa de Violet Vane.

Ningún hombre pondría reparos a su intención de ir a un prostíbulo. Sólo cabía esperar que ninguno decidiera ofrecerse a acompañarlo. Ninguno se ofreció. Grigg's era para hombres que preferían las cartas a las mujeres, a no ser que fueran mujeres que combinaran ambas cosas.

Salió al húmedo frío por el cual Inglaterra era famosa. Muchas veces mientras se encontraba en España o Portugal había echado de menos ciertos aspectos de Inglaterra, pero nunca ese. Era mayo, pero el frío aire nocturno se le metía en los huesos, y parecía que le iba a formar moho en los pulmones. Pero claro, a esa hora de la noche las personas respetables estaban en sus casas, en sus camas calentitas.

O seguían bailando en algún baile.

¿Qué haría lady Theodosia, si volvía a la casa y le pedía un baile?

¿Se desmayaría?

Le daría una bofetada, lo más seguro.

Eso hacía más tentadora la idea.

Y de hecho iba caminando en esa dirección. Moviendo la cabeza, viró hacia Hanover Square. Mientras caminaba pasaba la punta de su bastón con pomo de plata por las rejas, haciéndolas tintinear. Por el momento su destino escapaba a su control. Estaba en las manos de una dama; unas manos largas y elegantes, ocultas por guantes. Guantes rojos largos, que de repente lo hicieron pensar en los brazos de un cirujano del ejército, rojas de sangre hasta más arriba de los codos.

Se estremeció ante la imagen. ¿Cómo pudieron esas manos, esos guantes, haber sido tan condenadamente eróticos?

Y las perlas. Blancas, brillantes, en virginal contraste con el osado rojo.

¿Era virginal o lujuriosa? Su valentía le pareció la de una jovencita sin experiencia, pero su apasionada respuesta lo dejó pasmado. De todos modos, en el momento del beso, notó tensión en ella, una especie de frenesí, que le sugirió que esa pasión se encendía por primera vez esa noche.

Con él.

Lady Theodosia Debenham. La hermana de su enemigo. La mujer que ya debía odiarlo, y que lo odiaría aún más antes que todo hubiera acabado.

El destino es una puta cruel.

Capítulo 7

Cuando se marcharon de la casa Yeovil los últimos invitados, al alba, Dare comunicó a la familia que había tomado su última dosis de opio. Thea comprendió lo que significaba eso. Aunque él había intentado ocultar su sufrimiento en sus intentos anteriores, habían sido una tortura. Y había fracasado en esos intentos.

Esta vez ella se encargaría de que lo consiguiera. ¿Qué necesitaría para viajar de inmediato a Somerset?

—Voy a hacerlo en Brideswell —añadió él.

—¿En Brideswell? —se le escapó a ella, sin poder evitarlo.

Brideswell de Lincolnshire era la casa de la familia de su futura esposa, Mara Saint Bride, pero todavía no estaban casados.

—Es un lugar especial —le dijo Dare a ella, puesto que había sido la que protestó.

—Sí, claro.

¿Qué otra cosa podía decir? Pero lo sentía como una traición. Él se casaría pronto con Mara, pero todavía no era de ella. Su verdadero hogar seguía siendo Long Chart. ¿Quién lo apoyaría y ayudaría en Brideswell?

—Mara viene conmigo —dijo él entonces—. Sus padres le han dado permiso.

Thea sonrió para ocultar cuánto le dolía. Su reacción era estúpida, indigna, pero el esfuerzo por no demostrarla fue horroroso.

Debió notársele, porque mientras todos hablaban acerca de los detalles, Dare se le acercó. Ya estaba pálido, demacrado, y en su cara se notaban otras señales de la falta de su dosis habitual.

—Necesito Brideswell, Thea.

—¿Por qué?

Él logró esbozar una sonrisa.

—Pronto irás ahí para la boda y entonces lo verás. Lo sentirás.

Ella deseó gritar «¡No, no lo sentiré!», como una niña malcriada, pero simplemente lo abrazó.

—Sé que esta vez ganarás.

Él la abrazó con más fuerza.

—O ahora o nunca. Gracias a Dios por Canem Cave, aunque nunca me imaginé que diría eso.

Ella se apartó para mirarlo.

—¿Por qué?

—Habría esperado que disfrutara de mi sufrimiento.

A Thea se le agolparon todas las ansiedades.

—¿Qué? ¿Por qué?

—Tonterías de escolares. —Negó con la cabeza—. No una tontería en realidad, pero ya no importa. —Se desprendió de sus brazos—. Fueran cuales fueren sus motivos, le estoy agradecido, así que trata de ser amable con él.

¡Amable! Se aferró a él un momento, reprimiendo el deseo de reírse como una loca. Había tenido la intención de hablar con Dare acerca de lo ocurrido, aunque no con detalle, pero estaba claro que él estaba recurriendo a la última pizca de fuerza que le quedaba para dominarse. Lo besó en la mejilla.

—Vete. Mara te está esperando.

Él la recompensó con una sonrisa, pero inmediatamente pasó toda la atención a su amada, su alma y corazón, y Mara Saint Bride lo miró a los ojos de esa misma manera.

Tal vez sus malos sentimientos, pensó Thea, no eran celos de Mara por Dare, sino envidia por ese amor. No lograba imaginarse amando con tanta intensidad. Y no sabía si deseaba amar así. Lo encontraba inmoderado, peligroso, aterradoramente abocado al sufrimiento.

Como el efecto de ese hombre, de ese beso.

Se dio una sacudida. Eso no tenía nada que ver con amor.

Un lacayo anunció que el coche estaba en la puerta, y a eso siguió un revuelo de abrazos, despedidas y buenos deseos. Thea fue a abrazar a su futura cuñada.

—Sé que no es necesario, pero tengo que decirlo. Cuida de él, Mara.

—Por supuesto —dijo Mara, y añadió en voz baja—: Es posible que no sea nada, Thea, pero me preocupa el vizconde Darien.

Thea se despabiló al instante.

—¿Por qué?

—No lo sé. —La mitad o más de la atención de Mara se centraba en Dare; él estaba saliendo, mirando hacia atrás para ver dónde se encontraba ella—. Percibí antagonismo en él. Y sin embargo le hizo ese enorme favor a Dare. Dare me dijo que hubo una tonta enemistad entre ellos en el colegio, pero eso no explica que haya resentimientos ahora.

—¿Qué temes? —le preguntó Thea, acompañándola hacia la puerta.

—No lo sé. Pero... tu madre le está profundamente agradecida.

—Ay, Dios —gimió Thea.

La duquesa de Yeovil era un alma maravillosamente generosa, hasta tal punto que sus muchas causas hacían necesarios un secretario y cuatro ayudantes para llevarlas. El cielo los amparara a todos si la familia Cave era la siguiente causa.

—Exactamente —dijo Mara—. En Brideswell muchas veces no nos enteramos de las historias más negras, y yo creía que los Cave eran simplemente el tipo habitual de familia problemática. Libertinaje, borracheras, pendencias. Pero por lo que oí esta noche, me parece que malos no es una palabra lo bastante fuerte. Uno cometió un asesinato incluso.

—Lo sé.

—Mara —llamó Dare.

—Tengo que irme. Probablemente mi alarma es por nada, pero… manténte en guardia, Thea, por todos nosotros.

Thea salió a la luz rosada de la aurora, los acompañó hasta el coche y agitó la mano hasta que los dos coches se perdieron de vista, enviando con su despedida sus más sinceras oraciones. Pero las palabras de Mara le tintineaban en la cabeza.

Mara le había hecho la advertencia sin saber nada del encuentro de ella con Darien ni del trato que él le sacó con chantaje, pero lo que le había dicho era más profundo. ¿Podría ese hombre ser un peligro para toda su familia?

¿Debía decírselo a sus padres?

Pero había hecho un trato, y el vizconde Vil Darien había cumplido su parte.

—Pareces agotada, cariño —dijo su madre, rodeándola con un brazo—. Vamos a acostarnos.

Thea fue con ella. Estaba tan cansada que no era capaz de tomar una decisión racional en ese momento, y lo que fuera que ocurriera ocurriría después.

—Qué noche —comentó la duquesa cuando entraron en la casa—, pero qué maravillosa. Todo se ha arreglado y esta vez Dare ganará, así que pronto acabará esta horrible pesadilla.

—Quedará muy débil —le advirtió Thea.

—Claro que sí, pero no tardará en recuperar sus fuerzas. Y entonces tendremos la boda. ¿Tal vez dos? —La miró traviesa—. ¿Avonfort, tal vez?

—¡No!

La negativa le salió más contundente de lo que habría querido, así que no le extrañó que su madre la mirara sorprendida. Lord Avonfort era un vecino de Somerset que había perseverado más de un año en sus atenciones. Su casa, Avonfort Abbey, estaba cerca de Long Chart, y sus hermanas eran las amigas de ella. Suponía que se casaría con él, pero en ese momento no podía pensar. Además, podría estar comprometida con otro.

—Si no lo quieres, hay muchísimos otros —dijo su madre tranquilamente—. Pero tienes veinte años y reconozco que te he descuidado estos últimos años. Ahora puedo darte toda mi atención.

Thea escapó corriendo hacia su habitación.

El cielo la amparara: ella, no Darien, iba a ser la siguiente causa de su madre.

El miércoles Darien decidió quedarse todo el día en la casa Cave. Cuando llegó esa noche no lo esperaba ningún reto a duelo, pero eso no lo tranquilizaba en absoluto. Lady Theodosia bien podría haber esperado hasta que acabara el baile para quejarse de él ante sus padres.

Pero si llegaba un reto, era mejor que fuera en privado, así que se quedó en la casa. Además, tenía que pensar en otro problema. Por la noche alguien había derramado sangre en la puerta de la casa. Igual no la habría ni visto si no fuera por su costumbre de salir a cabalgar a primera hora de la mañana, antes que salieran los elegantes.

Como siempre, esa mañana salió de la casa por atrás y caminó hasta el establo que servía a ese bloque. Cuando llegó a la casa, hacía unas semanas, descubrió que la parte correspondiente a los Cave la alquilaban a otros. Puesto que sólo tenía un caballo, sólo exigió un corral y no se molestó en contratar a un mozo.

Ninguno de los mozos que trabajaban en el establo lo recibió con muestras de bienvenida, pero uno aceptó cuidar de su caballo *Cerberus*. Él se preocupaba de hacer dos visitas al día para ver cómo estaba su caballo y prestarle una atención especial, y lo cabalgaba todos los días. Aparte del placer de cabalgar, esos eran unos breves momentos de afecto puro, no contaminado por nada.

Las cabalgadas eran la mejor parte de sus días. Le gustaba cabalgar y le gustaba la mañana. La mañana renovaba cada día, limpio de la rancidez e insatisfacciones del día anterior, haciendo posibles todas las cosas.

Esa mañana estaba particularmente hermosa y no ocurrió nada que se la estropeara, así que al volver de la cabalgada tomó el camino largo hacia su casa para entrar por la puerta de la fachada.

Y así fue como vio, en un peldaño de la escalinata, un charco de sangre medio seca. Miró alrededor, pero quien fuera el que hizo eso ya no estaba.

Hanover Square continuaba silenciosa, la mayoría de los criados continuaban en sus camas. Se apresuró a entrar y encontró a su personal, los Prussock, sentados a la mesa de la cocina desayunando té, pan y mermelada. Había encontrado en la casa a los tres cuando llegó y no se tomó la molestia de reemplazarlos. Hacían un buen trabajo para un hombre que no recibía visitas y jamás invitaba a nadie, pero eran un grupo poco comunicativo, y no sonreían jamás.

—Hay sangre en la escalinata —dijo—. ¿Alguien se ha hecho una herida?

Los tres, padre, madre y la hija boba, se habían levantado y lo estaban mirando.

—¿Sangre, milord? —preguntó la señora Prussock; normalmente era ella la que hablaba por todos.

—No es para preocuparse. Pero es necesario limpiarla. Ahora.

—Ellie —dijo la señora Prussock a su hija—. Ve a limpiarla.

Ellie, la de los pies de plomo, cogió el asa del cubo de madera con agua y salió con un trapo.

—¿No han visto a nadie en la puerta principal esta mañaña? —preguntó Darien.

—No, milord. Justo estamos empezando a desayunar. ¿Desea su desayuno ahora?

—¿Ha ocurrido esto antes? —preguntó él sin contestar a la pregunta.

Más miradas oblicuas. Simplemente esperó. Había tratado con bribones peores que esos en el ejército.

—Al principio —contestó la señora Prussock—. En los días siguientes a que el señor Marcus hiciera lo que hizo. O eso me han dicho.

Él frunció el ceño.

—¿No estabais aquí entonces?

—No, milord. Nos contrataron como cuidadores cuando murió su padre, milord.

Él había supuesto que llevaban más tiempo ahí, pero claro, no: a pesar de lo agarrado que era su padre, habría necesitado bastante más servicio.

—Comunicádmelo si vuelve a ocurrir algo como esto —ordenó—. Y sí, el desayuno ahora, por favor.

Salió de la cocina pensando cómo sería tener un personal normal. Tan agradable como tener una familia normal y una vida normal, supuso. E igual de probable.

Los Prussock habían asumido los papeles de mayordomo, cocinera-ama de llaves y criada, pero ninguno estaba formado para desempeñarlos. Pero encontrar mejores criados que aceptaran trabajar para un Cave sería difícil, así que agradecía tenerlos a ellos por poco apropiados que fueran. Mantenían la casa pasablemente limpia y ordenada y daban comida sencilla pero comestible, que era lo único que necesitaba.

Había hecho un solo añadido, un ayuda de cámara, necesario para que cuidara de su guardarropa, que él consideraba su armadura en esa batalla. Lovegrove era delgado, melindroso y hábil. También se pasaba borracho la mayor parte del tiempo, pero los mendigos no pueden darse el lujo de escoger.

Mientras esperaba el desayuno comenzó a pasearse, pensando en la sangre. Tenía que ser una reacción a su intrusión en el círculo más elevado de la sociedad, pero ¿quién haría una cosa así u ordenaría que se hiciera? ¿La familia Wilmott, que todavía tenía su casa de ciudad al otro lado de la plaza, frente a la de él?

No sabía si seguían viniendo a pasar la temporada ahí. Había supuesto que evitarían ese lugar, donde su hija encontró un violento fin en el verde y agradable jardín central. Su presencia ahí tenía que ser dolorosa, pero seguro que la casa vacía no sería más fácil de soportar.

Entró la señora Prussock con un plato con huevos fritos y jamón, pan y café. Mientras comía no pudo evitar pensar en ese crimen. Él estaba en España cuando Marcus asesinó a la chica de dieciséis años Mary Wilmott, pero la noticia viajó rápido. A él lo horrorizó, pero no lo sorprendió. Marcus había sido raro toda su vida, pero su absoluta depravación lo llevó a contraer la sífilis, y esta se le fue al cerebro.

Deberían haberlo encerrado muchos años antes del crimen, pero su padre tenía el tipo de arrogancia aristocrática que no reconocía ningún defecto. Nadie sabía por qué Marcus cogió a la chica, le cortó el cuello, la mutiló y dejó el cadáver ahí, a plena vista.

Nadie sabía tampoco qué hacía la damita ahí en el jardín al caer la noche, pero esa era una pregunta que nadie hizo acerca de la chica que muy pronto se convertiría en la Dulce Mary Wilmott, tema de poemas y baladas.

Fue muy fácil arrestar a Marcus; había dejado huellas de sangre en todo el camino hacia la casa Cave, y ahí lo encontraron, mordisqueando uno de los postes de su cama.

Sin duda aquello no era un acontecimiento que se pudiera olvidar fácilmente. Pero él no había esperado esa reacción tan fuerte seis años después del crimen, cinco años desde la muerte de Marcus.

Pero Mary Wilmott había sido miembro de la alta sociedad. La aristocracia no olvidaría ni perdonaría fácilmente.

Pero él tampoco.

En el futuro se levantaría más temprano aún y se encargaría de que si volvían a ponerle sangre en la puerta la limpiaran antes que se levantara la gente y la viera.

Capítulo 8

*E*l agotamiento no le permitió a Thea quedarse despierta preocupándose, pero tan pronto como despertó le volvieron todos los problemas: su madre, Cave, el beso, su promesa. Por mucho que le remordiera la conciencia, no podía negar que hizo esa promesa.

De repente comprendió que no era Rapunzel el cuento, sino Rumpelstiltskin.

Con el fin de salvar su vida, el padre de la chica alardeó ante el rey que ella era capaz de tejer paja y convertirla en oro. Cuando el rey la encerró ordenándole que hiciera eso, sus lágrimas de desesperación hicieron aparecer a un extraño hombrecillo que le dijo que tejería la paja y la convertiría en oro si ella le prometía darle su primer hijo. Desesperada, la chica aceptó y apareció el oro. Esto complació tanto al rey que se casó con ella, y a su debido tiempo nació su primer hijo.

¿Había olvidado su promesa o pensó que al ser reina estaría a salvo? El hombrecillo volvió a reclamar al bebé. Ella lloró y suplicó tanto que el hombrecillo le concedió tres días para que adivinara su nombre. Si no lo adivinaba, se llevaría al bebé.

La reina probó con todos los nombres imaginables, pero no logró adivinarlo. Entonces un día lo oyó cantar alegremente acerca de su nombre, y eso la salvó.

Bien mirado, pensó Thea, sentada en la cama con el mentón apoyado en las rodillas, era un cuento tonto, pero la lección estaba clara: ten cuidado con lo que prometes, porque podrías tener que pagar la deuda.

Y ahora a su carga tenía que sumar la advertencia de Mara. Antagonismo. Esa fue la palabra que empleó Mara, y estaba de acuerdo con su experiencia. Había percibido antagonismo en lord Darien, dirigido a ella y a Dare. Pero ¿por qué? Dare era tan amable y simpático que era imposible que inspirara esos sentimientos tan fuertes, y mucho menos cuando era niño. Sus recuerdos de su adorado hermano mayor eran todo risas y generosa alegría.

Quedarse en la cama no resolvería nada, así que se bajó y tiró del cordón para llamar a Harriet y entonces recordó algo que le dio que pensar: la pregunta sarcástica del hombre de si todos los que conocían a Dare debían adorarlo.

Pero era cierto.

Había un misterio en eso, pero si había habido un incidente en el colegio, eso significaba Harrow, y Harrow significaba la Compañía de los Pícaros. Ya era casi mediodía. Cuando estuviera vestida y hubiera desayunado no sería demasiado temprano para una visita ridículamente llamada matutina. Visitaría a Nicholas y a Eleanor Delaney, porque Nicholas era el jefe de los Pícaros.

Llegó Harriet con el agua para lavarse y el desayuno, y aprovechó para preguntarle por el vestido verde.

—Hice lo que pude, milady, pero algunas manchas están justo en el encaje. Se me ocurrió que tal vez podría ir bien poner una franja nueva en esa parte del corpiño.

—Buena idea. Veremos si la modista tiene más de esa tela.

Ojalá todos los problemas de esa noche se pudieran resolver con tanta facilidad. Le escribió una corta nota a Eleanor Delaney, envió a Harriet a entregársela a un lacayo y se sentó a tomar su desayuno.

Cuando terminó de vestirse llegó la respuesta: Eleanor estaría encantada de recibirla. Ordenó que le llevaran a la puerta el coche de ciudad y no tardó en ir de camino, acompañada por Harriet, sentada en el asiento de enfrente.

Aunque Dare era miembro de la Compañía de los Pícaros y ella había oído muchísimas historias sobre ellos, no había conocido a muchos hasta esa noche pasada. Simon Saint Bride, el hermano de Mara, había sido un amigo especial de Dare y visitado Long Chart en numerosas ocasiones; él también estaba en Londres, pero había estado varios años en Canadá y no lo conocía lo bastante bien para sentirse cómoda con él.

Nicholas Delaney, en cambio, vivía en una casa lo bastante cerca de Long Chart para hacer el trayecto a caballo. Durante la recuperación de Dare los había visitado con frecuencia, así que casi podía contarlo como un amigo. Casi, porque él era una persona especial, muchas veces desconcertante. A Eleanor la había visto menos, porque había estado embarazada la mayor parte de ese año, pero se sentía lo bastante cómoda con ella para hablar del asunto.

No se sorprendió cuando el propio Nicholas abrió la puerta, en mangas de camisa; era tremendamente informal, a pesar de ser hermano de un conde.

—Thea —dijo, con toda la apariencia de estar encantado, pero añadió—: Tendrás que disculparme. Estamos en medio de los preparativos para volver a Somerset. Te llevaré a ver a Eleanor arriba.

Thea envió a Harriet a las dependencias de los criados y lo siguió, aunque la sorprendió que la llevara al dormitorio de matrimonio. Eleanor la saludó afectuosamente, pero estaba sentada en una mecedora dándole el pecho a su bebé, tapado por un enorme chal de seda. Los ocasionales sonidos del bebé mamando eran desconcertantes.

Eleanor envió a su doncella a ordenar que les subieran el té.

—Discúlpame, por favor. Cuando un bebé necesita su alimento es muy insistente.

—Me lo imagino —dijo Thea, sentándose en un sillón sin saber hacia dónde mirar.

Eleanor era igual que su marido en la sencillez para vestirse.

Todavía tenía suelto el largo pelo castaño rojizo, solamente atado a la nuca con una cinta.

—Todos debéis de estar muy felices con el éxito de anoche —dijo Eleanor, como si la situación fuera de lo más natural.

—Sí, por supuesto, pero no me voy a relajar del todo mientras no sepa que Dare ha ganado la batalla.

—Esta vez la ganará. Sobre todo teniendo a Mara a su lado.

—Eso espero.

Eso no era de lo que Thea deseaba hablar, pero en esa extraña situación se sentía cortada.

Eleanor sacó al bebé de debajo del chal y se lo apoyó en el hombro, friccionándole la espalda. Thea no pudo evitar sonreír.

—Se ve lleno y satisfecho.

—Como un borracho tambaleándose de vuelta a casa desde la taberna, dice Nicholas. Con los ojos turnios y eructando. —Sin dejar de friccionarle la espalda al bebé, le preguntó—: ¿Tenías algún motivo especial para venir, Thea?

Los dos Delaney tendían a ser muy francos.

Se lanzó a explicar su preocupación.

—Se trata de lord Darien. Antes de marcharse esta mañana, Mara me dijo que estaba preocupada. Él le hizo un favor a Dare, pero ella percibió antagonismo entre los dos, y Dare le habló de un incidente que ocurrió en el colegio. Ella duda de sus motivos.

—Ah —dijo Eleanor. Bajó al bebé del hombro y lo acunó en los brazos; estaba profundamente dormido—. Nicholas puede contar esa historia mejor que yo. ¿Me haces el favor de llamar?

Thea tiró del cordón y casi al instante entró una niñera, con la clara intención de llevarse al bebé. Eleanor lo besó y se lo pasó.

—Y pídele al señor Nicholas que venga a reunirse con nosotras, por favor.

El té llegó antes que él, y Eleanor se trasladó al sofá a servirlo.

—¿Conoces al vizconde Darien? —preguntó Thea. Necesitaba terriblemente tener otras opiniones.

—No. Ha estado en el ejército hasta hace poco, colijo, y fuera de nuestra vista desde que vendió la comisión.

—La reputación de la familia es horrenda.

—Sí, pero la de la mía no tiene nada de maravilloso. Mi hermano es deplorable, pero afortunadamente está en el extranjero.

Thea bebió un trago. ¿Había caído entre aliados de Darien? ¿Habría sido un Pícaro? No. No los conocía a todos, pero sabía sus nombres, y él mismo lo negó. Bruscamente.

Entró Nicholas, con expresión de curiosidad.

—A Thea le interesa saber lo de los malos sentimientos entre Darien y Dare —le dijo Eleanor.

—Ah. Es irónico que ahora sus nombres sean tan similares, siendo sus naturalezas tan diferentes. —Cogió una taza de té y se sentó—. ¿Puedo preguntarte por qué, Thea?

—Mara Saint Bride me dijo que estaba preocupada y me aconsejó que tuviera cuidado.

Él cogió una galleta de la bandeja.

—Es muy astuta. Todos los Saint Bride lo son, a pesar de su famosa naturaleza dichosa. La dicha requiere recelo inteligente. Sí, hubo un problema, pero de eso hace ya mucho tiempo.

—¿Me puedes contar lo que ocurrió?

Él lo pensó un momento y comenzó:

—Horatio Cave llegó a Harrow con todas las desventajas posibles con la excepción de ser un mariquita. Eso ciertamente no lo era. Pero era rudo de modales y maleducado. Dudo que hubiera tenido amigos de su edad y posición, y simplemente no encajaba. Sumemos a eso que su reacción natural a cualquier desaire o afrenta era pelear, con uñas y dientes.

—Pobre niño —dijo Eleanor.

Thea bebió otro poco de té. El pobre niño ya era un hombre, y sin duda habría superado esos problemas.

—¿Hacía mucho daño? —preguntó.

—Principalmente a sí mismo. Físicamente era muy diferente al hombre que ves ahora. No es un gigante, pero en esa época la mejor descripción sería decir que era un enano, bajito y flaco. Algunos creyeron que sería fácil meterse con él, pero no tardaron en comprender su error. Había aprendido a luchar con saña. Tomando en cuenta a su familia, se puede suponer por qué.

Nada de lástima, se dijo Thea.

—¿Qué ocurrió entre él y Dare? —preguntó—. Necesito saberlo.

Él la miró pensativo, pero no se echó atrás.

—Cave se acabó peleando con Dare. No hace falta decir que Dare no había hecho nada para ofenderlo, pero tal vez Cave se imaginó un desaire o eligió a Dare para que representara a todo el mundo odiado. Cuando los separaron, Dare estaba lleno de sangre y Cave prácticamente no tenía ni un rasguño. Pero claro, como sabes, Dare nunca ha sido un luchador de corazón.

—Por eso a todos nos preocupaba tanto su deseo de combatir a Napoleón.

—Wellington tuvo la buena inspiración de darle un trabajo que exigía principalmente cabalgar. Siempre fue un jinete tremendamente audaz.

—Wellington lo hizo por sugerencia tuya —dijo Eleanor, sorprendiendo a Thea.

Nicholas no hizo caso de eso.

—Por Con, por Hawkinville. En todo caso, Dare siempre desviaba la rabia con una risa o una broma, y esa vez hizo eso. Dijo «cave canem». Claro que lo dijo sin ninguna mala intención, pero los chicos lo cogieron como apodo. Horatio Cave se convirtió en Canem Cave, muchas veces acompañado por sonidos de ladridos o chistes tontos. Y luego, inevitablemente, el apodo se tradujo. Cuando alguien lo llamaba Perro Cave se lanzaba a una pelea tan feroz que le quebró un brazo a Derby Trigwell y lo expulsaron.

Nada de lástima.

—Qué triste —dijo Eleanor.

—¿Por el niño con el brazo roto? —preguntó Thea, adrede.

—Por los dos —contestó Eleanor—. ¿No hiciste nada, Nicholas?

Esa podía parecer una pregunta extraña, pero claro, Thea se había criado oyendo historias acerca de Nicholas Delaney.

—Habría sido un candidato ideal para Pícaro, sí —dijo él—, pero habíamos acordado que seríamos doce. El número mágico y todo eso. Además, era un año menor. Si lo pienso, mirando atrás, seguro que había cosas que podríamos haber hecho para ayudarlo, pero éramos escolares y estábamos principalmente absortos en nuestras vidas. Confieso que después que el pobre Perro Cave se marchó del colegio, no pensé nunca más en él.

¡Nada de lástima!

—Cómo se le habrá enconado la herida —dijo Eleanor—. Hasta el día de hoy recuerdo una crueldad que sufrí en el colegio, y si me encontrara con Fanny Millburton, me costaría muchísimo ser amable con ella.

—¿Harías el esfuerzo por hacerle un favor a Fanny Millburton?

Eleanor la miró.

—Me gustaría pensar que sí, pero no lo sé.

—¿Qué sospechas, Thea? —preguntó Nicholas.

Thea estuvo a punto de contarlo todo, pero hablar de su promesa la haría más real, y ya había comprendido que debía encontrar la manera de soltarse del venenoso anzuelo. Puede que ese hombre hubiera sufrido crueldades, pero estaba claro que había sido violento y despiadado desde la cuna.

—Mis padres le están muy agradecidos a lord Darien, y yo sospecho que ese era su objetivo. La advertencia de Mara me llevó a pensar si no tendrá la intención de hacernos algún daño, y ahora tú me dices que tiene un motivo.

—Sería una venganza muy rebuscada —señaló él—. Seguro que habría sido más sencillo dejar a Dare metido en el escándalo.

Thea lo pensó.

—Pero de esa manera su situación no cambiaría. La de lord Darien, quiero decir. Anoche los miembros de la alta sociedad demostraron claramente que no están dispuestos a aceptarlo entre ellos. Tal vez él desea cambiar eso. El apoyo de mi familia sería poderoso.

—La alta sociedad en su peor aspecto puede ser más despiadada que cualquier populacho alborotado —concedió él—. Si él desea el apoyo de tu familia para superar eso, ¿qué mal hace?

—Una vez que haya conseguido su objetivo podría intentar hacer alguna maldad sutil.

Nicholas arqueó las cejas.

—¿Has estado leyendo novelas Minerva, Thea?

—Hay personas que idean y ejecutan maldades.

Él se puso serio al instante.

—Perdona, eso es cierto. Eleanor, creo que vamos a tener que quedarnos un tiempo más en la ciudad.

Eleanor exhaló un suspiro, pero dijo:

—Sí. No ayudasteis a Perro Cave hace diez años, así que ahora tenéis que reparar el daño.

—Qué bien me conoces.

—Por supuesto, y estoy de acuerdo, aunque en realidad ese es trabajo para Dare. Él le hizo el daño. Sin intención ni malicia, no hace falta decirlo, pero se lo hizo.

—Dare no estará en condiciones durante unas semanas, así que entre yo y los demás debemos sostener el fuerte.

—¿Y hacer qué? —preguntó Thea.

—Corregir el mal. Si Darien desea ser aceptado en la sociedad, nosotros lo conseguiremos.

Así de sencillo. Thea puso el platillo con la taza en la mesita porque le temblaban las manos de alivio. Había ido ahí para obtener información, pero al parecer ya estaba salvada. Teniendo a los Pícaros de su parte, incluyendo a los honorarios, como el duque de Saint

Raven, más la ayuda de su familia, lord Darien no tendría ninguna necesidad de mantener un falso compromiso.

Más aún, ahora tenía una amenaza para suspenderla sobre su cabeza. Si él la fastidiaba lo diría todo, convirtiendo a todos esos aliados en enemigos.

—Supongo que todavía lo llaman Canem Cave —dijo Eleanor a Nicholas—. ¿Por qué, si eso fue el problema?

—Tal vez tuvo la inteligencia de transformar eso en una ventaja para él.

—¿Es inteligente?

—Por lo general, los verdaderos buenos oficiales lo son, y su fama militar es extraordinaria. Así pues, ¿cuál es nuestro plan? —Parecía estar consultando al papel de la pared—. Darien debe de tener amigos del ejército, pero tal como él, muchos han estado fuera de Inglaterra hasta hace poco. Necesitamos personas que tengan peso en la alta sociedad.

—Eso me exime a mí —dijo Eleanor.

—Trata de disimular tu alegría, cariño —dijo él, y le cogió la mano, tal vez sin darse cuenta.

Thea se sintió algo azorada por la conexión física que se notaba en la pareja.

—Menos mal que los Pícaros han venido para apoyar a Dare —continuó él—. Tendrán que quedarse un tiempo. En todo caso, los miembros del Parlamento estarán aquí clavados mientras duren los debates. Tenemos muchísima potencia de fuego, pero incluso así, no podemos hacer que acepten a Darien por la fuerza. Necesitamos seducir a las mujeres y convertir a los hombres.

—Colijo que es guapo —dijo Eleanor.

—¿Ah, sí? —bromeó Nicholas.

—De cierta manera amenazadora.

—Muchas veces son los más peligrosos con vosotras, mujeres tontas.

Thea notó que en esas bromas había algo que daban por descontado.

—¿Y si es un verdadero Cave? —preguntó—. ¿Y si es malo? ¿Y si tiene planes para atacar vilmente a Dare y a mi familia debido a un incidente de poca monta de hace más de diez años?

Nicholas giró la cabeza hacia ella.

—Entonces lo destruimos —dijo, como si estuviera hablando del tiempo.

Thea salió de la casa aligerada de algunas cargas, aunque pensando qué tipo de fuerzas había desatado. En contra de su voluntad, la historia de los tormentos escolares le habían inspirado lástima por el niño inadaptado.

Nunca había ido a un colegio, y Dare siempre hacía divertidas las historias que contaba de Harrow. Pero ella había oído bastantes versiones diferentes, por lo que sabía que un colegio de niños puede ser un infierno. A veces los chicos incluso se levantaban en rebelión armada contra sus crueles opresores. Ese fue el motivo de que Nicholas Delaney formara la Compañía de los Pícaros.

Para protegerse.

Y a Horatio Cave le había faltado todo tipo de protección.

Un enano.

Mal preparado para el colegio.

Con la necesidad de ser un luchador despiadado.

Endurecido de corazón. Todo eso lo hacía aún más peligroso para ella, no menos.

Cuando llegó a la casa se encontró con un mensaje de su madre pidiéndole que subiera a su salita de estar. Temiendo una mala noticia referente a Dare, se quitó la ropa de abrigo y subió a toda prisa. Pero se detuvo al pasar delante de un cierto espejo.

Ese corredor recibía poca luz del día, así que conservaba la misma atmósfera opresiva de esa noche, pero qué distinta se veía ella. El vestido azul pervinca era de cuello alto bordeado por una elegante gorguera blanca. «La cabeza en la bandeja», bromeaba Dare refiriéndose a ese estilo.

Llevaba el pelo recogido en un sencillo moño, sin ningún adorno. Sus únicas joyas eran los pendientes de perla y un broche de perlas engastadas en plata.

De todos modos miró hacia un lado, medio esperando ver al hombre Cave ahí. Era casi como si su espíritu se hubiera quedado ahí para susurrarle, como el espíritu de Hamlet: «Recuérdame».

Continuó caminando a toda prisa, pero algo de él la siguió, por lo que comenzó a pensar si no estaría el propio lord Darien esperándola en el saloncito de su madre. Esa llamada no era normal, y mucho menos por la tarde. Su madre debería estar haciendo su ronda de visitas «matutinas».

No era posible que Darien ya hubiera ido a hablar con su padre para declarar el compromiso.

¿Podría ser?

Capítulo 9

*T*hea entró en la salita de estar de su madre preparada para afrontar problemas, pero la luz del sol que entraba por la ventana despedía elegancia y orden, y su madre le sonrió. Era una mujer de apariencia muy corriente para ser duquesa, ni gorda ni delgada, pelo castaño no particularmente hermoso, pero su amabilidad daba a su semblante ese tipo de belleza que perdura toda la vida.

Estaba sentada ante la mesa con mantel de lino, sobre la que estaba el servicio de té y tazas, y tenía una invitada, la siempre serena y elegante lady Vandeimen. Maria Vandeimen era prima lejana de su madre, pero no era una invitada frecuente a tomar el té.

—Thea —dijo Maria sonriendo—, qué hermosa estabas anoche. Ese vestido era muy escandaloso.

—El corsé quieres decir —dijo ella besándola en la mejilla—. Debería habérmelo cambiado cuando me cambié el vestido.

—Me refiero al corte, cariño. Si todavía tuviera la figura larga y esbelta me mandaría hacer uno del mismo diseño.

En su tono no había ni un asomo de pesar. Maria se había vuelto a casar el año anterior y en febrero dio a luz a una hija, después de años de creerse estéril. Estaba francamente radiante.

Thea se sentó y cogió la taza de té que le ofreció su madre, pensando qué estarían tramando.

—Espero que Georgie esté bien —dijo, bebiendo un trago.

—En perfecto estado de salud. —Feliz explicó los muchos

encantos de su hija, pero terminó sorprendentemente rápido—. Basta de eso. He venido aquí a hablar de lord Darien.

Thea dejó la taza en el platillo con apenas un ligero tintineo.

—¿Por qué?

—Es amigo de Vandeimen.

Pasado el primer momento, eso no sorprendió a Thea. El segundo marido de Maria (escandalosamente ocho años menor que ella) era un gallardo ex oficial. Aunque era rubio y de ojos azules y siempre había sido un perfecto caballero en su presencia, veía las similitudes.

—¿Del ejército, supongo?

—Estaban en distintos regimientos, pero tenían una queja en común, por sus apodos. A Van lo llamaban Demonio Vandeimen en el ejército y, claro, Darien era el Perro Loco Cave.

—Tututut —musitó la duquesa—. Apodos muy desafortunados. Con Maria estamos pensando qué se podría hacer para ayudar al querido Darien. La gente sabe ser muy cruel. Prueba uno de esos pasteles de limón, cariño. La cocinera se ha superado a sí misma.

Thea cogió uno, pero antes de probarlo hizo una advertencia:

—Podría ser un verdadero Cave, mamá.

—Ah, no. Siempre han sido malos y egoístas hasta la médula. El viejo lord Darien jamás se habría tomado la molestia de ayudar a alguien. No hay ningún parecido, te lo aseguro.

—Es moreno —dijo Maria.

—El vizconde Vil no era moreno —contestó la duquesa.

—No, pero el Loco Marcus sí. Eso fue la causa de gran parte del problema anoche. Si Darien se pareciera a su padre tal vez no causaría tanta alarma.

—Pero no se parece en nada a Marcus —protestó la duquesa—. Ese era un monstruo orondo.

—No cuando era joven. Antes que contrajera la sífilis.

—¡Maria! —exclamó la duquesa, mirando de reojo a Thea.

—Sé lo de la sífilis, mamá.

—Ay, Dios —gimió la duquesa, cogiendo otro pastel.

—¿Por qué tienen el pelo negro y los ojos oscuros? —preguntó Thea, consciente de que no debía ceder a la curiosidad; era como salir a escondidas a visitar un lugar escandaloso, e igualmente peligroso.

—Por su madre —contestó la duquesa—. Era italiana. Magdalen no sé cuántos, creo. Cantante de ópera. O bailarina de ópera.

Thea sabía la diferencia entre artista y puta.

—¿Fue aceptada por la sociedad?

—Uy, no.

—Bailarina de ópera, entonces.

—No sé cómo las jóvenes sabéis estas cosas —gimió la duquesa, pero enseguida añadió—: Supongo que nosotras también las sabíamos. Pero lady Darien podría haber sido cantante. Simplemente casarse con el vizconde Vil la hizo inaceptable, y además era extranjera. Me gustaría saber por qué se casó con él. Él nunca fue guapo ni apto para compañía decente. Su hermano era peor, lo creas o no. Richard Cave tuvo que huir del país. Hacía trampas con las cartas y después mató a alguien. No como en el caso de Mary Wilmott. Fue a una persona similar a él, en un callejón oscuro. Creo que huyó a Francia, se encontró con la Revolución Francesa y acabó en la guillotina, lo que podría considerarse una especie de justicia divina.

—¿No llamaban Diablo al vizconde anterior? —preguntó Maria—. De verdad es una lamentable saga y no será fácil superarla, sobre todo con la Dulce Mary Wilmott colgando del cuello de Darien como un albatros.*

---

* En el poema «Rime of the Ancient Mariner», el marinero, llamado Albatross, mata a un albatros de un disparo y en castigo se ve obligado a llevar al pájaro colgado del cuello. Coleridge era adicto al opio. (N. de la T.)

—Entonces debemos cortar la cuerda —dijo la duquesa—. Qué poema tan tonto. Tomaba opio, dicen.

Se quedó callada y Thea comprendió que ya no estaba pensando en Coleridge ni en su poema «Rime of the Ancient Mariner», sino en Dare. Era pasado el mediodía. No habrían llegado a Brideswell todavía, pero lo estarían mordiendo los efectos de no tomar la droga. En sus peores momentos, los primeros días, lo habían atormentado disparatadas visiones.

La duquesa se dio una sacudida.

—Estoy segura de que Darien es un hombre excelente. Su hoja de servicios en el ejército es ejemplar.

Maria tosió.

—¿Y qué significa eso? —preguntó la duquesa.

—Tenemos que afrontar los hechos, Sarah. Fue valiente, osado y muchas veces muy efectivo, pero no mejor ejemplo de corrección militar que Van. Cuando Wellington lo apodó Perro Loco no fue sólo como un elogio.

—Nos hizo un favor, Maria, y a cambio seremos amables. ¿Tú y Vandeimen estáis dispuestos a ayudar, supongo?

—Por supuesto. Pero esto hay que abordarlo con sumo cuidado.

La duquesa llenó las tazas.

—Supongo que el respaldo de personas como nosotros será suficiente.

—Tú estás por encima de toda duda, Sarah, pero yo, claro, soy una mujer tonta que se deja dominar por un hombre desmadrado, pero guapo y joven.

Eso lo dijo en tono irónico y travieso, pero era cierto que pensaban eso de ella.

Thea le puso azúcar a su té.

—Los Pícaros van a ayudar. Visité a los Delaney y me lo dijeron.

—Buena noticia —dijo su madre, aunque frunció ligeramente el ceño—. ¿Por qué corriste a visitarlos, cariño?

—Por algo que me dijo Mara. Detectó antagonismo entre Dare y Darien, y Dare me contó que en Harrow habían tenido una pelea.

—¿Darien se peleó con Dare? —exclamó Maria—. Eso es todo un logro.

Thea les contó la historia que le habían explicado, y su madre frunció el ceño.

—Eso estuvo muy mal por parte de Dare, y debería haber reparado el daño. Podría haber invitado al pobre chico a pasar las vacaciones de verano en Long Chart.

Esa imagen alarmó a Thea.

—De todos modos —continuó su madre—, si los Pícaros están de nuestra parte el éxito está asegurado. Pueden buscar apoyo entre una variedad tan inmensa de damas y caballeros que nadie detectará una parcialidad. Deportistas, políticos, diplomáticos, mecenas de las artes y las ciencias.

—¿No muchos saben lo de los Pícaros?

—No en ese sentido. Saben que en el colegio formaron un grupo, sí, pero que siguen íntimamente unidos ahora, no. Y luego están los amigos, como Saint Raven, Vandeimen y Hawkinville.

—Qué ingenioso —aprobó Maria—. Realmente parecerá una aprobación no organizada. Y Van dice que muchos militares lo apoyarán.

Thea sintió la necesidad de hacerles una advertencia:

—Pero ¿y si lord Darien tiene algún motivo oculto? ¿Alguna mala intención?

—¿Debido a una pelea de escolares? —preguntó la duquesa.

—Las heridas se pueden enconar.

—No a lo largo de diez años de guerra —dijo la duquesa—. ¿Qué sabemos en descrédito de Darien? No de su familia, de él.

«Asalta a mujeres cuando las pilla solas.»

—¿Perro Loco? —sugirió Maria.

—No vi en Darien ni el menor asomo de locura ni de rabia.

Thea la miró sorprendida.

—¿Hablaste con él, mamá?

—Por supuesto, cariño. ¿No iba a buscar a nuestro liberador? Le di alcance en la puerta y le lloré encima, lo confieso, y eso lo impulsó a echar a correr hacia la noche. Muy guapo —añadió, cogiendo un trozo de jengibre escarchado y tomando un bocadito—. No de la manera habitual, pero uy, esos ojos oscuros, ese «vigor». —Se lamió los labios—. Absolutamente aniquilador.

Sin duda se lamió los labios para quitarse el azúcar, pero Thea pensó que debía darle un severo sermón sobre la sabiduría y el decoro.

Debió notársele algo, porque su madre le hizo un guiño.

—La edad no nos ciega ante los hombres gallardos y apetitosos, ¿verdad, Maria?

—Es evidente que no, puesto que me casé con uno. Pero debo señalar que eres veinte años mayor que yo, Sarah.

—¿Sí? Supongo que sí. —Cogió otro trozo de jengibre, como para consolarse—. Tal vez la solución más sencilla sea encontrarle la esposa adecuada. Una de reputación impecable, como tú, Maria. Nada de tonterías con cantantes de ópera.

—¿Una dama inglesa de buena cuna? —musitó Maria—. De reputación impecable pero no en situación de ser muy exigente. —Miró a Thea—. Thea...

—¡Yo no! —exclamó Thea, sobresaltada, enderezando la espalda.

—No, claro que no —dijo Maria riendo—. Tú puedes ser todo lo exigente que quieras. Sólo te iba a pedir sugerencias. Conoces a las damas más jóvenes.

—¿No sería mejor una viuda sensata? —sugirió la duquesa.

—¿Como era yo?

—Tú viste un bocado sabroso y te lo engulliste, Maria. Ahí no entró para nada la sensatez. Supongo que a Vandeimen no le importó, pero Darien podría no desear una esposa mayor que él. De todos modos, ¿una que esté languideciendo soltera a los... digamos, veinticuatro o veinticinco? Tal vez una que haya renunciado a venir a las temporadas en Londres.

—Te estás precipitando, como siempre, Sarah —dijo Maria—. Antes de organizar un matrimonio, antes de hacer mucho de todo, debemos estar seguras de que lord Darien es apto para la buena sociedad. Sabemos poco de él, y es un Cave.

—Pero Dare...

—El hábito no hace al monje, y si lo respaldamos nuestras reputaciones estarán atadas a la suya.

—¿Y Vandeimen, entonces? —desafió la duquesa—. Dijiste que deseaba ayudar a Darien.

—Van responde por él en general, pero incluso él reconoce que los valores militares son diferentes. Extremos que son aceptables entre hombres en guerra no lo son en un salón.

—Ayudó a Dare —insistió la duquesa, con expresión rebelde—, y a cambio debemos ser amables con él.

Thea cogió un trozo de jengibre para ella. La advertencia de Mara era válida. Lord Darien era ya una de las causas de su madre, y no querría oír ningún argumento en contra de él.

—Y aunque no fuera por eso —continuó su madre—, Darien se merecería nuestro favor por ser un veterano de la guerra. Hemos visto lo difícil que les resulta a los jóvenes adaptarse a la paz. Sólo piensa en tu marido, Maria. Un héroe, pero bien encaminado hacia la perdición antes que lo cogieras de la mano. No lo puedes negar.

—No lo intentaría jamás. Es posible que Darien sea un caso similar.

—O que no sea un caso en absoluto. Lamento expresarlo así, Maria, pero, que yo sepa, Darien no se ha dado a la bebida ni al juego.

—Pero como ya he dicho, Sarah, no sabemos lo bastante de él para estar seguras.

Thea temió que se liaran a puñetazos.

—Ya he puesto al señor Thoresby a investigarlo —dijo entonces su madre.

—Ah, bueno —dijo Maria, relajándose.

Thea también se relajó. El secretario de su madre era eficientísimo y también la protegía de su bondad y generosidad. Desenterraría todos los pecados de Darien.

—No encontrará nada en descrédito de Darien —afirmó la duquesa—. Cully lo idolatra. Tal vez deberíamos invitarlo a comer.

—¿A Cully? —preguntó Thea, confundida.

—A Darien, cariño. Una lista de invitados muy bien elegidos. Para ponerlo en contacto con las personas adecuadas que valoren sus consecuciones en el ejército y tengan el poder de hacer cambiar las opiniones. El duque dejará caer palabras de aprobación en los clubes. ¿Puedo esperar que Vandeimen haga lo mismo, Maria?

—Claro que sí, pero no te precipites, Sarah. Espera el informe del señor Thoresby.

—Ah, muy bien. Seguro que tendré un informe preliminar dentro de unos días.

Maria se levantó, presionándose una vez sus prominentes pechos.

—Debo volver a casa a darle el pecho a Georgie.

—Deberías haberla traído —dijo la duquesa, levantándose a besarla en la mejilla—. Me encantan los bebés.

—La traeré la próxima vez —prometió Maria y se marchó.

—Qué agradable ver feliz a Maria. Nunca se quejó, pero su primer marido fue una lamentable decepción, y no sólo en cuanto a los bebés. Y por Vandeimen nos preocupamos, lógicamente, pero ha resultado excelente. Como resultará Darien. —La miró atentamente—. ¿Dijiste que aún no estás preparada para decidirte por uno de tus pretendientes, cariño?

—No, mamá —contestó Thea, para desviar de ella la atención de su casamentera madre.

—Estupendo. Entonces estarás libre para apoyar a Darien. —Tal vez vio en ella una expresión reveladora—. ¿Qué te pasa, cariño? ¿Te asusta?

—No, es decir, no sé. No me he topado con él —mintió.

—¿No? Pues entonces parece que tienes opiniones muy sólidas. Supuse que te habías encontrado con él anoche.

—Me encontré con su reputación. Por todas partes.

—Estás de un humor muy extraño hoy. ¿Demasiado cansada, tal vez? Lo único que te pido es que de vez en cuando le permitas a lord Darien ofrecerte el brazo, que tal vez te sientes a su lado y entables conversación con él. Hacerle de pareja de baile sin parecer que supones que te va a devorar. ¿Es demasiado pedir?

—No —contestó Thea.

Después de todo había prometido fingir que estaba «comprometida» con él. ¿Cómo había acabado en ese aprieto?

—Tienes una reputación de virtud y sentido común tan excelente que eso convencerá inmediatamente a la gente. Ahora bien, ¿cuándo? —Abrió su agenda—. Esta noche, Almack. No hay esperanza de lograr que acepten a Darien ahí todavía.

«¿Todavía?» Thea deseó reírse.

—El jueves tenemos la velada musical de lady Wraybourne. Muy selecta. Eso podría ser difícil...

—Y tienes la intención de esperar el informe del señor Thoresby, mamá.

—Seguro que entonces ya tendrá algo. Necesitamos actuar rápido para cambiar las cosas. Una vez que la gente se forma ideas fijas se ponen muy difíciles. El viernes sólo hay compromisos de menor importancia.

Hizo una firme anotación ahí.

Thea dejó de protestar. Tenía tres días para no tener que encontrarse con ese hombre. A menos que él invadiera la casa exigiendo a su novia.

Debería intentar verlo antes para explicarle todos los motivos que hacían innecesario el compromiso, pero no podía salir a buscarlo, como no podría salir a buscar la peste.

Capítulo 10

A mediodía Darien se había instalado a trabajar en el interminable papeleo, seguro de que lady Theodosia no se había quejado de su mala conducta. Al menos nadie lo había retado a duelo. Pero seguro que estaba dando un rodeo, buscando una salida para desentenderse de la promesa.

«Ah, no, milady, eres mía», pensó, sonriendo.

Era malvado por disfrutar de ese pensamiento, y si lo era, los libros de cuentas y el papeleo eran su castigo. No estaba preparado para ese trabajo, pero era partidario de entender las cosas de las que era responsable. El sonido hueco de la aldaba de la puerta de la calle le desvió la atención de una columna de números particularmente desconcertante.

¿Se había relajado demasiado pronto?

Oyó los pesados pasos de Prussock en dirección a la puerta, luego unas voces apagadas y después pasos en dirección al despacho. Un golpe.

—Adelante.

Entró Prussock.

—Un caballero desea verle, milord —dijo, contrariado.

Estaba claro que consideraba una molestia las visitas.

Se levantó, preparándose.

—¿Quién?

—Un tal lord Vandeimen, milord.

La oleada de alivio le dejó en blanco la mente un momento, pero entonces lo golpeó la novedad de la situación. Van sería su primera visita. ¿Dónde debía recibirlo?

En la sala de recibo y en el salón todo estaba tapado todavía con cobertores de holanda, como también la sala de estar de los aposentos de su padre. No soportó usar esas habitaciones. También rechazó el dormitorio grande que fuera de Marcus, aun cuando se había eliminado todo rastro del pasado.

En consecuencia, usaba el tercer dormitorio. Era de tamaño modesto y no había hecho nada para adecentarlo. Antes que pudiera decidir, apareció Van en la puerta, delgado, rubio, y con la larga cicatriz que le bajaba por la mejilla.

—¿Pensando en cómo echarme? —preguntó sonriendo, aunque no totalmente en broma.

Darien se rió y fue a estrecharle la mano.

—Sólo en dónde ponerte. Prácticamente estoy acampando aquí, pero tengo provisiones. ¿Cerveza, vino, té, café?

—Café, gracias —dijo Van, paseando la mirada por el despacho.

Darien dio la orden al curioso Prussock.

—Lo sé, espartano. Cuando murió mi padre, el ejecutor retiró todos los documentos del vizcondado que había aquí. Muchos de ellos no me he tomado la molestia de recuperarlos. Había algunos libros, pero los que no eran almanaques viejos y los de temas depravados se los entregué a Prussock para que los quemara.

—¿Qué posibilidades hay de que los vendiera por un bonito precio?

Darien sonrió de oreja a oreja.

—Certeza absoluta. Me alegra verte, Van.

Van sonrió.

—Entonces podría preguntarte por qué no te he visto antes. Hasta que me enteré de que estuviste en el baile de los Yeovil anoche, no sabía que estabas en la ciudad.

—Me estaba instalando —explicó Darien, a modo de vaga excusa—. ¿Probamos en el salón? Hay uno, pero todavía está todo cubierto.

—¿Con qué fin desordenar las mortajas? —dijo Van, sentándose en uno de los sillones hundidos junto al hogar sin fuego—. ¿Cómo estás?

Darien fue a sentarse en el otro sillón, comenzando a recelar. Van había venido a verlo por amistad, sin duda, pero su visita también podría tener que ver con lo ocurrido esa noche en el baile. Van tenía sus amigos entre los Pícaros.

—Bastante bien, tomando todo en cuenta —contestó—. ¿Y tú? ¿Cómo te sienta el matrimonio? ¿Y la paternidad?

Se había asombrado cuando el año anterior se enteró de que Van se había casado con una viuda rica y mayor. Viuda de un comerciante, nada menos. Pero había heredado propiedades que estaban en peor estado que las heredadas por él.

—Maravillosamente —repuso Van—. Te recomiendo las dos cosas. —Y antes que él pudiera continuar con ese tipo de distracciones, preguntó—: ¿Me evitaste adrede anoche?

—Directo al grano, como siempre. Por supuesto que te evité. Yo era el leproso en el festín, y no quería contaminarte.

—Nunca creí que fueras quijotesco. Pero si eras el leproso, estás curado. Eres el favorito de la duquesa de Yeovil. Sólo que no te quedaste para ser coronado con la gloria.

—Le estropeé los planes, ¿eh?

Van arqueó las cejas.

—Sólo la desconcertaste. ¿Por qué?

—No me gusta que me lloriqueen encima.

—¿Qué es lo que ocurre exactamente?

Darien estuvo tentado de contárselo todo, pero la tentación sólo duró un momento. Realmente no quería enredar a ningún amigo en sus asuntos, y tal vez había aspectos que no deseaba que Van supiera.

—Por mis pecados, soy el vizconde Darien. Cuando mi regimiento volvió a Inglaterra y nos enviaron a hacer respetar la ley antidisturbios* a un grupo de tejedores desesperados de Lancashire, comprendí que no servía a ninguna finalidad útil en el ejército. Esperaba ser más útil administrando mis propiedades, solucionando los problemas financieros y decidiendo qué hacer con todo, incluida esta maldita casa.

—Yo la encuentro perfectamente normal.

—Demonios si lo es. Es la guarida del Loco Marcus Cave.

—Buen Dios, claro. ¿Venderla?

—Ha estado más de un año en venta o alquiler.

—¿No está vinculada al título, entonces?

—No hay ningún vínculo.

Entró Prussock con una bandeja en que traía una alta cafetera de porcelana y algo para comer. Incluso había un plato con galletas. Interesante, pensó Darien, hasta el momento no había visto ni una sola galleta. No era particularmente aficionado a los dulces, así que no las había echado en falta.

Tal vez debería echarles una mirada a los gastos de la señora Prussock, en especial en los alimentos que compraba para ellos, pero esa tarea era de las últimas de la lista. Si necesitaban algún tipo de complacencia para continuar ahí, eso saldría barato.

Después que Prussock sirvió el café y salió, Van dijo:

—Así que había algo de valor en lo que heredaste. En eso lo tuviste mejor que yo.

Darien se relajó porque ese era un tema poco controvertido. Van

* *Riot Act*, aprobada por el Parlamento británico en 1713, entró en vigor el 1 de agosto de 1715; estuvo en vigor hasta 1973. Autorizaba a las autoridades locales a declarar ilegalmente reunidas a cualquier grupo de doce o más personas, los que tenían que dispersarse si no querían ser castigados. El título completo de la ley era: Ley para impedir motines y reuniones alborotadores y para el castigo más rápido y efectivo de los amotinados. *(N. de la T.)*

podría tener experiencias útiles sobre las leyes y la administración de propiedades.

—Asombroso, ¿verdad? Algunas de las posesiones más valiosas se han vendido a lo largo de los años, pero las tres propiedades están intactas, con sólo pequeñas hipotecas. Han sido mal administradas, pero producen una renta trimestral superior a los gastos fijos, lo que es más de lo que yo esperaba. ¿Las propiedades de tu familia estaban en muy mal estado?

Van sonrió irónico.

—Ahogadas en deudas. Resolví mis problemas casándome por dinero. Podría convenirte considerar esa posibilidad.

Darien se echó a reír.

—¿Qué heredera se casaría con un Cave? Ya me resultaría difícil encontrar a una mujer sana y cuerda de cualquier tipo.

—Que tonterías dices. —Guardó silencio un momento, al parecer aceptando la verdad—. Entonces lo de anoche fue una suerte. Con el patrocinio de los Debenham no tardarás en estar en mejor forma. Defendiéndote de las damitas ambiciosas, en realidad. Con un título, serás como un ciervo con cornamentas de diez puntas en la temporada de caza.

—¿Y eso tiene que animarme? —rió Darien. Vio otra manera de desviar la conversación—. ¿Has ido de cacería desde que volviste?

—El invierno pasado pasé unas semanas en Melton. Se ha convertido en un mundo con vida propia.

Estuvieron un rato hablando de la meca de la caza del zorro, y haciendo vagos planes para la próxima temporada. De pronto Van cogió una galleta y preguntó:

—¿Por qué hablaste en favor de Dare anoche?

Darien comprendió que habían llegado al tema que había traído a Van a verlo. Pero ¿por qué?

—¿Tan sorprendente es?

—Tenía la impresión de que odiabas sus entrañas. En Bruselas lo evitabas siempre que podías.

Darien había esperado ser mejor en ocultar sus sentimientos por aquel entonces.

—No nos llevábamos bien en el colegio, así que quería evitar discordias. Teniendo la batalla encima.

—Todos tratábamos de mostrarnos alegres, ¿verdad? Disfrutar de los placeres de la vida mientras podíamos. Dare era bueno en eso. ¿Qué hubo entre vosotros?

—Es una vieja historia.

Van lo miró interrogante, pero no insistió.

—Entonces fue muy generoso por tu parte ir allí para hacerle ese favor. Y sirvió. Ahora él se ha marchado con el fin de dejar el opio para siempre, y cuantas menos cargas lleve encima mejor.

Darien deseó decir algo mordaz, pero había conocido a hombres que quedaron atrapados por ese demonio después de un largo sufrimiento.

—Espero que gane.

Van asintió.

—Tú también tienes una batalla entre manos. ¿Deseas ser aceptado por la sociedad de Londres?

—¿No me lo merezco?

—Claro que sí —dijo Van, aunque su expresión no negaba la dificultad—. ¿Cómo podemos ayudarte?

—¿Podemos?

—Maria y yo. Tienes que ir a vernos pronto. Ella tiene muchas ganas de conocerte.

Darien lo dudaba.

—Todavía no. Te lo agradezco, de verdad, pero tengo pocos amigos. No quiero avergonzarlos.

—¿Prefieres insultarlos? Dios sabe qué compromisos sociales tenemos, eso es tarea de las mujeres, pero ven a cenar con nosotros el próximo miércoles. Mientras tanto te respaldaremos en cualquier evento público.

—Tu esposa...

—Estará de acuerdo.

—La tienes bien dominada, ¿eh?

Van se rió.

—No tienes idea de lo ridículo que es decir eso. Ya ha acordado hacer todo lo que pueda. En realidad, lo sugirió ella.

—Tal vez no lo entiende. Es la viuda de un comerciante, ¿verdad? Un comerciante extranjero.

Van volvió a reírse, echando atrás la cabeza.

—No tienes ni la menor idea, ¿verdad? Maria, amigo mío, es una Dunpott-Ffyfe por nacimiento. Eso no significa nada para ti, pero esa familia está en lo más elevado de los árboles genealógicos, te lo aseguro. Es prima de la duquesa de Yeovil y está conectada más o menos, con todas las familias importantes, entre otras, supongo, la realeza de al menos cuatro países. En este momento está en la casa Yeovil urdiendo planes.

Darien se quedó pasmado. ¿La mujer de Van era prima de la madre de lady Theodosia Debenham? ¿Y las tres estaban en medio de una red de poder social casi ilimitado? Ese descubrimiento era como atacar a una tropa vulnerable de soldados y hacer caer a todo el ejército enemigo desde la cima de una montaña.

—Le he asegurado a Maria que eres un hombre cabal y formal de la cabeza a los pies.

Darien dejó la taza en el platillo.

—Lo dices como si lo dudaras.

Van no desvió la mirada, muy serio.

—No, pero estás tramando algo.

—Simplemente deseo ser aceptado en la sociedad como un ser humano pasablemente normal.

—Entonces no tendría que haber ninguna dificultad. Déjalo a las mujeres. Ese es mi consejo. —Se levantó—. Debo irme, tengo una cita, pero Maria llegará con las invitaciones adecuadas para que las aceptes. Fiestas, reuniones y cosas de esas, sospecho. Sólo se trata de entrar en la casa, saludar a unas cuantas personas y marcharse. ¿Tendrás tarjetas para confirmar tu asistencia?

—Las tengo. Pero me sorprende que vaya a recibir invitaciones de cualquier tipo.

Van agitó una mano.

—Hay todo tipo de reglas arcanas, pero a todos los pares del reino se los invita a cualquier reunión que no pueda alardear de selecta. Luego está el teatro y tal vez algunas exposiciones. Ser visto con Maria tendrá su peso.

—Sois muy amables —dijo Darien, tratando de decidir si debía aceptar ese tipo de ayuda.

—¿Boxeas todavía?

—¿Por qué? ¿Ganas de pelear conmigo?

—Siempre —dijo Van sonriendo—. Pero es una actividad en la que alternarás con algunos de los hombres. ¿El viernes por la tarde? Podríamos ir al salón de Jackson.

—Me gustaría.

Van le cogió el brazo y le dio un breve apretón.

—Me alegra que estemos juntos otra vez, Canem. Y esta vez sin que nos enfrentemos a la muerte en un futuro cercano.

Darien lo acompañó hasta la puerta, deseando que eso fuera cierto.

Lo alentaba la amistad, pero le preocupaba la nueva disposición de las piezas en el tablero. Tres reinas en el juego, que bien podrían ser las tres Parcas, que decidirían si vivía o moría.

Tras un momento de reflexión concluyó que no podía influir en eso más de lo que podía influir en las Parcas, así que volvió a su despacho y a los incomprensibles libros de cuentas. Aun no había acabado de cotejar dos páginas cuando sonó otro golpe en la puerta de la calle.

¿Y ahora qué?

Esta vez era algo normal: entró Prussock con el correo de la tarde. Miró las tres cartas, con la esperanza de que una fuera de

Frank. Pues no. Una era de su abogado, otra del nuevo administrador de su propiedad, Stours Court, en Warwickshire, y la tercera no traía el nombre ni la dirección del remitente.

Rompió el sello y desdobló el papel; dentro venía otro papel doblado; era un papel impreso. Al desdoblarlo se encontró ante una impresión barata de un dibujo satírico, del tipo que se imprimen en serie en cualquier imprenta. El año anterior había recibido uno en Francia, también anónimo, a la semana de morir su padre y su hermano.

En el pulcro dibujo, dos hombres gordos estaban tendidos en la ladera de un cerro y debajo estaba representado el infierno; unos diablos los tenían cogidos por las botas, arrastrándolos hacia donde los esperaba el fuego, Lucifer y un hombre monstruoso e hinchado.

Por si alguien no entendía de qué iba, a un lado del monstruo estaba escrito: «Loco Marcus Cave», y a los lados de los dos hombres decía: «El impío Christian Cave» y «Vil vizconde Darien». Sobre los nubarrones de arriba estaba Dios, arrojando un rayo con cada mano, con la leyenda en letras grandes y en negritas: «¡Cave!»

La leyenda al pie del dibujo era el título: «La ira de Dios».

—Bueno —masculló, dirigiéndose al que se lo envió—. Vete tú también al infierno.

El dibujo era correcto en lo esencial. A su padre, el sexto vizconde Darien, y a su hermano mayor, el muy impío Christian Cave, los habían encontrado muertos en un páramo cercano a Stours Court. Habían salido a cazar y murieron durante una tormenta.

Cuando recibió la noticia no sintió ni la más mínima aflicción, pero sí deseó que hubieran muerto de una manera menos llamativa. Ahora lo deseaba más aún. Habían transcurrido seis años desde el horrendo crimen de Marcus y cinco desde su muerte, pero *La ira de Dios* sólo había salido a la luz hacía un año.

¿Estaban reimprimiendo ese dibujo y repartiéndolo otra vez? ¿A instigación de quién?

Estaba arrugando el papel en la mano cuando sonó otro golpe de la aldaba.

—Dios Todopoderoso, ¿quien será ahora? —exclamó, levantándose, recordando que las cosas malas vienen de tres en tres.

Se dirigió a la puerta del despacho a enfrentar su destino, pero esta se abrió y nuevamente entró Prussock, con la expresión más malhumorada aún.

—Tiene un huésped, milord —dijo, en tono acusador.

—Una visita querrás decir, Prussock.

—No, milord. El caballero dice que viene a quedarse.

—¿Quién...?

En eso apareció el susodicho caballero detrás del mayordomo, alto, redondo y sonriente, con su habitual apariencia de un querubín gigantesco.

—Hermosa casa, Canem —dijo Pup Uppington, ex teniente en su regimiento.

Darien lo miró sorprendido, pensando qué había hecho para merecer eso.

Pup se llamaba Percival Arthur, nombres puestos por unos padres que tenían la esperanza de que fuera un poderoso guerrero. Cuando resultó que era algo corto de entendimiento, lo enviaron al ejército de todas maneras. Por algún milagro, había sobrevivido el tiempo necesario para ascender de alférez a teniente. Lo habían trasladado de un regimiento a otro hasta que llegó, confundido pero bien dispuesto, al comandado por el capitán Cave.

Al parecer, todos en el ejército estuvieron de acuerdo en que Pup encajaba bien ahí, tanto por el apodo como por otros motivos. En el colegio lo habían apodado Pup [cachorrito], y nadie pudo resistirse a la perspectiva de convertilo en el Pup de Canem.

Tal vez a eso se debió que él no intentara quitárselo de encima, y que lo mantuviera vivo durante la travesía por los Pirineos, por

Francia y luego durante la falsa paz, y después en la batalla de Waterloo. La desgraciada consecuencia era que Pup lo adoraba y le era leal como un cachorrito. Cuando a fines del año anterior el teniente heredó dinero de un padrino, creyó que con eso se lo quitaría de encima, pero no, Pup continuó en el ejército, fiel como siempre.

Y cuando él vendió su comisión, supuso que eso cortaría el cordón umbilical, ya que Pup se marchó al mismo tiempo para ir a cobrar su modesta fortuna. ¿Qué diablos hacía ahí?

—Gracias, Prussock —dijo, algo aturdido.

Entonces Prussock se hizo a un lado y se giró para salir, dejando a la vista un asombroso chaleco que cubría la redondeada tripa de Pup, confeccionado en cachemira azul con amarillo. Toda su ropa estaba desastrosa y absolutamente confeccionada a la última moda, el cuello con puntas que le cubrían las orejas y en la pechera una enorme corbata arreglada en el supuestamente elegante estilo nudo cascada, pero que a Darien lo hacía pensar en una coliflor.

—¿Qué haces aquí, Pup?

—Me hacía ilusión ver Londres —contestó el joven—. Pensé, Canem tiene una casa. No tiene esposa ni familia. Debe desear compañía.

Su ancha sonrisa indicaba su certeza de que estaba haciendo una buena obra.

Sí, desde luego. Los problemas llegan de tres en tres.

—No te gustará vivir aquí, Pup. Soy persona non grata.

—¿Persona qué?

—No soy bienvenido. Nada de invitaciones, nada de fiestas, nada de nada. —Demonios, estaba comenzando a hablar como él—. Estarás más cómodo en una posada. O en un hotel —se apresuró a enmendar.

Las adecuadas restricciones de un hotel serían mucho más seguras. Pup suelto y sin compañía en Londres...

Infierno y condenación.

—Aquí estaré muy bien, Canem. Mejor que en los muchos alojamientos que hemos tenido, ¿eh?

¿Por qué diablos no dejó que Pup se ahogara en el Loira cuando tuvo la oportunidad? Estaba reuniendo nuevos argumentos cuando sonó otro golpe en la puerta.

—¡Adelante! —rugió.

Eso iba contra todas las reglas. No podían ser «cuatro»

Prussock traía una carta, en una bandeja esta vez, y con gesto pomposo.

—¡De la duquesa de Yeovil! —anunció, en voz tan alta como para que le oyeran los residentes de las casas vecinas.

Darien cogió la carta, preparándose para el juicio de las Parcas. Rompió el enorme sello con blasón y desdobló el caro papel, y se encontró ante un cálido agradecimiento por la ayuda a su hijo.

Eso no era el cuarto problema; era el primer peldaño hacia la victoria.

—Duquesa, ¿eh? —dijo Pup riendo—. Ya sabía yo que bromeabas con eso de grata. Canem Cave después de todo. Bienvenido en todas partes. ¿Qué habitación voy a ocupar?

Tal vez fue el agrado por esa pequeña victoria o simplemente que no podía enviar a ese bobo a arreglárselas solo en una de las ciudades más horrorosas del mundo, pero no se resistió. Podía darle la habitación que fuera de Marcus. Su inocente alegría podría fumigarla y ahuyentar a los fantasmas. Cogió la maleta y se dirigió a la escalera, y Pup lo siguió con su baúl al hombro, aparentemente sin el menor esfuerzo.

—¿No tienes ayuda de cámara, Pup?

—Tuve uno, pero me asustó.

—Sírvete del mío mientras estés aquí. No es aterrador, pero bebe.

Cuando entró en la habitación y dejó la maleta en el suelo, se le ocurrió una idea. ¿Sería posible contratar a un equivalente a una dama de compañía para un hombre? Los jóvenes aristócratas que viajaban para educarse iban acompañados por una especie de ayo o preceptor que los guiaba y los protegía. ¿Por qué no una combinación de ayuda de cámara y ayo para guiar a Pup por la vida?

Tendría que ser un hombre idóneo; uno que no se aprovechara de la situación.

Van podría conocer a alguien. O su esposa Parca.

Ya se dirigía a la puerta cuando Pup le preguntó:

—¿Qué hacemos ahora, entonces?

—Estoy ocupado, Pup. Un título entraña mucho papeleo.

—Esta noche, entonces. Deseo visitar un prostíbulo de Londres. El mejor prostíbulo de Londres.

Darien cerró los ojos un momento, pensando.

—Saldremos a visitar algún lugar interesante —le prometió y escapó.

Al pasar por la puerta del salón se detuvo y entró. A ese paso, podría necesitarlo. Levantó uno de los cobertores de holanda. Debajo había un sólido y anticuado sofá. Debajo del paño que cubría el suelo había una buena alfombra. Las paredes estaban pintadas de un color beis bastante deprimente, pero era posible que con un mínimo de trabajo la sala quedara servible.

Intentó calcular cuándo fue usado por última vez. Era difícil imaginarse a su padre recibiendo invitados ahí, y su madre había dejado de venir a Londres muy pronto, al no estar dispuesta a combatir con la glacial alta sociedad. Él no había ido jamás a esa casa; antes de ir al colegio estaba atrapado en Stours Court.

¿Su abuela? Igualmente improbable. La esposa de Diablo Darien había presentado una demanda de divorcio ante los tribunales, por intolerable crueldad, y la consiguió, así que su gobierno ahí sólo debió durar los primeros años de su matrimonio, y de eso hacía muchos, muchísimos años.

Contempló los cuadros cubiertos de las paredes y sacó el cobertor de uno. Era un lúgubre paisaje, elevadas montañas y figuras pequeñas. Otro era el retrato de una mujer de rostro sin expresión, la mirada vacía, vestida a la moda del siglo anterior. Su abuela tal vez, la esposa de Diablo Darien, antes de escapar del infierno.

¿Habría un retrato de su madre? Nunca había visto uno, y el recuerdo que tenía de ella era muy vago. Descubrió más cuadros y encontró un retrato de su padre.

Era un óleo bastante bueno de un hombre de rasgos toscos que aparentaba algo más de treinta años. Probablemente se lo hicieron cuando heredó el título, mucho antes de casarse. Si el pintor era un adulador, Dios los amparara a todos.

Ya en ese tiempo el vizconde Vil tenía la tosca cara llena de manchas, la piel enrojecida, la nariz hinchada y el pelo castaño ralo. La papada le colgaba sobre una corbata mal anudada, y su redonda tripa estiraba los ojales de un sencillo chaleco. De todos modos, estaba sentado con las rodillas separadas y seguro de su poder.

La imagen tenía un parecido con el viejo que recordaba él, incluso en los labios flojos y rojizos, y los ojos crueles con bolsas debajo, unos ojos que en ese momento parecían mirarlo diciendo: «¿Te crees mejor que yo, muchacho? Eres un Cave, y nadie olvidará eso jamás».

—¿Quién es ese?

La voz de Pup lo sobresaltó. Claro, había salido a buscarlo. ¿Tendría algún momento de paz?

—¿No ves el parecido? —le preguntó.

Pup avanzó hasta situarse delante del retrato.

—¿Con quién? Se parece algo al regente, tal vez. ¿Te acuerdas de cuando pasó revista al regimiento el año pasado?

Darien se echó a reír. Podría ser bueno tener a Pup cerca después de todo. Sacó más cobertores hasta encontrar una silla firme, la llevó a la pared y con la ayuda de Pup descolgó el pesado cuadro.

En la pared quedó un cuadrado de pintura amarillo claro.

Que esa sea una buena señal, pensó.

Llevó el retrato a una de las habitaciones que fueran los aposentos de su padre y cerró firmemente la puerta. Pup lo seguía, como un cachorro moviendo la cola, deseoso de hacer más traslados de muebles.

—Tengo que trabajar —dijo, y volvió a su despacho.

De todos modos, se sentía más liviano y alegre que desde hacía siglos; a eso contribuían Van, la carta de la duquesa e incluso Pup. Por exasperante que fuera, Pup era la antítesis de todo lo que representaba el apellido Cave. Entonces recordó la sangre en la puerta y el dibujo *La ira de Dios*. La casa Cave no era lugar para un inocente; tendría que solucionar pronto la situación del muchacho.

Pero cuando volvió a sentarse ante los libros de cuentas y documentos de alquileres, no logró concentrarse en ellos. Enderezando la espalda, la apoyó en el respaldo y se puso a pensar.

La carta de la duquesa indicaba que lady Theodosia no le había contado lo ocurrido a su madre. Por lo tanto, debía de estar dispuesta a seguir con el trato. No había estado seguro de que fuera a hacerlo, sobre todo después de ese beso.

Así pues, incluso tenía algo para esperar con ilusión: su próximo encuentro con la Sublime Intocable.

Le dio risa ese apodo; era tan estúpido como Perro Loco Cave.

Capítulo 11

*E*l resto del miércoles Thea lo pasó temiendo una osada visita de Cave y, contra toda lógica, esa noche también temía encontrárselo en la fiesta en Almack. Pero claro, ni siquiera él podía pasar por encima de las formidables patrocinadoras, así que se sumergió en los placeres de la fiesta.

Conversó con los amigos y amigas, no se perdió ningún baile, y lord Avonfort volvió a proponerle matrimonio, por quinta vez, y por quinta vez ella lo rechazó. Pero estaba de tan buen humor que podría haberlo aceptado si no hubiera sido por el asunto Cave. No iba a continuar el compromiso con el vizconde Vil, pero comprometerse en matrimonio con otro en ese momento habría sido demasiado.

Pero fuera por lo que fuera, Avonfort eligió la ocasión para insistir.

—¿Por qué no, Thea? Sabes que formaríamos una pareja ideal.

—Sí —dijo ella sinceramente, porque era cierto.

Era un joven de veintiocho años, guapo, de pelo castaño, generalmente reconocido como uno de los hombres más elegantes de la alta sociedad. Tenía una hermosa casa en su propiedad no lejos de Long Chart. Lo conocía de toda la vida, y le caían bien su madre y sus dos hermanas. La menor de las hermanas, lady Kingstable, era su amiga especial.

—No puedo comprometerme todavía, Avonfort. Dare...

—Se ha comprometido para casarse, Thea, así que no puede poner objeciones a que tú hagas lo mismo.

—No es eso lo que quiero decir. Lo que pasa es que simplemente necesito cierta calma para tomar decisiones importantes.

—¿Cuánto tiempo? —preguntó él, de un modo bastante imperioso, encontró ella.

«Todo el tiempo que yo quiera», deseó gritar, pero se limitó a decir:

—Seis semanas.

Ese era el plazo que le había impuesto lord Darien y se cernía sobre su cabeza. Ocurriera lo que ocurriera, dentro de seis semanas estaría libre.

—¡Seis semanas! —exclamó él—. Eso es toda la temporada.

—Y deseo disfrutar de toda la temporada. Volveremos a hablar en Long Chart, durante el verano.

Él frunció el ceño, pero ella vio que se lo tomaba como una promesa comedida. Tal vez tuviera razón, pero la fastidió. También le reforzó la resolución de solucionar su situación con el vizconde Vil.

El jueves por la mañana le preguntó a su madre por el informe del señor Thoresby y se enteró de que aún no se lo había presentado. Con el fin de evitar al vizconde en el caso de que viniera, fue a visitar a Maddy.

Su prima acababa de levantarse de la cama y todavía estaba en camisón, pero tenía los ojos brillantes y un sólo tema en la cabeza.

—¿Ya has visto a lord Darien?

—No —mintió Thea, por instinto, quitándose la ropa de abrigo.

—Yo tampoco, pero anoche Caroline Camberley dijo que es igual que Conrad. Sírvete chocolate —añadió y ordenó a su doncella que fuera a buscar otra taza.

—¿Conrad? ¿Conrad?

—¡El corsario!

—Ah, Byron —dijo Thea, sentándose. El poema dramático *El*

corsario de lord Byron había hecho furor no hacía mucho—. ¿En qué sentido?

—En su forma de ser, para empezar. —Maddy tenía el delgado libro a mano, así que lo abrió en una página marcada—. ¡Escucha! «Ese hombre de soledad y misterio. Escasamente se le ve y rara vez se le oye suspirar». ¿No es maravilloso?

A Thea le tocó la fibra, pero dijo:

—Parece muy antipático.

—No tienes ni pizca de romance en el alma. Me moriré si no lo conozco, pero parece que no va a ninguna parte. Mi madre dice que lo echarán si se atreve a ir.

No podía ser un secreto, pensó Thea, así que dijo:

—Mi madre está haciendo planes para restablecerlo en la sociedad, así que es probable que tengas muchas oportunidades de verlo.

—¡Ah, maravilloso! Escucha esta otra estrofa: «¿Qué es ese hechizo que así ejerce sobre sus rebeldes, que le reconocen y envidian, pero al que se oponen en vano? ¿Qué sería, que así los obliga a creer en él? El poder del pensamiento, ¡la magia de la mente!» La magia de la mente —repitió, apretando el libro contra su pecho—. Imagínate, estar impotente ante la exigente voluntad de un hombre.

—Absolutamente horrendo.

—Thea, eres desesperante.

Volvió la doncella con la taza y el platillo, y Maddy sirvió el chocolate.

—Una lástima que sea feo.

—¿Darien? —dijo Thea—. Yo no diría...

Se interrumpió a tiempo, y Maddy no notó el desliz.

—¡Conrad! —exclamó Maddy, y recitó de memoria—: «A diferencia de los héroes de razas antiguas, demonios en sus actos pero dioses al menos en la cara, en el cuerpo de Conrad hay poco que admirar». Me encantaría conocer a un dios.

Thea bebió un poco de chocolate, tratando de no reírse.

—¿Un viejo con barba blanca?

—¡Apolo! ¡Adonis!

—¿Neptuno con algas por pelo?

Maddy le arrojó un cojín.

—No debes creerle nada a Caroline —dijo Thea, dejando el cojín a un lado—. Pero parece que lord Darien no es de tu gusto.

—Tiene una «mirada de fuego».

—¿Lord Darien? Qué espantoso.

—¡Conrad! En sus ojos oscuros, los que tiene Darien. Debo conocerlo pronto. Prométeme, Thea, que si te enteras de que va a estar en alguna reunión, me avisarás.

—Francamente, Maddy, será mejor que lo dejes en paz.

Cogió el libro. Como todo el mundo, se sabía el poema casi de memoria, así que sólo le llevó un momento encontrar la estrofa, y la leyó:

En su desprecio se detectaba una risa malvada
que inspiraba furia y miedo a la vez;
y donde caía sombrío su ceño de odio,
huía la esperanza, marchitada,
y la clemencia suspiraba su adiós.

En lugar de consternarse, Maddy suspiró:

—Ooh, delicioso.

Thea cerró de golpe el libro.

—Estás para que te encierren.

—¡Pues entonces es glorioso estar loca!

Thea soportó otra media hora de desvaríos de Maddy y finalmente escapó, pero esa estrofa le daba vueltas en la cabeza. La encontraba muy acertada. ¿Ese era el hombre al que esperaba hacer entrar en razón? ¿El hombre que tenía un motivo, por lejano y retorcido que fuera, para odiar a su familia?

Cuando llegó a casa se encontró con su madre en el corredor de arriba.

—¿Cómo está Maddy? —preguntó la duquesa.

—Loca por el corsario.

Su madre apoyó una mano en la pared.

—No me digas que se ha enamorado de un pirata.

—No, no —rió Thea—. El poema. Byron.

La expresión de su madre continuó casi igual de consternada.

—¿Ha vuelto lord Byron?

—El poema, mamá, no el poeta. Conrad, Medora, Gulnare, harenes.

La duquesa continuó caminando con ella hacia los dormitorios.

—Ah, eso. Qué historia de locuras. Medora tenía razón al señalar que su marido tenía dinero suficiente para quedarse en casa a gozar de la vida doméstica. ¿Para qué, entonces, volver a embarcarse para saquear y robar botines?

—Porque a los hombres les gusta la acción y el peligro.

—Muy cierto. ¿Supiste que Cardew Frobisher está en cama gravemente herido por intentar entrar en la Torre escalando la pared?

—¿Por qué haría eso, por el amor de Dios?

—¡Exactamente! ¿Por qué, habiendo entradas perfectamente adecuadas? Después de sobrevivir a la guerra con apenas un rasguño. Su pobre madre...

—Siempre he pensado que Medora cometió un error al tratar de tentar a Conrad con veladas de música y lectura. Le habría resultado mucho mejor con comidas suculentas, compañía masculina y muchas cacerías.

La duquesa se rió.

—Qué sabia eres, cariño. Serás una maravillosa esposa para cualquier hombre. Anoche te vi con Avonfort —añadió, en tono coquetón.

—Sí, volvió a proponerme matrimonio. Simplemente no estoy preparada, mamá.

—Como has dicho, te mereces una temporada alegre y desenfadada antes de establecerte.

Pero los ojos de la duquesa también expresaban que para ella el matrimonio estaba decidido.

Cuando llegaron a la puerta del dormitorio de Thea, su madre le preguntó:

—¿Te apetecería salir conmigo después?

Thea sabía que era muy improbable que se encontrara con Darien en las visitas matutinas, pero se sentiría más segura en casa. Estando ausentes su padre y su madre, podría simplemente negarse a verlo si venía.

—Prefiero practicar con el piano, mamá —dijo—. Tengo una pieza nueva que quiero tocar mañana después de la cena.

—Eso será muy grato, cariño.

La mención de la cena hizo pensar a Thea en Darien y en tener que verlo, pero la música la calmó, hasta que volvió su madre de las rondas sociales, vestida muy elegante y fastidiada.

—Ha sido muy pesado. Cuántos comentarios negativos acerca de Darien. Yo los suavicé lo mejor que pude, pero aún no podía declarar mi total apoyo.

—Claro que no.

—Phoebe Wilmott se marchó de la ciudad. Nunca una partida silenciosa ha sido tan atronadora.

—Tienes que comprenderla, mamá. Encontrarse con Darien sería terriblemente doloroso.

—«Nuestro» lord Darien no tiene ninguna resposabilidad en la muerte de su hija. Ven a mi habitación, que quiero ponerme algo más cómodo, y mientras hablaremos de esto. Ni siquiera al vizconde Vil se le podía echar la culpa de la muerte de Mary Wilmott —continuó, caminando enérgicamente en dirección a su dormitorio—, a no ser que se culpe a los padres de los pecados del hijo. Es una lástima que sean vecinos.

Thea ya tenía dificultades para entender.

—¿Quiénes son vecinos?

—Darien y los Wilmott. Supongo que vivir en los lados opuestos de la plaza no es exactamente ser vecinos.

—¿La casa Cave está en la misma plaza? ¡Qué insoportable!

—Phoebe la ha soportado durante años —dijo su madre, con una mordacidad muy excepcional, entrando en su dormitorio.

—Pero no estaba habitada —señaló Thea—, con la posibilidad de encontrarse con un Cave cualquier día.

—Así fue cómo se produjo el asesinato —explicó la duquesa mientras su doncella le quitaba la papalina y la ropa de calle—. Mary Wilmott no tenía por qué andar sola en Londres por la noche. Supongo que pensó que el jardín privado de la plaza era un lugar seguro, puesto que sólo los residentes tienen llaves. Ah, sí. —Cogió una carpeta llena de papeles—. El informe preliminar del señor Thoresby.

—¿Qué dice? —preguntó Thea, sintiendo comezón en los dedos por abrirla.

—Ah, lo habitual. Educado en casa, luego Harrow, por supuesto, después el ejército. Estoy muy fastidiada con Wellington.

Thea la miró sorprendida. Wellington era el favorito de todos en ese tiempo.

—¿Por qué?

—¿Crees que fue él el responsable de ese apodo Perro Loco? Menos mal que no se convirtió en el principal apodo de Darien. Piensa en el pobre Peludo Staceyhume, apodado así porque tenía el pelo rebelde de niño, y ahora está casi calvo. O Lobo Wolverton, que es el hombre más caballeroso imaginable. O Loco Jack Mytton. Pero claro —añadió, pensativa—, de verdad estaba loco...

—¡Madre!

—¿Qué?

—El informe. Debe de contener algo negativo.

—No en realidad, pero léelo, faltaría más. —Le pasó la carpeta—. Darien no ha prestado mucha atención a sus propiedades, pero hace muy poco que dejó el ejército. Estoy segura de que se ocupará de ellas cuando se normalice su situación. Sin duda asistirá a los debates del Parlamento, y se ocupará de la administración local también, y tal vez le convenga un puesto en la Guardia Montada, ya que tiene experiencia militar.

Thea escapó con la carpeta pensando que debería advertir a Darien de ese aluvión de responsabilidades que le caería encima, aunque pensando también que le estaría bien servido por abusar de la amabilidad de su familia.

Tan pronto como estuvo instalada en su habitación, abrió la carpeta y comenzó a leer. Las páginas esmeradamente escritas contenían, entre otras cosas, datos financieros y un árbol genealógico. Miró este, pero era bastante ralo: cuatro hijos en la familia de Darien; dos en la de su padre, uno en la de su abuelo.

En algunas familias el aumento de hijos podía considerarse progreso, pero no en el caso de los Cave.

Su madre italiana se llamaba Maddalena d'Auria, y no se decía nada más acerca de ella; murió cuando su hijo menor, Francis Angelo, tenía tres años. Por lo tanto, Darien habría tenido siete.

El nombre de Darien era Horatio Raffaelo. Ángeles, pensó, bufando para sus adentros. Satán y Lucifer habrían sido más apropiados.

Al hijo mayor lo llamaron Marcus por el emperador y filósofo romano Marcus Aurelius; desacertada mira hacia el optimismo, como en el caso del segundo, al que pusieron Christian, Christian Michelangelo.

¿Qué extrañas aspiraciones habría tras esos nombres? ¿Y del de ella? Theodosia, regalo de Dios. Desechó ese pensamiento y concentró la atención en el informe.

Thoresby había descubierto que a Horatio Cave lo expulsaron de Harrow a causa de una pelea, pero no el motivo de esta, ni nada acerca de Dare y ni de *cave canem*. Estaban las fechas del historial de Darien en el ejército, y sus ascensos desde alférez a comandante a lo largo de diez años. Lo ascendieron rápido de alférez a teniente debido a una batalla en la que mataron o hirieron a los oficiales superiores; el alférez Cave tomó el mando y dirigió con éxito a los hombres.

Cayó en la cuenta de que entonces él sólo tenía dieciséis años.

No tenía ninguna dificultad para creer esa historia ni otras de arrojo, valentía, firmeza y capacidad de mando. Podría admirar todo eso si ella y su familia no fueran los enemigos a los que quería atacar ese hombre formidable.

Leyó con más detenimiento un incidente en que participó Vandeimen. Canem Cave y Demonio Vandeimen, cada uno con una pequeña tropa, se encontraron aislados del resto detrás de las líneas enemigas. Unieron sus fuerzas y, combatiendo con brío y valor, no sólo se salvaron todos sino que además capturaron a tres oficiales franceses y un arcón con oro.

De ahí pasó a examinar la información sobre las finanzas y las propiedades. Darien poseía tres propiedades: la principal, Stours Court, estaba en Warwickshire; una secundaria, Greenshaw, en Lancashire, y otra, Ballykilneck, en Cavan County, de Irlanda. El señor Thoresby había descubierto poca cosa acerca de la última, aparte de que los ingresos por alquileres eran insignificantes. Greenshaw estaba descuidada, ya que había sido administrada por Marcus Cave.

Loco Marcus había muerto en el manicomio hacía cinco años, tiempo suficiente para que alguien la hubiera puesto en orden. Pero claro, al parecer, por tradición, esa era la propiedad del heredero, así que habría pasado al siguiente hermano, Christian, cuya única ventaja sobre Marcus era la cordura. Y Christian había muerto hacía un año, golpeado por un rayo, junto con su padre.

Como dijera su madre, aunque había transcurrido un año desde que Darien heredó, sólo llevaba poco tiempo fuera del ejército. Intentaría ser justa.

En Stours Court, todo el terreno estaba alquilado y trabajado, y hacía poco Darien había contratado a otro administrador mejor, que estaba comenzando a hacer mejoras en la propiedad. Pero la casa necesitaba importantes obras de reparación, porque estaba en peligro de derrumbarse.

La última parte trataba de la casa Cave en Londres, y la insipidez del informe indicaba que Thoresby no logró encontrar la manera de abordar ese tema tan delicado. Quedaba claro que consideró que no tenía sentido relatar los detalles más escabrosos del asesinato. Estaba la dirección, acompañada de un plano de la plaza con los bloques de casas a cada lado y el jardín privado central rodeado por rejas.

El alzado de la fachada y los planos de las plantas indicaban que era una casa típica, pero ella los examinó atentamente, como si pudieran darle un atisbo de la vida de Darien. Cuando cayó en la cuenta de eso, se apresuró a ordenar los papeles. En ellos no había nada espantoso, pero eso no la tranquilizó. Thoresby no había descubierto la verdad de lo ocurrido en Harrow, por lo tanto, ¿qué otras cosas no habría descubierto? Pero no se sorprendió cuando su madre le confirmó que le había enviado a Darien la invitación para la cena.

Bueno, al menos le quedaba una noche de placer no contaminado. Las veladas musicales de los Wraybourne estaban entre sus eventos favoritos de la temporada. Los invitados siempre eran un grupo selecto, y nunca se congregaba una «multitud». La música sería excelente. Ese año actuaría el coro de niños de Westminster Abbey. Sería glorioso.

De camino a la casa de los Wraybourne asistieron a dos fiestas; lo que consistía en pasar por casas atiborradas para cumplir con todas las obligaciones sociales posibles en el limitado tiempo de la temporada. En la casa de la señora Calford había poca gente, pero la de lady Netherholt estaba atestada. De pronto, Thea se encontró separada de sus padres, pero habría escapado dichosamente ignorante si no se hubiera topado con Alesia de Roos.

Alesia le cogió el brazo y siseó:

—¡Ese que está ahí es el vizconde Vil!

Capítulo 12

*U*na rápida mirada le confirmó a Thea que Alesia tenía razón, y, peor aún, vio que Darien estaba conversando con los Vandeimen. Si sus padres los veían, seguro que irían a reunirse con ellos.

Los tres se veían tranquilos, relajados, pero aún en esa multitud se había formado un sutil espacio a su alrededor. ¿Y ese hombre esperaba que ella lo acompañara en ese aislamiento?

—Lo llaman Canem Cave —susurró Alesia—. Significa «perro loco».

—No. La traducción más correcta sería «cuidado con el perro».

—No seas tan literal, Thea. Es casi lo mismo. Me produce los estremecimientos más deliciosos. Uy, socorro, nos está mirando.

Thea cometió el error de mirar para ver si era cierto. Sus ojos se encontraron con los de él.

—Pues, no lo mires —dijo, girándose—. Debo irme.

Justo en ese momento llegaron hasta ellas las hermanas Fortescue.

—¿Estáis hablando del vizconde Vil? —preguntó Cecily en un susurro.

—Horrible, ¿verdad? —añadió Cassandra, con los ojos brillantes—. No se me ocurre ningún motivo para hablar con él.

—¡Hablar con él! —exclamó Alesia—. Deberían echarlo.

—Pero está con los Vandeimen —señaló Cassandra—. Lady Netherholt no los puede ofender.

—Él era poco mejor —dijo Alesia—, y lady Vandeimen...

—¿Tengo que recordarte que Maria Vandeimen es pariente mía? —interrumpió Thea en tono glacial.

Alesia se puso roja.

—Debo irme —insistió Thea, desesperada por salir de ese embrollo—. Mis padres están listos para marcharse.

Y si no lo estaban, lo estarían pronto. Ese hombre era un peligro. Estaba dañando la reputación de Maria y causando discordia entre ella y sus amigas.

Cuando ya se alejaba, Cassandra Fortescue le preguntó a gritos:

—¿Adónde vas ahora, Thea?

Se giró a mirarla.

—A casa de lady Wraybourne. ¿Y vosotras?

—A la de lady Lessington —contestó Cecily.

Thea les hizo un gesto de despedida con la mano y se encontró con su madre, que estaba agitando un enorme abanico de seda con plumas y tenía la cara algo enrojecida.

—Pareces acalorada también, cariño —dijo la duquesa—. Pero Penelope Netherholt estará contenta por tener todo este gentío. Ah, ahí está tu padre. Escapemos.

Cuando entraron en el torrente de personas que iban en dirección a la escalera para marcharse, Thea agradeció al cielo la escapada, pero descubrió que la presencia de aquel hombre la perseguía. Oía los susurros alrededor:

—Darien.

—Cave.

—Wilmott.

La tensa sonrisa de su madre indicaba que también oía los susurros. Temió que se detuviera a desafiar a alguien, pero el torrente de gente los empujaba hacia la escalera. Justo habían llegado a la escalera cuando una voz dijo:

—Duque, duquesa, ¿se marchan también?

Sus padres se giraron y ella también tuvo que girarse. Darien ya estaba muy cerca de ellos, y eso lo había conseguido porque la gente se apartaba para dejarle paso, o más bien para evitar su contacto. Si él se daba cuenta de eso, no lo demostraba.

—Qué multitud —dijo entonces él, amablemente—. La velada musical de los Wraybourne será un alivio.

—¿Vas ahí también, Darien? ¿Podríamos llevarte en nuestro coche?

Thea deseó taparle la boca a su madre. ¿Y cómo había obtenido la invitación ese marginado?

—Sólo son unas pocas travesías —objetó él.

—Pero igual podrías hacerlas en coche —insistió la duquesa, hablando en voz más alta de lo necesario, sin duda para que la oyeran todos los que los rodeaban—. Por la noche las calles suelen ser muy peligrosas. —Le dio unos golpecitos en el brazo con el abanico, en actitud traviesa—. Claro que tú no opinarás eso después de haber combatido en tantas batallas.

—Por el contrario, duquesa. Sobrevivir a Napoleón y verme atacado por un ladrón callejero sería ridículo.

La duquesa se rió e incluso el duque sonrió. Thea no sabía cuántas personas habían oído la conversación, pero todas habrían notado el buen humor y tal vez comenzarían a poner en tela de juicio sus actitudes.

—Creo que no has conocido a mi hija, Darien —dijo la duquesa, con una cálida sonrisa—. Thea, él es el vizconde Darien, el que ha sido tan amable con Dare. Darien, lady Theodosia.

Thea se sintió como cuando se da un mal paso en un baile. Tardó un poco en hacer su reverencia, y la sonrisa le salió torpe.

A él le brillaron los ojos; estaba disfrutando de su turbación.

Entonces empeoró la situación. Para bajar la escalera era necesario ir de a dos, así que se encontró formando pareja con el único hombre de Londres al que deseaba evitar. Darien le ofreció el brazo. Ella tuvo que cogérselo. Y entonces no supo qué era peor, si la percepción de la potente energía que emanaba de él o la novedosa experiencia de sentir sobre ella las horrorizadas miradas de incredulidad de la alta sociedad.

Miró al frente, sonriendo lo más despreocupadamente que pudo.

—Los Wraybourne han contratado al coro de niños de la Abadía, milord. ¿Está seguro de que le gustará ese tipo de música?

—¿Cree que una canción de taberna subida de tono sería más apropiada para mí?

Ella lo miró brevemente de reojo.

—¿O una de ópera, dada su sangre italiana?

—Qué mala fama tiene la sangre italiana, ¿no?

Thea sintió arder las mejillas. Su intención había sido dar a entender eso, pero no le hizo gracia que él se lo señalara.

—Tengo poca experiencia con la ópera —dijo él—. Aunque de tanto en tanto he apreciado a una bailarina de ópera.

—No me cabe duda de eso, milord, pero ese no es un tema del que habla un caballero en compañía de una dama.

—Lady Theodosia, ¿quiere dar a entender que no soy un caballero?

Lo dijo en tono suave, meloso, pero a ella se le aceleró el corazón.

—Noo, claro que no. Mi madre desea ayudarle a encajar en la sociedad, así que se me ocurrió darle ese consejo.

—¿Cree que no sé comportarme en sociedad?

—Está claro que no —gruñó ella, sin dejar de sonreír—, si le habla de bailarinas de ópera a una dama.

—Una dama que sabe lo que son, colijo.

—Eso es...

—No sé si apruebo eso en mi prometida.

Thea se sobresaltó tanto que no se dio cuenta de que ya estaba al pie de la escalera, dio el paso para bajar un peldaño inexistente y estuvo a punto de caerse. Una fuerte mano le cogió el brazo y ella, por instinto, se tensó para resistirse. Aunque él le soltó el brazo en el instante mismo en que recuperó el equilibrio, se sintió aturdida y temblorosa como si se hubiera caído por la escalera desde arriba.

—¿No te sientes bien, Thea? —le preguntó su madre, mirándola atentamente.

—Estoy muy bien, mamá.

Retiró la mano del brazo de él. Él no hizo el menor intento de impedírselo, y dijo:

—Es curioso cómo intentar bajar un peldaño que no existe es casi tan arriesgado como no darse cuenta de que hay un peldaño más.

—La expectativa —terció el duque—. Como saltar una valla suponiendo que al otro lado hay tierra firme y encontrarse con un pantano.

Entonces Darien y el duque comenzaron a conversar sobre caza, dándole a Thea la oportunidad para recuperarse.

Si podía.

Él tenía la intención de obligarla a cumplir su promesa. Podría hablarles del compromiso a sus padres en cualquier momento.

—¡Sarah!

El agudo siseo la hizo pegar un salto con el que casi se salió de su piel. Miró hacia la voz y vio a la achaparrada señora Anstruther acercándose a su madre, y a las dos flacas hijas detenidas atrás con aspecto de conejos asustados.

—¿Sabes a quién llevas en tu séquito? —susurró la señora Anstruther, con la cara roja.

La duquesa simuló un moderado desconcierto.

—¿Qué? Ah, ¿te refieres al vizconde Darien, Ann? Es un viejo amigo de mi hijo. Se portó espléndidamente en la guerra, ¿sabes?

Los labios de Ann Anstruther estaban fruncidos como un monedero.

—Muchos de los soldados más valientes no son del todo apropiados para nuestros salones, Sarah. Ni para nuestras hijas. No puedes haber olvidado a Mary Wilmott.

—No, pero este sería un mundo muy triste si todos tuviéramos que sufrir por los pecados de nuestros hermanos.

Thea se mordió el labio. El hermano de Ann Anstruther era un archiconocido libertino.

La señora Anstruther se irguió en toda su altura y majestad.

—Mi hermano nunca ha asesinado a nadie, y tampoco ninguno de los tuyos. Quieres ser compasiva como siempre, Sarah, pero esto es el colmo. ¡Vamos, hijas!

Cogió de los brazos a sus hijas y se las llevó, alejándolas del peligro. La duquesa tenía manchas de color en las mejillas, y aunque Darien y el duque continuaban conversando como si tal cosa, tenían que haber oído la conversación.

—Atroz —dijo la duquesa, con mirada guerrera.

—Tiene su poco de razón, mamá.

La mirada guerrera cayó sobre ella.

—Lo que hacemos es lo correcto, Thea, y me sentiré decepcionada, muy decepcionada, si veo cualquier señal de vacilación o miedo en ti. Tenemos una deuda de gratitud con lord Darien, y me avergonzaría, me avergonzaría, digo, si alguien de mi familia se mostrara renuente a pagarla.

A Thea le ardieron aun más las mejillas; ese era el rapapolvo más severo que había recibido de su madre desde hacía años. Y se lo merecía, más de lo que sabía su madre.

Muy bien. Había hecho una promesa y la cumpliría si debía. Pero si él tenía una pizca de piedad, o al menos de sentido común, lo podría convencer de liberarla. Tal vez esa noche se le presentaría una oportunidad.

Llegó una criada trayéndole su grueso chal de seda. Aunque estaba conversando, Darien se fijó y se acercó a cogerlo y a abrirlo para ponérselo. Se obligó a sonreír levemente y se giró para que él se lo pusiera sobre los hombros. Sentía todos los ojos fijos en ella, y una inequívoca turbulencia en el aire. Su madre tenía razón. Era atroz el comportamiento de los miembros de la alta sociedad; igual que escolares poniéndose en contra de un niño desconocido recién llegado, incitando a la violencia a Perro Cave.

Pero cuando sintió el roce de las manos de él en sus hombros desnudos, se le evaporó la compasión. Recordó su primer encuentro. El vizconde Darien ya no era un niño inadaptado; era un hombre fuerte y despiadado que no tramaba nada bueno. Debía protegerse de él, sobre todo porque al parecer tenía ese efecto físico en ella.

Siguió a sus padres sin volver a cogerse del brazo de él, y subió a toda prisa al coche, como si este fuera un refugio. Darien también subió, lógicamente, pero él y su padre se instalaron en el asiento de enfrente, así que por lo menos no quedó sentada a su lado, tocándose sus cuerpos.

Sólo cuando el coche emprendió la marcha cayó en la cuenta de que tendría que mirarlo, pues él estaba sentado justo delante de ella y no podía pasarse todo el trayecto mirando por la ventanilla. Supuso que él la iba a atacar con miradas burlonas, pero él estaba totalmente atento a las preguntas de su madre.

—¿Cuándo entraste en el ejército, Darien?

—El año seis, duquesa.

—¡Tenías que ser sólo un niño!

—Le aseguro que un muchacho de quince años no se considera un niño.

El duque y la duquesa se rieron.

—Y estuviste en toda la Campaña Peninsular —dijo el duque—, y luego en Francia y Waterloo.

—Fui muy privilegiado.

—¿Por qué te retiraste? —preguntó la duquesa.

Él sintió renuencia a contestar a eso. Fue un gesto muy sutil, pero Thea lo captó.

Así que tienes secretos, ¿eh, lord Darien? ¿Los podré aprovechar para defenderme?

—¿Lo desaprueba, duquesa? —preguntó él.

—No, pero sospecho que no deseabas retirarte.

—La guerra había acabado y otros asuntos requerían mi atencón.

—Tus propiedades —dijo el duque—. Hay bastante trabajo por hacer en ellas, creo. Me imagino que tu padre no les prestaba mucha atención.

—Pero no están ruinosas, y eso lo agradezco. Claro que la actual situación económica lo complica todo.

Los dos hombres se lanzaron a hablar de agricultura, industria y comercio, y la conversación duró hasta que el coche se detuvo al final de la cola que llevaba hasta la casa de los Wraybourne. Thea no sabía mucho de esas cosas, pero le pareció que Darien estaba bien informado y dispuesto a aceptar consejos. Eso o bien hablaba a su favor o no era más que una maquinación inteligente.

En cualquier caso, lo convertía en un enemigo formidable.

Darien y el duque bajaron los primeros para ayudar a las damas. Thea colocó la mano en la de Darien y bajó, pero su madre insistió en que él fuera su acompañante para entrar en la casa.

Thea se cogió del brazo de su padre, perpleja. Pero cuando entraron en la casa y anunciaron sus nombres, captó una expresión tensa en la cara de la joven condesa de Wraybourne, y comprendió.

Claro, el vizconde Vil no había recibido invitación; era un intruso no bienvenido, pero lady Wraybourne no podía prohibirle la entrada si llegaba acompañando a la duquesa de Yeovil.

Capítulo 13

¡*A*stuto granuja! La oyó a ella decirle a Cassandra la casa a la que iban, y aprovechó para declarar que estaba invitado a la misma velada. Su madre debió de adivinar la verdad, pero en lugar de obligarlo a bajar del coche lo había ayudado en la intrusión.

¿Entendería Darien lo que había logrado? Formar parte de ese grupo selecto no sólo implicaba la aceptación de sus padres y de ella, sino que los demás invitados de lady Wraybourne supondrían que había recibido la invitación y por lo tanto se verían obligados a ser amables con él; cualquier cosa inferior sería un insulto a la anfitriona.

Miró alrededor buscando al conde de Wraybourne, pensando si él intervendría para insistir en que Darien se marchara. Eso sería un desastre; tendrían que marcharse sus padres y ella también.

Vio que el conde captaba la situación con ojos serios y evaluadores; después volvió la atención a lord Canning con el que estaba conversando. En realidad, no podía hacer nada que no provocara un cataclismo social. Pero ella estaba furiosa con Darien, por haber puesto a sus padres y a ella en esa situación.

¿Por qué? ¿Podía costarles eso su posición social? Avanzaron y a medida que se mezclaban con los invitados, vio que las personas reaccionaban con diversas expresiones de inquietud o alarma, encubiertas por sonrisas. Por dura que tuviera la piel, él tenía que encontrarlo muy desagradable. ¿Serían ciertos los peores temores de ella?

¿Que su actitud era un rebuscado intento de arruinar la reputación de su familia?

Si lo era, pensó, él había calculado mal. La eminencia de sus padres nacía de su rango y riqueza, sí, pero estaba reforzada por verdadera nobleza. Los dos hacían muchísimo al servicio del país y por sus prójimos. Todo el mundo los quería y admiraba, y ni ella ni sus hermanos habían hecho nada que manchara el apellido de la familia.

Sí, los Debenham podrían quedar en vergüenza por su relación con un Cave, en especial si Darien resultaba ser tan vil como los otros. Pero no quedarían deshonrados. Los miembros de la alta sociedad simplemente moverían la cabeza, dirían que Sara Yeovil se había dejado llevar por su generoso corazón otra vez y esperarían que en esta ocasión hubiera aprendido la lección.

Tuvo que saludar a amistades y conocidos como si todo fuera normal, pero se mantenía alerta. Sí, Darien era inteligente; respondía a las presentaciones con amable reserva, reconociendo sutilmente la reserva de los demás, sin intentar una mayor familiaridad. No trataba de imponerse ni quedarse conversando, sino que avanzaba con sus padres hacia la siguiente víctima impotente.

A su paso iba quedando una estela de murmullos; las personas susurraban y se miraban extrañadas, y el encantador aplomo de lady Wraybourne parecía estar ya estirado al máximo. Sólo tenía algo más de veinte años después de todo, y no se merecía que la sometieran a esa prueba.

—Me sorprende que lady Wraybourne haya invitado a un hombre de su calaña.

Thea se giró y se encontró con lord Avonfort a su lado.

—Mi madre lo ha traído.

—Buen Dios, ¿por qué?

—Él apoyó a Dare. La otra noche, en el baile.

—Sólo cumplió con su deber. No justifica esto.

Debido al rapapolvo de su madre, ella tuvo que hablar en favor de Darien.

—Es probable que no sea tan malo como dicen. Cully luchó con él en el ejército y lo admira.

—Costumbres del ejército —dijo Avonfort, despectivo.

—Es fácil despreciar cuando pasamos la guerra cómodamente en casa.

Él se ruborizó.

—Yo tenía responsabilidades aquí.

—Sí, por supuesto. No quise decir eso. Pero deberíamos hacer concesiones, Avonfort.

—Sólo hasta cierto punto. Un hombre de mi propiedad volvió de la guerra mal de la cabeza. Fue necesario ponerlo en una institución. No se podía hacer otra cosa. Intentó asesinar a su madre, porque estaba soñando que se encontraba en la batalla. Este podría llegar a eso también. Después de todo lo lleva en la sangre.

Thea ya estaba francamente molesta por esa injusticia.

—Sólo uno de los Cave cometió un asesinato.

—Hubo otro una generación atrás. —Entonces pareció notar su furia, porque sonrió—. Típico de ti ser tan bondadosa, Thea. Esa es una de las muchas virtudes que admiro en ti.

Presintiendo que venía otra proposición, Thea dijo:

—Entonces acompáñame para que te lo presente.

Con eso consiguió que él se alejara mascullando una disculpa. Toma, Darien le había ahuyentado a su principal pretendiente.

Entonces vio al conde de Wraybourne caminando hacia sus padres y Darien, y salieron volando todas las demás preocupaciones. Al conde lo acompañaba un fornido oficial rubio; ¿para ayudarlo a echar al intruso? Caminó hacia ellos a toda prisa, aunque qué podía hacer para impedir el desastre, no tenía ni idea.

Pero el oficial le sonrió a Darien y lo presentó al conde, que respondió con amable cortesía.

Costumbres del ejército, pensó ella, con el ritmo del corazón más lento. Y dando gracias a Dios por esas costumbres.

—Qué espléndido el perro cazador que llevas pegado a los talones.

Sobresaltada, Thea miró y se encontró ante Maddy, acompañada por su madre, la tía Margaret. Maddy miró hacia Darien, entusiasmada.

—Preséntamelo.

—No, que muerde.

Maddy se rió y llevó a su renuente madre en dirección a Darien. No tardó en estar coqueteando con el desastre, y el desastre coqueteando con ella, mientras todos los que los rodeaban miraban disimuladamente y hacían comentarios. Thea fue a unirse al grupo, detestando formar parte de eso.

Entonces anunciaron la actuación. Thea vio que Maddy avanzaba hacia un lugar que le permitiría ser la pareja de Darien, pero la tía Margaret la desvió hacia el oficial rubio, el comandante Kyle, hermano de lord Wraybourne.

Entonces Darien se giró hacia ella y le ofreció el brazo. Ella se lo cogió y se unieron a la procesión que iba en dirección al salón.

—Su prima es encantadora —comentó él.

—Y más inocente de lo que parece —dijo ella.

Advertir eso era una tontería, pensó. No creía que Maddy se hubiera pasado de la raya, pero inocente no era.

—Ah. Me he tropezado con otra de las sutilezas sociales. ¿Nunca elogies a una dama delante de otra? Sobre todo cuando la otra es mi prometida.

—Todavía no estamos comprometidos, Darien —dijo ella, en voz baja, pero firme.

—¿Cuándo, entonces?

—Tenemos que hablar de eso.

—¿Tan poco significa su palabra?

—No, pero...

—¿Pero...?

Eso fue un seco desafío que indicaba que no habría piedad.

—Nos conocemos desde hace tan poco tiempo que no sería creíble.

—Estoy impaciente porque nos conozcamos mejor.

—Tenemos que hablar —repitió ella, sonriendo, en el momento en que entraban en el enorme salón, lleno de filas de sillas.

—Siempre y cuando lo desee, lady Theodosia. Estoy totalmente a sus órdenes.

«Entonces desaparece en una voluta de humo», pensó ella.

No desapareció, así que se sentó sin decir nada más.

Pero él estaba dispuesto a hablar, y eso era justamente lo que deseaba ella. Pero tenían que hablar en privado en algún lugar seguro. ¿Podría encontrar uno esa noche? Cuanto antes, mejor, por sus nervios.

Entraron en fila los niños de caritas bien lavadas y muy pronto las armonías celestiales llenaron el aire y la mente, ahuyentando las insignificantes preocupaciones. Thea se relajó y se entregó al placer de la música.

Cuando estaba aplaudiendo al final de la primera pieza, miró de reojo a su acompañante, con la esperanza de verlo bostezar. La música sagrada debería haber hecho polvo al vizconde Vil, pero vio que él también estaba aplaudiendo. Las angelicales voces comenzaron a cantar otra vez y esta vez de tanto en tanto ella miraba disimuladamente a su acompañante intentando detectar si el placer era pura representación. Pero parecía estar realmente absorto.

Desde ese lado, observó, su perfil podría ser de otro hombre. Los contornos eran elegantes, porque no se le veía el leve torcimiento de la nariz ni la cicatriz que le curvaba el labio. Entonces vio otra, una cicatriz arrugada y brillante que le bajaba por el contorno de la mandíbula, medio oculta por el cuello de la camisa. Una quemadura, supuso. Debió ser muy dolorosa.

Como si hubiera sentido su mirada, él giró la cabeza y la miró. Ella lo miró a los ojos, porque desviar la vista habría sido mostrar debilidad, y eran enemigos.

Pasado un largo rato, él volvió la atención al coro.

Ella también, pero en ese momento era un solo de soprano que parecía cantar a la pasión. Sintió la presencia de Darien a su lado como si emanara calor, y el recuerdo de ese encuentro la recorrió como llamas. Si estuvieran solos tal vez se apretaría a él, incluso se echaría en sus brazos; lo besaría como lo besó aquella vez. Y entonces, el cielo la amparara, haría más...

Un dedo le acarició uno de ella.

Tenía la mano enfundada en el guante, pero de todos modos se sobresaltó.

Mirando firmemente hacia el coro, puso la mano sobre la falda y la cubrió con la derecha. ¿Cómo se le deslizó tanto la mano hacia la izquierda, quedando casi entre ellos?

Cuando recuperó la calma, miró de reojo. Darien también tenía las manos en el regazo y su atención parecía totalmente concentrada en el coro. Ella también concentró todos sus sentidos en la música, hasta cuando acabó con un acorde de notas muy altas que duró una eternidad. Temió que le estallara la cabeza, destrozándole toda la sensatez y la moderación.

Cuando se acallaron las voces, aplaudió como los demás. Entonces las personas que la rodeaban comenzaron a moverse y a conversar como si no hubiera ocurrido nada extraordinario. Pero ella se sentía quebrada y en peligro de desarmarse si no escapaba de ahí.

Lady Wraybourne anunció los pasatiempos para el intermedio: refrigerios en una sala, juego de cartas en otra, y en otra una charla sobre la isla Santa Helena, donde estaba preso Napoleón.

Cuando ella se levantó, como los demás, él le preguntó:

—¿Le ha gustado, lady Theodosia?

No se refería a la música.

—Los niños cantan como ángeles, ¿verdad, milord? El solo ha sido exquisito.

—Pero pronto este chico y los demás se convertirán en hombres, de voces roncas. Una pena que ya no haya castrati.

Ella lo miró muy seria.

—Otro tema del que no se habla en la buena sociedad.

—Pobres de nosotros los malvados italianos. No hay esperanza para nosotros, ¿verdad?

Su mirada era pícara, y la tentación emanaba de él como una ola. La debilidad de ella lo alentaba. A saber qué haría. Nada de conversación en privado esa noche, eso seguro. ¿Cómo podría soportar estar a solas con él otra vez?

Pasó junto a él y fue a reunirse con Maddy, Cully y otros jóvenes. Iban a ir a la sala de refrigerios, y una bebida fría era justo lo que necesitaba. Una bebida fresca y liberarse de un Cave. No miró atrás y sólo pudo rogar que él no intentara seguirla.

Capítulo 14

*D*arien dejó ir a su presa; necesitaba tiempo para recobrar su autodominio. La música siempre había sido su debilidad, y esa noche se sorprendió pensando cómo habría sido su vida si lo hubieran enviado a una escolanía. Eso era una idea ridícula. Su padre jamás habría considerado esa posibilidad, y dudaba mucho de que en un coro de catedral admitieran a un Cave.

¿Su madre? Se había desentendido de sus hijos tan pronto como abandonaron su vientre.

Pero cantaba. No para él. No salían canciones de cuna de los labios de Maddalena d'Auria. Pero cantaba arias en el salón de baile, para un público invisible. El único recuerdo claro que tenía de ella era de su voz de soprano, elevándose desesperada. Tal vez el acto más cruel que cometió su padre fue prohibirle actuar a su mujer.

Se dio una sacudida para dejar de lado esos recuerdos inútiles. Por un milagro, Frank había sobrevivido a sus padres y hermanos con el espíritu intacto, y ahora deseaba casarse con la mujer a la que amaba. Era tarea de él hacer posible eso. Con otro acto impulsivo había conseguido entrar ahí. Ahora debía aprovechar, exprimir, la oportunidad.

Fue una suerte maravillosa que estuviera presente Fred Kyle. Tal vez los hados estaban de su parte después de todo.

Eso sería estupendo, porque esa mañana había encontrado sangre otra vez en la escalinata de la entrada. La habían limpiado temprano, pero la perseverancia lo preocupaba. ¿Qué más intentarían?

Caminó por las salas, intercambiando saludos y algunas palabras con cualquiera que lo mirara a los ojos, pero eso lo encontraba condenadamente incómodo. En la reunión anterior contaba con el respaldo de Van, de Van y de su extraordinaria esposa Maria. La idea fue de ellos, y él aceptó porque insistieron, pero habían pagado el precio de ser ignorados. Aun así, de un modo mágico, habían creado la ilusión de que eran un trío exclusivo y todos los demás unos intrusos.

El plan había sido ir al teatro después, donde se admite a cualquiera que pague la entrada. Debería haberse atenido a eso, pero al ver a lady Theodosia y oír a qué evento iba, actuó por impulso, otra vez.

Pero había dejado escapar a su escudo protector y no tardaría en hacerse evidente su aislamiento. Aferrarse al duque y la duquesa no le serviría. Necesitaba otro apoyo.

Como si con desearlo la hubiera llamado, una voz amistosa dijo:

—Canem, ¿qué haces en Londres?

Voz amistosa, pero no la reconoció.

Se giró y pasado un momento cayó en la cuenta de que el hombre alto, de rostro bronceado e inteligente, y vestido de civil era el comandante George Hawkinville. De su brazo iba cogida una sonriente damita de pelo castaño bermejo, y esta lucía espectaculares joyas. Interesante. La última vez que lo vio, Hawkinville, tal como él, vivía de la paga de oficial.

—Picando hielo principalmente —contestó, como si fueran viejos amigos.

Pero ¿qué diablos estaba ocurriendo? Se había encontrado con Hawkinville unas cuatro veces, y sólo porque era íntimo amigo de Van. Ah, así que Van había alertado a las tropas, ¿eh?

—No me sorprende —dijo Hawkinville, riendo—. Pero dales tiempo. Permíteme que te presente a mi esposa. Querida mía, el vizconde Darien.

Darien se inclinó ante la dama, que hizo su reverencia, sonriendo sin el menor asomo de reserva.

—Estás fuera, entonces —dijo a Hawkinville.

—Una vez derrotado Napoleón, no tenía ningún motivo para continuar, y tenía responsabilidades en casa. Lo mismo te ha ocurrido a ti, supongo.

—Sí.

—Siempre te imaginé enganchado al ejército de por vida —dijo Hawkinville, con verdadera curiosidad.

—Y podría haber continuado si no hubieran muerto mi padre y mi hermano mayor.

—Ah, sí, *La ira de Dios* —dijo Hawkinville, con la mayor naturalidad.

—Ese es sin duda un dibujo que se queda en la mente de las personas —dijo Darien, detectando amargura en su voz.

Tal vez Hawkinville habría pedido disculpas, lo que habría empeorado las cosas, pero llegó hasta ellos otra pareja, el coronel Lethbridge, uniformado, acompañado por su delgada y elegante esposa de edad madura. La sonrisa de ella daba la impresión de que se la habían hecho esbozar bajo tortura. De todos modos ella estaba ahí y, que él supiera, Lethbridge no tenía ninguna relación con Van.

Por el rabillo del ojo vio un color azul, y el capitán Matt Foxstall, de los húsares, se unió al grupo.

—No hay mucha diversión en la música de iglesia, ¿verdad? —comentó con su sonrisa sesgada.

Tenía la mandíbula inferior torcida por el lado derecho, y el tupido bigote no lograba disimularlo.

¿Qué diablos hacía Foxstall en una velada como esa? ¿O en Londres?

Matt Foxstall había sido capitán colega de Canem Cave durante cuatro años, y habían sido camaradas en la guerra, aunque no exactamente amigos. Tenían gustos comunes en cuanto a la guerra y las mujeres, y podían fiarse de que se guardarían mutuamente las espaldas en cualquier lucha.

Pero últimamente se había trizado esa camaradería. Primero Darien fue ascendido a comandante y después heredó el título. A Foxstall le molestaron ambas cosas. Para empeorarlo todo, ascender era difícil en tiempos de paz sin dinero para comprar un rango superior, y Foxstall no tenía ese dinero.

La última vez que lo vio fue en Lancashire, cuando él dejó el regimiento y entonces comprendió que aquel hombre era un barril de pólvora. Foxstall necesitaba la acción tanto como necesitaba comer y beber, y si esta no venía naturalmente, la creaba.

Después de las presentaciones, le preguntó:

—¿El regimiento se ha trasladado al sur, entonces?

—Todavía no, pero nos han ordenado ir a India. Yo estoy aquí para agilizar unos asuntos administrativos.

—India, ¿eh? —dijo Lethbridge—. Hay muchísimas oportunidades ahí. Yo estuve allí con Wellington. Wellesley en ese tiempo, claro.

—El clima es muy insalubre —dijo su mujer—. Yo no pude acompañar a mi marido.

—Qué lástima —dijo la joven esposa de Hawkinville—. Son fascinantes sus costumbres y arte. La duquesa de Saint Raven tiene unos extraordinarios artefactos indios y, de hecho, sus padres han vuelto allí.

Continuó la conversación sobre India hasta que los Hawkinville y los Lethbridge se alejaron hacia otros grupos.

—¿Cómo has logrado pasar por estos portales sagrados? —preguntó entonces Darien a Foxstall.

—Me encontré con Kyle y pesqué una invitación. ¿Y tú?

Qué fácil, si no se es un Cave.

—La duquesa de Yeovil.

—Vuelas alto. Bien por ti, si no fuera por lo que se murmura en las filas.

—No me sorprende. Pero ¿por qué estás aquí? No habría pensado que la música fuera de tu gusto.

—Alguien dijo que la comida es buena. No sabía lo de los niños del coro ni que se esperaba que todos los escucharan. Pero habiendo pagado al gaitero, vamos a buscar la recompensa.

Darien lo acompañó, pero Foxstall no le ayudaría a mejorar su reputación. Era aceptado ahí, pero los militares, los hombres cuyo apoyo necesitaba, podrían tener sus reservas. Con todas sus proezas en la lucha, Foxstall no era el tipo de hombre que alguien deseara presentar a damas sensibles. A pesar de su apariencia, las atraía y no tenía ningún escrúpulo en utilizarlas.

Pero seguro que en Inglaterra y en círculos elevados mostraría cierta sensatez.

Entraron en la sala dispuesta para la cena y encontraron, sí, una mesa llena de exquisiteses: pescado, aves asadas, empanadas, empanadillas, quesos y un surtido de pasteles, tartas, gelatinas y frutas para hacer la boca agua.

—Piensa en las veces que suspirábamos por comer verduras y nos contentaba un hueso con un poco de carne —dijo Foxstall, cogiendo una tajada de pastel de fiambre de ternera—. Así pues, a comer, a beber y a pasarlo bien.

—¿Porque mañana moriremos?

Foxstall aulló de risa.

Tres oficiales jóvenes miraron desde el otro lado de la mesa y exclamaron casi al unísono:

—¡Canem!

—Señor —dijo Cully, con los ojos brillantes—. Me sentiré honrado si te sientas a nuestra mesa a cenar. Tú también, señor —dijo a Foxstall, aunque con menos entusiasmo.

Los otros tenientes, Marchampton y Farrow, repitieron la invitación. Era francamente embarazoso, pensó Darien, pero él necesitaba buenas compañías.

Los acompañaron a reunir fuentes con comida para llevar a la mesa donde estarían sus damas esperando. Después de la cena buscaría a lady Theodosia e insistiría en que fuera su pareja en la segunda parte de la velada musical. No iría bien dar la impresión de que los Debenham empezaban a echarse atrás.

No hubo necesidad. Siguiendo a los jóvenes por entre las bulliciosas mesas, la vio esperando con otras tres flores de la alta sociedad. Se encontraron sus ojos, y vio claramente que si por ella fuera, él también estaría relleno y asado.

Habían sido tres caballeros para cuatro damas, observó. Dada la prisa de lady Theodosia para escapar de él, ella tenía que ser la que estaba sin pareja. Si no fuera por Foxstall, su llegada habría restablecido el equilibrio y se habría emparejado con su presa sin el menor esfuerzo.

Maldito Foxstall.

Thea vio el peligro cuando Miriam Moseley susurró:

—Uy, no.

Siguiendo su mirada, vio a Cully, Marchampton y Farrow conversando sonrientes con Darien y un fornido oficial de los húsares.

—No lo traerán aquí, ¿verdad? —susurró Miriam—. Mi madre me dijo que evitara a toda costa ser presentada a él.

—No te preocupes, Maddy y yo nos hemos encontrado con él y hemos sobrevivido.

—Pero...

—Me gustaría saber quién es el otro —interrumpió Maddy, comiéndoselo con los ojos sin disimulo—. Espero que él se una a nosotros.

—Es feo —dijo Delle Bosanquet.

Maddy adoptó un aire de superioridad.

—Noblemente herido en la guerra, Delle.

Por una vez, Thea estaba de acuerdo con su prima. Tal vez el pobre hombre nunca habría sido guapo, porque tenía rasgos protuberantes y la piel tosca, pero era evidente que había recibido una terrible herida en la parte inferior de la cara. La oscura cicatriz le dividía la mejilla y le llegaba hasta la boca, y tenía torcida la mandíbula inferior.

También entendía a qué se debía el interés de Maddy. Aparte de su tamaño, ese hombre podría ser el corsario. Nada que ver con el poder de la mente, eso sí; todo era físico, una especie de vigor animal.

Mientras se acercaban los hombres, cayó en la cuenta de que serían cinco hombres para cuatro mujeres. Aunque no; Miriam se había marchado así que en realidad eran cinco para tres. Incómodo.

—Aquí tengo a Canem Cave —anunció Cully, como quien llega a casa con un premio—. Lord Darien ahora, por supuesto. Y el capitán Foxstall. Perro y Zorro.* ¡Siempre juntos!

La expresión de Darien era tan impenetrable que Thea comprendió que ocultaba una reacción. ¡Señor! Cully acababa de llamarlo Perro. Se preparó para un exabrupto, pero él simplemente puso la fuente con comida en el centro de la mesa, como los otros, y esperó educadamente que Marsh, Cully y Farrow ocuparan sus asientos.

Foxstall no esperó. Se sentó al lado de Maddy, y ella le sonrió. Marchampton, con los labios apretados, se sentó al otro lado de Maddy. El pobre estaba perdidamente enamorado de esta, aunque ella lo trataba de manera abominable. Farrow era la pareja de Delle, así que se sentó en la silla entre ella y Thea. Quedaba una silla, entre Foxstall, que estaba poniendo comida en el plato de Maddy, y Thea, que ya lo consideraba un palurdo.

—Ahí tienes, señor —dijo Cully a Darien, indicándole la silla desocupada.

* Fox: zorro.

Darien se sentó.

Cully cogió una silla desocupada de otra mesa y la puso al otro lado de la de Delle. Ni una hermana ni una prima lo fascinaría, pero Thea habría preferido no tener que comer con ese castigo al lado. Y ciertamente habría preferido no tener ante las narices la vergonzosa escena de Maddy comportándose escandalosamente con «Fox», como ya lo llamaba.

—¿Estuvo en Waterloo, Fox? —gorjeó Maddy.

No podía haber olvidado que los pobres Marchampton y Farrow se habían perdido la gran batalla, pensó Thea. Como a tantos otros regimientos, estando Napoléon aparentemente derrotado, al de ellos lo enviaron en barco a la guerra de Canadá, y aún les rechinaban los dientes a causa de eso.

En la primera pausa que hizo Foxstall de sus alardeos, le preguntó a March acerca de la marcha de España a Francia en 1814, y de ahí llevó la conversación hacia la Campaña Peninsular.

Eso lo hizo por sus propios motivos, pero no tardó en estar fascinada. Antes de 1815 prestaba poca atención a los detalles de la guerra. Después de la batalla de Waterloo no soportaba que la mencionaran. Debido a la experiencia de Dare había supuesto que los recuerdos de cualquier soldado serían tristes, pero estaba claro que no era así.

—¿No participaste en el asunto Muniz, Canem? —preguntó Marchampton, con los ojos brillantes—. Buen Dios, recuerdo el alboroto que se armó por eso.

—Divertida gran aventura —declaró el capitán Foxstall; decididamente era un hombre al que le gustaba ser el centro de atención—. No podíamos hacer nada oficial, así que actuamos por nuestra cuenta.

Cully pidió detalles y Foxstall se los dio. Tenía que ver con la liberación no autorizada de una ciudad española, que fue más difícil debido al comportamiento de las tropas españolas, que se suponía eran aliadas.

—Me sorprende que saliérais ilesos —dijo March, dirigiéndose a Darien.

—Nadie podía hacer nada —contestó este, y bebió un trago de vino—. A diferencia del asunto de los diez cerdos. Eso casi me llevó a la corte marcial.

Entonces contó una historia sobre la captura de unos cerdos de un regimiento alemán, que llevó a otras historias similares de los demás. Todas las damas manifestaban una apropiada admiración por sus héroes, pensó Thea, pero ¿tenía Maddy que arrimarse a Foxstall de esa manera?

De pronto Darien se rió. Thea pestañeó al ver lo diferente que se veía. ¿Estaría borracho? Le parecía que no se había llenado su copa más de una vez. Podría sentirse borracho simplemente por estar en compañía amistosa después de tanta hostilidad. Más que amistosa. Cully y March parecían considerarlo un dios.

—... cuando tú y Demonio Vandeimen escapasteis de todo el ejército francés —estaba diciendo Cully, que tenía el plato de comida casi intacto.

—No todo —corrigió Darien, curvando los labios.

—Una división al menos. Perro Loco y Demonio, y no se perdió la vida de ningún hombre.

—Y se adquirió un arcón de oro francés —añadió March—. Ojalá yo hubiera estado ahí.

—Estábamos ahí sólo por casualidad —señaló Darien—, y habría preferido no haber estado. Eso fue un error por mi parte, y si no hubiera sido por la llegada de Vandeimen, podría haber sido desastroso. Total, resultó que el oro me salvó la piel y salvó los pies de los hombres.

—¿Los pies de los hombres? —preguntó Thea.

—Con ese oro se compró un barco lleno de botas. —Tal vez vio algo en la cara de ella, porque volvió a ponerse la máscara de impasibilidad—. ¿No aprueba las capturas de botines de guerra, lady Theodosia?

Ella enterró el tenedor en un pastel olvidado.

—No sé lo suficiente para aprobar o desaprobar, milord, pero encuentro horroroso que nuestros soldados tuvieran que llegar a esos extremos para obtener provisiones.

—Alguien escribió que un ejército marcha sobre su vientre, y que eso tiende a desviar la atención de aquellos que están en el poder. La mitad del ejército combatió en Waterloo hambriento.

—Eso es espantoso. Debería hacerse algo.

—¿Sí? —dijo él, con expresión escéptica.

—Uy, Thea, no te apuntes a otra causa, por favor —exclamó Maddy. Miró a los hombres—. Ella y la tía Sarah siempre andan por ahí tratando de ayudar a los soldados que han vuelto.

—¿Y cuál es su contribución, señorita Debenham? —le preguntó Darien.

Maddy se ruborizó.

—Yo los divierto. —Se giró hacia Foxstall—. ¿Verdad, señor?

Él le cogió la mano y se la besó.

—Deliciosamente, señorita Debenham.

Maddy se ruborizó de una manera que Thea conocía muy bien. «No con un amigo de Darien, Maddy, por favor», pensó.

—¿Todos vosotros, señores, estáis clavados en la ciudad durante la temporada?

—Eso parece —contestó Cully, desanimado.

Cómo esos hombres podían desear volver a la acción; ella no lo entendía.

—Yo no —dijo Foxstall—. Nos marcharemos a India antes que acabe el verano.

—Eso es muy lamentable —dijo Maddy, haciendo un morro.

Él todavía le tenía cogida la mano.

—Cásese conmigo, señorita Debenham, y renunciaré a las huríes.

Maddy se rió, todos sonrieron, pero Thea observó lo rojos que tenía los labios Foxstall, asomados por debajo de sus bigotes oscuros.

—¿Y bien? —dijo él, recordándole a Thea el momento en que Darien le exigió aceptar el trato.

Incluso Maddy se sorprendió. Se rió.

—Soy absolutamente incapaz de tomar cualquier decisión tan rápido, capitán.

—Entonces sólo puedo coger botones de rosa ingleses mientras pueda.

Esos labios rojos y flojos sonriendo. Esos ojos bajando hasta el ramillete de capullos de rosa que llevaba Maddy entre los pechos. Maddy sacó uno y se lo ofreció. Él lo cogió, lo besó y se lo puso en el interior de la casaca con galones dorados, cerca de su corazón.

Thea tenía los dientes apretados y le pareció que March también. Miró a Darien, reprendiéndolo en silencio por haber traído a ese lobo. Podía sentir lástima por su deformidad, pero todos los instintos le decían que Foxstall era un libertino. Un libertino muy peligroso, muy diferente y alejado de los campos de juego habituales de Maddy.

Capítulo 15

*E*l mayordomo de lady Wraybourne rompió el incómodo silencio anunciando la segunda actuación del coro. Cuando todos se levantaron, Thea buscó una manera de separar a Maddy de su zorro, pero esta estaba firmemente cogida de su brazo. Por lo menos Marchampton se situó cerca.

El teniente Farrow le ofreció el brazo a Delle, y esta invitó amablemente a Cully a situarse a su otro lado. Sonriendo, Thea aceptó el brazo que le ofrecía Darien y echaron a andar de vuelta a la música. Todo eso era parte del plan, se dijo; su madre esperaba que ella manifestara su apoyo.

Mientras avanzaban por la casa pensó que el plan podría estar dando resultado. Aunque estaba segura de que muchas personas se apartaban para evitar el contacto con el Cave que tenían entre ellas, nadie les volvió la espalda ni oyó ningún susurro. Cuando vio que Avonfort evitaba mirarla a los ojos, sintió la tentación de ir hasta él y obligarlo a ser amable con Darien.

Se sorprendió haciendo comparaciones entre los dos, y estas no favorecían a Avonfort. Su elegancia, que ella siempre había admirado, se veía disminuida ante el estilo más sencillo de Darien; su pelo escrupulosamente peinado, el cuello alto de su camisa y la corbata de moiré azul se veían recargados, exagerados.

¿Qué le pasaba, había perdido el juicio? Le gustaban los hombres que compartían su gusto por la ropa fina, y en especial su gusto por la elegancia y las artes más sutiles. Podía respetar el valor y los sacrificios de la guerra sin admirar sus consecuencias vulgares.

—¿Nada de conversación? —preguntó él cuando comenzaron a subir la escalera.

—Podríamos hablar de por qué hace esto.

—¿Hago qué?

—Imponerse a mi familia y a la sociedad.

—Tal vez por el placer de su compañía, milady.

Ella lo obsequió con una insulsa sonrisa.

—Estoy aquí por el deber de transmitir la bendición Yeovil, Darien, pero si simula que está enamorado de mí, es probable que eso me produzca náuseas.

Él curvó los labios.

—Más probable es que las náuseas se la produzcan los langostinos en conserva. Renuncio al amor, entonces, pero no puede negarme la admiración. Tiene que saber que es hermosa.

—Bueno, ¿qué tiene que responder a eso una dama? Si dice sí parece vanidosa. Si dice no...

Había caído en una trampa.

—¿Se sentirá tonta? —terminó él, con los ojos bailando de travesura. —No hay ningún deshonor en reconocer una cualidad. Yo soy valiente, fuerte y un excelente luchador.

—A los hombres se les permite reconocer ese tipo de cosas. A las mujeres no se nos permite reconocer la belleza.

—Entonces, ¿tiene que esperar a que se lo digan y oponer tímidas objeciones? Es una lástima, ¿no le parece? Dígalo, soy hermosa.

—No.

¿Por qué la gente no caminaba más rápido para abreviar esa conversación?

—¿Qué cualidades puede reconocer, entonces?

—Virtud, buenos principios y caridad cristiana. Tal vez ciertas habilidades domésticas.

—¿Tiene habilidades domésticas?

—Por supuesto. Para llevar una casa grande debo saber cómo funciona todo. La limpieza, la supervisión de la ropa blanca, las cuentas, la preparación de las comidas.

—Me hace ilusión verla amasando pan, con harina en la nariz.

—En realidad nunca he hecho pan —reconoció ella, maldiciéndolo en silencio.

—El conocimiento teórico suele ser engañoso.

Ella lo miró a los ojos.

—He confesado mis fallos, milord. No es necesario insistir en el punto.

Habían llegado por fin al salón y ella habría jurado que él se rió. Qué exasperante, el maldito. Vio a personas sorprendidas al verlo de tan buen humor; seguro que le echarían a ella la culpa de eso.

Vio a Maddy con sus dos galanes y se dirigió en línea recta a los asientos de detrás de ellos, preparada para pincharla en la espalda si se portaba muy mal. Maddy distribuía sus sonrisas y comentarios entre los dos, sin duda con la intención de provocarles celos.

Por causa de Maddy no pudo gozar del todo de la segunda parte de la velada musical. Tomado todo en cuenta, ese era el evento social más desagradable al que había asistido en su vida. Y de acuerdo al plan de su madre, habría más en un futuro próximo.

Pero no como la prometida del vizconde Vil. Eso sería cien veces peor.

Lady Wraybourne dio las gracias a los niños del coro y después ofreció más entretenimientos a los invitados, entre ellos la oportunidad de visitar la nueva sala de lord Wraybourne, construida especialmente para exhibir su famosa colección de alfarería antigua.

A Thea le pareció que eso no suponía riesgos, así que dijo:

—Parece interesante esa colección, Maddy. ¿Vamos a verla?

—Kyle me advirtió en contra, lady Thea —dijo Marchampton—. Es sólo un montón de cacharros viejos. —Ofreció su brazo a Maddy—. ¿Cartas, Maddy?

Maddy se cogió de su brazo, y con el otro del de Foxstall, y el trío se alejó en dirección a la sala dispuesta para jugar a las cartas. Si no fuera por Darien, pensó Thea, podría haber ido con ellos para ser la cuarta y tal vez distraer a Foxstall de Maddy. En realidad, podía ir de todos modos.

—Cartas, entonces —dijo.

—Alfarería —contestó Darien.

—Deseo jugar a las cartas, señor.

—Ha dicho que la colección le parecía interesante. Supongo que no será tan voluble.

—Se me permite cambiar de opinión —dijo Thea entre dientes.

—Sólo en algunas cosas.

Eso era una advertencia. Antes que ella lograra encontrar una buena réplica, él sonrió levemente.

—Creí que deseaba hablar conmigo. Creo que mirar cacharros viejos le ofrecerá más oportunidades que las mesas de juego, ¿no le parece?

Ella deseó decir no por principio, pero él tenía razón, y ella necesitaba disipar la confusión, urgentemente. Además, Maddy no podría meterse en dificultades serias en la sala de cartas, y mucho menos estando March vigilando.

Así pues, se cogió del brazo de lord Darien y siguieron las indicaciones atravesando el salón y luego tomando por un corredor que llevaba a la parte de atrás de la casa.

—La exposición no es lo más popular de la velada —comentó Darien.

Delante de ellos caminaban dos parejas y podrían venir otras detrás, pero no era una multitud.

—Tal vez el comandante Kyle ha advertido en contra a todos en general —dijo.

—Y usted podría advertirle a su prima que Foxstall no es un juguete fiable.

—¿No? Tenía la impresión de que era su amigo, milord.

—El ejército te da extraños compañeros de cama. Y hablando de eso, ¿cuándo podemos anunciar nuestra intención de convertirnos en compañeros de cama?

Thea sintió arder las mejillas.

—¡Francamente, milord!

—De eso va el matrimonio. Lo sé, no es lo que se dice. Yo prefiero hablar claro. Así pues, ¿hay algún motivo para que yo no deba hablar con su padre mañana acerca de nuestro compromiso?

—Sí.

—¿Cuál?

—Es demasiado pronto.

—Lady Thea...

—No tiene permiso para llamarme con ese nombre.

Él arqueó las cejas.

—¿Prefiere ser Theodosia, regalo de los dioses, en lugar de ser Thea, una diosa por derecho propio?

«Qué hombre más exasperante.»

—No tengo ni idea de qué habla, Darien, pero por favor llámeme formalmente siempre.

—La invito a llamarme Canem.

—¿O Perro?

—No.

Llegaron a la puerta de la sala, en la que ya se habían reunido unas doce personas. Él le hizo un gesto para que pasara primero, y ella se apresuró a entrar. Estaba segura con aquella cantidad de gente. ¿Se le notarían los estremecimientos?

Simuló estar fascinada por la sala, caminando junto a la pared circular formada por estanterías con puertas de cristal, todas llenas de vasijas de barro cocido, algunas enteras, otras en trozos. En el centro se elevaba una columna de cristal de base cuadrada, con estantes en diferentes niveles para exhibir las piezas especiales; esta quedaba debajo de una cúpula de cristal, que durante el día daría una excelente luz natural. A esa hora tenían que conformarse con la de las lámparas, y tal vez eso explicaba el color apagado de los objetos expuestos ahí.

—Cacharros viejos, sin duda —musitó Darien

A pesar de todo ella tuvo que morderse el labio para no reírse. Eso era lo que parecían las vasijas expuestas ahí: sencillos cazos y ollas para la cocina, sólo que algunas estaban tan desportilladas que las habrían tirado hacía tiempo. De algunas sólo quedaban unos cuantos trozos.

Lord Wraybourne cogió una de las vasijas rotas y la enseñó a algunos de los invitados, haciéndola girar tiernamente en las manos. Era un hombre guapo y cortés y ella pensó de dónde podría haberle surgido ese interés, que parecía ser obsesión incluso. Debió costarle muchísimo dinero crear esa sala. Era evidente que en su colección él veía una belleza que a ella se le escapaba, y tal vez a muchas otras personas.

Bastante parecido al amor, pensó. Las personas pueden enamorarse de personas de lo más inverosísimiles. Alesia estaba locamente enamorada de un clérigo de carácter serio, y una de las hermanas de Avonfort estaba feliz casada con un viudo que le doblaba la edad; Kinstable era un cacharro viejo, aunque en realidad era un hombre de fina estampa, y Catherine se veía extasiadamente feliz en su matrimonio.

Mientras lord Wraybourne hablaba a todo el grupo acerca de su colección, ella pensaba si alguna vez experimentaría el éxtasis romántico. Aún no le había ocurrido, ni siquiera el tipo de chifladura en que caían sus amigas una y otra vez.

Paseó la mirada por los demás tratando de adivinar quiénes estaban tratando de parecer interesados y quiénes estaban verdaderamente fascinados. Había algunas personas distraídas, sin duda. Lady Harroving estaba mirando a Darien con una sonrisa pícara. ¡Era por lo menos diez años mayor! Pero claro, la prima Maria era ocho años mayor que Vandeimen, y lady Harroving era viuda.

«Si lo deseas, milady, te lo puedes quedar», pensó. Su madre andaba buscándole una esposa conveniente a Darien.

Lady Harroving era de buena cuna, pero su reputación no era en absoluto impecable. Nadie creyó jamás que le fuera fiel a su difunto marido, y cada año ofrecía un baile de máscaras que se consideraba poco respetable. Ciertamente no le haría ningún daño el matrimonio.

Terminó la corta charla y Thea no había escuchado ni una sola palabra.

Varias personas se agruparon alrededor de lord Wraybourne a hacerle preguntas, como si estuvieran realmente fascinadas. Entonces lady Harroving se dirigió hacia ellos, arreglándoselas para presentar sus enormes pechos, bastante expuestos, a modo de centro de atención.

—Lord Darien —dijo, desentendiéndose de todo decoro—, soy lady Harroving. Maria —añadió, con una sensual sonrisa—. Qué valioso es usted para una temporada aburrida.

La respuesta de él a la presentación fue un elemento disuasivo bellamente expresado:

—Espero ser tan aburrido como el que más, lady Harroving —dijo, con distante frialdad—. Lady Thea, colijo que ella es lady Harroving.

A la mujer se le notó el rubor bajo el colorete.

—Lady Theodosia y yo nos conocemos —dijo, con igual frialdad—. Veo que se ha ganado su reputación.

—Aún no la he mordido.

Tal vez para salvar las apariencias, lady Harroving se rió, y enseguida se dio media vuelta y salió de la sala.

—Eso no ha sido juicioso —dijo Thea en voz baja—. No necesita más enemigos.

—Ella la ha insultado a usted ignorándola.

Ella lo miró.

—¿Le importa eso?

—Soy su acompañante. Me tomo muy en serio esos deberes. Parece que los cacharros viejos fascinan a algunas personas, ¿verdad? Sugiero que miremos los estantes otro rato más.

Tenía razón. Esa sala serviría para una conversación en privado cuando salieran los demás. Con la puerta abierta, lógicamente. Desde ahí se veía todo el corredor hasta el salón principal. No se podría considerar que estaban solos.

Se giró con él a examinar el contenido de la estantería más cercana. De tanto en tanto veía la oscura imagen de él reflejada en el cristal y las de personas que estaban bastante detrás de ellos.

Venga, marchaos, le ordenaba en silencio al bullicioso grupo mientras pasaban de una colección de vasijas vidriadas con chillones colores a otras de color apagado y mate y a otra estantería que contenía toscas estatuillas. El grupo había avanzado un poco, pero volvió a detenerse. Sentía aumentar en ella una especie de tensión; impaciencia por conseguir hacer entrar en razón a Darien; eso debía ser.

—¿Tiene un interés particular por las diosas de la fertilidad?

Ella enfocó la atención y vio que algunas de las estatuillas eran representaciones de mujeres achaparradas con los vientres muy abultados por un embarazo.

—¿Cree que trabajaban? —preguntó, y se ruborizó.

—¿Es ese un tema del que habla una dama con un caballero?

Ella se giró a mirarlo.

—Usted ha empezado.

Él sonrió.

—Pues, sí.

A Thea le llevó un momento darse cuenta de que estaban solos, de que lord Wraybourne y sus acompañantes habían salido. Repentinamente nerviosa y con la boca reseca, dijo:

—Entonces hablemos de lo que importa.

—¿No le preocupa estar sola conmigo?

—La puerta está abierta y se nos ve desde el salón.

—Los muros de piedra no hacen una prisión, y las puertas abiertas no significan seguridad.

Ella se puso más nerviosa aún.

—¿Pretende abordarme otra vez? Le advierto que gritaré.

Él sonrió.

—No gritó la otra vez.

—¡Es usted un...! —Se interrumpió, al recordar su propósito, y se calmó—. Estoy aquí a solas con usted, lord Darien, sólo para hablar del compromiso.

—Sobre lo de comunicárselo a su padre.

—¡No!

—¿Hay que dar algún otro paso antes? —preguntó él, amablemente.

—Obtener el consentimiento de la dama —ladró ella.

—Entonces, mi diosa, estamos comprometidos.

—¡No lo estamos! —Pelear no la llevaría a ninguna parte—. Lord Darien, tiene que comprender que un compromiso entre nosotros sería innecesario e increíble.

—¿Increíble? —repitió él, con la expresión moderadamente perpleja—. Si usted y su familia anuncian que nos vamos a casar, ¿nadie se lo creería?

—Claro que no, porque usted es un Cave.

Eso sólo provocó un leve gesto en sus enigmáticos rasgos, pero ella vio lo insultante que había sido.

—Perdone —dijo, tanto por miedo como por compasión; Harrow, Dare y Perro Cave amenazaban con debilitarla. Esas cosas no tenían nada que ver con ese hombre fuerte y triunfador, recordó—. Quiero decir que por ser un Cave no es bien aceptado por el momento. Por lo tanto, un compromiso se consideraría raro. Además, dado que usted acaba de llegar a la ciudad, ¿cómo hemos llegado a conocernos? Si yo me tengo que volver loca de amor por usted, eso debe llevar algo más de unos días.

—A veces sucede en un instante, pero le concedo el punto, sobre todo dado que la llaman la Sublime Intocable.

—Eso es...

—Un apodo ridículo, estoy de acuerdo. Pero muchos apodos lo son, ¿verdad?

A ella la fastidió ir perdiendo tantos puntos.

—¿Cuánto tiempo sería necesario para que fuera creíble? —preguntó entonces él.

—Una eternidad. —Antes que él pudiera replicar, pasó al punto principal—: El compromiso no es necesario, Darien. Cuenta con el favor de mis padres y esta noche ha entrado en el círculo interior de la alta sociedad, y no ha sido rechazado.

Él arqueó una ceja, poniendo en duda eso.

—No públicamente —continuó ella—. Es evidente que tiene amigos militares que están dispuestos a respaldarlo, pero por encima de todo está que es usted la causa de mi madre. Créame, en estos asuntos es una verdadera Wellington. Si usted ha llegado a la conclusión de que no desea que lo devuelvan al amoroso seno de la alta sociedad, no tiene esperanzas de escapar.

Él se rió, desarmándola.

—Incluso va a intentar encontrarle una esposa conveniente, así que verá...

—Pero no usted, supongo.

—A mí me falta el gusto por la aventura —dijo ella, detectando un dejo de amargura en su voz.

—Mi dama de rojo —dijo él—, me asombra.

—Le aseguro que me falta. Ese vestido fue... No me lo volveré a poner. Sólo deseo una vida tranquila y ordenada.

—No está más hecha para el tedio que yo.

Ella lo miró a los ojos.

—No tenemos nada en común, lord Darien, nada.

—Tenemos ese beso.

—Me lo dio por la fuerza.

—¿Por qué no se ha quejado, entonces?

¿Él interpretaba su silencio como «aliento»?

—Porque no deseo causar un escándalo ni un duelo. No se imagine ni por un instante que lo disfruté.

—¿No estuvo a la altura de sus exigencias? Le pido disculpas y le ruego humildemente que me dé otra oportunidad para demostrarle que sé hacerlo mejor.

Se le acercó y ella descubrió que la estantería que tenía a la espalda le impedía retroceder.

—¡Cuando los cerdos vuelen! —le espetó.

—¿Poner uno en la cesta de un globo? —sugirió él—. O incluso disparar uno con un cañón.

La imagen la desequilibró.

—¡Eso es horrendo!

—Un medio para un fin. Yo no dejo que las emociones se interpongan en mis fines, Thea, y usted es mi medio para un fin.

—Ojalá fuera el medio para su muerte.

Él le puso la mano en la mejilla.

—Deje de luchar. No hay manera de escapar.

—Quíteme la mano de encima, Darien —dijo ella en voz baja y dura, y absolutamente inmóvil—, si no, gritaré, y al diablo las consecuencias.

Él la desafió, y ella pensó que iba a tener que gritar, pero entonces él retiró la mano y retrocedió.

—Libéreme de mi promesa —pidió—. El compromiso será un escándalo e innecesario.

—No puedo.

—¿Por qué? ¿Por qué es tan importante para usted? Teniendo a mi madre y a los Pícaros de su parte...

Se interrumpió al ver la expresión de sus ojos.

—¿Los Pícaros? —preguntó él en voz baja.

—Piensan ayudarle. Debido a lo que ocurrió en el colegio.

¡Error, error! Debería haber comprendido que él no querría que ella supiera eso.

—No me caen bien los Pícaros —dijo él, con los ojos muy grandes y serios—. Y que me cuelguen si acepto un rescate a manos de ellos.

—Pero usted apoyó a Dare con el fin de obtener apoyo.

—Capturé a su familia. A usted la tengo en un puño. Si pudiera encadenar a los Pícaros y azotarlos a voluntad, lo haría. ¿Están encadenados?

—No. —Entonces encontró el valor para alzar el mentón y decir—: Sienten compasión por usted.

Él apoyó la palma en el cristal, bloqueándole cualquier intento de escapar.

—Es usted una mujer muy tonta, y ya no estamos a la vista de la gente.

Ella miró hacia la puerta y vio que eso era cierto.

—¿Tonta por fiarme de usted? —lo desafió, aunque con el corazón aterrado—. Por extraño que pueda parecerle, normalmente estoy a salvo sola con un caballero. —Vio que él apretaba las mandíbulas, pero no pudo parar—: Pero claro, un Cave no puede ser un caballero. ¿Por qué no me da otro beso vil por la fuerza? No me cabe duda de que es eso lo que desea.

Él retrocedió bruscamente.

—Ah, no. Eso es lo que desea usted. No me va a llevar a la destrucción con provocaciones. Pero —añadió, sonriendo fríamente—, sólo tiene que suplicarlo.

Thea levantó la mano para borrarle con una palmada la sarcástica expresión de su cara, pero él le cogió la muñeca y la advertencia que vio en sus ojos la inmovilizó. De todos modos, bajo el hielo y el terror, todas sus partes perversas le gritaban que suplicara como él exigía; que se arrastrara por otro ardiente y aniquilador beso.

—Tal vez —dijo él en voz baja—, sólo necesita pedirlo.

Ella se soltó la mano y echó a correr. En el corredor se obligó a aminorar el paso e hizo varias respiraciones profundas para calmarse. Cuando entró en el salón sonrió, intentando aparentar que no había ningún problema en el mundo, pero a saber qué parecía su sonrisa.

—Lady Theodosia, ¿me permite asistirla?

Se giró bruscamente y se encontró ante el capitán Foxstall. Estaba sonriendo, aunque la expresión de sus ojos era ladina.

—Sólo diciéndome dónde está mi prima, señor.

—Su madre cogió bajo su ala a la señorita Debenham.

Miró por encima de ella y dijo «Ah», como si todo estuviera explicado. Ella comprendió que había visto a Darien ahí.

—No permita que juegue con usted, lady Theodosia —dijo entonces Foxstall, con esos horribles labios rojos—. Esa es su especialidad, jugar con las damitas bien protegidas. Normalmente eso lo encuentra decepcionantemente fácil. La adecuada cantidad de peligro y miedo, junto con una pizca de encanto, y ellas se derriten como lacre, listas para que él ponga su sello.

Escaldada, Thea se dio media vuelta y se alejó. Detestaba de todo corazón a Foxstall, pero decía la verdad. Ese era exactamente el juego al que jugaba Darien.

¿Acaso creía que podía utilizar la emoción del peligro para obligarla a casarse con él?

Cuando a los cerdos les broten alas.

Ahora era el momento de escapar.

Encontró a su madre jugando a las cartas. Se inclinó a susurrarle:

—Algo que he comido en la cena me ha sentado mal, mamá. Debo irme a casa.

La duquesa se disculpó con sus acompañantes en la mesa.

—Pobrecilla. Espero que el problema no se extienda. Sería embarazoso para la anfitriona.

—No he visto ninguna señal. Creo que los langostinos no me sientan bien.

Langostinos; eso fue lo que dijo él.

—¿No, cariño? No lo había notado. —La duquesa ordenó que les trajeran el coche y le envió un mensaje al duque diciéndole que se marchaban—. Él se quedará, sin duda. Lo vi en una seria conversación sobre la suspensión del habeas corpus. Qué tiempos tan angustiosos. ¿Necesitas acostarte, cariño?

—No —repuso Thea, incómoda por esa mentira—. De momento sólo es una sensación, pero prefiero estar en casa si empeora.

—Ah, sí, por supuesto. Me alegró dejar el juego. Formaba pareja con la señora Grantham, que es una tonta para el juego. Pero creo que esto ha resultado bastante bien.

Thea deseaba bajar corriendo la escalera, pero el coche tardaría su tiempo en llegar.

—El coro fue fabuloso —comentó.

—Me refiero a Darien, cariño. Fuiste muy generosa prestándole atención y eso sólo puede ser bueno. Y me alegró muchísimo verlo disfrutar con sus amigos del ejército durante la cena.

—Sí que tiene muchos amigos, mamá, y los Pícaros van a intentar ayudarlo. Tal vez no necesite más nuestra ayuda.

—Thea —la reprendió la duquesa—, los caballeros nunca son tan bien cotizados como las damas. A excepción de los clubes, por supuesto. Me gustaría saber si tu padre podría conseguir que lo aceptaran en el White.

Eso sería un milagro, pensó Thea. Ya habían llegado al vestíbulo y los criados corrieron a buscarles las capas.

—El coche no tardará mucho, cariño —dijo la duquesa—. ¿No sería mejor que te sentaras?

Thea deseaba pasearse, como si eso fuera a acelerar su escapada, pero se sentó, como se esperaba de ella, y trató de estarse quieta. Su madre entabló conversación con una amiga que también se iba a marchar, así que ella se dedicó a mirar la escalera, aunque no sabía qué podría hacer si bajaba Darien.

Ay, Dios. Después de todo eso, no había conseguido nada en su intento de escapar del compromiso.

Tendría que volver a intentarlo.

Sin perder los estribos.

Sin mencionar a los Pícaros.

Debería haberse imaginado cuál sería la reacción de él al enterarse de que ella sabía esa historia.

Pero ya estaban confirmados sus temores; él estaba motivado por el odio en lo que hacía.

Cuando anunciaron el coche, corrió a subirse a él y en cuanto este se puso en marcha, la duquesa dijo:

—Espero que estés bien mañana, cariño.

—¿Qué?

—Nuestra cena para Darien. Mañana por la noche. —No continuó porque Thea emitió un gemido—. Perdona, cariño, olvidé que no te sientes bien. ¿Necesitas las sales?

Thea negó con la cabeza, sin poder hablar.

Capítulo 16

*D*arien no persiguió a Thea Debenham, pero sí salió detrás de ella y la vio hablando con Foxstall. Maldito Foxstall. Su presencia en Londres era inoportuna, y sus atenciones a la prima de Thea desastrosas en potencia. Algo en su conversación con Thea le había hecho sonar campanillas también.

Claro que aquella conversación había dejado mucho que desear. Al parecer ella lo privaba de su capacidad de razonar con las feroces miradas de esos ojos azul claro. Y le había hablado de los Pícaros.

Infierno y condenación, no permitiría que se metieran en sus asuntos.

Habría preferido marcharse, pero se había ganado la entrada ahí, así que bien podía explotarla. Paseó por las salas, desentendiéndose de los desaires y deteniéndose a conversar con todos los hombres del ejército que conocía; feliz vio marcharse a Foxstall, sin duda hacia las diversiones más animadas de un antro de juego o de un prostíbulo.

Ese era el tipo de invasión lenta y sutil que había planeado, antes de encontrarse con Thea Debenham. Esa noche se había visto obligado a abandonar a Pup, así que a saber dónde estaría. Al menos el muchacho era tan nervioso que no se atrevería a entrar solo en un prostíbulo.

Mientras conversaba con alguien o caminaba, siguiendo todas las costumbres sociales, observaba por si veía a lady Thea. Mientras hablaba sobre la cantidad de veleros de la armada que ahora estaban amarrados en el puerto, se mantenía atento por si sentía el distintivo perfume floral que usaba ella. Y al tiempo que cambiaba impresiones sobre los asuntos en India, estaba alerta por si escuchaba su voz, tan cristalina, y sus palabras tan bien moduladas.

A no ser que estuviera enfadada.

O asustada.

La había asustado.

No se enorgullecía de eso, pero ella intentaba soltarse del anzuelo, y él no podía permitirlo. Por Frank.

A las once ya no soportó más aquella comedia social, así que se dispuso a marcharse.

Cuando fue a despedirse del duque de Yeovil se enteró de que Thea ya se había marchado, con su madre.

—Le sentó mal algo de los langostinos en conserva —le dijo el duque en voz baja—. Yo no he sentido ningún mal efecto, pero las damas son más delicadas, ¿verdad?

Según la experiencia de Darien, eso no era así, pero claro, su experiencia provenía principalmente de las mujeres que seguían al ejército. Para esas mujeres, desde prostitutas a esposas de oficiales, la resistencia era esencial.

Además, sabía cuál había sido el problema de Thea Debenham: un exceso de Cave.

Buscó a su anfitriona, le dio las gracias y le pidió disculpas por venir sin haber sido invitado.

—La duquesa insistió —le dijo, y en cierto modo era la verdad.

—Debo darle las gracias a ella, entonces —contestó la condesa, con los ojos sonrientes—. Su presencia ha animado mi formal entretenimiento.

—Los Cave vivimos para servir.

—Creí que el lema era «cuidado con», milord.

—Como la pimienta, el terror suele infundir ánimo si se toma con moderación.

Ella se rió moviendo la cabeza.

Él fue a recoger su capa de noche y salió de la casa, comprendiendo que el tono travieso de lady Wraybourne significaba otra victoria. Cuando llegó, ella parecía francamente asustada, tal vez imaginándose que su velada se vería estropeada por un alboroto. Ahora se sentía divertida y no veía nada malo en él.

Un error, pero de todos modos una victoria en su campaña.

Un lacayo le habría encontrado un coche de alquiler, pero estaba acostumbrado a la vida activa, y Londres lo sofocaba. Tal vez caminar por las oscuras calles también le satisfacía el loco impulso hacia el riesgo. Un hombre podía hacerse adicto a eso. Veía ese defecto en Foxstall. ¿Lo tenía él también? ¿Sería capaz de llevar una vida tranquila y ordenada?

Se detuvo al caer en la cuenta de que había repetido las palabras de lady Thea.

No, no se imaginaba un futuro con ella, ni en sus más locos sueños.

Un ruido lo sacó bruscamente de sus pensamientos.

Imprudentemente había tomado un atajo por la estrecha y mal iluminada Cask Lane y tres chicos duros daban vueltas alrededor suyo, enseñando unos dientes torcidos y negros.

—Sólo queremos su dinero y chucherías, milord —dijo uno.

Se abalanzó sin aviso blandiendo el bastón. Pasado un instante, dos chicos ya iban huyendo, uno con una pronunciada cojera y el otro sosteniéndose las costillas. El tercero estaba gimoteando a sus pies, acurrucado para aguantar la esperada patada.

Sólo lo tocó con la punta del pie.

—Consejo de un experto —le dijo—. Primero ataca, después habla.

Dicho eso reanudó la marcha, sintiéndose mejor después de ese poco de ejercicio.

Capítulo 17

*D*arien entró en Hanover Square, que ya pasada la medianoche estaba apaciblemente silenciosa, aunque seguía siendo el escenario de un archiconocido hecho sangriento.

Durante el día los matorrales de arbustos del jardín tenían un aspecto agradable, pero por la noche eran figuras oscuras detrás de rejas negras, donde podían esconderse cualquier cantidad de monstruos. Antes de llegar a su casa se detuvo a mirar el bloque de casas de enfrente, que a esa hora parecía un cuadrado negro enmarcado por el cielo nocturno, una oscuridad sólo interrumpida aquí y allá por una ventana con cortinas y el par de lámparas a cada lado de las puertas. La casa de los Wilmott estaba ahí, y aunque lady Wilmott se había marchado de la ciudad, su marido, sir George, continuaba residiendo en ella.

¿La gente apuntaría hacia la casa Wilmott tal como apuntaban hacia la casa Cave y al lugar del jardín donde se encontró el cadáver ensangrentado? Los londinenses traían a sus parientes a la plaza. Los llevaban a los lugares de interés turístico, como la catedral de Saint Paul, Westminster Abbey, y luego a Hanover Square a ver el escenario del sangriento asesinato cometido por el Loco Marcus Cave.

Algún día tendría que intentar concertar un encuentro con sir George para forjar una especie de paz. Pero todavía no; no se sentía en ánimos de enfrentar eso. Sospechaba que sir George fue el que le envió el dibujo *La ira de Dios*. ¿Quién si no? Incluso podría ser el responsable de la sangre en la puerta. No había sido su deseo producir más sufrimiento a la familia, pero tenía que llevar a cabo su plan.

Se giró hacia su casa, donde estaba el blasón de la familia encima del dintel de la puerta. El mastín negro gruñendo parecía casi animado por la parpadeante luz de la lámpara que había a un lado de la puerta. Le gruñó, sin hacer caso de la palabra tallada debajo: «Cave».

Debería hacerlo quitar, aunque sólo fuera porque los blasones en las puertas habían pasado de moda hacía cincuenta años o más. Pero estaba tallado en piedra y firmemente incrustado en los ladrillos. Quitarlo sería un trabajo tremendo y era posible que la piedra sustentara las plantas superiores. Provocar el derrumbe de la casa era tentador, pero por el momento era su carga.

Venirse a vivir ahí había sido un error, pero no podía corregir eso todavía. Y mudarse en esos momentos daría la impresión de que lo había asustado la sangre, y uno de sus dogmas era no mostrar miedo jamás. Eso lo había aprendido durante las visitas que hacía el joven Marcus a Stours Court. Incluso antes de volverse loco, Marcus era el tipo de matón que se alimentaba del miedo tal como un vampiro se alimenta de sangre humana.

Demonios, estaba ahí inmóvil, sin deseos de entrar. Abrió la puerta y entró. Como siempre, la casa estaba al mismo tiempo silenciosa y bulliciosa de maldad.

Entonces apareció Prussock, subiendo desde el sótano.

—Bienvenido a casa, milord.

Eso era un cambio. ¿Tal vez Lovegrove le hubiera soltado un sermón a los otros criados sobre el comportamiento correcto en la casa de un par del reino, o simplemente era la reacción de Prussock ante la serie de visitas? Preferiría que el hombre no se molestara en esperarlo, pero claro, tal vez a la familia la inquietaba la posibilidad de perder sus puestos en la casa.

Prussock encendió una de las velas que esperaban en la mesilla y se la pasó.

Darien la cogió.

—Gracias. ¿Está en casa el señor Uppington?

—No, milord. Salió poco después que usted.

—¿Sabes adónde fue?

—No, milord.

—Tiene llave, Prussock, así que no le esperes.

—Estoy muy dispuesto a...

—Vete a acostar, Prussock. Eso es una orden.

—Muy bien, milord.

El mayordomo se alejó tieso de desaprobación. Tal vez estaba quebrantando alguna otra regla arcana, pensó Darien, pero claro, Prussock siempre parecía contrariado por todo.

Subió la escalera, pensando que Lovegrove lo estaría esperando para ocuparse de su ropa fina, en espíritu si no en carne y hueso; muy en espíritu, a juzgar por la cantidad de coñac que desaparecía.

No había nada malo en esa casa, se dijo. Era casi idéntica a las demás del bloque. Sin embargo, cada vez que entraba sentía caer sobre él una atmósfera pestilente, como una manta húmeda, putrefacta. Había dormido entre cadáveres con más tranquilidad que ahí.

Una vibración a la derecha lo hizo girarse. No era nada, pero percibió que había algo ahí, deseándole mal. Tal vez debería hacer exorcizar la casa. ¿Haría eso la Iglesia de Inglaterra o sería necesario un sacerdote católico? Un rito romano podría hacer más mal que bien. Todavía había personas que creían que los católicos sacrificaban a bebés en los altares.

Idiotas, la mayoría de la gente.

Sorprendido descubrió que Lovegrove estaba consciente y en pie, aunque tambaleante. El hombre se las arreglaba para ser delgado y fofo, pero conocía su oficio y cuidaba de su ropa como si cada prenda fuera sagrada.

—¿Una noccche agraddable, milord? —preguntó, con la lengua estropajosa, quitándole la capa de gala forrada en seda con las manos temblorosas.

—Niños de coro.

Una avispada mirada hizo pensar a Darien cuáles serían las costumbres de sus empleadores anteriores.

—El coro de la abadía —explicó—, en casa de lady Wraybourne.

—Ah, una ocachión mu chelecta, chin duda.

Pero el ayuda de cámara tenía agrandados los ojos por la sorpresa. También era útil por su conocimiento de los usos arcanos de la buena sociedad.

—Muy selecta —convino Darien, dejándose quitar el frac negro demasiado ceñido y el chaleco bordado, pero sin explicar cómo consiguió entrar—. Me encontré con un buen número de conocidos del ejército.

—Muy gr-gratificante, cheguro, milord —dijo Lovegrove, haciendo eses en dirección a la cómoda.

Darien hizo un gesto de dolor cuando el ayuda de cámara chocó con una esquina de la cama.

Tal vez la gratificación era auténtica. Lo había divertido enterarse de que el rango del ayuda de cámara de un caballero dependía del caballero. En las casas grandes a los criados personales se los llamaba por el nombre de su empleador, así que Lovegrove sería vizconde Darien en las dependencias de servicio de abajo. Dudaba que los Prussock se dejaran llevar por esa tontería, pero ese sistema se sumaba a los motivos de que le resultara difícil contratar a un ayuda de cámara cualificado. Nadie se ofrecería para ser un Cave.

Agradecía la habilidad y los conocimientos sociales de Lovegrove, pero había establecido desde el principio que tratándose de la camisa y los pantalones, él se las arreglaba solo.

Por lo tanto, Lovegrove se retiró, suspirando. Una vez que se quedó solo, se lavó las manos y la cara, y después comenzó a vagar por la habitación, inquieto, recordando cuando Pup entró ahí, sin siquiera pedir permiso, y comentó: «Aun no te has instalado adecuadamente, ¿eh, Canem?»

Se sirvió un poco de coñac. Era lo último que quedaba en el decantador, observó. Ah, bueno, lo consideraba parte del salario de Lovegrove. Mientras bebía, contempló la habitación.

Se había hecho experto en instalarse en un alojamiento y convertirlo en propio distribuyendo su colección de cosas: la manta exquisitamente tejida de España, la alfombra hecha de vellón de ovejas de Andorra, el ajedrez en que las piezas negras eran moros y las blancas las fuerzas de Fernando e Isabel.

Ya llevaba tres semanas ahí y no había puesto ninguna de ellas.

Lo único personal que estaba a la vista era su baúl de madera lleno de arañazos, que contenía todas sus cosas.

Por impulso lo abrió. Sacó la manta y la extendió sobre la cama, y después puso la alfombra de vellón en el suelo, donde recibiría sus pies desnudos por la mañana. Sacó su sable en su vaina, lo único que había conservado de su vida de húsar. ¿Qué hacer con algo que había usado tanto y durante tanto tiempo?

Tal vez colgarlo en la pared algún día, pero de momento lo dejó sobre la cómoda-tocador.

Sacó dos cajas de madera del baúl. La más grande, que contenía las piezas de ajedrez la puso sobre la mesa junto a la ventana y al lado dejó la delgada, que contenía su flauta.

¿De veras no había tocado desde que llegó a esa casa?

Había aprendido a tocar el instrumento justamente porque su padre consideraba impropio de un hombre tocar música de cualquier tipo, pero en especial los instrumentos más pequeños y delicados. Eso fue una rebelión trivial, tal vez la única de la que podía salir impune, pero tenía sus ventajas. No se puede llevar a rastras un piano por los campos de batalla, e incluso un violín podría ser una carga, pero su flauta había viajado a todas partes con él y muchas veces ahuyentado la oscuridad.

Preparó el instrumento, recordando cómo se quejaba Foxstall. Como a su padre, a Foxstall no le gustaba la música, y miraba con desprecio a un oficial que tocara para entretener a los hombres, lo que él hacía con frecuencia.

Foxstall nunca había entendido las formas más sutiles de ganarse lealtad. Eso él lo había aprendido principalmente de su primer capitán, Michael Horne. El primer verdadero golpe de suerte de su vida fue acabar bajo las órdenes de ese hombre. Horne era un soldado brillante, pero también serio, concienzudo y verdaderamente amable. Toleraba a un muchacho furioso, pero sólo hasta cierto punto, y recompensaba el progreso en el comportamiento.

Tal vez era verdaderamente paternal, porque tenía más de cuarenta años, pero sólo Dios sabía por qué decidió adoptar a Horatio Cave con su carga de resentimientos violentos. Él sabía que le debía a Horne la mayor parte de lo que era en esos momentos, y lloró cuando lo perdió sólo después de tres años.

De Horne había aprendido el equilibrio entre disciplina estricta y compañerismo relajado, lo que significaba que los hombres seguirían a un oficial a las más sangrientas batallas, cumplirían sin falta las órdenes, pero conservarían la capacidad de pensar por sí mismos cuando era necesario.

No demasiada familiaridad, eso lo detestarían, pero sí pequeños detalles. La hora pasada con ellos alrededor de una fogata por la noche, contando historias y tocando música; encargarse de que recibieran cuidados cuando eran heridos; la memoria para recordar cualquier cosa especial que ocurriera en sus vidas, a sus familiares en casa y sus intereses especiales. A los que mostraban interés él les permitía coger libros de su pequeña biblioteca.

Cuando lo nombraron capitán, sus hombres se dieron el nombre Chuchos de Canem. La intención era buena, así que lo toleró. ¿Seguirían usando ese nombre? ¿Seguirían usando «Ca-ve, ca-ve, ca-ve» como el cántico de guerra? Claro que últimamente no había habido ninguna batalla aparte de esa en contra de gente trabajadora desesperada.

Comenzó una alegre giga, de las que más les gustaba a los hombres, pero descubrió que se desviaba hacia un lamento.

No le gustaba la idea de los Chuchos de Canem sueltos en India a las órdenes de Pugh, el hombre que compró su rango de comandante. Pugh no sería capaz de controlar a Foxstall, y este era un salvaje.

Si no hubiera vendido su comisión se sentiría tentado de renunciar a su intromisión en la alta sociedad y a volver a su puesto. Pero el ejército no funcionaba así y, además, no tenía ningún sentido intentar hacer retroceder el reloj.

Volvió a ponerse la flauta en la boca y comenzó resueltamente a tocar «Jolly Jenny».

La puerta se abrió con tanta fuerza que se golpeó contra la cómoda.

—¿Tocando la flauta en la oscuridad, Canem? No puedo permitir eso.

Entró Foxstall, sosteniendo casi todo el peso de Pup, que estaba casi inconsciente por una borrachera.

Darien bajó la flauta.

—¿Qué diablos haces?

—Traer a tu cachorro a casa. Ha echado las tripas en tu vestíbulo.

—¿Cómo has entrado?

—Pup tiene llave.

Pues sí, maldita sea.

A pesar de su corpulencia, Foxstall tuvo dificultad para llevar hasta el sofá a esa tambaleante y flácida masa. Cuando lo dejó en el sofá, este se estremeció sobre sus delgadas patas.

—¿Por qué lo has traído aquí? —preguntó Darien.

—No sé cual es su habitación, y él no supo decírmelo. Además, sería raro traer un hombre a tu casa y no decirte una palabra. —Soltó el aire en un soplido—. Después de esto necesito remojarme el gaznate—. Cogió el decantador y frunció el ceño. —Llama para que traigan más, viejo.

—Los criados ya están acostados.

Foxstall dejó el decantador en la mesa con un golpe.

—¿Es posible que este sea Canem Cave, un pobre diablo aburrido que toca la flauta?

—Las responsabilidades pesan sobre un hombre. ¿Dónde encontraste a Pup? No en casa de lady Wraybourne, supongo.

—La deliciosa señorita Debenham me despertó el apetito, pero se resistió a seguir adelante, así que me fui a casa de Violet Vane.

—¡Qué! —exclamó Pup, medio despierto. Sonrió mirando alrededor con los ojos vidriosos—. ¿Eres tú, Canem? Estoy un poco borracho. Mucho para beber en la Vane.

—Para los que tienen dinero —dijo Darien—. Es un mal lugar, Pup.

—Tengo dinero. Tengo dinero a mantas. Tendrías que haber venido, Can. Una pelirrojita. Dulce como los dulces. Y la de pelo negro. La revolqué de lo lindo. —Se le cerraron los párpados—. Creo que...

Se quedó dormido con la boca abierta.

—Supongo que pagó —dijo Darien.

—¿Por qué no? Vamos, si quiere ser un grandullón malo como nosotros, bien puede pagar por ese privilegio. Cuando acabé con mi puta, estaba revolcándose borracho a punto de echar las tripas, así que la Vane me exigió que me lo llevara. Un acto de bondad cristiana, puesto que es un bobo.

—No lo es tanto.

—¿No? Sólo el diablo sabe cómo sobrevivió a la guerra. Tiene menos instinto de autoconservación que una bala disparada de un cañón.

—O un cerdo.

—¿Qué?

Darien negó con la cabeza.

—Sólo es un recuerdo.

—¿Disparaste a un cerdo con un cañón? Nunca me enteré de eso. Maldito desperdicio.

Darien ni intentó explicarlo.

—¿Por qué diablos no tuve un padrino que me lo dejara todo? —se quejó Foxstall, dando un puntapié a la bota de Pup que colgaba fuera del sofá—. El mío fue un párroco que tenía cinco hijos.

—Para.

Se miraron a los ojos.

—Estás de un humor muy raro, Canem.

—Que le invadan la casa a uno provoca eso.

—Traje a casa a Pup, nada más —contestó Foxstall. Dio una vuelta por la habitación tocando cosas con actitud despectiva—. Yo viviría mejor si fuera vizconde. Me sorprendió verte en ese recital también, pero supongo que tienes que arrastrarte ante las anfitrionas. ¿Va bien tu campaña?

Una vez Darien le había hablado de sus planes a Foxstall. Eso quizá fue otro error.

—Sí.

Podría recurrir a la fuerza para librarse de Foxstall, pero no valía la pena. No habiendo mujeres ni bebida, se marcharía pronto.

—Observé que no eras lo que se dice bienvenido —continuó Foxstall, con cierto desdén.

—Son los primeros días. Estoy probando las aguas.

—Puedes meter los pies todo lo que quieras en el río Aristocracia, el hielo nunca se derrite.

—Tengo a los Debenham.

Foxstall se rió burlón.

—Sí que tenías a la joven. Buena pieza jugosa, aunque no exactamente cálida.

A Darien se le tensó la mandíbula, pero se limitó a decir:

—¿Me andas espiando, Matt?

—Sólo buscando tu compañía. ¿Crees que puedes hacer progreso ahí? Vana esperanza, a diferencia de su alegre prima.

—Deja en paz a la señorita Debenham.

—Ya no estoy a tus órdenes, y la señorita Debenham no desea que la deje en paz, te lo aseguro. Yo diría que tiene una bonita dote, ¿no te parece? Pero la de su prima será más grandiosa.

Darien le dirigió una mirada de advertencia, pero en lugar de marcharse, Foxstall se echó a reír.

—¡Eso pensé! ¿Es un plan siniestro y artero, o estás enamorado?

A Darien se le encendió el deseo de cometer un asesinato, pero esa mecha era mejor apagarla con agua fría.

—Plan, por supuesto. No es mi tipo.

—Una virgen hermética —convino Foxstall.

Darien dejó la flauta en la mesa, no fuera a romperla.

—Basta.

Esta vez Foxstall captó el aviso.

—Te deseo buena suerte con ella, pero eso no ocurrirá jamás. Te pareces demasiado a tu hermano.

Darien lo miró con verdadera sorpresa.

—¿A Marcus? No me parezco en absoluto.

—Eso es lo que decían esta noche. Se me ocurrió que debía darte un amistoso aviso. Ahora, amigo, préstame un poco de dinero.

—¿Cuánto? —preguntó Darien, todavía digiriendo esas palabras.

—Tres mil.

Darien lo miró sorprendido.

—¿Para qué?

—Pugh cogió una neumonía y murió. Puedo comprarme la comandancia si encuentro el dinero.

Darien recordó que cuando él vendió su comisión, Foxstall le pidió prestado dinero, que en realidad había sido un regalo. En ese tiempo él suponía que habría poco dinero en las arcas de la familia, pero aunque no hubiera sido así no se lo habría prestado; en tiempos de paz Foxstall era un barril de pólvora listo para explotar. Y ahora el regimiento se iba a India, donde habría más acción. Pero él se fiaba aún menos de Foxstall, y los hombres que estarían bajo su mando eran los Chuchos de Canem.

—Lo siento, no puedo.

—Maldita sea, Canem, siempre hemos compartido y nos hemos dividido las cosas por igual.

—Compartíamos el precio de una jarra de vino o de una puta.

—Y esto significa más o menos lo mismo para ti ahora. Estás nadando en dinero.

—Establecerse en la sociedad es caro.

—Comprendo —dijo Foxstall, y tal vez fuera cierto.

Darien intentó suavizarlo.

—Piensa en India. Nababs, rubíes y harenes.

—Soy un mal enemigo, Canem

Darien lo miró a los ojos.

—Yo lo soy peor. Manténte alejado de los Debenham.

—Haré lo que me dé la gana.

Dicho eso Foxstall salió dando un portazo.

Darien dejó salir el aliento. Matt Foxstall nunca había sido un verdadero amigo; nunca le había contado un secreto, nunca había buscado consuelo en él. Simplemente bebían, putañeaban y combatían juntos. Principalmente combatían, y con una furia salvaje y brillante que quedaba muy precisa en la memoria. Pero ahora todo era diferente.

De todos modos, no tenía tantos amigos como para encogerse de hombros al perder uno.

Volvió a coger la flauta y nuevamente intentó tocar la alegre giga, pero no tuvo ningún efecto en la oscuridad; y la oscuridad era su pestilente hermano sifilítico. No se parecía a Marcus, maldita sea. Tenían el mismo color de piel, sí, pero eran totalmente distintos. El último recuerdo que tenía de él era de un bruto hinchado y lleno de úlceras.

Pero ¿cómo era antes de que la sífilis hiciera estragos en él?

Marcus tenía trece años cuando nació él, y ya llevaba una vida de libertino lujurioso antes que él pudiera tener algún recuerdo. Afortunadamente, prefería vivir en Londres, porque ahí su padre le daba la libertad para hacer lo que quisiera, pero volvía a Stours Court con demasiada frecuencia en opinión de cualquiera.

Se levantó y fue a mirarse en el espejo, apoyando los brazos tensos sobre la cómoda baja; se miró la cara, y vio sus rasgos distorsionados por la parpadeante luz de la vela y la mala calidad del espejo. Tal vez la luz y la distorsión revelarían algo.

El mismo pelo negro que dejaba una frente alta; los mismos ojos oscuros y profundos que dejaban los párpados semientornados; el mismo color de la piel, ligeramente trigueño. El sol de España lo volvía tan moreno como los españoles, mientras que a los demás les quemaba la piel.

¿La misma crueldad?

No, aunque reconocía que las cicatrices de la cara sugerían eso, y tal vez algo le había quedado estampado en el rostro de los peores aspectos de la guerra.

Maldito Marcus. Pero esos eran detalles superficiales. Si un hombre estaba en lo más hondo del infierno ese era Marcus Aurelius Cave.

No era de extrañar que los aristócratas se encogieran de miedo al ver su cara. No era de extrañar que Thea Debenham se estremeciera con su contacto. Y Frank, Frank el del espíritu puro y la sonrisa generosa, tenía esa misma apariencia; a Frank el pelo negro y los ojos oscuros le daban la apariencia de un ángel, pero ¿le importaría eso a la altanera y desconfiada alta sociedad?

Cogió su sable envainado y con el pomo golpeó el espejo, destrozando la imagen.

—Eso trae mala suerte, Canem —masculló Pup detrás de él—. Siete años de...

Se giró, sacando el sable de la vaina, pero Pup estaba roncando otra vez, con el aspecto de un querubín dispéptico.

Volvió a envainar la hoja y con sumo cuidado la dejó en su lugar. Puso la vela en el suelo y recogió los trozos rotos. Cuando estuvo seguro de que ya no quedaba nada brillante, puso los trozos en un cuenco para tirarlos después.

Todavía hirviendo de rabia, contempló a Pup, se contempló él, contempló a Marcus, a la alta sociedad y a toda la maldita tortura del destino. Pero ¿de qué le servía? No podía cambiar el pasado, y algunos pasados no se pueden olvidar.

Una cicatriz sigue siendo una cicatriz.

Una extremidad amputada no vuelve a crecer.

Un bobo no puede transformarse en un hombre juicioso.

Y un Cave sería eternamente un vil marginado.

Sacó la colorida manta de su cama y cubrió con ella al joven dormido que roncaba.

Pup, el cachorro de Canem, era un objeto de burla, pero aunque Percival Arthur Uppington procedía de una familia modesta, esta tenía una reputación impecable, por lo tanto tenía más posibilidades de ser aceptado por la altiva aristocracia que cualquier Cave. Más posibilidades incluso de conquistar la mano y el corazón de lady Theodosia Debenham.

Se quedó inmóvil. Ella era simplemente un medio para un fin.

De pronto sus ojos se posaron en su sable, que con mucha frecuencia había visto ensangrentado. Todavía estaba afilada la hoja, todavía era capaz de partir en dos la cabeza de un hombre con un sólo tajo. Si una pequeña contrariedad lo impulsaba a sacarlo de la vaina, sería mejor ponerlo fuera de su vista antes que llegara el siguiente episodio.

Lo guardó en el fondo de su baúl de madera y lo cerró con llave, tratando de dejar encerrados ahí también los recuerdos y los sueños.

Capítulo 18

Darien despertó sobresaltado al oír un extraño ruido y pensó «un fantasma», pero entonces cayó en la cuenta de que sólo era Pup roncando en su sofá. Se puso de espaldas para calmar los latidos del corazón, y recordó los detalles de esa noche.

Los gloriosos armónicos de los niños del coro.

La compañía de amigos.

Una diosa furiosa, un zorro astuto y la velada repugnancia de la gente que veía a Loco Marcus Cave de vuelta entre ellos.

Era fuerte la tentación de renunciar. Nada de eso. Se bajó de la cama, se vistió sin ayuda y sin despertar a Pup, y salió para hacer su cabalgada matutina. De camino al establo, el apacible aire de la mañana lo relajó y le hizo renacer la esperanza. Había hecho un progreso extraordinario en sólo unos días, y esa noche sería el invitado de honor en una cena especial ofrecida por la duquesa.

La mañana era así, forraje para la esperanza. Rara vez bebía cuando salía por la noche porque eso le robaba la mañana.

Pero eran demasiados los días que habían transcurrido en medio de polvo, sangre y violencia, y nada era tan triste como ver elevarse el sol sobre un campo plagado de cuerpos, iluminando a hombres que jamás volverían a levantarse del sueño.

Desechó esos recuerdos, pero sabía que a esa límpida mañana seguiría una tarde bulliciosa y luego una calurosa y atiborrada noche en el envenenado matorral por el que había elegido abrirse paso.

Cáspita, pronto se estaría rebanando el propio cuello.

Mientras se acercaba al corral de *Cerberus* se detuvo a escuchar.

Había alguien ahí.

Había habido un insignificante acto de vandalismo en su parte del establo, pero si alguien le había hecho daño a *Cerb*...

Llegó al corral y miró por encima de la puerta baja. Una cara blanca se giró hacia él; tenía un parche negro sobre un ojo. Entonces la boca se estiró en una ancha sonrisa, enseñando un hueco entre los dientes.

—Buen día, comandante —dijo el hombre con marcado acento galés—. No creí que se levantara tan temprano.

Darien descorrió el pestillo y entró. *Cerberus* giró la cabeza en gesto de reconocimiento, pero estaba disfrutando tanto con la cepillada que no quería moverse mucho.

El hombre, nervudo y casi calvo, era Nid Crofter, uno de los más pícaros de los Chuchos de Canem, pero en lo que importaba siempre era honrado. ¿Se habría convertido en ladrón de caballos?

—¿Qué haces?

Nid continuó cepillando.

—Una visita a *Cerberus*, señor. Por los viejos tiempos, podríamos decir.

Darien apoyó la espalda en un poste.

—Creí que estabas impaciente por volver a tu pueblo. Brecknockshire, ¿no?

—Sí, señor, me alegra que lo recuerde. Volví ahí, señor, cierto, pero las cosas cambian, ¿verdad?

—Algunas cosas son condenadamente permanentes. ¿No te sentó bien la vida de campo?

—No me interesa trabajar en una mina, comandante.

—Ahora soy el vizconde Darien.

—Eso colijo, comandante. Muy agradable, seguro.

—Un sufrimiento en realidad. ¿Arruinado?

Crofter lo miró.

—No llega a tanto, señor, no. Pero es difícil encontrar empleo, esa es la verdad.

Darien lo pensó, pero sólo un momento; Nid siempre había sido bueno para cuidar de los caballos.

—No es mucho el trabajo que entraña, pero puedes ser mi mozo si quieres.

Crofter sonrió de oreja a oreja.

—Muy bien, señor.

—Entonces despiértalo y ensíllalo.

Crofter se puso inmediatamente manos a la obra. Estaba claro que ya había explorado el lugar.

—¿Duermes aquí por la noche?

Crofter lo miró de reojo.

—Me pareció que alguien debía cuidar de las cosas. Arriba hay un espacio decente.

—Muy bien. Comerás en la cocina. Mi personal es mínimo y taciturno, pero tal vez contigo serán más amistosos. Dado que sólo tienes que cuidar de *Cerberus*, ayuda en otras cosas si te lo piden.

Crofter puso la silla sobre el lomo del caballo.

—Muy bien, señor.

—Y si birlas algo, te pongo de patitas en la calle.

—Jamás tocaría ni un hilo de su chaqueta, señor. La pura verdad de Dios.

Darien comprobó las cinchas y montó.

—Bienvenido al dominio Cave, Crofter. Espero que no lo lamentes.

Nuevamente esa ancha sonrisa.

—Seguro que no, milord.

Darien salió cabalgando, con la esperanza de que eso fuera cierto.

Viró en dirección a Green Park, pensando si era un benefactor o un idiota crédulo. Sabía muy bien que el cebo había sido que alguien deseara trabajar para él, la perspectiva de recibir un saludo alegre cada día. Tal vez era un tonto, pero la guerra enseña a coger el placer cuando quiera que se presente, y había tenido muy pocas ocasiones últimamente.

Cuando un hombre que empujaba una carreta con verduras le gritó «¡Buenos días tenga, señor!», le contestó en el mismo volumen.

Otra persona de Londres que no se asustaba al verlo. Tal vez había miles, pero no en el ambiente en que había elegido vivir.

Nadie lo obligaba a abrirse camino donde no era bienvenido. Tal vez ni siquiera Frank valía eso. Pero no era sólo por Frank. Deseaba vivir una vida normal. Era el vizconde Darien y nada podía cambiar eso, a no ser la muerte. El título traía consigo responsabilidades, desde las propiedades a los deberes, como su escaño en la Cámara de los Lores. Algún día, pronto, tendría que hacer frente a ese foso de leones. Su naturaleza no le permitía volverle la espalda a sus responsabilidades.

Atento al camino, intentó imaginarse cómo podría ser una vida normal.

Una casa cómoda, para empezar. En lugar de eso tenía Stours Court, Greenshaw y un trozo de tierra en Irlanda. Y la casa Cave, Dios lo amparara. Si no vivía él en ella, ¿quién lo haría?

Un campanilleo le avisó que una lechera venía por Park Lane llevando su vaca y su cabra, voceando su género. Por impulso se detuvo a pedir leche. La robusta mujer, esposa, que no doncella, estaba seguro, ordeñó a la vaca hasta llenar un tazón con espumosa leche y se lo pasó. Bebió la exquisita leche tibia. ¿Era deliciosa porque recordaba la leche materna?

Si era así, no era la de su madre. Ella nunca amamantó a ninguno de sus hijos. A todos los entregaba a una familia de la localidad que tuviera un hijo de edad similar, y ahí seguían hasta que tenían edad para destetarlos.

En un cuento de hadas habría tenido un leal hermano de leche, por haberla compartido, pero él había mamado la leche que habría correspondido a un hijo de Lagman que nació muerto. Tenía vagos recuerdos de la amabilidad de esa familia, pero igual podían ser sueños ilusorios. Nunca intentaron protegerlo de su familia.

En una visita reciente a Stours Court se encontró con la viuda señora Lagman en el pueblo y armó mucho alboroto con él. Ya tenía más de sesenta años, y estaba marchita y curtida por la edad y por estar bajo el dominio de los Cave, pero su sonrisa fue muy ancha. Él lo atribuyó a que deseaba el favor del nuevo señor, pero ¿la habría juzgado mal? Al fin y al cabo, habrían echado a toda la familia si hubieran intentado protegerlo. O podría haber ocurrido algo peor, dado el temperamento de Marcus. La mayoría de las personas evitan ser héroes, y eso es condenadamente juicioso por su parte.

Devolvió el tazón, le pagó el doble del precio a la mujer y reanudó la marcha. ¿Alguien tendría buenos recuerdos de su niñez?

Dare Debenham, probablemente, maldito él.

Van también. Había corrido libre por los campos con sus dos amigos, ahora Hawkinville y Amleigh, siempre seguro de ver caras amistosas. A excepción de un guardabosques, recordó sonriendo, cuya vida convirtieron ellos tres en un infierno. Los recuerdos de Van eran placenteros y dolorosos.

Él también había corrido libre por el campo, pero con el fin de escapar de la casa. Criados indiferentes le facilitaban las escapadas, así que cada día salía a caballo a pescar en los ríos y a poner trampas para cazar conejos. Muchas veces subía por la empinada ladera del cerro hasta las ruinas del castillo Stour, donde se imaginaba que era el gran lord Rolo Stour, defendiendo el castillo de los enemigos.

Los enemigos de lord Rolo fueron las fuerzas de la emperatriz Matilda, en el siglo XII, pero los de Horatio Cave siempre eran las figuras imaginadas de su padre, de Marcus y de Christian.

Cómo había deseado ser un descendiente de lord Rolo, pero la familia Stour se había extinguido hacía ya mucho tiempo, por haberse equivocado demasiadas veces al elegir a qué lado apoyar en las riñas reales. En el siglo XVI, la propiedad se concedió a un amanuense del rey llamado Roger Cave, sin duda por espiar o por guardar secretos sucios.

Tan pronto como Frank tuvo edad, lo llevaba con él en sus aventuras. Su intención era alejarlo de los peligros de la casa, y había sido útil.

La señora Corley, de cara redonda y amable, esposa de uno de los porteros, no tenía hijos, y habría adoptado al angelical Frank si hubiera podido. Le daba pan fresco con mermelada y tazas de leche con toda la nata.

Horatio Cave nunca tuvo ni la belleza ni el encanto de Frank, pero la señora Corley no permitía que un niño viviera sin cariño, así que le daba los mismos alimentos nutritivos, las mismas sonrisas e incluso, a veces, los mismos amorosos abrazos. Seguro que cuando ella lo abrazaba él se ponía rígido como un animalito salvaje, porque principalmente recordaba amables palmaditas en el hombro o en la cabeza.

Pero sí recordaba sus elogios. Los elogios eran tan escasos como dientes de gallina en Stours Court, pero la señora Corley lo miraba con sus ojos brillantes y le decía que era muy bueno y valiente por cuidar de su hermano. Entonces, claro, él le contaba lo de lord Rolo y ella le decía que era igual que ese héroe y que cuando fuera mayor sería un gran hombre.

¿Serían nutritivas las sonrisas y las palabras, como el pan fresco y la leche con toda la nata?

La leche.

Tal vez eso le trajo esos recuerdos sentimentales.

La señora Corley había intentado protegerlos. Cuando él tenía unos diez años, Marcus le pegó a Frank. La buena mujer fue a hablar con su padre sobre eso y no mucho después ella y su marido se marcharon de la propiedad. Él oyó decir que Corley se llevó lejos a su mujer para ponerla a salvo, y podría ser cierto. Eso habría hecho él en su situación.

Cuando entró en el parque intentó hacer a un lado todos los

recuerdos de Stours Court, pero estos eran como semillas ya germinadas bajo tierra, e iban brotando.

Había un muchacho del establo, ladino y tosco, pero feliz de enseñarle al hijo del señor a poner trampas para conejos y robar cerveza de la taberna.

Recordó también a una niñera, de cara dura y de mal genio, pero que se apresuraba a esconderlos cuando su padre montaba en cólera borracho o cuando llegaba Marcus, borracho o sobrio.

Una vez los traicionó, pero sólo después que Marcus le dobló el brazo, dislocándoselo. Frank no tendría más de cuatro años entonces, pero Marcus los llevó a rastras por toda la casa tirándolos de cuerdas atadas al cuello, y azotándolos si lloraban. Sólo el diablo sabía por qué.

O por qué de repente perdió el interés, los metió en un arcón de madera, lo cerró y puso una estatua encima para que no pudieran salir. Fue por pura casualidad que hubiera rendijas entre los tablones por los que entraba aire, pues los criados tardaron horas en reunir el valor para sacarlos de ahí.

Se echó a reír irónico.

Debería haber recordado que la mayoría de las semillas que brotan son malas hierbas. Hizo una inspiración profunda y centró la atención en la belleza que lo rodeaba: la bella canción de un zorzal; los narcisos y campanillas meciéndose con la brisa; los patos y los cisnes deslizándose suavemente por el agua brillante por la luz del sol, dejando una estela plateada; la deliciosa pureza del aire.

Todo real y ahí, para todos, incluso para un Cave.

Se detuvo a mirar por dónde cabalgar para no cruzarse en el camino de los pocos aristócratas que estaban levantados y cabalgando a esa hora. Había varios hombres caminando enérgicamente, y en la distancia se veían otros cuantos jinetes. Había niñeras ejercitando a niños al parecer mimados, y un pintor estaba sentado dibujando sobre un tablero afirmado en los muslos.

Dibujándolo a él.

Se acercó a mirar el dibujo. Era sólo un esbozo de trazos rápidos, pero había captado muchas cosas.

—Parezco una estatua —dijo.

El pintor, joven, de pelo castaño revuelto y ropa raída, giró la cabeza.

—Así es como se ve.

—¿Con qué trabajas? ¿Óleo? ¿Acuarela?

El pintor se giró del todo hacia él, sacó otra hoja de papel y comenzó a dibujar otra vez.

—Principalmente carboncillo. Es barato.

—Enséñamelo.

El joven lo miró, visiblemente renuente a obedecer una orden, pero levantó el papel y lo giró. Esta vez era solamente la cabeza, y muy pocos trazos, pero nuevamente había captado algo. Y era Canem Cave, no Loco Marcus.

—Si te adelanto dinero, ¿harías un boceto para pintarlo al óleo? Después, si me gusta, te pagaré el trabajo completo.

Los ojos del joven expresaron recelo. Ese era otro que había aprendido de la vida en un colegio duro.

—¿Cuál de los dos? —preguntó.

—Primero en el que voy montado.

—¿Primero?

—Si eres tan bueno para pintar como para dibujar, tal vez te convierta en mi pintor oficial.

Dijo eso con ironía así que no lo sorprendió que el joven lo mirara escéptico.

—¿Y quién es usted, si se puede saber?

Darien combatió la renuencia a identificarse y ganó.

—El vizconde Darien.

La expresión del joven continuó dudosa, pero un parpadeo indicó que se sentía amenazado por la esperanza. Lo asombroso era que no daba la más mínima señal de que vizconde Darien significara algo para él aparte de mecenazgo o decepción.

—Necesito cinco guineas por lo menos —dijo y reanudó el trabajo en su boceto, tal vez para ocultar la cara durante la negociación—. Aparte de la tela, los óleos y el resto, tendré que alquilar un lugar que tenga mejor luz. Ahora vivo en un sótano.

—¿Tu nombre?

El joven lo miró y, repentinamente, sonrió.

—Lucullus Armiger. No crea que me lo invento. ¿Se inventaría usted ese nombre?

Darien se rió.

—¿Cómo te llaman normalmente?

—Luck.* Lo que hasta el momento no se ha hecho realidad.

—Podemos esperar que eso cambie. Preséntate esta tarde en el bufete de Godwin and Norford en Titchbourne Street y recibirás tus cinco guineas. Espero ver el trabajo preliminar dentro de una semana.

Luck Armiger lo miró, todavía con cautela, y Darien pensó si un orgullo mal entendido lo haría echarse atrás.

—Gracias, milord —dijo entonces el joven, con simple dignidad, y se levantó a entregarle el dibujo que había hecho.

Era el de la cara, más completo, aunque de todos modos hacía su magia con poquísimos trazos. Darien deseó examinarlo, entender qué había visto el pintor y decidir si era cierto, pero se lo devolvió.

—No quiero doblarlo. Entrégaselo a mis abogados. —Hizo virar a *Cerberus* y entonces miró hacia atrás—. Tienes muchísimo talento para encontrarte en tu situación. ¿Por qué?

—Don de Dios —dijo Luck Armiger y enseguida sonrió pesaroso—. Un temperamento rebelde no lleva al mecenazgo.

—A mí no me molestará si el trabajo es bueno.

Diciendo eso se tocó el ala del sombrero con la fusta y se alejó.

* Luck: suerte. *(N. de la T.)*

¿Un mecenas de las artes? Se rió de sus pretensiones. Lo que iba a comprar era una nueva imagen de sí mismo con la cual tapar todas las anteriores.

Todo eran puras mentiras, lo más probable. Los pintores eran notorios por adular a sus clientes. Pero tenía la impresión de que a Luck Armiger su naturaleza no le permitiría ser adulador. Estaba claro que había recibido buenas clases y tenía talento, por lo que debió haber ofendido a muchos clientes, para haber acabado viviendo en un sótano y sólo poder comprar papel y carboncillo.

Un ayuda de cámara, un mozo, un pintor. Qué séquito estaba adquiriendo.

Y un adulador, Pup.

Pero si cambiaba de rumbo y se cruzaba con esos dos caballeros que cabalgaban a medio galope cerca de él, era probable que vieran a Loco Marcus retornado y se alejaran.

No cambió de rumbo, pero miró la larga extensión de hierba y se inclinó a darle una palmadita a *Cerberus* en el cuello.

—Venga, mi viejo, soltemos a Perro Loco Cave en este presumido mundito.

Hizo la señal de ataque y *Cerberus* salió disparado, disfrutando de la acción tanto como él. Se rió fuerte por la fogosa y conocida emoción de ir a galope tendido, y deseó que hubiera un enemigo delante al cual destrozar con cruenta fuerza.

Capítulo 19

*E*se es Canem. ¡Míralo cabalgar!

Thea tiró de las riendas de su montura y miró hacia donde apuntaba Cully. Un bayo iba atravesando el parque a una velocidad demasiado excesiva para ser segura o decente.

—Está loco.

—En todos los mejores sentidos.

—Cully, es una locura galopar por donde podría haber madrigueras de conejos o topos.

—No le pasará nada. Es un jinete magnífico.

—¡Eso no le da poderes mágicos!

Thea lamentó al instante su tono brusco, pero el ídolo de Cully ya había salido demasiadas veces en la conversación esa mañana.

Hoy se había despertado temprano, después de una noche de sueño inquieto, y sentido la absoluta necesidad de tomar aire fresco y hacer ejercicio. No queriendo una cabalgada decorosa con su mozo, envió un mensaje a Cully a su cuartel, preguntándole si estaba libre para acompañarla. Sí lo estaba, así que habían disfrutado de medios galopes por los senderos. Y ahora, cuando casi había recuperado su equilibrio mental, se encontraba con eso.

Hizo girar a su caballo en el otro sentido.

—Vamos, dijiste que tienes que entrar en servicio pronto.

Cully giró su caballo y lo puso al lado del de ella, pero debió ir mirando hacia atrás, porque de pronto exclamó «¡Santo Dios!», azuzó a su caballo y lo puso al galope.

Thea se giró a mirar y el corazón le saltó hasta la garganta. El bayo estaba haciendo cabriolas sin jinete cerca de un cuerpo tendido en el suelo.

¡Idiota! ¿No lo había predicho ella? Azuzó al caballo y lo puso al galope, siguiendo a Cully, inclinada hasta tocarle el cuello al caballo con la cabeza.

Cuando Cully llegó hasta él, Darien estaba sentado, sin sombrero, pero claramente ileso.

Mientras se ponía de pie de un salto y se limpiaba la ropa, Thea detuvo a su caballo, con la esperanza de que él no se hubiera fijado en su velocidad. Ya era demasiado tarde para evitar que la viera, si no, podría haber continuado cabalgando, alejándose. Y claro, él miró alrededor y la vio. Pero entonces se giró hacia su caballo.

Era lógico, pues su locura había puesto en peligro la vida del animal, pero le dolió que ella le importara tan poco. Él había pasado galopante por sus pensamientos cuando estaba insomne, y tal vez esa fuera la explicación de algunos sueños tremendamente raros, pero ¿no se merecía al menos una mirada?

—¿Está bien? —preguntó Cully, ya apeado; le pasó las riendas a ella y fue a reunirse con su ídolo.

—Creo que sí —contestó Darien, atento al modo de andar del caballo.

Se acercaron otros dos jinetes, pero Darien les dijo algo, sin duda que todo estaba bien, y se alejaron.

El bayo era al parecer una montura de la caballería, e incluso tenía unas cicatrices que así lo demostraban. ¿Cómo soportaban los hombres cabalgar en esos animales tan fieles llevándolos al peligro? No tenían otra opción, supuso, pero tal vez pertenecer a la armada era mejor. Los barcos no tienen carne que se destroce ni mentes que sientan terror.

—Me parece que no se ha hecho ningún daño —dijo Cully, dando la vuelta alrededor del caballo.

—Menos mal —dijo Darien.

Le dio unas palmaditas en el cuello al caballo y luego frotó la mejilla en su cabeza.

La ternura de ese gesto le llegó al corazón a Thea. Entonces vio que el caballo le daba un suave cabezazo. ¿Pidiéndole disculpas?

Fue culpa de él, animal tonto. No lo perdones con tanta facilidad.

—¿Una galería de topo? —le preguntó, para recordarle que era el culpable.

Darien se giró hacia ella.

—Es posible.

Le pasó a Cully las riendas del bayo y echó a caminar hacia ella, agachándose a recoger el sombrero con una agilidad y soltura que indicaba que no había sufrido ningún percance. Pero tenía el pelo negro revuelto y una mejilla manchada de tierra.

Encantador.

Ilusión.

—¿Mi tontería interrumpió su cabalgada? —preguntó él—. Le pido disculpas.

—Tiene suerte de que resultaran ilesos usted y el caballo. El rey Guillermo murió a causa de un accidente similar.

—¿Lo habría lamentado?

—Lamentaría cualquier muerte prematura.

—Me sorprende que considerara prematura la mía.

—No le deseo muerto, Darien. En realidad, no pienso en usted en absoluto.

—Y yo que creía ser el que le amargaba la vida. —Al ver la mirada indignada de ella, añadió—: Debemos hablar más sobre esto esta noche.

«La cena», pensó ella, y por impulso, dijo:

—Es posible que no pueda estar presente.

A él se le curvaron los labios.

—Cobarde.

—Tonterías.

—Vivir la vida evitando los riesgos no es vivir en absoluto, Thea.

Ella lo miró a los ojos, contenta de poder mirarlo hacia abajo.

—¿Quiere que corra riesgos? Muy bien. —Soltó las riendas del caballo de Cully, hizo girar a su montura y gritó—: ¡Hasta el agua!

Se lanzó en línea recta, inclinada totalmente. El viento le azotaba el sombrero y el velo, y comprendió que él le había contagiado la locura. Podría matarse galopando así.

No tenía esperanzas de ganar una carrera a dos oficiales de caballería, pero continuó inclinada, intentándolo. Cuando llegó al agua sin ser adelantada, detuvo su caballo y acusó al jinete que tenía más cerca:

—Me han dejado ganar.

Darien frenó a su caballo.

—No dijo que era una competición.

—Con usted, señor, siempre es una competición.

A él le relampaguearon los ojos.

—Qué fascinante.

Antes que ella pudiera replicar airada, Cully frenó el caballo a su lado.

—¡Podrías haberte matado, Thea! —exclamó.

—Te gustó bastante ver a Darien galopando a toda velocidad. ¿A una dama no le está permitido correr riesgos similares?

—Pues no —repuso él, sorprendido.

Entonces ella recordó quién era y dónde estaba.

—Lo siento, Cully.

—Eso diría yo. Bonito papel haría yo si te quebraras una pierna o te ocurriera algo peor estando a mi cuidado.

—Un loco impulso se apoderó de mí.

—¿Locura lunar? —preguntó Darien.

—No estamos en luna llena, señor —señaló Cully.

Cully no entendía, pero ella sí. ¿Cómo se atrevía ese granuja a hablar de esas cosas íntimas femeninas? Lo hacía adrede para provocarla, tal como le advirtiera Foxstall.

Giró su caballo hacia el de Cully.

—Deberíamos volver. Entras de servicio pronto.

Cully sacó su reloj de bolsillo.

—¡Diablos! —exclamó, y enseguida pidió disculpas, ruborizado—. Canem, ¿podrías acompañar a Thea de vuelta a Great Charles Street?

Ella abrió la boca para protestar, pero Cully ya se estaba alejando a medio galope, dando por descontada la aceptación. Dirigió una hosca mirada a lord Darien.

Él levantó una mano.

—No se imaginará que yo organicé esto.

—Podría haber representado esa caída.

—Qué mente tan desconfiada tiene. —Miró alrededor—. ¿Cuál es el camino hacia su casa?

—Por ahí —contestó ella, apuntando hacia un callejón entre unas casas.

—Una ruta mejor sería por el Mall, seguro.

Él tenía razón, y ella se sentiría más segura en espacios abiertos. Mientras se dirigían al sendero bordeado de árboles, cayó en la cuenta de que esa era una excelente oportunidad para conversar racionalmente. Estaba al aire libre, en público y montada a caballo. No se apoderaría de ella ningún impulso loco y ni siquiera un Cave podría hacerle daño ahí.

—Lord Darien...

—Llámeme Canem.

Ella lo miró ceñuda.

—No.

—¿Por qué no? Yo la llamo Thea.

—Sin mi permiso.

—Diosa, entonces.

Ella hizo una inspiración profunda. Reñir no serviría a ningún fin.

—Tenemos que hablar. Anoche...

—Fue muy interesante.

—La conversación no fue bien —insistió ella—, pero si ha reflexionado sobre lo que le dije, debe ver la lógica.

—¿Debo?

No logró interpretar su tono, y una mirada a su cara no le dio más pistas.

—Cuenta con la aprobación de mis padres, Darien. Anoche lo introdujeron en el círculo íntimo...

—¿Me introdujeron?

—Lo «incrustaron», si prefiere.

—Ah, creo que no.

Ella lo miró indignada.

—¿Se está riendo de mí? Esto es un asunto muy serio.

Él se puso serio.

—Ciertamente.

—Gracias. Como le expliqué anoche, un compromiso raro sería contraproducente. Aumentaría el interés y las elucubraciones en lugar de reducirlos. ¿No está de acuerdo?

—¿En que es mejor reducir que aumentar? —preguntó él, en tono dudoso.

—No es posible que desee estar más en el punto de mira.

—¿No, Diosa?

—¡No me llame así!

—Es usted una mujer muy exigente e irracional.

—Soy toda razón si presta atención. —Lo miró más atentamente—. ¿Se golpeó la cabeza al caer?

Él se rió, y eso bastó para desequilibrarla del todo.

—Muy bien —dijo él, entonces.

—¿Muy bien qué?

—Estoy dispuesto a tomar en cuenta su argumento de que un compromiso no es necesario. Pero si la libero de su promesa, y fue una promesa, milady, no lo puede negar, ¿qué me dará a cambio?

—Vamos, es usted un... —Se interrumpió. Conocía a su adversario; sabía que él exigiría algo. Tal vez podría librarse dando muy poco a cambio, estando él con ese extraño humor, pero necesitaba dejar bien cerrado el trato. Y era cierto lo de la promesa—. Mi ilimitado apoyo —dijo—. Seré su aprobadora acompañante en público en todas las ocasiones que se presenten.

Él la contempló pensativo.

—¿Palabra de diosa?

—Palabra de una Debenham.

—Hecho.

Ella se rió de alivio.

—Gracias.

—Qué feliz la hace plantarme...

—No es plantarle exactamente.

—... pero su agradable compañía será una compensación.

—Sólo seis semanas —dijo ella, para dejar claro eso.

—Seis semanas —convino él.

Lo dijo tan tranquilo que ella se preocupó. ¿Qué no había tomado en cuenta?

—Estupendo —dijo—. Entonces pasemos a la estrategia.

—Creo que quiere decir las tácticas.

—¿Sí? ¿Cuál es la diferencia?

—Estrategia es el plan general. Tácticas son los detalles concretos cuando uno se enfrenta al enemigo.

—Entonces creo que necesitamos ambas cosas.

—Ya tenemos ideada la estrategia, creo, por su madre, a la que comparó con Wellington. Nosotros somos los soldados, que ejecutamos el plan. ¿Juega al ajedrez?

—No.

—Una lástima. Es una excelente simulación de guerra.

—Esto no es exactamente una guerra, Darien —objetó ella—. Es más bien diplomacia.

—Lady Thea, usted no ha sentido el filo de la espada.

—¿Ah, no? Ha sido muy, muy desagradable, y más que mejorar va a empeorar. Pero no debe considerarlo una guerra. De verdad. No puede ir por ahí matando gente...

—Tiene un extraño concepto de la guerra.

—Debemos recurrir a la sutileza —continuó ella—. Una invasión lenta en lugar de una embestida violenta.

—¿O una embestida lenta? —sugirió él, y volvieron a brillarle los ojos.

—No existe eso de embestida lenta.

—¿Un deslizamiento lento, entonces?

Esa caída. De verdad estaba, como decían, empeñado en tontear, pero ella aprovecharía eso.

—Si quiere —dijo—. Debe ser suave al entrar en el círculo íntimo.

Lo oyó atragantarse.

—Sin duda. Y es algo delicioso de contemplar.

¿Qué haría si él se ponía a vomitar?

—No, Darien, será «difícil» —explicó pacientemente—. Habrá resistencia, tal vez una fuerte resistencia.

—Pobre dama.

—Me alegra que comprenda lo desagradable que será esto para mí.

—Ojalá pudiera cambiar las cosas.

Ella lo miró. Parecía sincero. Podría lograr más concesiones, pero eso le pareció aprovecharse injustamente de un imbécil.

—Simplemente haga lo que yo diga —le ordenó firmemente.

—Todos sus deseos serán órdenes para mí —dijo él.

Pero ella vio nuevamente ese destello en sus ojos.

—¿Está borracho, Darien?

Eso explicaría su caída. Seguro que los oficiales de caballería no se caían tan fácilmente de sus caballos.

Entonces él se echó a reír.

—Sólo de usted, mi diosa, sólo de usted. Me deleita, siempre.

Thea sintió que algo se le estremecía por dentro, una especie de revoloteo que tenía que ver con su apariencia desarreglada por la caída y sus ojos risueños. Esa no era su imagen de él y no deseaba que lo fuera.

—No —dijo.

—No ¿qué?

En lugar de todas las cosas sensatas que podía decir, se le escapó:

—No se ría.

—Es usted una diosa muy ilógica.

—Lo sé. Lo siento. No quise decir eso. —Lo miró desconcertada—. Quiero decir, no coquetee conmigo.

—No he coqueteado.

—¿Qué hacía entonces?

A él se le desvaneció el humor, tal vez reemplazado por pesar.

—Tiene razón, estaba coqueteando y eso es incorrecto en nuestra situación.

Salieron del Mall por Carlton House y continuaron por calles que se estaban llenando de carretas y carretones con mercancías, calles en las que debían prestar atención al paso de sus caballos. Fue como salir de un lugar mágico y volver al mundo prosaico y bullicioso, y eso le venía muy bien también; algo había amenazado con descontrolarse en el lugar mágico.

Acompañados por los ruidos de los cascos sobre los adoquines llegaron a la puerta de su casa. Él desmontó y llamó con la aldaba. Salió el lacayo a sostener las riendas del caballo de ella para esperar hasta que un mozo diera la vuelta a la casa.

Darien se acercó para ayudarla a bajar.

—Puedo arreglármelas —dijo, tratando instintivamente de evitar su contacto.

—¿Con dignidad?

—Con una banqueta para montar —reconoció.

Podía insistir en que él sujetara las riendas para que el lacayo la ayudara a bajar, pero eso rompería su nuevo acuerdo, así que cuando él levantó las manos para cogerla por la cintura, no se resistió. Colocó las manos sobre sus hombros como haría con cualquier hombre, y él la bajó suavemente hasta el suelo. Le quitó el aliento sentir su fuerza y control. Se quedó un momento quieta, cara a cara con él, casi tocándose los cuerpos, tal como estuvieron una vez.

Él la miró con expresión sombría.

—Somos pedernal y yesca, Thea, con pólvora apilada a todo nuestro alrededor.

—Entonces libéreme.

Él retrocedió.

—No puedo. Sólo deseo que tuviéramos un lugar seguro en el cual explotar. Hasta la cena.

Diciendo eso montó en su caballo, con una agilidad tan natural que pareció volar, y se alejó cabalgando como si él y su caballo fueran uno.

Explotar, desde luego.

Pero había partes de su anatomía que sabían muy bien lo que había querido decir.

Hasta la cena. Por un lado, y en gran medida, deseaba pretextar dolor de cabeza para evitar esa cena, pero había hecho una promesa, esta vez totalmente por propia y libre voluntad. Nada le permitiría no cumplirla.

Lo inquietante era que ya no temía que lord Darien pudiera tener planes siniestros. Lo que temía era la sensación de ligereza que había descubierto esa mañana, una comodidad en su compañía que podría derribarle todas sus barreras. Y necesitaba esas barreras, todas y cada una, para mantenerse a salvo.

Capítulo 20

*T*hea deseaba tiempo para reflexionar sobre lo ocurrido, pero las mañanas eran el tiempo de la duquesa para administrar sus muchas buenas causas, y ella debía ayudarla en sus anotaciones y en sus decisiones. Después se vio arrastrada a una reunión acerca de tatuajes con algunos hombres eminentes de la Guardia Montada.

Tras la batalla de Waterloo creyeron que Dare había muerto, debido al testimonio de un oficial que lo vio caer y porque no se le encontró vivo. Pero nunca encontraron su cadáver. Ya sabían por qué, pero en ese tiempo supusieron que unos saqueadores lo habían despojado de todo lo que lo identificara y que luego habían arrojado su cadáver en una de las muchas fosas comunes. El sufrimiento a causa de eso llevó a su madre a la conclusión de que todos los soldados debían llevar un tatuaje. Casi todo el mundo pensaba que eso era ridículo, pero nadie podía hacer caso omiso de una duquesa.

Thea ofreció té, pasteles y encanto a los tres generales, dejando a su madre el trabajo con las armas pesadas.

Los generales sacaron el tema de los costes.

La duquesa contraatacó con una lista de patrocinadores dispuestos a reunir el dinero.

El general Thraves dijo que no era juicioso poner la muerte en la mente de los hombres.

—No veo cómo podrían no tener la muerte en sus mentes —rebatió la duquesa—, dado su oficio.

—Pero ahora estamos en paz —dijo el general Ellaston, todo presumido.

—Entonces, ¿para qué tener un ejército?

Ellaston se puso rojo.

—India, Canadá...

—¿Esas actividades no entrañan peligro?

—Bueno, claro...

—¿Y, por lo tanto, riesgo de muerte?

—Mucho menos, excelencia, ¡mucho menos!

—Señores, si pueden asegurarme que estaremos libres de guerras importantes en los próximos treinta años, abandonaré mi proyecto. Pero también le pediré al duque que examine muy concienzudamente los gastos del ejército.

Los hombres intercambiaron miradas preocupadas, luego le aseguraron que el proyecto se consideraría inmediatamente en las más altas esferas, y se marcharon. Huyendo.

Thea no pudo contener la risa.

—Imbéciles —dijo la duquesa, cogiendo su taza olvidada de té—. Las mujeres deberíamos administrar el ejército. Somos las expertas en alimentar, vestir y cuidar de la gente.

—Por lo menos nos encargaríamos de que tuvieran botas para las marchas y comida antes de las batallas.

—¿No las tenían?

—Sólo fue un incidente aislado, seguro —se apresuró a decir Thea—. Y debe de ser muy difícil organizar el abastecimiento.

—Las dificultades están para superarlas. No estoy hecha para una vida de ociosidad, Thea, y tú tampoco. Deberás tener en cuenta eso cuando elijas marido.

Thea cogió un pastelillo de hojaldre con nata.

—¿Elegir uno que dé mucho trabajo?

—No es eso lo que quiero decir, y lo sabes. Podría convenirte un hombre que trabaje por una causa. Un Wilberforce o un Ball.

—La política me aburre, mamá. Preferiría dedicarme a resolver problemás prácticos. Hospitales para los enfermos, refugios para los ancianos.

—Bajo todos esos problemas suele haber leyes, cariño, y la política va toda de leyes. Las mujeres haríamos un trabajo mejor en eso también. Estuve hablando con la señora Beaumont. Es una mujer muy interesante. Ella y Beth Arden están trabajando para hacer cambios en las leyes electorales.

Ay, Dios, una revolución social ahora no, por favor.

—¿Qué cambios?

—Conseguir el voto para las mujeres.

—¡Madre!

—Dime un solo motivo para que a las mujeres no se les permita votar —dijo su madre, en un tono de militancia nueva y aterradora.

—¿Que no poseemos propiedades?

—Las mujeres que las poseen no pueden votar. Las damas que son pares del reino por propio derecho no votan, y se les niegan sus escaños en la Cámara de los Lores. ¿Qué justificación hay para eso?

Ninguna, pensó Thea, pero reprimió un gemido ante la perspectiva de ver a su madre en pie de guerra.

Al parecer, no lo reprimió lo bastante bien.

—Tenemos enormes privilegios y poderes, Thea. Es nuestro deber usarlos.

Thea dijo que estaba de acuerdo y escapó saliendo de compras con sus amigas. A veces envidiaba a Maddy, cuya madre no le predicaría jamás esas lecciones.

El placer de pasear por Bond Street se lo estropeó la excesiva cantidad de comentarios sobre los Cave y Darien, sobre el Loco Marcus y la Dulce Mary Wilmott. Caroline Camberley deseaba caminar hasta Hanover Square para ver la temible casa.

—Me gustaría saber si todavía hay sangre en la escalinata de entrada —dijo, estremeciéndose de placer.

—¿Después de seis años, Caroline? —dijo Thea—. No seas tonta.

—¡Desde esta mañana! —exclamó Caroline—. ¿No lo sabías? Una criada que fue allí a hacer un recado temprano, la vio.

Thea sintió bajar un escalofrío por toda ella.

—¿Ha habido otro asesinato?

—Bueno, no —repuso Caroline—. No que yo sepa, en todo caso.

—Entonces, ¿qué?

—Una broma pesada —explicó Alesia—, una manera de hacerle ver a lord Darien que no es bienvenido en la buena sociedad.

—Esta noche va a cenar en mi casa —dijo Thea, motivada por su promesa, pero también por la indignación natural que le producía eso.

Tres pares de ojos la miraron fijamente.

—¡Thea! —exclamó Alesia—. ¿Tendrás que estar presente?

—Por supuesto, y no me importa. —Bien podría mostrarse incondicional—. Encuentro agradable la compañía de lord Darien. Y es uno de nuestros nobles veteranos. Se merece algo mejor...

—Pero...

—Es un héroe —continuó, y les contó algunas de sus hazañas.

—Muy digno de elogio —dijo Caroline, sin ninguna convicción.

—Tendrás mucho para contarnos la próxima vez que nos encontremos, ¿verdad, Thea? —dijo Alesia—. Pero prefiero que seas tú y no yo.

Thea hizo todo el camino de vuelta a casa hirviendo de rabia, y cuando llegó buscó a su madre. La duquesa ya sabía lo de la sangre en la escalinata de entrada de la casa de Darien. Era el principal cotilleo en todas partes.

—Qué mezquindad.

—Yo no lo llamaría sólo mezquindad, mamá.

Su madre exhaló un suspiro.

—No, tienes razón. Lo vuelve todo al punto de partida, pero eso significa que debemos trabajar más. Supongo que corregiste cualquier falsa impresión.

—Lo mejor que pude. Traté de aplastar eso con su historial militar.

—Excelente.

—Pero me sorprende que Darien no haya dicho nada de eso. Esta mañana.

Su madre la miró sorprendida.

—¿Esta mañana?

Thea se ruborizó, por ningún buen motivo.

—Salí a cabalgar con Cully y nos encontramos con él. A Cully se le hizo tarde así que Darien me acompañó a casa.

Si había esperado preocupación, se había equivocado.

—Excelente. Eso habrá creado la impresión correcta.

—No sé si alguien nos vio. Alguien de la alta sociedad, quiero decir.

—Alguien tiene que haberos visto. Siempre hay alguien que ve. Ahora ve a prepararte para la cena, cariño. Tienes que estar guapísima.

Thea se dirigió a su habitación pensando.

La sangre tenía que ser de cerdo u otro animal, pero ella se sentía como si todo se hubiera vuelto mucho más siniestro; como si el restablecimiento del apellido Cave hubiera pasado de ser el riesgo de pasar vergüenza a ser un verdadero peligro.

Eso era una tontería, sin duda, pero la hizo cambiar de opinión respecto al vestido. Había pensado ponerse otra vez el vestido rojo de seda, tal vez a modo de un mensaje secreto dirigido a Darien, pero el color se parecía demasiado al de la sangre. Así que le ordenó a Harriet que le buscara uno amarillo sol que tenía desde hacía un año.

El vestido fue parte de una moda ese año de «vestir de campo en la ciudad», y era de corte sencillo, holgado, de amplia caída en pliegues, y pocos adornos aparte de un delantal pequeño de encaje. El objetivo era dar la impresión de estar a punto de salir a pasear con una cesta para recoger flores silvestres, aunque claro, la finísima tela lo hacía inútil para cualquier actividad práctica.

Era un diseño tonto, pero también era la antítesis de actos siniestros y sangre malévola. Remató la apariencia con el pelo suelto entrelazado con una cinta y sencillas joyas de plata, todo destinado para la velada que la aguardaba.

Los invitados serían un grupo esmeradamente elegido de personas que tenían conexiones militares, políticas y diplomáticas; personas capaces de valorar las cualidades y consecuciones de Darien y que tendrían algunos intereses en común con él. Pero eso significaba que ella y él serían los más jóvenes y por lo tanto tendrían que formar pareja. Su madre había decidido pasar por alto la costumbre convencional de emparejar por rango.

«Darien será uno de los caballeros de rango más elevado, cariño, y acabaría emparejado con alguien mucho menos compatible que tú.»

Eso no tomaba en consideración cómo se sentiría ella, pero estaba resuelta a cumplir su parte del trato.

Capítulo 21

Darien sintió la presencia de Thea en el instante mismo en que ella entró en el salón, y a partir de ese momento no pudo dejar de estar pendiente de ella. Mientras intentaba hablar de forma inteligente con lord Castlereagh acerca de la reconstrucción de Francia, observaba atento todos sus movimientos. Mientras ella saludaba a los invitados con simpática naturalidad, se fijó en que el vestido amarillo le ocultaba la figura. Era de talle alto, la falda muy ancha y recogida por la pretina justo debajo de los pechos, así que no dejaba ver ni una sola curva. Incluso el corpiño era alto, y le cubría totalmente los pechos.

¿Creía que vestirse como una escolar la haría menos atractiva?

Ella llegó hasta él y le sonrió.

—Encantada de verle esta noche.

Su ilimitado apoyo. Eso era todo. El pago por su piedad.

Conversaron un momento y entonces anunciaron la cena. Ella se cogió de su brazo y salieron para bajar al comedor.

—Llevar el pelo suelto no es juicioso, ¿sabe? —comentó.

Eso le ganó una mirada recelosa.

—¿Por qué no?

—Da la impresión de que la dama acaba de salir de la cama.

Ella lo obsequió con una de sus sonrisas de artillería pesada.

—Otra cosa que un caballero no le dice a una dama.

—¿Ni siquiera como consejo?

—No. En todo caso, está claro que no conoce a muchas damas, en ese sentido. Una dama se trenza el pelo para acostarse, o se lo recoge bajo un gorro.

A él le costó reprimir la risa.

—¿Sí? ¿Eso hará en su noche de bodas?

—No hablaremos de mi noche de bodas, Darien.

—Supongo que no, ahora que ya no será nuestra.

A ella le subieron los colores a la cara. Bellamente.

—Nunca habría sido nuestra.

—Estamos peleando otra vez. Lástima que estemos en compañía. Podríamos reconciliarnos con un beso.

Entraron en el esplendoroso comedor.

—Cuando a los cerdos les broten alas —dijo ella, esbozando una alegre sonrisa.

Él tuvo que esforzarse en mantener moderada su sonrisa; ella había estado esperando para hacer esa réplica.

Thea ocupó su asiento contenta por haber tenido la última palabra, pero seguía agitada por dentro por el efecto de esas inoportunas palabras.

Su noche de bodas.

Ese era un tema al que le había dado vueltas, pensando quién sería su marido y cómo se desarrollaría todo. Había oído promesas de placer y advertencias de horror, pero nunca se le había ocurrido pensar cómo se arreglaría el pelo.

Si Darien fuera su marido sin duda desearía que lo llevara suelto, por algún motivo.

Claro que no lo sería pero, ¿si lo fuera?

¡Rayos!, deja de pensar en esas cosas. Giró la cabeza hacia el vizconde Sidmouth y le preguntó cómo iban las renovaciones que estaba haciendo en su propiedad.

Bajo la hábil dirección de sus padres, durante toda la cena los temas de conversación fueron variados e interesantes, y todos cómodos para Darien. Hablaron de la pasada guerra con la frecuencia suficiente para recordarles a todos que su historial militar era excelente. No, no todos los presentes se hicieron amigos de él inmediatamente, pero ella percibió que se bajaban muchas barreras.

Cuando las damas volvieron al salón a tomar el té, ella tocó el piano, para poner música de fondo a los cotilleos. Pero ya era una experta en escuchar las conversaciones al mismo tiempo. Sólo hablaron de Darien muy de tanto en tanto, y ninguna dijo una sola palabra de la sangre ni de los Wilmott. Pero claro, todas sabían que él era uno de los proyectos especiales de Sarah Yeovil.

Cuando llegaron los caballeros a reunirse con ellas, muy pronto, cedió el piano a la señora Poyntings y fue a ayudar a su madre a servir más té. Siempre lo hacían sin la ayuda de los criados. Se encargó de llevarle la taza a Darien y de sonreírle al pasársela.

La mejor manera de considerarlo, había decidido, era como a un amistoso aliado. Casi un hermano.

—Todavía intacto, veo.

—Sólo mordisqueado por los bordes —convino él.

—¿Quiere decir que realmente los hombres hablan de asuntos de peso durante su cónclave de sobremesa? ¿Que no todo es sobre caballos y mujeres de vida alegre?

—Vamos, lady Thea, decididamente eso no es algo de lo que habla un caballero con una dama.

A ella se le escapó una franca risa y la vio reflejada en los ojos de él.

Desvió la mirada.

—No se han quedado solos mucho rato.

—¿Para privar a las damas de sus estremecimientos ante el peligro? Creo que se espera que yo circule estimulándolas a temblar de terror.

Ella volvió a mirarlo.

—Es probable. ¿Necesita una acompañante protectora?

—Ojalá pudiera, pero detectarían miedo en mí y me destrozarían.

Diciendo eso avanzó para lanzarse a la refriega.

Ella estuvo observando un momento, combatiendo un repentino sentimiento de verdadera simpatía. Eso no serviría. Fue a sentarse junto a dos damas que parecían estimuladas a sentir terror, e intentó presentarles a Darien como un gallardo héroe militar y a la vez un hombre tan manso que llegaba a ser tedioso. Al mismo tiempo observaba y evaluaba.

Los hombres lo aceptarían, pensó. Habiendo pasado la mayor parte de su vida adulta en el ejército, Darien tenía que sentirse cómodo entre hombres. Tenía cualidades que ellos admirarían.

No podía decir que careciera totalmente de la capacidad para complacer a las mujeres. Sin duda tenía cualidades que estas admiraban, como estaban revelando la señora Invamere y lady Sidmouth, aun con la conmoción y la inquietud de estar en presencia de un Cave. Como dijera su madre, ¡su madre!, el peligro les daba atractivo a ciertos hombres.

Recordó las palabras de Foxstall. Pero tal vez Darien no la manipulaba adrede; tal vez era simplemente su manera de ser.

—¿Lady Thea?

Pegó un salto, sonrió y trató de coger el hilo de la conversación que no había seguido. La habían pillado mirando a Darien.

La señora Invamere esbozó una sonrisa satisfecha.

—Los hombres como ese son maridos terribles, querida. Pero claro, no hay peligro en ese sentido. —Se estremeció—. Una Debenham y un Cave.

—Sobre todo que casi no lo conozco —dijo Thea, y al instante se sintió despreciable.

Se levantó y fue a situarse junto a él, que estaba conversando con el señor Poyntings. Pasado un momento, dijo:

—En esa mesa hay imágenes de Long Chart, lord Darien. ¿Me permite que se las enseñe?

Con expresión perpleja, él aceptó y caminaron hasta una elegante mesa con patas talladas en forma de finas columnas, sobre la que reposaba una carpeta con acuarelas.

—¿Intenta conocerme mejor? —preguntó él.

Ella volvió a ruborizarse.

—Tiene buen oído.

—Insólito, después de tantos años de fuego de cañones. Pero es útil.

—Me pareció que podría necesitar un respiro.

—Gracias. —La miró brevemente de arriba abajo—. El amarillo la favorece. Y el rojo.

Ella se ruborizó.

—Viste colores claros con demasiada frecuencia.

—Francamente, lord Darien. Eso es indecorosamente ofensivo.

—Creí que era un cumplido.

—Enmarcado en crítica.

—Pero cierto. ¿Quiere fundirse con el fondo?

—No sea ridículo. —Abrió bruscamente la carpeta y señaló la primera acuarela de su casa de Somerset, extendida a todo lo largo de una elevación de terreno, dorada a la luz del sol—. Long Chart.

—Parece una diadema.

—Sí, supongo.

Pasó la hoja y la siguiente era similar, pero de la parte de atrás, con el serpentino río y el lago.

—¿El paisaje lo pone la naturaleza?

—No del todo, pero el campo es naturalmente hermoso.

Él cogió la siguiente hoja, una vista lateral.

—¿Le importará marcharse de ahí cuando se case?

—No.

Él pasó a la siguiente y por primera vez ella se fijó en la elegancia de sus fuertes manos. No perfectas, pero sí bien formadas y las uñas rectangulares y bien cuidadas.

—¿Cómo es su propiedad rural? —preguntó, mirándole el perfil—. ¿Ha habido mejoras?

—No, ninguna, y podría continuar así.

—¿El paisaje?

—Todo. —Pasó la hoja y la siguiente eran cisnes en el lago—. Stours Court fue construida durante el breve reinado de Jacobo segundo, mal augurio en sí mismo, y por un mal arquitecto. Es de piedra marrón grisácea y de proporciones horrorosas. En cuanto a la propiedad, consta de bosques mal cuidados y un terreno pantanoso.

Ella se rió.

—No puede ser tan terrible.

Él sonrió.

—Fíese de mí.

Eso parecía referirse a algo más que lo obvio, pensó ella. Pasó a la siguiente hoja, detalles de los jardines.

—¿Y los jardines de Stours Court?

—Cubiertos de malas hierbas.

—Entiendo lo del descuido reciente, pero ha habido más de un siglo para corregir los defectos estructurales.

Él dejó de mirar las acuarelas para mirarla a ella.

—Falta de dinero. El segundo vizconde fue fiel a los Estuardo más tiempo del que era juicioso. Finalmente hincó la rodilla ante la reina Ana, pero ya había perdido la oportunidad de ganarse un buen puesto y su favor. El tercero coqueteó con los Estuardo en mil setecientos quince y después pasó su apoyo a los Hanover, pero su indecisión no le granjeó las simpatías del nuevo rey Jorge. A mi abuelo, Diablo Cave, lo sorprendieron en la cama con una de las amantes de Jorge segundo antes que este se cansara de ella. Y así sigue. Los Cave no están tan manchados por la maldad como por la ineptitud política.

—Triste historia —dijo ella, pero riendo.

—Sí, ¿verdad?

Le levantó la mano y se la besó. Ella lo dejó hacer, y entonces recordó a la cantidad de personas que había ahí, cerca; la presencia de esas personas le hizo imposible retirar la mano de un tirón, así que la retiró suavemente, incluso con cierta coquetería, como si estuviera complacida. Pero le dijo:

—No olvide que esto es una representación, Darien.

—¿Sí? ¿Cuál es mi papel, entonces?

—Aspirante a ser mi prometido.

—Seguiría comprometido con usted si pudiera. Cásese conmigo, adorada.

·Ella abrió su abanico y lo agitó.

—Ay de mí, señor, temo que sólo desee mi dote para restaurar sus propiedades decrépitas.

—No decrépitas, perla preciosa.

Ella agrandó los ojos, tratando de contener la risa.

—¿El terreno pantanoso? ¿El bosque maltrecho?

—Sólo mal administrados, mi preciado querubín.

—¡Querubín!

—Serafín. Más deslumbrante que el sol.

—Basta.

—Ha tenido el efecto deseado.

Seria al instante, ella lo miró escrutadora. Todo calculado. Debería haberlo sabido.

—Sus propiedades están decrépitas. Mi madre lo ha hecho investigar, verá. Tiene un informe.

—Muy juicioso por su parte.

—¿No le preocupa lo que dice el informe?

Él sonrió irónico.

—Mi queridísima Thea, cuando un hombre ha sido tachado de loco y vil, cuando las personas se encogen de miedo como si él fuera a atacarlas salvajemente en cualquier momento, no hay ningún secreto peor que desvelar.

Dicho eso le cogió la mano y la llevó de vuelta al grupo de invitados, y ella notó que muchos la miraban con gran interés.

No había sido su deseo que la relacionaran románticamente con el vizconde Vil, pero él lo había conseguido de todas maneras, maldito fuera. Al día siguiente se correría la voz por todo Londres de que la Sublime Intocable ya no era intocable; que el vizconde Vil, nada menos, había conseguido enamorarla.

Hizo lo único que podía hacer, aparentar que no ocurría nada. Pero cuando se marchó el último invitado, le dolía la cabeza.

—Ha ido bien —dijo su madre, ahogando un bostezo.

¿No se había dado cuenta de nada?, pensó Thea.

—Eso espero —dijo—. Intenté ser simpática con Darien.

—Y de modo muy convincente, además.

Thea no detectó sarcasmo en su tono. Tal vez ella lo había interpretado todo con exageración, inflándolo. Porque estaba enfadada; porque él la había engañado y utilizado. Otra vez. Y eso le dolía, tonta que era.

—Podemos contar con que la mayoría de estas personas no van a alentar tonterías —dijo la duquesa mientras iban de camino a sus dormitorios—. Es posible que algunas incluso desvíen los comentarios sobre Darien a cosas más positivas, en especial los hombres. Pero dudo que alguno haga un esfuerzo especial por ayudarlo. Necesitamos un apoyo más activo.

—Yo hago todo lo que puedo —protestó Thea.

—Lo has hecho espléndidamente, cariño.

Thea abrió la puerta de su dormitorio y su madre entró con ella. Harriet se apresuró a pasar al vestidor para dejarlas solas. Thea sólo deseaba paz y silencio, pero intentó prestar atención.

—Sus atenciones para contigo podrían parecer algo exageradas —dijo la duquesa—, y no es justo que lleves la carga tú sola. Y hay un límite a lo que yo puedo hacer puesto que todos conocen nuestro interés. Es hora de que tomen el relevo los Pícaros.

Thea recordó la fría furia de Darien, y su seco «Que me cuelguen si acepto ayuda de los Pícaros».

—¿Darien está de acuerdo? —preguntó.

—¿Por qué no habría de estarlo?

—Ese incidente en el colegio.

La duquesa agitó la mano descartándolo.

—Todo eso ocurrió hace mucho tiempo. —Le dio un beso—. Buenas noches, cariño. De verdad estuviste espléndida, pero esto te permitirá disfrutar de tu temporada como te mereces.

Cuando salió su madre Thea exhaló un suspiro. Ya no sabía qué significaba disfrutar ni qué deseaba, pero sabía que Darien no aceptaría fácilmente el apoyo de los Pícaros. Tendría que persuadirlo. Se sentó ante su escritorio y le escribió una nota, pidiéndole que la acompañara en su cabalgada al día siguiente temprano.

Capítulo 22

*H*arriet tuvo que despertar a Thea y, tal vez un presagio, la mañana estaba gris e incluso parecía anunciar lluvia. Aun así, se bajó de la cama, tomó su desayuno y se puso el traje de montar.

Como estaba dispuesto, su caballo la estaba esperando; lo habían llevado caminando hasta la puerta, pero no salió hasta que vio a Darien avanzando por Great Charles Street montado en su bayo. El mozo le echó una mano para instalarse en la silla, y ya estaba bien sentada cuando Darien llegó hasta ella.

Tal vez él adivinó su intención. Le pareció ver una leve sonrisa en sus labios cuando la saludó levantando el sombrero. Cabalgaron hacia Saint James Park, acompañados por los clop clop de los cascos de los caballos sobre los adoquines.

—¿Así que desea renegociar? —preguntó él.

—No.

Él enarcó las cejas.

—¿No puede soportar más de ocho horas sin mí?

—¡Nada de eso! ¿Por qué tiene que ser tan desconfiado, Darien?

—Usted dijo que siempre estamos compitiendo.

Y lo había dicho.

—Sólo en algunas cosas. En otras somos aliados.

Se aproximaba hacia ellos un carretón muy cargado tirado por dos caballos grandes pero cansados, con el paño estirado sobre la mercancía agitado por la brisa. El caballo de Thea se plantó, y ella agradeció que Darien no le cogiera las riendas para controlarlo. Se las arregló y los dos apartaron los caballos hacia un lado poniéndolos a salvo de cualquier problema. Después que pasó el carretón reanudaron la marcha.

—¿Esta es una reunión de aliados? —preguntó él entonces—. ¿Con qué fin?

Ella se las arregló para explicarle lenta y amablemente los razonamientos de su madre, pero por mucho que lo intentara no lograba encontrar la manera de suavizar el punto final, a no ser que dijera que sería provisional.

—Por lo tanto desea hacer intervenir a los Pícaros —concluyó.

—No.

Acababan de entrar en el parque y él puso a su montura a medio galope. Ella lo siguió. Supuso que él no estaba huyendo, aunque daba esa impresión. Le dio alcance y mantuvo el paso hasta que finalmente él aminoró la marcha y frenó.

—La respuesta sigue siendo no.

—Son las mejores armas que tenemos a mano —insistió ella.

—No.

Se había levantado viento y le agitaba el velo del sombrero alrededor de la cara. Irritada, se lo metió bajo el cuello alto del traje.

—¿Esta batalla no significa nada para usted, entonces? Si significara algo, aceptaría cualquier medio para ganar. —Eso dio en el clavo; lo vio en sus labios apretados—. Considérelo utilizarlos, si quiere. Como si los encadenara y los azotara.

Él se rió sarcástico.

—Procuro no entregarme a ilusiones engañosas. Me tienen lástima.

—No —dijo ella, pero entonces decidió que la sinceridad era mejor—. Se la tenían, en el colegio. Pero ahora no. Ahora consideran que tienen una deuda con usted. Podría ser que se la pagaran dejándolo solo si usted insiste.

—Mujer malvada —dijo él poniendo a su caballo al paso—. ¿Qué se esperará que haga yo?

—Eso dependerá de usted y de ellos, pero principalmente que lo vean en su aprobadora compañía.

Él la miró, todavía con los labios apretados.

—¿Por qué se interesa tanto?

—Hicimos un trato. Esto lo considero parte de mi apoyo ilimitado. Sabía que rechazaría la idea, pero es necesario que acepte.

—¿Es importante para usted? —preguntó él.

Ella tuvo la impresión de que le daba un significado especial a eso. Desvió la vista.

—Aliviaría las exigencias sobre mi tiempo.

—Entonces es un regateo.

Ella volvió a mirarlo.

—¡Ah, no!

—No sabe qué voy a pedir a cambio.

—No tiene derecho a pedir nada a cambio. Le hago un favor con esto.

—Acaba de reconocer que se quitará de encima una carga. Mi precio por su libertad es que venga conmigo a un baile de máscaras en la Opera House.

Thea lo miró boquiabierta.

—Está loco.

Al instante lamentó sus palabras, y se preparó para un estallido de ira, pero él simplemente esperó.

—¿Sabe que esos bailes son escandalosos?

—Sí.

—Entonces sabe que no puedo ir a uno.

—Pues claro que puede. Puede decidir no ir, pero ese es mi precio.

—Entonces ahóguese.

—Soy buen nadador.

—Átese piedras a las botas.

De pronto él se echó a reír.

—Despiadada hasta los huesos, pero no más despiadada que yo. Si consigo soportar amablemente a los Pícaros, asistirá conmigo al baile de máscaras en la Opera House de este lunes al siguiente.

—Ese lunes estaré en el baile de los Winstanley. Habrá fuegos artificiales a medianoche.

—Yo puedo ofrecerle fuegos artificiales a medianoche.

Thea sintió hormigueo en la piel.

—No sea repugnante.

—Parece que eso está en mi naturaleza. A las once.

—Los fuegos artificiales serán a medianoche.

—Ese lunes a las once. Yo la esperaré fuera de su casa para acompañarla al baile.

—Pues espero que ese lunes lluevan chuzos de punta —dijo ella y emprendió un medio galope.

Él la imitó, cabalgando a su lado.

—¿Desea mojarse?

—¡Estaré en el baile de los Winstanley!

—Se va a perder los fuegos artificiales debido a que una cruel diosa ha ordenado que llueva.

Ella tiró de las riendas.

—¡Es usted un hombre muy exasperante!

—Eso intento. No hay manera de escapar, Thea. Ese es mi precio si he de hacer su voluntad.

Se le volvió a escapar el velo que llevaba como bufanda. Volvió a metérselo.

—Sólo intento persuadirlo por su bien.

—Entonces rechace mi precio y no se hable más.

—El mismo truco de la última vez —ladró ella.

—Sé cuando tengo una mano ganadora.

Ella lo miró con los ojos entrecerrados.

—Eso es un farol.

—Thea, Diosa, créame, nunca faroleo.

Ella le creyó. Deseó dejar que se hundiera, pero no podía. Su madre no renunciaría fácilmente y la principal arma de su madre era ella. Pero, además, realmente necesitaba que él aceptara el apoyo de los Pícaros. Y, maldito fuera, a ella le importaba.

Probó con razonar.

—Ni siquiera es posible. Si alegara algún pretexto para no asistir al baile, ¿cree que nadie se daría cuenta si salgo de casa a esas horas?

—Pobre princesa prisionera.

—No estoy prisionera. Pero toda la casa está protegida de intrusos. Eso es lo que mantiene a unos fuera y a otros dentro. ¿Cómo saldría usted secretamente de su casa por la noche?

Él puso a su caballo al paso.

—Fácilmente. Mis criados son pocos y se acuestan temprano.

—Los nuestros son muchos y no se acuestan temprano —repuso ella, cabalgando al paso también—. Al menos, no todos. Cuando salimos, un lacayo espera nuestro regreso en el vestíbulo.

—¿La puerta de atrás?

—Hay criados que duermen cerca, y supongo que a las once algunos estarán en pie todavía.

—¿Y las puertas cristaleras que dan al jardín?

Ella no había pensado en esas puertas.

—¿Las de la sala jardín? Pero el jardín está amurallado.

—Tiene que haber una manera de saltar por la muralla. Los jardineros no pasan por la parte de la casa reservada a la familia, ¿verdad?

Resuelto. Terco cabezota más bien. Exponer argumentos era como tratar de romper una piedra golpeándola con cintas.

—La pared de atrás del jardín forma parte del establo —dijo, satisfecha por haber caído en la cuenta de eso—, y seguro que algunos mozos estarán despiertos esperando que vuelva el coche.

—Apuesto cualquier cosa a que hay una manera de salir furtivamente.

—¡No me importa! No voy a salir furtivamente de mi casa por la noche.

—¿Por qué no?

Ella decidió no contestar a eso.

—Ojalá no le hubiera conocido nunca.

—Conocido sentimiento, sin duda. Pero necesita una aventura. Está atrapada por telarañas que podría hacer a un lado fácilmente si sólo lo creyera posible.

—¿Por qué querría yo arrojarme al peligro, por el amor de Dios?

—¿Por la emoción?

Ella sonrió triunfante.

—En eso diferimos, Darien. No veo ninguna emoción en el peligro.

—No ha experimentado suficiente peligro para saberlo.

El destello en sus ojos risueños sugirieron muchas respuestas que él no le dio.

—Yo puedo mantenerla a salvo, Thea, incluso en la calle por la noche. ¿Lo cree?

—De ladrones callejeros, sí. De usted, muy ciertamente no.

—Le concedo el punto. ¿Y si le prometo portarme como si fuera su hermano?

—¿Y tomarme el pelo?

—Pobre hermana. No sea cobarde.

—Vamos, eso es una broma de hermano, le aseguro. Un hermano muy pequeño.

—Nunca ha tenido un hermano pequeño, ¿cómo lo sabe, pues?

Thea medio reprimió un grito de frustración y puso a su caballo al galope. Su intención era escapar, sí, pero él le dio alcance y continuó cabalgando a su lado con la mayor tranquilidad.

—Si no hace esto lo lamentará el resto de su vida —dijo.

—¡Qué tontería!

Pero sus palabras habían dado en el blanco.

Si pensaba en su vida hasta ese momento no veía otra cosa que lo normal, lo seguro, lo correcto y lo cuerdo. Ni siquiera había galopado por el parque antes de conocerlo a él.

Aunque eso nunca le había parecido un «defecto».

Y no era un defecto. Quería que su futuro fuera igual que su pasado: normal, seguro, correcto y cuerdo. Teniendo presente eso, aminoró la marcha hasta un paso decoroso.

Pero entonces recordó las palabras de Maddy, lo de ser gloriosamente loca, aunque sólo fuera una vez.

Tiró de las riendas y lo miró. Qué guapo, a su manera fuerte, con cicatrices. Qué... potente. Sí, sería capaz de mantenerla a salvo, por lo menos de otros.

—Si diera una disculpa para no asistir al baile de los Winstanley —se oyó decir—, un dolor de cabeza tal vez, mi doncella iría a mi habitación a ver cómo estoy.

—¿A las once?

Ella no detectó triunfo en su voz. Ah, era un perro inteligente. Pero loco, loco. Y también lo era ella.

—No —reconoció—. Si yo no fuera al baile, probablemente Harriet estaría en la cama a esas horas. Pero mi madre podría ir a verme cuando volviera.

¿Deseaba un motivo para no hacer eso o un motivo para hacerlo?

—Eso sería a altas horas de la madrugada y tal vez usted ya estaría de vuelta. Si no, un almohadón debajo de las mantas debería servir.

—Parece un vendedor ambulante, incitando a la gente a comprar basuras chabacanas.

—Tengo entendido que en los bailes de máscaras de la Opera House se mezclan personas de todas las clases, chabacanas y finas.

—¿Y eso tiene que atraerme?

—Vamos, ¿de veras es tan altanera? Debe de haber asistido a un baile de máscaras.

—No —dijo y, de repente, eso le pareció una confesión vergonzosa.

—Pobre princesa. Escape de su torre.

Thea se sentía tan confundida por dentro como nata revuelta. Era consciente de que no debía permitir que él la indujera a arriesgarse con retos infantiles, pero la hacía parecer sosa y aburrida.

Vio una solución intermedia.

—El próximo viernes es el baile de máscaras de lady Harroving —dijo.

—¿Sí?

Fue imposible interpretar su tono.

—Podría... —dio el salto—: Estaría dispuesta a asistir a ese con usted si acepta la ayuda de los Pícaros. Si mi madre me da permiso —se apresuró a añadir—. No voy a salir furtivamente de mi casa.

Lo miró de reojo y vio una expresión absolutamente inescrutable.

—Eso es ofrecer similar a cambio de oro —dijo él al fin—. Un baile de máscaras respetable no es muy osado.

—Sólo más o menos respetable. Lady Harroving sólo es más o menos respetable. Mi madre dejó a un lado la invitación.

—Pero si usted deseara ir, ¿lo permitiría la duquesa?

—Puede que sí. Sabe que tiene que hacer esto, Darien. No tiene otra opción.

—No exagere, Diosa.

Ante ese tono ella tuvo la sensatez de guardar silencio. Realmente él estaba a punto de rehusar, el muy tozudo; era exasperante. Y eso hacía fascinante que estuviera a punto de aceptar también.

—¿Por qué? —preguntó al fin—. ¿Por qué esto es tan importante para usted? ¿Por qué quiere hacer algo que realmente no desea hacer?

Creyó que él no iba a contestar, pero le dijo:

—Mi hermano.

—¿Marcus?

—Buen Dios, no —rió él—. Mi hermano menor, Frank.

—¿El oficial de marina?

Él la miró, con expresión todavía reservada.

—¿La investigación de la duquesa?

—Él aparece en el informe, pero Maria Vandeimen habló de él. No es un secreto, ¿verdad?

—Noo, nada de eso. Frank se ha enamorado, pero el padre de su amada no le permite que se case con un Cave. Reconozco que no verme aislado en todos los salones sería agradable para mí, pero allanarle el camino a Frank hacia la dicha conyugal es mi principal motivación.

De pronto ella vio el cuadro completo.

—Por eso intentó un compromiso por la fuerza. Si estuviera comprometido conmigo, ese hombre no pondría ninguna objeción.

—Es el almirante Dynnevor. No sólo no pondría objeciones, tal vez hasta metería prisa a su hija para llevarla al altar, babeando ante la idea de estar conectado con los Yeovil. Pero la dejé convencerme de renunciar al compromiso.

Eso también era fascinante.

—Pero nunca fue real, por lo tanto, ¿no habría sido una jugada poco limpia?

—Todo está permitido en la guerra y en el amor. Y esto es ambas cosas.

—¿Por qué, entonces, me permitió renegociar? —preguntó ella, observándolo atentamente.

—Un momento de debilidad. Y al parecer he caído en otro. Muy bien, soportaré a los Pícaros y usted asistirá conmigo al baile de máscaras Harroving. Pero si lo disfruta asistirá a uno en la Opera House conmigo.

—Nunca renuncia, ¿eh? ¿Cómo va a saber si lo disfruto o no?

—Me fiaré de su palabra.

Thea sintió unas gotas de lluvia traídas por el viento frío. Le pareció que no eran las primeras; simplemente no las había notado.

—Muy bien —dijo. Debían volver a casa a toda prisa, pero le quedaba una pregunta y él estaba de humor para contestar—. ¿Qué hará cuando haya acabado esta campaña? ¿Casarse?

—Eso es un horizonte muy lejano. Va a llover, salgamos del parque por lo menos.

Partió al galope hacia las puertas y ella tuvo que seguirlo. Llegaron a la calle antes que comenzara la verdadera lluvia, y al establo de la casa Yeovil antes que se convirtiera en un aguacero. Los mozos salieron corriendo a coger los caballos y uno ayudó a Thea a desmontar. Después ella y Darien entraron corriendo en la cochera a recuperar el aliento, los dos riendo.

Ella lo miró. De verdad era otra persona cuando se reía, pero no sabía cuál de las dos era la verdadera.

—¿Le apetece entrar a desayunar? —le preguntó.

—¿Y mojar toda la casa?

—Si vuelve a su casa desde aquí se va a mojar aún más.

—No será la primera vez. Comuníquemelo si su madre le permite ir al baile de máscaras.

—¿Y si no?

—Pues, tendremos que renegociar.

Le sonrió como si fuera a decir algo más, pero en lugar de hablar le dio un rápido beso en los labios, salió a la lluvia, volvió a montar y se marchó.

Ella se lo quedó mirando, tocándose los labios. Los labios de él estaban fríos y mojados, pero le hicieron saltar chispas calientes. No era justo que fuera capaz de hacer eso.

En el establo había paraguas así que cogió uno y entró en la casa corriendo, por la puerta del fregadero. Cuando llegó a su habitación se quitó la capa mojada, pensando en lo ocurrido esa mañana, pero sólo logró recordar fragmentos.

Desafío.

Victoria.

Risas.

La verdad, no deseaba que él pasara su tiempo con los Pícaros en lugar de con ella. Luego estaba el nuevo trato que habían hecho. De mala gana tomó su desayuno, deseando que su madre se levantara más temprano, aunque sin saber muy bien si deseaba obtener el permiso para ir al baile de máscaras o la protección de la negativa.

¡Hombre desesperante!

Capítulo 23

*T*an pronto como estuvo segura de que su madre había desayunado, Thea fue a su habitación.

—¿Saliste con esta lluvia? —preguntó la duquesa viendo bajar el agua por los cristales de las ventanas.

—Comenzó hacia el final de la cabalgada. ¿El baile de máscaras, mamá?

—¿Te encontraste con Darien por casualidad otra vez? —preguntó su madre, sin duda sabiendo que no.

—Se lo pedí. Deseaba persuadirlo de aceptar la ayuda de los Pícaros. Sabía que no querría.

—¿Sí? Has llegado a conocerle bien.

Thea no logró interpretar eso, pero volvió a la pregunta:

—¿Puedo asistir al baile de máscaras Harroving con él?

—No veo por qué no. Será mucho más divertido para ti que la cena en casa de los Frogmorton y luego la Sociedad de Música Antigua. Y Darien disfrutará del anonimato por una vez.

Thea no había pensado en eso. ¿Sería el anonimato su principal motivo para insistir en ir a una mascarada?

—Tendrá que quitarse la máscara a medianoche —observó.

—Después de ser admirado por muchas damas. Es difícil volver a una glacial desaprobación después de un buen coqueteo. Pero debe llevar el disfraz adecuado. Algo romántico pero respetable. ¿Crees que querrá?

—No me fío nada de eso. Puede que no sea vil pero indudablemente es pícaro.

La duquesa arqueó las cejas.

—Creí que deseabas ir.

Thea exhaló un suspiro.

—Sí, sí lo deseo. Hasta cierto punto. Pero voy a tener que mandarme hacer un disfraz.

—Un buen disfraz lleva tiempo. Hay varios míos en el ático, aquí.

—¿Has asistido a bailes de máscaras, mamá?

—Por supuesto. Sólo le enviaré una nota a Darien acerca de su elección de disfraz y después iremos a ver si alguno te va bien. —Se sentó ante su escritorio a escribir la nota. Mientras esparcía arenilla para secar la tinta, dijo—: Es una deliciosa diversión cuando está bien organizado.

—El de lady Harroving podría no estarlo.

—Maria Harroving no es del todo como debiera, pero dudo que permita extremos en su casa. —Dobló y selló la carta y luego se giró a mirarla—. Lo siento enormemente, cariño. Realmente te has perdido muchísimas cosas. Pensé en traerte a Londres el catorce, pero tú eras muy joven entonces y jamás me imaginé que vendrían los problemas que vinieron. —Dio un golpecito a la carta con un dedo—. ¿Crees que tal vez nuestros problemas te han hecho excesivamente cautelosa, cariño?

¿Críticas de su madre también?, pensó Thea. Sintió arder las mejillas, en parte por rabia.

—Si quieres decir que prefiero actuar con corrección...

—Quiero decir que te refrenas a una edad en que un poco de exuberancia sería más natural.

—En otras palabras, deseas que sea como Maddy.

—Santo cielo, no —exclamó la duquesa, y se levantó a abrazarla—. Eso nunca, cariño. Pero creo que la necesidad de sentirte a salvo te atrapará en una vida triste.

—A mí me parece que buscar el peligro me arrojaría a una más triste aún.

Su madre hizo un gesto que podría haber sido de irritación.

—No lo entiendes, pero tal vez un baile de máscaras te lo haga ver. Vamos a buscarte un disfraz.

La duquesa envió a un lacayo a dejar su carta y después hizo llamar a Harriet y a otras dos criadas. Thea la siguió sintiéndose insultada. Se conducía con sensatez y decoro y le colgaban el apodo la Sublime Intocable; eso jamás había sido un cumplido.

Maddy era escandalosa, y popular.

Y ahora también su madre daba a entender que era excesivamente cautelosa y aburrida. Muy bien; elegiría el disfraz más escandaloso que tuviera guardado. Se rió; como si su madre se hubiera puesto alguna vez algo que se acercara siquiera a lo escandaloso.

Pero decidió que si disfrutaba de ese baile cumpliría su promesa. Saldría a escondidas de su casa e iría a uno escandaloso en la Opera House con el vizconde Vil Darien. Y si acababa en desastre, toda la culpa sería de su madre.

Esta giró una llave en la cerradura de una puerta del ático, la abrió y entraron en una habitación llena de cajas apiladas, muchas con la etiqueta «Disfraces».

—¡Tantos! —exclamó Thea, soprendida.

—Algunos son de tu padre. Y algunos de Dare. A Gravenham nunca le han gustado los bailes de máscaras.

—Gravenham es un perro aburrido.

—¡Thea!

Tal vez la protesta sólo se debió a que lo dijo delante de las criadas. Su hermano mayor, que tenía el título del heredero, marqués de Gravenham, era un aburrido. Una vez ella comentó que llamar Gravenham a un niño desde que nace podría ser una influencia opresiva; su madre contestó que el duque había llevado la misma carga y no era aburrido en absoluto.

Recordó que ella dudó de eso, pero al ver las cajas de disfraces se le ocurrió pensar si sus padres habrían sido exuberantes de jóvenes.

¿Se besarían como...?

¿Se seguirían besando como...?

Dejando de lado esos pensamientos, ayudó a las criadas a bajar las cajas de más arriba, comenzando a entusiasmarse. Eso era como la búsqueda del tesoro, sobre todo cuando encontró monedas de oro.

—¿Qué es esto? —preguntó al ver monedas de oro entre los pliegues del largo de muselina color crudo que envolvía el contenido de una caja.

Echó hacia los lados la muselina y pestañeó al ver un corpiño chillón de satén amarillo y verde con lentejuelas doradas. Las monedas, livianas y falsas, formaban parte de un cinturón.

—¡Ah, mi disfraz de muchacha pirata! —exclamó la duquesa.

—¿Muchacha pirata? —repitió Thea.

—Hubo un baile de bucaneros en Long Chart. Cuánto hace de eso. —Exhaló un suspiro de felicidad—. Ahí fue donde conocí a tu padre. Es un disfraz muy enérgico, incluso lleva una daga. ¿Te gustaría llevarlo?

Thea sacó la falda de satén escarlata con adornos dorados, pero vio que le llegaría sólo hasta la mitad de las pantorrillas.

—Creo que no —dijo, envolviéndolo, pasmada por ese atisbo en la juventud de sus padres.

—¿Y el de la Buena Reina Bess? —preguntó su madre, enseñándole uno de brocado.

—Se me ocurre que es caluroso y pesado.

—Sí que lo era, incluso para un baile en invierno. —Miró en otra caja—. Ah, ¿y este? —Con una mano sacó un largo de tela blanca y con la otra un objeto plateado de forma parecida a la de un corsé grande—. La diosa Minerva.

Diosa. Eso le atrajo la atención inmediatamente.

—¿Qué es esto? —preguntó, cogiendo el grumoso objeto plateado.

Era sorprendentemente liviano y vio que estaba hecho de fieltro cubierto por finísimas láminas metálicas.

—La armadura —explicó su madre—. Estilo romano. Para la parte superior del cuerpo. ¿Sabes que Minerva salió de la cabeza de Júpiter totalmente armada?

Ahora que lo miraba bien, Thea vio que sí era una especie de corsé, hecho para ceñir la parte superior del cuerpo femenino, con todas sus curvas.

—Mamá, ¿te pusiste esto? ¿En público?

La duquesa se ruborizó, pero le chispeaban los ojos.

—La túnica va encima.

Extendió la tela blanca, que era una túnica sin mangas, con una greca en la orilla.

—La túnica es casi transparente —dijo Thea—, y estaré desnuda de la cintura para abajo.

—Lleva una enagua debajo, por supuesto, pero hay una falda metálica.

Diciendo eso sacó otra prenda, hecha de tiras metálicas como de plata.

—¡Eso sólo llega hasta las rodillas! —exclamó Thea.

—Es un baile de máscaras, Thea, no Almack —dijo la duquesa. Miró alrededor y apuntó hacia otra pila de cajas que llevaban la etiqueta «Cabezas»—. Ahí hay un yelmo —dijo a una de las criadas—. Grande, plateado, y con un búho en lo alto.

—¿Un búho? —repitió Thea.

—El símbolo de Minerva. Simboliza la sabiduría. Yo debería haberlo llevado en la mano, pero hay que llevar una lanza también. Tal vez en ese rincón —dijo a otra criada—. Así que hicimos poner el búho en el yelmo. El diseño es bueno. Una vez puesto, casi no se siente.

Thea miró el despechugado corsé-armadura plateado, la falda de tiras metálicas y la túnica casi transparente, que no cubriría mucho. Se había prometido elegir el disfraz más escandaloso.

Cuidado con lo que prometes. ¿Cuándo aprendería?

—Las sandalias —dijo la duquesa, hurgando entre los pliegues de la muselina en la primera caja, hasta encontrarlas—. Sandalias romanas con largas cintas plateadas que se tienen que cruzar hasta las rodillas, que, lógicamente, quedan al descubierto bajo esa ridícula falda.

Thea dejó a un lado la armadura, cogió la túnica y se la puso por delante sosteniéndola por los hombros. Al mirarse vio que la orilla arrastraba por el suelo.

—El cinturón —dijo su madre—. Hay una cadena de plata en la caja fuerte.

La túnica la cubriría, pensó, y al menos le ocultaría a medias la armadura y las piernas. Pero le dejaría los brazos desnudos.

—Nada de guantes, supongo —dijo en tono irónico y su madre se rió como si hubiera sido una broma.

—Pero sí pulseras y brazaletes. También están en la caja fuerte. Este disfraz te sentará bien, cariño, porque tienes una dignidad natural y eres tan sabia como Minerva.

Eso era un cumplido, sin duda, pero a Thea le sonó como si hubiera dicho eres aburrida, aburrida, aburrida. Sólo había una decisión posible.

—Muy bien. Llevémoslo abajo y hagamos una prueba.

—¿De veras llevaste esto, mamá? —preguntó Thea mirándose en el espejo.

—Dos veces —contestó la duquesa, todavía con la larga lanza en la mano, como si le gustara su tacto.

¿O era una alabarda? Tenía una hoja de hacha además de punta.

—Tengo preciosos recuerdos del disfraz de pirata —dijo la

duquesa—, pero el de Minerva era mi favorito. Es mucho más fácil representar el papel. Debes memorizar unos cuantos consejos sabios para cuando te pidan la sabiduría de Minerva.

—¿Cuidado con las duquesas que blanden alabardas?

Su madre se rió.

—Nunca tuve que atacar a nadie con ella. Te queda muy bien. Lo creas o no, mi figura era muy parecida a la tuya cuando era joven. Qué cinturita tan estrecha tenía.

Y pechos generosos, pensó Thea. La alegraba que el corpiño le quedara un poco holgado en esa parte; eso le disminuía la sensación de llevar el cuerpo desnudo hasta la cintura. Acostumbrada a los vestidos de talle alto, ese lo encontraba más escandaloso que el corpiño más escotado de sus vestidos de noche. No repitió «¿Y llevaste esto, mamá?», pero lo pensó.

Claro que en la época de juventud de su madre las damas estaban acostumbradas a enseñar sus curvas hasta la cintura, pero aún así...

Ya tenía puesta la falda y la enagua debajo, pero ambas prendas sólo le llegaban a las rodillas. ¿Sería capaz de enseñar las piernas en público?

Se sentó para que Harriet le pusiera las sandalias y le cruzara las cintas, pero cuando se levantó y se miró, las cintas cruzadas no le daban mucha decencia. Cogió la túnica; cuando esta le cubriera todo no sería tan terrible. Entonces vio que la túnica tenía aberturas por delante.

Su madre le puso la cadena de plata que servía de cinturón, pero la finísima tela continuaba abierta arriba, dejando a la vista parte del corpiño plateado, y abajo, dejando ver sus piernas al caminar.

«¿Y usaste esto, mamá?»

Se sentía temblorosa, como si el suelo se hubiera vuelto líquido. Siempre había tratado de portarse correctamente, pero ya no sabía qué significaba eso.

Maria Harroving tenía una reputación dudosa, pero era aceptada en todas partes.

Maddy escandalizaba a la gente, pero no la excluían.

La duquesa de Yeovil, la personificación de la respetabilidad, había asistido a bailes de máscaras vestida como una muchacha pirata chillona y una Minerva medio desnuda.

Muy bien. Estaba claro que era el momento de cambiar.

Una criada le pasó el yelmo, un ridículo bol plateado que le cubriría el pelo e incluso llevaba una especie de máscara: de los lados salían trozos que le cubrían las mejillas y le subían por la nariz hasta encontrarse con una pieza que le bajaba hasta la punta de la nariz.

Y en lo alto estaba posado un pequeño búho con alas plateadas.

Su madre cogió el yelmo y se lo puso. Debía estar hecho de corcho forrado por dentro, y era sorprendentemente cómodo. Es decir, cómodo para ser un bol grande que le encerraba la cabeza y estaba coronado por un búho.

—Será horrorosamente caluroso. ¿Y cómo voy a bailar con esto?

—Con dificultad, pero a medianoche te lo quitarás y después tendrás horas para bailar. —La duquesa le puso la alabarda en la mano—. Ten. Cuántos recuerdos me trae esto.

Thea volvió a mirarse en el espejo, y de pronto se sintió otra persona; una persona que podía tener aventuras e incluso un poco de fascinante locura. Una persona digna de otro feroz beso. Cayó en la cuenta de que se sentía decepcionada porque Darien no había hecho ningún intento de besarla así desde aquella primera vez.

¿No deseaba besarla?

Desechó ese pensamiento, no se lo permitiría. En realidad, exigiría un beso como es debido en recompensa por asistir a ese baile. ¿Por qué tenía que ser siempre él el que lo impusiera todo?

Deseó no tener que esperar casi una semana.

Y sería una semana muy frustrante.

Esa noche fue al teatro con sus padres, acompañados por Cully,

Avonfort y su hermana Deborah como invitados. Estaba presente Darien, pero con otras personas. El plan ya estaba en marcha, y él se encontraba en el palco del duque de Belcraven, que estaba situado frente al suyo, al otro lado del escenario, lo que significaba una excelente vista, a pesar de la distancia.

Estaban ahí el duque y la duquesa de Belcraven, como también su heredero, el marqués de Arden, y su marquesa. Arden era un Pícaro, pero si el plan estaba resultando bien, pocos pensarían en eso. Simplemente verían a Darien en la aprobadora compañía de otra familia de elite.

Darien estaba cumpliendo afablemente su parte del trato. Cuando sus ojos se encontraron con los de ella, inclinó levemente la cabeza, como diciendo: «¿Lo ves? Estoy cumpliendo mi promesa». Si tenía los dientes apretados, no lo veía. Ella sí tenía apretados los suyos porque Avonfort no paraba de hacer comentarios sarcásticos sobre perros rabiosos y puertas manchadas de sangre.

—Cáspita —exclamó él cuando en el segundo intermedio se levantaron para salir a caminar por la galería—. ¿Qué hace Ball ahí?

Todos miraron y vieron a sir Stephen y lady Ball entrando en el palco de Belcraven, con la clara intención de hablar con Darien. Otro Pícaro, y esta vez un respetado político.

—Tal vez tiene la esperanza de reclutar a Darien para el partido reformista —dijo Thea cuando salían del palco.

—Peligrosa tontería —contestó Avonfort.

—¿Reclutarlo?

—La reforma.

—¿Toda reforma? —preguntó ella, verdaderamente sorprendida.

—Habiendo disturbios y alborotos en todas partes, es el peor momento posible para cambiar algo.

—Tal vez hay disturbios y alborotos porque hace falta cambiar las cosas —señaló Thea.

—Típico de una mujer tener una idea tan tonta como esa.

Thea aceptó con dificultad que ese no era el momento para una discusión acalorada.

—Las papalinas y los adornos son muchísimo más importantes —dijo, sonriendo y en tono afectado.

Él no captó el sarcasmo; simplemente sonrió indulgente.

—Cualquier cosa que te ponga más guapa, querida mía.

Si el abanico hubiera sido una pistola, tal vez le habría disparado. Darien habría entendido el sarcasmo, pero claro, él jamás habría expresado ideas de criterio tan estrecho. Sí, a pesar de sus muchos defectos, era rápido para entender y tenía un criterio amplio y flexible.

Entonces comprendió que no se casaría con Avonfort, aunque eso no la llenaba de alegría. No era que pudiera casarse con un Cave. Hasta hacía muy poco su futuro le parecía sólido, estable y ordenado; ahora se enfrentaba con la incertidumbre e incluso con el caos.

Lanzó ese pensamiento en dirección a Darien: «Todo estaba en orden en mi vida antes que entraras en escena, ¡maldito granuja!»

Cuando volvieron al palco vieron que en el de Belcraven había dos hombres despidiéndose de Darien; uno era algo gordo y de pelo plateado y el otro mucho más joven, de pelo moreno y muy elegante.

—¿No es Charrington ese? —dijo Thea, adrede.

El conde de Charrington, personificación de la elegancia y la sofisticación, era más del tipo de Avonfort.

—¡Con el embajador de Austria! —exclamó este—. No le habrá gustado tener que hablar con Darien.

Justo en ese momento, como para contradecirlo, el hombre de pelo plateado se rió y le dio una palmada en la espalda a Darien.

—Probablemente lo conoce desde la guerra —dijo Thea, consiguiendo no sonreír satisfecha.

Estaba francamente impresionada. El conde de Charrington era un Pícaro; se había educado en ambientes diplomáticos, pero ni siquiera él podía obligar a un embajador a ir donde no quisiera ni a mostrar verdadera simpatía. Y era verdadera simpatía. Cuando se sentó, vio que esta se reflejaba en Darien.

En el siguiente intermedio, entraron en el palco de Belcraven tres oficiales con muchos galones dorados y se llevaron a Darien conversando y riendo.

Thea miró a su madre e intercambiaron una sonrisa.

—Muy satisfactorio —dijo la duquesa.

Y lo era, pensó Thea, pero para ella había sido una velada aburrida y decepcionante.

Al día siguiente, domingo, asistió con sus padres al servicio en Saint George de Hanover Square, al que iban con frecuencia. Aunque le daban ese nombre, la elegante iglesia no estaba sita exactamente en la plaza, pero sí lo bastante cerca para ser el lugar natural de culto de lord Darien. El plan era que volverían a hacer manifiesto su favor, pero Thea entró en la iglesia con una impaciencia nada decorosa. Le hacía ilusión comentar con él el triunfo de esa noche, y preguntarle cómo se sentía respecto a los Pícaros.

Lo vio en el otro lado de la nave, observando de paso a las personas que continuaban inquietas. Varias de esas personas serían residentes de Hanover Square, y tendrían buenos motivos para desconfiar de un Cave. Una de ellas podría ser la responsable de echar sangre en su escalinata. Se acercó más a su madre y le susurró:

—¿No más sangre en la escalinata?

—No, pero los Pícaros han puesto a personas ahí a vigilar la casa por la noche.

—¿Desde anteayer?

—Sí.

Era de esperar que él nunca se enterara de eso, pensó Thea.

Darien estaba acompañado por un joven gordo que vestía ropa muy ridícula. Ese no sería su amado hermano, seguro; no, el hermano llevaría su uniforme. ¿Quién sería? No se veía en absoluto del tipo de Darien.

A la salida del servicio, su madre se dirigió en línea recta hacia

Darien y su acompañante, al que les presentaron como señor Uppington, que había sido subalterno en el regimiento de Darien. Eso dejaba mucho que desear como explicación. El joven se veía dispuesto a complacer, y muy estúpido.

No se le presentó ninguna oportunidad de hablar con Darien a solas. Los domingos muchas personas hacían la comida de mediodía al estilo del campo, tranquilamente con la familia a primera hora de la tarde. La duquesa invitó a Darien y a su acompañante a comer con ellos, lo que dio a Thea un momento de esperanza, pero Maria Vandeimen los había invitado a comer en su casa. Muy injusto, sí Señor.

Capítulo 24

*D*arien no tenía ni idea de por qué su diosa parecía fastidiada, y le habría gustado pasar un rato a solas con ella para descubrirlo. Pero llevar con él a Pup era como llevar a un niño problemático. No podía perderlo de vista sin que tuviera algún contratiempo; esa noche Pup había ido a una pelea de gallos, donde le robaron el dinero que llevaba en el bolsillo y el reloj, por lo que él estaba más ocupado que nunca. Necesitaba una persona que cuidara del muchacho, de preferencia una esposa, y Maria le había ofrecido ayuda en ese sentido.

De camino hacia la casa de Van, intentó preparar el terreno.

—Así pues, Pup, ¿cuáles son tus planes?

—¿Planes? —repitió este, como si la palabra pudiera significar una nueva diversión. Pasado un momento, sugirió—: ¿Astley?

Astley era el teatro famoso por los circos y espectáculos.

—Me refiero a tu futuro. Ahora que has probado Londres, ¿estás preparado para establecerte?

—¿Establecerme?

Darien se aferró a su paciencia.

—Ahora tienes una pequeña fortuna, Pup. Desearás tener algo tuyo. Una casa, una propiedad. Una esposa.

—¿Esposa?

—Una mujer guapa que te esté siempre esperando en casa. Una mujer que sea feliz arreglándolo todo tal como a ti te gusta.

«Una mujer sensata que cuide del niño grande que eres.»

—Ah, una «esposa» —dijo Pup, como si fuera un concepto novedoso—. No sé nada de eso, Canem. Me parece que las damas no se interesan mucho en mí.

Darien estuvo a punto de decir «Ahora tienes dinero. Sólo necesitas mostrarte para que te enganchen», pero esa no era una imagen para plantar en la cabeza de Pup.

—Estás en Londres, y durante la temporada. Hay damas hermosas colgando de todos los arbustos, listas para cogerlas.

—¿Como en la casa de Violeta Vane?

—Damas, Pup. Mujeres respetables. El tipo de mujeres con las que uno se casa.

—Ah, esposa, ¿eh? —dijo Pup, todavía tratando de captar el concepto.

Su tono era el de un muchacho al que le regalan su primer perro cazador: fascinado pero nervioso por el tamaño y la fuerza del animal. Pero nunca había sido un cobarde. Foxstall diría que le faltaba el entendimiento para saber cuándo sentir miedo, y podría tener razón, pero eso significaba que si se le encontraba la mujer adecuada, tal vez Pup la montaría sin encogerse.

Desechó esa imagen e hizo entrar a Pup en la casa de Van.

Maria saludó a Pup con su característica amabilidad más un toque maternal, y al instante lo hizo sentirse cómodo. Mientras comían lo entrevistó con delicadeza, formulando las preguntas de forma tan sencilla que él no tardó en relajarse y adorarla. Darien comenzó a temer que Pup intentara convertirse en el perro faldero de Maria. No había sido su intención librarse de su carga de esa manera.

Ella sacó el tema del matrimonio dando un rodeo, hablando de su primer y segundo matrimonio. Ambos los pintó como oasis de tranquilidad y estabilidad. Darien no sabía nada de su primer matrimonio, pero si Van ofrecía tranquilidad y estabilidad, Canem Cave era una lavandera de noventa años.

Se le desvaneció la diversión cuando la atención de Maria pasó a él y le preguntó por sus planes de matrimonio.

—Ninguno todavía.

—Necesitarás un heredero —afirmó ella, tocando la campanilla para que los criados trajeran el segundo plato.

—Lo dudo. Frank podría cumplir ese papel. Si no, morirá el linaje Cave. ¿Quién lo lamentaría?

—Merece continuar vivo aunque sólo sea por ti.

Eso lo sorprendió y tal vez incluso lo azoró.

—Estamos aquí para hablar de las perspectivas de Pup —le recordó.

—Soy capaz de conducir dos caballos al mismo tiempo, Darien.

—¿En distintas direcciones? —contraatacó él, y ella se echó a reír.

—Tocada. Conduciré uno y después volveré la atención al otro.

—Me marea la imagen que se me presenta.

Ella volvió a reírse.

—Eres muy literal, ¿no? Olvida las imágenes, ponte en mis manos y serás el inicio de un linaje honorable.

—Me aterras —dijo él, con absoluta sinceridad.

—Sensación conocida —musitó Van.

Maria volvió la atención a Pup, sonriente, y, suavizando la voz, le dijo:

—Señor Uppington, ¿Arthur, creo?

Él asintió, sin poder hablar porque acababa de llevarse un bocado de algo a la boca.

—Excelente nombre, trae a la memoria a un antiguo rey y a un héroe moderno.* Deberías usarlo más. ¿Querrás casarte?

---

* Se refiere a Wellington, llamado Arthur Wellesley, primer duque de Wellington y otros muchos títulos. (*N. de la T.*)

Era una pregunta, pero le dio un tono de orden.

Pup tragó.

—Creo que sí, señora. Eso es mejor que ir a la casa de Violet Vane.

Van se atragantó. María sonrió, arreglándoselas para no reírse.

—Una dama mayor, creo —dijo—. No «vieja», lógicamente, pero un poco mayor que tú. Las damas jóvenes pueden ser muy exigentes, y querrás una esposa que sepa llevarte la casa para tu comodidad y aconsejarte en la vida.

Canem pensó que Pup pondría objeciones, pero, ya fuera por la fuerza de voluntad de Maria o por propia inclinación, asintió:

—Sí.

Ella sonrió dulcemente.

—La próxima semana voy a ofrecer una cena a un pequeño grupo de personas e invitaré a una dama conocida mía. Si no te gusta, no volveremos a hablar del asunto, por supuesto, pero creo que te gustará. Quedó viuda con dos hijos pequeños, pero eso no te importará.

—No —dijo Pup sumisamente, pero añadió—: ¿Es guapa?

—Es agradablemente llenita.

Canem no sabía si a Pup le gustaban las mujeres llenitas, pero vio que la semilla echaba brotes y hojas en su mente. Llenita equivalía a complaciente, y complaciente equivalía a guapa. Maria Vandeimen era una mujer verdaderamente aterradora.

—Se llama Alice Wells —continuó Maria—. Tiene veintisiete años y estuvo casada con un oficial de marina que murió hace dos años. Procede de una excelente familia, pero por desgracia le escasea el dinero y se ve obligada a vivir de la caridad de su hermano, que no es abundante.

Y así continuó hablando sobre lo excelente que era la señora Wells, con tan buen efecto que cuando salieron de la casa Pup iba repitiendo en voz baja «Alice».

—Bonito nombre, ¿no te parece, Canem?

—Hermoso.

—Y a los veintisiete años no es tan vieja.

—No, en absoluto.

—No me importarán un par de críos. Me gustan los niños. Tendré hijos propios, supongo.

—Eso tiende a ocurrir.

Entonces Pup guardó silencio, bien por temor o expectación, Darien no logró saberlo.

Cuando llegaron a Hanover Square, Pup continuó:

—Matrimonio. Lo mejor del mundo, el matrimonio, ¿no te parece, Canem?

De semilla a brotes, y a un potente roble.

—Absolutamente espléndido —contestó, haciéndolo entrar en la casa.

Pero no tardó en ir a refugiarse en el despacho, aunque fuera domingo. Ahí estaba él, rodeado por aparentes amigos, los Pícaros. Cáspita, y Pup estaría establecido y a salvo dentro de unos días. Lo único que le faltaba era una carta de Frank comunicándole que estaba comprometido. Pero aún era muy pronto para eso.

De todos modos, el cambio de su situación en menos de una semana sería gratificante si no fuera tan alarmante. Se sentía como si fuera en un coche tirado por caballos desbocados, sin poder controlar su destino.

Condenadas mujeres.

Pero a ese paso pronto tendría que devolver la hospitalidad. ¿Recibir invitados en la casa Cave? Difícil imaginárselo, pero sería mejor echarle una mirada a la casa teniendo presente eso. Hizo otra visita al salón. Serviría, pero necesitaría una limpieza a fondo, lo que significaba más criados. Eso le planteó el problema de los Prussock. Hacían lo que podían y le parecía contraproducente despedirlos, pero los criados que debía tener no trabajarían bajo las órdenes de ellos.

¿Sería posible contratar criadas que vinieran por el día? Tomó nota de eso y de otros asuntos que debía consultar con Maria. La pluma continuó haciendo florituras hasta que se le acabó la tinta.

Thea Debenham había asegurado que sabía llevar una casa.

Noo. Era demasiado peligroso involucrarla a ella en sus asuntos domésticos.

Llamó a Prussock y le pidió que le acompañara en un recorrido por la bodega. Prussock puso una expresión malhumorada, tal vez porque iba a hacer trabajo extra en domingo, aunque él no le había visto ninguna señal de piedad religiosa.

—No queda mucho —dijo Darien, después de pasar unos minutos revisando las rejillas casi vacías.

—Colijo que el viejo duque bebía mucho, milord.

—Seguro que sí. Encargaré más. Podría tener que celebrar con invitados. Ahora enséñame la vajilla, los cubiertos y esas cosas.

Todos los contornos del grueso cuerpo del hombre manifestaron molestia, pero lo llevó a las despensas a mirar los armarios y cajones con la porcelana y las copas de cristal. No se podía llamar elegante al conjunto; ningún juego estaba completo, pero la cantidad parecía suficiente. No tuvo dificultad para imaginarse la rotura de muchos platos y copas por sus familiares. Pero la plata no se quiebra; cuando Prussock abrió el armario de los cubiertos, vio que estaba casi vacío.

—Vendidos, supongo, milord —dijo Prussock.

—Eso es más que probable, pero deberías habérmelo dicho. ¿Y si yo hubiera tenido una repentina necesidad de ellos?

—No parecía encaminado a recibir invitados, milord.

Darien asintió y volvió a su despacho. A lo largo de los años había tenido muchas experiencias con hombres, muchos de ellos sinvergüenzas, y sus instintos hacían que sonaran campanillas de alarma.

¿Vendidos o robados? ¿Por los Prussock? No podía acusarlos sin tener pruebas fehacientes, pero el vizcondado ya era suyo y debía cuidar de todas sus posesiones. Escribió una nota a sus abogados pidiendo el inventario que se hizo a la muerte de su padre. La selló, y continuó sentado ahí, cayendo en la cuenta de que las palabras de Maria sobre iniciar un linaje honorable se le habían instalado en la cabeza como semillas. Aun no echaban brotes ni hojas, pero estaban ahí, llenas de una extraña promesa.

Linaje significaba esposa, y la idea de esposa lo llevó derecho a Thea. Se rió sin humor. ¿Thea Debenham señora de la casa Cave? ¿Señora de Stours Court? ¿Una de los Cave?

Sintió una repugnancia tan fuerte que tuvo que levantarse. Tal vez debería liberarla de la promesa de asistir al baile de máscaras de lady Harroving. Pero no, no lo haría, simplemente porque ella necesitaba hacer eso.

La iba a liberar de las telarañas de la formalidad; así ella sería libre para volar como estaba destinada a volar, alto y con energía. Y no le mintió al decirle que él era capaz de mantenerla a salvo. No le haría ningún daño la aventura, y tal vez después de esta ya no querría quedar atrapada de por vida con ese caballo de ancas rígidas vestido que era Avonfort.

Pero no podía hacer más que eso por ella, ni por él.

Capítulo 25

A lo largo de la semana la duquesa comentaba a intervalos regulares lo bien que iban las cosas. Thea tenía que mostrarse de acuerdo, pero echaba de menos a Darien.

Prácticamente no lo veía, y cuando se encontraba con él en algún evento social, estaba ocupado con un Pícaro y con amigos de los Pícaros.

Los militares con el comandante Beaumont, aunque ese sector estaba principalmente de parte de Darien.

Los políticos reformadores con sir Stephen Ball.

Los diplomáticos con el conde de Charrington.

Y cuando no se encontraba con él, de todos modos podía seguir sus aventuras en la prensa.

Mientras ella soportaba una tarde en un salón literario oyendo una charla sobre la obra de la señora Edgeworth, Darien estaba montando a caballo en Somers Town, bajo la égida de ese famoso criador de caballos y heredero de un condado, Miles Cavanagh.

Mientras ella estaba en una cena muy aburrida, él asistía a una reunión del grupo de científicos llamado Criaturas Curiosas. Nunca había oído hablar de ellos, pero no se sorprendió al decubrir que Nicholas Delaney era uno de los miembros fundadores y que al grupo pertenecían eminentes hombres de ciencia.

Darien asistió a una fiesta de toda una noche ofrecida por el duque de Saint Raven en su casa de campo llamada Nun's Chase.* Los trayectos de ida y vuelta fueron como carreras de caballos. Lord Arden la ganó a la ida y Van a la vuelta.

Maddy fue la que le contó que antes que Saint Raven se casara, Nun's Chase había sido escenario de fiestas escandalosas, y que esta reunión había sido moderada en comparación.

—Estrictamente para caballeros solos —les explicó Maddy a ella y a otras dos damitas fascinadas durante el desayuno veneciano de lady Epworth.

—¿Cómo lo sabes? —preguntó Thea, volviendo a sentirse una sosa aburrida.

—Cully estuvo. Lo decepcionó que no hubiera prostitutas ni nada de culto a Afrodita. Todo fue equitación, esgrima, tiro al blanco y cosas de esas, de lo que él disfrutó muchísimo o más, aunque no lo va a reconocer. Darien tiene una puntería fabulosa, pero también la tiene lord Middlethorpe al parecer. Se batieron a duelo eternamente.

—¡A duelo! —exclamó Thea, alarmada.

—Sólo como una competición. Disparando a blancos cada vez a mayor distancia.

—No me extraña que el baile en Almack estuviera poco concurrido anoche —dijo Alesia—. Eso es una gran lástima, y él es un Cave después de todo. Sigo no fiándome de él.

Thea se las arregló para no discutir, pero sólo porque no serviría de nada; Alesia era una imbécil.

Pero entonces llegó una buena noticia que le hizo salir volando de la cabeza todo lo demás.

Dare ya había pasado por lo peor y estaba recuperándose. Tenía planes para viajar pronto a Long Chart para completar su recuperación antes de su boda, que estaba fijada para el 24 de junio.

* Nun's Chase: Persecución (o caza) de la Monja. *(N. de la T.)*

Según él todo estaba muy bien, pero Mara escribió otra carta por su cuenta para decir que había adelgazado terriblemente y estaba débil como un gatito, así que necesitaría continuar en Brideswell unos días más para descansar antes de hacer cualquier viaje. De todos modos, Thea y su madre se abrazaron e incluso lloraron de alegría.

Esa noche Thea se encontró con Darien en una fiesta y se le escapó la noticia antes de recordar la enemistad entre él y Dare.

—Todos debéis de estar dichosos —dijo él.

—¿Y tú no lo estás? —preguntó ella, sorprendida al caer en la cuenta de que ya podía hacerle esa pregunta—. ¿O Dare sigue siendo tu enemigo?

—Noo, ya he superado eso. De verdad le deseo lo mejor.

—Me alegra —dijo ella sonriendo.

Deseaba poder hablar más tiempo con él, en algún lugar que no fuera ese caluroso salón, rodeados de gente por todos lados.

Lo echaba de menos. Eso era para asustarse.

—Tengo entendido que has asistido a reuniones científicas.

—De técnicas para guerra submarina, nada menos.

—¿Existen esas cosas?

—Pues sí. Los norteamericanos casi consiguieron hacer que funcionara un artilugio así en la última guerra y hay relatos de intentos similares hace un siglo o más. Incluso hay un plan teórico para que un hombre se sumerja en el mar y aplique una bomba bajo el casco de un barco.

—No tienes por que entusiasmarte tanto —protestó ella, pero sonriendo—. ¿Y si tú estuvieras en ese barco en ese momento?

—Ese es el problema de los avances en las artes militares. El otro lado siempre se entera y se pone al día.

Los dos se rieron. Thea vio que su madre la estaba esperando, pero se quedó donde estaba.

Darien estaba mucho más relajado que aquella vez que lo vio en casa de los Netherholt. No se podía decir que estuviera rodeado de la aprobación general, pero incluso los miembros de la alta sociedad que continuaban en su actitud de frialdad se habían cansado de manifestar inquietud y espanto.

—¿Cómo va la campaña? —preguntó.

—Bien. Tu madre te está llamando. Abrámonos camino hacia ella.

—¿Tan impaciente estás por librarte de mí? —se atrevió a bromear ella.

Él le dirigió una mirada breve pero intensa.

—Jamás. —Entonces le sonrió a un joven que se les acercó—. Thea, ¿conoces a lord Wyvern?

Thea tuvo que sonreír al joven conde, aun cuando habría preferido tener unos minutos más con Darien a solas.

—Por supuesto —dijo—. Es de mi parte del mundo.

Se inclinó en una reverencia y Wyvern hizo su venia, pero al mismo tiempo puso los ojos en blanco.

—No sé por qué me dejé convencer de venir a Londres. A mí que me den el campo y la costa, cualquier día. Voy a salir en busca de aire fresco, si es que eso existe en Londres.

Darien lo observó alejarse diciendo:

—Su llegada a la ciudad ha ofrecido una excelente distracción, dado el furor que hizo la noticia de que había heredado su título. Puesto que es cuñado de Amleigh, supongo que eso lo organizaron los Pícaros.

—Es más complicado de lo que parece, pero tienes un punto de razón —dijo Thea—. Qué listo.

El nuevo conde de Wyvern había sido el administrador de la propiedad del conde anterior, sin saber que era hijo legítimo de él. Claro que el viejo conde estaba tan absolutamente loco que a nadie sorprendió mucho que hubiera hecho un enredo incluso con su matrimonio y sus hijos.

Habían llegado junto a su madre. Darien le cogió la mano y se inclinó sobre ella mirándola a los ojos.

—Recuerda —dijo en voz baja— que estoy pagando sumisamente mi precio, y debes cumplir tu parte.

—La cumpliré —dijo ella, y él se dio media vuelta y se adentró entre la multitud.

«No veo las horas», pensó mirándolo hasta que se perdió de vista. En el baile de máscaras Harroving lo tendría para ella toda la noche. Pero por el momento tenía que ir en otra dirección, a un recital de poemas que no tenía el menor atractivo para ella. Pero mañana sería viernes.

Sólo le quedaba esperar un día para tener su recompensa.

Llegó el viernes y transcurrió muy lentamente, pero llegó por fin el momento de ponerse su disfraz de diosa. Se sentía entusiasmada y nerviosa al mismo tiempo. Él no tardaría en llegar, pero ¿y si encontraba ridículo su disfraz?

¿Y si sus atenciones para con ella siempre habían sido manipuladoras y no sentía ni la más mínima atracción por su persona? ¿Y si se sentía tan atraído por ella como parecía e interpretaba ese escandaloso disfraz como aliento para sobrepasarse?

Por lo menos estaba armada, aunque la punta y el hacha de su alabarda estaban romas.

Pero ¿hasta qué punto deseaba resistirse a él? Ese podría ser uno de sus últimos encuentros. No habían recibido noticia de que Dare se hubiera marchado de Brideswell, pero no faltaba mucho. Era posible que tuviera que partir con sus padres hacia Long Chart, el lunes, como más pronto. Su padre volvería a Londres para asistir a los debates del Parlamento, pero su madre y ella se quedarían en Somerset con Dare hasta el momento de ir a Brideswell para la boda. Entonces ya habría acabado la temporada.

Habría acabado esa loca aventura.

Probablemente su vida volvería al orden y la tranquilidad. Deseaba eso, pero no todavía.

Se miró una última vez en el espejo, evaluando su apariencia;

venció la tentación de echarse atrás y bajó, con el yelmo en la cabeza y la alabarda en la mano.

Su padre la estaba esperando al pie de la escalera, con expresión traviesa.

—Recuerdo este disfraz —dijo.

La duquesa se ruborizó.

Thea miró hacia el lado y vio a Darien. Estaba disfrazado de cavalier:* chaqueta de satén azul con muchos galones dorados, pantalones largos con cintas cruzadas y anudadas en las rodillas, volantes de encaje en los puños y el cuello, una peluca de pelo rubio largo ondulado y un antifaz blanco que le daba un aspecto totalmente diferente a su cara.

Él se inclinó en una profunda reverencia, al estilo de la corte, barriendo el suelo con su sombrero de ala muy ancha.

Cuando se enderezó la miró de arriba abajo, con un destello de algo en los ojos.

—¿Britania?

—Diosa —contestó ella, con la boca reseca. Vio que a él le relampagueaban los ojos—. Armada —añadió firmemente.

—Eso veo.

Se acercó Harriet a ponerle una capa blanca para el viaje, y salieron en dirección al coche.

—No sé si un caballero debe ofrecerse a llevarle el arma a una diosa.

—No tengo la menor intención de entregarla. Creo que podría necesitarla.

Él se rió y la ayudó a subir al coche. No fue fácil, con la alabarda

---

* Durante la guerra civil entre Carlos I y el Parlamento, los partidarios del rey se llamaban a sí mismos Cavaliers (caballeros), y a los partidarios de los parlamentarios, o partido puritano, los llamaban despectivamente Roundheads (cabezas redondas o rapadas) porque llevaban el pelo muy corto. *(N. de la T.)*

y el yelmo, por no decir el búho plateado de seis pulgadas en lo alto.

Cuando ya estuvo instalada en el asiento, con Harriet a su lado, él se sentó enfrente.

Thea le miró atentamente el disfraz otra vez, intentando adivinar.

—¿Lovelace?

—¿El guerrero o el libertino? —preguntó él, cuando el coche se puso en marcha.

—Tal vez los dos. Ese es un disfraz impresionante. ¿Dónde lo encontrase, en tan poco tiempo?

—¿Dónde encontraste el tuyo?

—En el ático.

—El mío también. En tu ático. La duquesa no se fió de mí y me envió este.

—Ah, eso significa que el último que lo usó fue mi padre. O posiblemente Dare. Eso iría bien, puesto que prometiste portarte como mi hermano.

—Aquí no.

Ella comprendió que quería decir que no hablara de eso delante de Harriet, que simulaba ser sorda y ciega, pero no era ninguna de las dos cosas. También pudo querer decir que esa promesa no valía para ese baile.

¿Cuál de esos dos sentidos deseaba ella?

No tuvieron que viajar muy lejos, y cuando se bajó del coche pensó si no habría sido más fácil hacer el trayecto a pie. Imposible, claro. Incluso con la capa armó un revuelo al entrar en la casa, tanto entre los invitados que iban llegando como entre la gente que se había reunido en la calle a mirar.

Tan pronto como entró en la casa fue al guardarropa a dejar la capa y para que Harriet le hiciera una revisión y comprobara que todo estaba bien. Entonces se miró en el espejo de ahí y deseó no haberse mirado. En realidad, la túnica era casi transparente. Pero ya estaba ahí, así que envió a Harriet a la sala de los criados, donde sin duda habría una alegre reunión, y volvió inmediatamente al vestíbulo.

Ahí estaba Darien esperándola, con aspecto relajado y muy gallardo. Ella no sabía si su espada adornada con cintas estaba afilada o no, pero él parecía muy capaz de usarla, sin duda alguna. Casi deseó que hubiera un duelo para poder verlo en acción.

Él la vio y le sonrió. Ella le correspondió alegremente la sonrisa y le cogió la mano al antiguo estilo para entrar con él en una de las varias salas de recibo. Sabía que durante esa parte de la velada los invitados debían exhibirse, luciendo sus disfraces y admirando los de los demás. Todos debían representar su papel, así que, siguiendo el consejo de su madre, había memorizado algunos dichos sabios.

Encontró fascinantes los disfraces. Vio a un sultán, a un payaso y a un buen número de Robines Hood. Estos llevaban arcos y flechas; era de esperar que no intentaran disparar.

Entre los disfraces de las damas había vestimentas de todos los periodos; muchos se veían muy raros, pues las usuarias se habían decantado por la moda actual del talle alto. Una dama llevaba el atuendo indio llamado sari, y ella pensó si no sería tal vez la duquesa de Saint Raven. Varios invitados lucían un simple dominó: sombrero, antifaz o máscara, y una capa que ocultaba lo que llevaban debajo.

—Lo encuentro una cobardía —comentó.

Uno de los hombres de dominó se plantó delante de ella y dijo con voz rasposa:

—¿Y cuál bella diosa eres?

—Eso te corresponde adivinarlo, señor.

—Sólo si adivinas quien soy.

—Pero no me das ninguna pista —dijo ella, desdeñosa.

—¿No?

Entonces vio los ojos azules risueños en los agujeros de la máscara.

—¿Cully?

Él sonrió y dijo con su voz normal:

—Tengo que asistir a un acto militar, así que llevo puesto el uniforme, pero deseaba pasar por aquí. Esto tiene que ser tremendamente divertido. ¿Es Canem el que viene contigo? Bueno, que está más o menos contigo.

Thea se giró a mirar y vio que su cavalier estaba distraído por una osada Nell Gwyn.* Lo cogió del brazo y, riendo, lo puso a su lado de un tirón. Ya sentía una diferencia, en ella, en él, y en todos los que los rodeaban, porque nadie sabía quiénes eran.

Nadie le dirigía miradas desconfiadas, aunque un buen número de damas lo miraban interesadas. Nadie murmuraba sobre viejos escándalos siniestros ni sobre reputaciones viles recientes.

—Eres anónimo aquí —dijo.

—Hasta la medianoche por lo menos. Tú también estás de incógnito. ¿Qué te parece?

Ella lo pensó. Ahí podía ser todo lo osada que quisiera.

—Liberador.

Pero no, a medianoche, dentro de menos de dos horas, sería conocida otra vez, y cualquier cosa que hiciera iría mal o bien para su reputación. Por desgracia.

Un centurión romano intentó robársela, basándose en su derecho de nacionalidad, pero ella se defendió diciendo que una diosa no se somete a órdenes de nadie.

Otra Nell Gwyn trató de tentar a Darien con una naranja, pero él dijo que su diosa le ordenaba acompañarla.

---

* Nell Gwyn: Eleanor (Nell o Nelly) Gwyn o Gwyne (1650-1687), actriz, amante de Carlos II durante muchos años. Tuvo dos hijos de él; el mayor fue el primer conde de Burford y después duque de Saint Albans. *(N. de la T.)*

Una muchacha medieval de largas trenzas les ofreció una rosa silvestre que sacó de una cesta. Darien intentó dársela a Thea, pero ella dijo que le estropearía el atuendo y se la puso a él en uno de sus adornados ojales.

Él le besó la mano, que llevaba desnuda; ese disfraz no incluía guantes, lo que en sí era particularmente excitante.

—Creo que podría arreglármelas para besarte en los labios —dijo él—, a pesar del yelmo.

Consciente de las consecuencias, ella se giró hacia un lado, y entonces vio a varias parejas comportándose de una manera nada discreta. Tal vez nadie recordaría quién hacía qué.

Pasado un rato, subieron la escalera, se cruzaron con unos criados disfrazados con túnicas orientales muy ligeras, que les ofrecieron vino. Cogieron dos copas, bebieron y entraron en el salón de baile, que estaba menos iluminado que ninguno que ella hubiera visto. El centro del salón estaba bien iluminado por dos enormes arañas, pero la periferia estaba casi en penumbra, con muy pocas luces.

Había música, pero eran pocas las parejas que estaban bailando. A algunas les estorbaría el disfraz, sin duda, pero la mayoría estaban disfrutando de la fase de representar sus papeles. Dos hombres estaban combatiendo a espada. Era de esperar que sus espadas estuvieran tan romas como la alabarda de ella.

Uno de ellos vio a Darien y se giró a desafiarlo. Al instante él desenvainó su espada y se puso en guardia. Thea no tenía ni idea de si el combate era de expertos o no, pero los rápidos movimientos y el choque de las espadas le aceleró el corazón. Al cabo de sólo un minuto, Darien, retrocedió, hizo un saludo con su espada y volvió al lado de ella.

—Estás loco.

—Claro que lo estoy. —Rápidamente la llevó hacia la parte en penumbra y ella se encontró sentada en un cenador formado por plantas con follaje, sólo iluminado por una diminuta lámpara—. Ideal para citas.

—¿No te ibas a portar como un hermano? —dijo ella, con la boca reseca, pero con ilusión.

—Esa fue la promesa que hice para un baile de máscaras en la Opera House.

Ella lo apuntó con la alabarda.

—Compórtate, señor. A medianoche todos sabrán quiénes somos.

—Pero no sabrán qué hemos hecho aquí.

Cogió la alabarda y se la quitó de la mano, con la mayor facilidad. En realidad ella no hizo mucho para impedírselo.

Entonces él tiró su sombrero al suelo y la besó. Ella se puso una mano en el yelmo para sujetarlo, y le correspondió el beso. Ese era el sabor de lo que deseaba esa noche. Aunque el yelmo significaba beso sólo en los labios. Él la rodeó con el brazo y se encontró con la armadura, no su cuerpo.

—Armadura —rió—. Desde luego.

—Inviolable —convino ella.

—Pero no aquí.

Le puso las manos sobre los hombros desnudos y le friccionó los brazos de arriba abajo, pasando las manos por encima de sus brazaletes de plata pero también por la piel que ningún hombre había tocado jamás. Ella apoyó las manos en su pecho, encima del rugoso galón de su chaqueta, sobre su corazón.

Volvieron a besarse, un beso casto, pero muy ardiente. Él subió las manos hasta sus hombros y de ahí las bajó por su espalda, hasta encontrar los lazos que cerraban el corpiño.

—Lo hecho se puede deshacer —musitó.

La túnica se interponía entre sus manos y el lazo, pero ella estiró los brazos, apartándolo.

—No.

—¿Ni siquiera a medianoche?

—Mucho menos a medianoche. No llevo nada debajo, aparte de la enagua.

Él sonrió. Aunque la luz era tenue ella vio su sonrisa, y percibió interés, diversión y desafío. A pesar de una oleada de deseo, o tal vez debido a ella, se apartó y cogió su alabarda.

Él levantó las manos.

—No necesitas eso.

—Lo sé, pero...

—Pedernal y yesca, sí. Claro que podríamos escabullirnos antes de la medianoche y nadie sabría quiénes éramos.

—¿Escabullirnos? —preguntó ella, horrorizada.

—Al jardín, a algún lugar secreto de la casa. Salir a la calle y alejarnos, ir a un lugar muy lejos.

—Estás loco.

—Eso dicen. Escapa conmigo, mi diosa, a lugares donde no haya restricciones ni reglas.

Igual lo decía en serio, pensó ella. Negó con la cabeza, tragando saliva.

—No puedo.

—Claro que no. Eres la diosa Minerva, siempre sabia. ¿Por qué no pudiste venir disfrazada de la disoluta Nell Gwyn?

—Podría haber venido de muchacha pirata.

—Pero te falta el instinto delictivo.

Recogió el sombrero del suelo con una agilidad atlética que la derritió. Ya antes había visto belleza en él, pero en ese momento, vestido con esas garbosas ropas de antaño, parecía hecho para volver loca a una dama.

—Esas ropas son muy injustas —dijo.

—¿Y las tuyas no? Vamos, escapemos hacia la seguridad.

Capítulo 26

Salieron del cenador y se dirigieron al centro del salón, que se veía muy iluminado, por el contraste con la penumbra.

Ya había más personas bailando, y algunas se habían quitado las partes incómodas de sus disfraces. Thea vio la importante desventaja del suyo; no podía quitarse el yelmo sin que la reconocieran, y sería difícil bailar con él puesto.

—¿Quién eres? —le preguntó, cuando iban caminando por la orilla de la pista.

—¿Qué quieres decir?

—No me lo dijiste. ¿Eres Lovelace o simplemente un cavalier sin nombre?

—Soy el príncipe Rupert del Rin. Fue a la guerra a los catorce años, comandante del regimiento de caballería de Carlos primero a los veintitrés y de todo el ejército a los veinticinco.

—Lo que hace de ti un haragán.

—Él tenía cuna real y al nepotismo de su parte —repuso él, quejumbroso.

—Y tú sólo tenías a los Cave. Pero tenéis otras cosas en común. ¿No lo llamaban el Cavalier Loco?

Le costaba creer que fuera capaz de arriesgarse a decir esas cosas, pero ahí y en ese momento, sus palabras no le parecían arriesgadas en absoluto.

Él fingió indignación.

—Nunca llevé conmigo a un caniche a la batalla.

—Lo que agradecen todos los caniches del mundo, no me cabe duda.

Los dos se rieron, dos personas anónimas en una despreocupada multitud. Thea nunca se había sentido tan libre.

—Tú y mi madre tenéis razón. Los bailes de máscaras son maravillosos. Ella usó este disfraz, ¿sabes?

—¿Crees que tu padre tuvo más éxito que yo con los lazos del corpiño?

—¡No! —Nerviosa observó a los bailarines y buscó distracción en las normas de la mascarada—. ¿Qué te ocurrió después de la muerte de Carlos primero, milord príncipe?

—Participé en diversas empresas, entre otras pirateo en las Indias Occidentales, luego gloria en Inglaterra después de la restauración de mi primo Carlos segundo.

—¿Libertinaje, junto con el resto de su corte?

—¿Tú qué crees? —Le deslizó las yemas de los dedos por la espalda siguiendo los lazos del corpiño, produciéndole estremecimientos hasta los dedos de los pies—. Los hombres son hombres, y los que combaten son lujuriosos.

Thea tragó saliva.

—¿Se casó y vivió feliz?

—¿Equiparas matrimonio con felicidad?

Ella se giró a mirarlo, quitándole la mano del lazo del corpiño.

—¿Por qué no?

—Hay muchísimas pruebas palpables en contra de eso, y colijo que nuestra anfitriona es un ejemplo de ello.

—Y mis padres demuestran lo contrario. ¿Y él? ¿Tú? —enmendó.

—¿Qué?

—¿Se casó y vivió feliz?

—Sólo tuvo una amante —dijo él, abandonando su papel—,

pero vivió con ella mucho tiempo, lo que sugiere por lo menos satis-facción.

—¿No se casó con ella?

—Era actriz.

—Eso no es disculpa. Hal Beaumont se casó con una. Es uno...

—... de los Pícaros. Típico gesto quijotesco.

—No es algo para mofarse. Me cae bien Blanche, y mi madre está aprendiendo con ella las revolucionarias ideas Wollstonecraft.*

Él aulló de risa. Después le cogió la mano.

—Bailemos.

—¡Espera!

Enterró la alabarda en una maceta y luego corrió con él a unirse a la contradanza que al parecer era continua, sin descansos. Tenía que avanzar con los pasos de minué para no hacer rebotar el yelmo, y su postura era tal vez más perfecta que nunca, pero esa noche no era la Sublime Intocable. Esa noche estaba bailando en la oscuridad con un hombre muy peligroso y tenía la intención de disfrutar de cada momento.

Incluso de incógnito, la educación y los modales la obligaban a prestar debida atención a los hombres y mujeres con los que se encontraba emparejada, pero su verdadera atención estaba toda en Darien. Nuevamente estaba consciente de su elegante agilidad, y de la entusiasta simpatía que le demostraban muchas otras mujeres. Era evidente que algunas se lo robarían sin vacilar. No sin que ella presentara batalla, eso sí.

Él era de ella. Por esa noche al menos.

Cuando volvieron a encontrarse a mitad de la fila, le preguntó:

—¿Cómo es que bailas tan bien siendo un tosco oficial?

—¿Alguna vez he dicho que soy un tosco oficial? Lisboa, París,

<hr>

* Mary Wollstonecraft (1759-1797), filósofa y escritora británica, famosa auto-ra de *Vindicación de los derechos de la mujer. (N. de la T.)*

Bruselas. Los oficiales deben cumplir con su deber en todos los aspectos.

Ella se alejó siguiendo las figuras de la contradanza, pensando agriada en las mujeres de Lisboa, París y Bruselas, y en él, un gallardo oficial de los húsares vistiendo ese guapo uniforme azul con galones y piel, apuesto con sus cicatrices, cuerpo ágil, ojos pícaros, y todas las demás cosas que lo hacían fascinante.

Que lo hacían letalmente deseable.

—¿Thea?

Miró atentamente a la dama con la que acababa de formar pareja. Otra Nell Gwyn con un corpiño particularmente escotado, enseñando buena parte de los pechos. Volvió a mirarla.

—¿Maddy?

Su prima sonrió de oreja a oreja.

—No esperaba encontrarte aquí.

—Pues, estoy —dijo Thea con cierta brusquedad, y se alejó a formar pareja con Darien.

¿Acaso todo el mundo la consideraba mortalmente aburrida?

Pasado un momento volvió a formar pareja con Maddy.

—¿Quién es el cavalier? —le preguntó esta con el mismo candente interés que mostraban las otras mujeres.

—A ti te toca descubrirlo. —Miró hacia la pareja de Maddy, un monje al que no logró identificar—. ¿Quién es el tuyo?

—Staverton —contestó Maddy, haciendo un mohín de displicencia—. Encontraré algo mejor a lo largo de la noche.— Vigila a tu cavalier, primita, que si no, te lo robaré. Él y yo somos del mismo periodo después de todo.

La figura de la contradanza las separó antes que Thea pudiera desaconsejárselo, y eso la alegró. Maddy le haría bromas el resto de su vida. Pero entonces vio que una dama con mantilla española se estaba apretando a Darien de una manera absolutamente indecente y haciéndole gestos invitándolo a besarla. Bien podría ser la mismísima lady Harroving, pensó.

Entonces Darien se giró hacia ella y le preguntó:

—¿Te duele la cabeza?

—No.

—Ese yelmo debe de ser molesto.

—La única molestia es ver la desvergonzada atención que recibes.

—¿Celosa? Soy tuyo de todo corazón, mi Thea, al menos por esta noche.

Ella ya sabía que sólo era por esa noche. ¿Por qué, entonces, le dolieron sus palabras?

Las figuras del baile la llevaron inevitablemente a formar pareja con Maddy otra vez.

—Es Darien, ¿verdad? —susurró Maddy.

—Sí.

—Ah, caramba. A qué extremos llevas el cumplimiento de tu deber, ¿eh? ¿Se va a quedar hasta que nos quitemos las máscaras?

—Por supuesto.

—¡Qué divertido! —exclamó Maddy y se alejó riendo.

Cuando terminó la música Thea se sentía acalorada, mojada de sudor y curiosamente fastidiada.

—Una cosa que le falta a mi disfraz es un abanico —comentó.

Darien se quitó el sombrero y la abanicó en él.

—Has sido listo al haberte puesto esa peluca rubia —dijo ella—. A Maddy le llevó un rato reconocerte.

—¿Tu prima? —Miró alrededor—. ¿Cuál es?

—La llenita Nell Gwyn de amarillo.

—Ah.

A Thea no le gustó su tono. Los pechos cubiertos con la armadura plateada no podían competir con esos generosos, saltones y en su mayor parte visibles. Además, el forro de fieltro era sofocante.

—Necesito aire fresco —dijo.

—Vamos, entonces —contestó él.

Le ofreció el brazo y comenzaron a abrirse paso por el salón cada vez más atiborrado.

Un hombre corpulento todo de negro y con una capucha que le cubría toda la cabeza a excepción de los ojos y la boca, les cerró el paso. Tal vez estaba disfrazado de verdugo.

—Minerva, solicito tu sabiduría.

Thea encontró horrible el disfraz, pero dijo una de las frases que había preparado:

—Corto es el tiempo que vivís los seres humanos, señor, y pequeño el rincón de la tierra en que habitáis.

—A fe mía, sí que eres una diosa triste. Iré a buscar una más alegre.

—Queja justificada —dijo Darien riendo.

—Ha venido disfrazado de verdugo así que se merece algo triste.

—¿Qué consejo me ofrecerías a mí?

—Evita las distracciones y apresúrate hacia el final que has imaginado.

—Interesante. ¿A quién le robaste ese sabio dicho?

—A Marcus Aurelius.

Pasado un momento de sorprendido silencio, él le preguntó:

—¿Sabes que ese era el nombre completo de mi hermano?

Ella lo miró sorprendida.

—No. O lo había olvidado. Perdona. No quise decir nada con eso.

—Claro que no —dijo él, tocándole la mejilla—. Sólo fue extraño. Deberías probar con el pobre Richard.* Expresa las cosas con más sencillez. —Le acarició el labio inferior con el pulgar—. Si amas

---

*Pobre Richard: Poor Richard o Richard Saunders, seudónimos que usaba Benjamín Franklin en su *Almanaque del pobre Richard*, que publicó de forma continuada desde 1732 a 1758, y fue muy popular en las colonias británicas de Norteamérica en la época prerrevolucionaria. (*N. de la T.*)

la vida no desperdicies el tiempo, porque de eso está hecha la vida. ¿Quieres desperdiciar nuestro tiempo aquí, Thea?

Eso tenía capas y peligros, pensó ella. De todas formas...

—No —dijo, cogiéndole la mano y llevándolo fuera del salón.

—¿Adónde vamos? —preguntó él, sin resistirse.

—A algún lugar más tranquilo. ¿Dónde?

Él sonrió, y su cara delgada bajo el antifaz claro le resecó la boca y le debilitó las piernas.

—Supongo que hay escasez de lugares solitarios, pero busquémoslo.

Entonces él la llevó y ella lo siguió, combatiendo una vuelta a la sensatez. Eso era una locura, pero ¿no era eso lo que deseaba? Un breve momento de gloriosa locura. Sólo un beso, pero total, apasionado, absorbente, contundente.

Tomaron por un corredor que llevaba a la parte de atrás de la casa y pasaron junto a parejas que estaban coqueteando y besándose. Una dama sin máscara estaba coqueteando y besándose con dos hombres. Y uno de los hombres...

—Vista al frente —ordenó Daricn.

Ella obedeció riendo y muy bien dispuesta continuó caminando de prisa hasta que llegaron a una ventana oscura que indicaba que ese era el final del corredor. Él abrió la puerta de la derecha.

—Escalera —dijo, haciéndola pasar y cerrando la puerta, dejándolos totalmente a oscuras—. ¿Arriba o abajo? —preguntó en un susurro.

Ahí estaban muy cerca, a solas.

—Arriba —dijo ella—. En la cocina habrá mucha gente.

—Abajo —corrigió él y comenzó a bajar—. Haz siempre lo inesperado. Así.

Se detuvo y le acercó los labios a la mejilla cubierta con una parte del yelmo. Sopló por debajo y su aliento le acarició la piel. Entonces deslizó los labios hasta encontrar los de ella.

Ella apoyó la espalda en la pared, con los brazos fláccidos a los costados y se rindió. Fue como si él le hablara con los labios sobre los de ella, pero lo que decía no lo sabía. Sólo sabía que era la tentación encarnada. Nuevamente él pasó las yemas de los dedos por los lazos del corpiño, pero con la mano por debajo de la túnica.

—No debemos —dijo, simplemente siguiendo la norma convencional, no en serio.

—Debemos. Nuestros días están contados.

Y lo estaban, e incluso esas horas ahí serían breves.

Levantó las manos para quitarse el yelmo.

—Todavía no —dijo él, y le buscó la mano.

Continuaron bajando la escalera, con cautela, por la oscuridad, pero no tanta como si ella fuera bajando sin él.

Él abrió una puerta y se asomaron a un estrecho corredor. Se oían ruidos y risas cerca; la cocina y dependencias, pensó ella, y la sala del personal, donde estarían los criados y criadas de visita pasándolo bien.

—¿Qué estarán haciendo? —susurró.

—No, no vamos a espiarlos —dijo él, y ella detectó risa en su voz.

Él la hizo pasar al corredor y caminaron en la dirección opuesta al lugar de donde provenía el ruido, probando cada puerta, abriendo las que no estaban cerrados con llave.

A Thea la sorprendió la cantidad de cuartos que estaban abiertos, pero claro, el ama de llaves estaría tan ocupada con la fiesta que no querría tener que abrir la cerradura cada vez que necesitara entrar en las despensas que contenían las cosas menos valiosas.

—¿Qué hay ahí? —preguntó, cuando él abrió más o menos la segunda.

—No lo sé, pero no parece un cuarto acogedor.

—Dudo que lo sea alguno aquí abajo. Somos intrusos.

«Y estoy impaciente. Y por fin estoy preparada para otro beso ardiente, que me deje la mente en blanco. ¡Elige un cuarto!»

Capítulo 27

*A*h —dijo él entonces.

La hizo pasar por una puerta, entró él y la cerró.

Poco poco se fue disipando la oscuridad, gracias a tres ventanucas cuadradas en lo alto de la pared a la izquierda de ella. Aunque la luz que entraba por ellas era tenue, le bastó para que se le adaptaran los ojos, y entonces percibió un cuarto estrecho y largo, con formas a ambos lados, algunas oscuras y otras claras. El olor del cuarto le dio la pista: lavanda, poleo, menta, y el distintivo olor a sábanas limpias.

—El cuarto de la ropa blanca.

—Exactamente.

Oyó un clic. Él había cerrado la puerta con llave.

—¿Había una llave dentro de la puerta? —preguntó, repentinamente nerviosa, a su pesar.

—Había una dejada descuidadamente fuera.

Ella detectó humor y afabilidad en él, y notó también ese timbre meloso que la sorprendió en el primer encuentro, pero que se le había hecho tan conocido que había dejado de asombrarla.

Él se le acercó, a tientas buscó su yelmo y se lo levantó suavemente.

—No es tan bueno como una cama, pero ¿un pariente lejano, tal vez?

—No necesitamos una cama para un beso.

—No necesitamos un cuarto como este para un beso, Thea —dijo él, quitándole el yelmo.

Nerviosa ella se pasó la mano por el pelo recogido con horquillas.

—Uf, qué alivio. No es tan incómodo como opresivo.

—Y una diosa no debe estar nunca oprimida.

Ella alargó las manos para tocarlo pero él le deshebilló el cinturón, que cayó al suelo con un tintineo. Después cayó la túnica. Entonces la giró y palpó buscando los lazos otra vez. No debía permitirle eso, pero ¿cómo podrían besarse de verdad teniendo una sólida barrera entre ellos?

Él encontró el lazo y tiró. Se soltó el nudo y pacientemente fue soltando los lazos cruzados hasta arriba, produciéndole estremecimientos de placer hacia arriba y hacia abajo por la columna.

Afirmó las manos en el estante de madera que tenía delante, aspirando el olor a sábanas limpias y a hierbas, consciente de cada contacto y de él detrás de ella en ese estrecho cuarto. El disfraz de él debió estar guardado muchos años; todavía retenía un tenue olor a hierbas, mezclado con el aroma esencial de él. Aroma que ella reconocía, aunque antes de ese momento misterioso no se había dado cuenta.

El corpiño se soltó lo suficiente para sacárselo. Levantó los brazos y él se lo quitó por arriba. Se giró, sintiéndose horrorosamente desnuda con sólo la enagua de seda que apenas la cubría hasta las rodillas, y más aun cuando sintió en los pezones el roce con su chaqueta con galones.

Entonces él le soltó los lazos que le sujetaban la falda-armadura, y esta cayó al suelo haciendo un ruido metálico. Él dejó las manos en su cintura, fuertes, cálidas, y algo ásperas, pues se quedaron cogidas en la seda.

Entonces le presionó los labios con los suyos, primero suave, como un breve saludo, y luego con total posesión. Ella intentó cogerse de su chaqueta, pero no la encontró. Se la había quitado, y tenía abierto el chaleco. Se cogió de la pechera de su camisa de linón, suave y fino sobre su musculoso pecho. Nunca había palpado un cuerpo tan potente ni había apretado a uno casi desnudo. Le pareció una tragedia.

Y se besaron, se besaron y besaron.

Se le había ido acumulando un hambre tremenda en sus encuentros para discutir y después en los largos días de encuentros breves o inexistentes. En ese momento una parte de ella saltaba por eso, por eso y por más. Ya no le importaría si estuvieran en el salón de baile, rodeados de observadores...

¡Sí que le importaría!

Se tensó y opuso resistencia.

—Chss —musitó él, o resolló, porque tenía la respiración agitada.

Volvió a cogerla en sus brazos, pero con ternura, abrazándola, meciéndola. Bajó las manos por su espalda, acariciándosela, y ella se arqueó ligeramente.

—Como una gata —exclamó, sorprendida.

—No me arañes —dijo él posando las fuertes manos en sus nalgas, moviéndolas en círculo, y levantando poco a poco la seda de la enagua. Desnudándole esa parte.

Le temblaron las piernas, incluso sintió miedo. Pero comprendió que no pondría objeciones ni intentaría escapar; sencillamente no podría. Si la deshonra era el precio, pues que así fuera.

Él pasó una mano hacia delante y la subió hasta un pecho, la ahuecó ahí, apretándoselo suavemente y frotándole el pezón con el pulgar. Thea sintió una sacudida, de conmoción, de placer, reconociendo ese placer; puso la mano sobre la de él, sujetándola ahí, saboreando el febril placer de sus sueños más desmadrados.

La hábil mano de él continuó jugueteando con ella, y volvió a besarla. A ella se le escapó un gemido y se cogió de su chaleco, para afirmarse y subió y bajó la rodilla, frotándola a sus pantalones de satén, sintiendo acumularse las ansias en su interior, embistiendo con las caderas.

Él se quedó inmóvil, con la cabeza apoyada en la de ella, haciendo respiraciones profundas, igual que ella. Entonces retrocedió, apartándose. Antes que ella pudiera protestar o impedírselo, él estaba sacando sábanas de los estantes y tirándolas al suelo.

—Uy, la pobre lavandera —exclamó.

Pero lo ayudó y después se tendieron en el nido de sábanas limpias y frescas.

Él ya se había quitado el chaleco y sacado fuera los faldones de la camisa. Entonces pudo meter las manos por debajo y acariciar su piel cálida y sedosa.

Él volvió a besarla al tiempo que le acariciaba el otro pecho, pero después deslizó la boca hasta el lugar donde había estado la mano y le mordisqueó suavemente el pezón por encima de la enagua de seda. Ella tuvo la impresión de que la cabeza se alejaba flotando de su cuerpo excitado y hambriento. Él buscó la orilla de la enagua y se la subió, acariciándole el muslo.

Y luego la entrepierna.

Thea se tensó, pero entonces las ansias fueron más fuertes, se abrió a él y su caricia ahí fue todo lo que había deseado en su vida.

—La Sublime Intocable —musitó, riendo.

—Apodo ridículo —convino él—. Relájate, Thea, fíate de mí. No te deshonraré.

—¿Esto no es deshonra?

Él se rió, su risa cálida, suave.

—Sólo si nos pillaran, y la puerta, recuerda, está cerrada con llave.

Le subió la enagua hasta arriba, dejándole desnudos los pechos; entonces ahuecó la mano en uno y se lo besó, lamió y succionó.

—Ohhh, santo cielo.

Él volvió a reírse e introdujo los dedos en su acogedora entrepierna.

Eso no era lo que había esperado. Por sus rudimentarios conocimientos sobre el asunto entre un hombre y una doncella, había supuesto que sería algo más... enérgico, más violento; algo que produciría dolor. No se había imaginado esa caricia suave, considerada, ni esa fiebre de deseo que le iba aumentando.

No la deshonraría.

No le quitaría la virginidad.

¿Qué estaba haciendo, entonces? No le importó. Asombrosas sensaciones pasaban girando por su cuerpo, y luego se lo tensaron, más y más. Estaba jadeante, casi aterrada.

Violencia. Ah, ahí estaba. Y una especie de dolor, que fue aumentando, aumentando...

Hasta hacerla explotar.

Buscó su boca y lo besó mientras le estallaban luces dentro de la cabeza, lo besó sintiendo todas las maravillas que le hacían arder y vibrar el cuerpo, sudoroso y enredado con el de él.

Se le separó la boca de la suya, sin querer, y no porque estuviera agotada, sino saciada, y simplemente continuó tendida ahí. Hasta que él le cogió la mano fláccida y se la puso sobre algo caliente y duro.

Sintió deseos de retirarla, pero él dijo:

—Una diosa podría ser agradecida.

El calor y los olores los envolvían en su nido, y la oscuridad permitía cualquier cosa.

—¿En qué consistiría la gratitud? —preguntó en un susurro.

—¿Devolver el favor? Explórame.

Cautelosa dobló la mano alrededor del miembro duro como un madero. ¿Por qué nunca había pensado en los mecanismos de todo eso?

—Esto no puede estar así siempre —dijo, notando el largo. ¡Santo cielo!

—No, es necesario reducirlo.

—¿Cómo? Dijiste que no me deshonrarías.

—Tu mano puede hacerlo. —Estaba relajado debajo de ella, y dijo eso como si se refiriera a si debía hornear un pastel o no—. O la mía. Pero pensé que podría gustarte tener una nueva aventura.

Ella subió y bajó la palma por el miembro.

—¿Me gustará?

—No lo sé.

La fascinaba esa cálida dureza, pero la asustaba la idea de que eso estaba hecho para penetrar a la mujer. Enérgico y violento, sí. Tal vez no se casaría nunca. Apretó la mano y él se estremeció; pasó una vibración por todo él que ella reconoció como placer y deseo intensos, necesidad.

Retiró la mano.

—No pasa nada —dijo él—. Me lo puedo hacer yo.

Pero ella deseaba hacérselo. Él lo disfrutaría, tal vez tanto como había disfrutado ella lo que le había hecho él. Volvió a cerrar la mano sobre el miembro.

—Enséñame.

Él le cogió la mano y le deslizó la palma por la entrepierna de ella, por ese lugar que seguía exquisitamente sensible, y notó que estaba muy mojado. Él le frotó la mano ahí y le produjo otra vez ese potente placer.

Ahora no.

Todavía no.

Entonces él le retiró la mano de ahí y volvió a ponerla alrededor de su miembro. Cuando ella la movió, la mano se deslizó. Él le movió la mano hacia arriba y hacia abajo y luego le puso el pulgar sobre la tersa punta, y la notó mojada.

Él volvió a estremecerse.

—¿Te gusta?

—Muchísimo.

Él estaba tumbado, una sombra oscura enmarcada por el blanco de las sábanas, pero ella supo que sus ojos oscuros la estaban mirando. Se los imaginó debajo de los párpados entornados. Percibió su necesidad.

Se inclinó a besarlo en los labios entreabiertos, continuando los movimientos que él le había enseñado.

—¿Lo hago bien?

—Eres perfecta, como siempre, mi diosa.

Ella presionó con los dedos al subir y bajar la mano, como si estuviera tocando el piano.

—¿Y eso?

—Demasiado suave por el momento, Diosa.

Ella aumentó la presión de la mano y la movió más rápido, percibiendo la tensión de él, oyendo su respiración, imaginándose esa febril locura que iba aumentando. Aumentó en ella también. Pasó una pierna por encima de sus muslos, para poder apretarse a él mientras él embestía con las caderas apretándose a ella.

Él cogió un trozo de sábana y lo puso encima de su miembro encerrado en la mano de ella. Salieron chorros golpeando la sábana y un poco de líquido caliente le mojó la mano a ella. Frotó ese líquido en su miembro, deseosa de continuar, pero él le cogió la mano, se la detuvo y se la retiró. Entonces se desplomó sobre él, los dos echando vapor, con el calor y el sudor, y rodeados por un fuerte olor almizclado.

Si en ese momento él hubiera deseado penetrarla, ella se habría alegrado.

Se les fue calmando la respiración y aminorando el calor.

—Hemos dejado un desastre terrible —dijo ella.

Él se rió.

—No seas dama, Thea. No esta noche.

Entonces le hizo su magia por la espalda, friccionándole las nalgas y siguiendo por las partes posteriores de los muslos.

Ella se retorció, pero con pereza.

—No sabía cuántos lugares sensibles hay en el cuerpo.

Él subió las manos por sus muslos y se las introdujo en la entrepierna, desde atrás.

—En especial aquí, ¿verdad?

A ella le dio un salto el cuerpo, y rodó hacia un lado hasta quedar de espaldas.

—Ah, sí.

Él encontró nuevamente sus pechos con la boca y el lugar sensible con la mano. Al instante ella se arqueó, repitiendo «¡Ah, sí!», y entonces la caricia se hizo enérgica y violenta, produciéndole oleadas de placer por toda ella, haciéndola arder, impulsándola a embestir con las caderas, apretándose a su mano. Habría gritado si hubiera tenido el aliento. Sólo sabía que pronto iba a morir y deseaba morir.

Entonces se murió.

Tuvo el orgasmo apoyada en el pecho de él, en sus brazos, segura, el lugar perfecto.

«Deseo casarme contigo.»

El pensamiento no salió en palabras y eso la alegró, pero era cierto. Nunca había pensado que el acto físico fuera una parte muy importante del matrimonio. Gustarse mutuamente, admiración, compatibilidad de temperamentos, intereses comunes y una cómoda igualdad en la posición social: siempre le había parecido que esas eran las necesidades para una buena vida.

No las descartaba, pero ya encontraba que esas cosas terrenas eran importantes, y lo eran para él y para ella.

Él le gustaba. Le gustaba el tacto de su piel al acariciarlo, y sus manos callosas sobre ella, pero también le gustaba su compañía y admiraba sus cualidades: su valor, su resolución, su firme formalidad. No se asemejaban en temperamento, pero tal vez se complementaban. Le agradaba la idea de una vida a su lado, aun con las dificultades que presentaba el historial de su familia. Por lo tanto, debía hacerlo realidad.

—¿Cómo quieres que te llame? —le preguntó, deslizando la mano en círculos por su hombro.

—¿Amo y señor?

Ella lo pinchó.

—Soy una diosa, señor, y no tengo amo.

—Dile eso a Zeus.

—¿Quieres que te llame Zeus?

Él se limitó a reírse. Ella recordó cuando pensó en una gata, y él parecía un gato en ese momento, en esa calurosa oscuridad. Un gato grande, satisfecho, contento de que lo acariciaran, disfrutando de las caricias.

—Necesito un verdadero nombre para ti —dijo, deslizando la mano por su costado, hasta el muslo—. Darien no lo encuentro correcto para una situación como esta.

—¿Pretendes que haya más situaciones como esta?

«Sí, ¿tú no?», pensó, pero no lo dijo. Era una dicha delicada, y necesitaba tierno cuidado.

—No me gusta Canem. Está bien para tus amigos...

Él le cogió la mano y la llevó a sus labios.

—Había esperado que pudiéramos ser amigos.

—Tus amigos hombres. —Inspiró, saboreando su cálido aroma, el cálido aroma que emanaba de los dos, frotando el muslo sobre el de él, más fuerte—. ¿Canem no te recuerda ese incidente? Tiene que haberte dolido que te llamaran así.

Él le mordisqueó suavemente las puntas de los dedos.

—Lo he hecho mío, y no le tengo ningún cariño al nombre Horatio.

—¿Cómo te llamaba tu madre?

—Horry. Me habría gustado oírla llamar Markie y Christie a mis hermanos mayores.

Ella se rió, pero continuó:

—Tu madre debe de haber tenido una vida muy difícil. Me parece que la excluían.

Deseaba saberlo todo sobre su infancia. Todo, todo, de él.

—Por elección suya.

A ella no le gustó la dureza de su tono.

—¿Es justo decir eso?

—Ella eligió casarse con mi padre. Nadie la obligó. Muchas veces se lamentaba de haber sido tan estúpida. Creyó que ser vizcondesa la haría distinguida, pero la mala reputación Cave superaba a todo rango. Abandonó su mundo del teatro y no la admitieron en el nuevo. No podía desquitarse con mi padre, así que castigaba a los criados y a los hijos que tuvo. —Bruscamente se incorporó, se puso de pie y la puso de pie a ella—. Será mejor que volvamos al mundo real.

La golpeó el aire fresco y la dureza de su tono.

—¿Debido a que he mencionado a tu madre? Los amigos hablan de cosas más íntimas que esa.

Él se quedó inmóvil y apoyó la cabeza en la de ella.

—Debido a los recuerdos, Thea. Tengo muchísimos, todos malos. Déjalos en paz, Thea.

—Por supuesto —dijo ella, enmarcándole la cara—. Haremos nuevos.

—Acabamos de hacerlo. Pero eso no cambia la realidad.

—Hemos estado afanados en cambiarla este último tiempo.

—Hay realidades más duras. Mi naturaleza, mi familia, la reputación Cave. Todas esas cosas son monumentos de piedra.

Se apartó de ella, se agachó y de pronto ella sintió su armadura en las manos.

—Esto también fue real —alegó.

—Pero, como la salida y la puesta del sol, hermoso pero pasajero. Esto ha sido precioso para mí también, Thea. Soy tan débil que lo repetiría siempre que quisieras, pero...

—Pero ¿no sería correcto?

—Correcto no es una palabra a la que esté acostumbrado, pero sí, no sería correcto.

Ella se agarró a su valor.

—Podríamos hacerlo correcto. —Puesto que él no decía nada, lo dijo—: Podríamos casarnos.

—¿Debido a esto?

—¡Noo! Bueno, sí, pero no en el sentido en el que lo dices tú.

No debería intentar eso en la oscuridad, en que no le veía la expresión.

—Esto no ha sido único, Thea.

—Para mí sí.

Él retrocedió más y ella comprendió que se estaba vistiendo.

—Ah, muy bien, no hables de eso.

Se agachó a buscar el resto de su disfraz, pero él la enderezó.

—¿Que no hable de qué?

—¡Del tiempo!

Ella no lo dijo, así que lo dijo él.

—De matrimonio. Thea, Diosa... ¿Deseas que tus hijos sean Cave?

Ella se giró hacia él.

—Las cosas ya están mejor. Cuando los tenga...

—¿Ya será un apellido de honor y grandeza?

Ella le cogió la camisa.

—Podemos hacerlo así. Canem Cave ya ha estampado honor en todo.

—Perdóname si no lo he notado.

Lo soltó.

—Si no descas casarte conmigo simplemente dilo. Ya me he puesto lo bastante en ridículo.

El silencio que siguió a eso le marchitó lentamente el corazón.

Capítulo 28

Aunque sentía oprimida la garganta y le dolía, Thea intentó simular un tono desprecupado:

—No te preocupes. No tienes por qué decirlo. Lo entiendo. Esto sólo ha sido una diversión, el tipo de diversión del que disfrutan los hombres. Y tal como prometiste, no me has deshonrado de verdad.

Se giró y se dirigió a tientas hacia la puerta.

—Tienes que vestirte —dijo él—, y yo tengo la llave.

Ella volvió a girarse, dándole la espalda a la puerta, mirando la sombra oscura en medio de la penumbra. ¿Quieres conseguir que te odie?, pensó, pero no lo dijo, porque lo único que le quedaba era un pelín de orgullo. Avanzó a tientas, tropezó y casi cayó encima de las sábanas, de las que todavía emanaba algo del calor de sus cuerpos.

Encontró el corpiño, lo palpó hasta estar segura de cuál parte era la de arriba, y se lo puso. Entonces se giró otra vez.

—Ajústame los lazos, por favor.

Percibió su tensión cuando él se situó detrás de ella; su tensión llenaba el estrecho cuarto, y su presencia pareció quemarla ya antes de que la tocara. No lloraría. Sabía cómo eran los hombres; se lo habían advertido toda la vida. ¿Cómo había podido imaginarse que este este, ¡Cave!, era diferente?

Se acomodó la parte delantera del corpiño y él comenzó a tirar los lazos, ciñéndoselo, hasta hacer el nudo a la altura de la cintura. Entonces le pasó la falda metálica y ella se ató los cordones, bendiciendo la oscuridad. Al ponerse la túnica aprovechó para secarse los ojos con un bord, y mientras se abrochaba el cinturón, se obligó a recordar quién y qué era.

Lady Theodosia Debenham.

Diosa.

La Sublime Intocable.

Y eso sería, en cuerpo y alma.

Se puso el yelmo y volvió a la puerta diciendo:

—Si tienes dinero deja algo para la lavandera.

—Ya lo he dejado.

Había sido un error ir hacia la puerta primero. En el espacio tan estrecho él tuvo que rozarla para girar la llave en la cerradura, y ese mínimo contacto le hizo pasar un leve temblor por todo el cuerpo. Salió, desesperada por tener luz y espacio. En el corredor la luz era tenue, pero veía. Las oscuras paredes dejaban un espacio estrecho, que era el camino hacia el escape.

Las risas y la música procedentes de la sala de los criados la devolvieron al mundo real, y una mezcolanza de olores que venían de la cocina le recordaron que la realidad no siempre es agradable.

Aun no se habían desvanecido las sensaciones y sensibilidades en su cuerpo.

Nunca más.

—Deseo marcharme —dijo.

—Tienes que recoger a tu séquito —observó él, con voz tranquila.

¿Por qué nunca su vida podía ser simple? Harriet estaba en la fiesta de los criados. Era posible que también estuvieran el mozo o el cochero. ¿No tenía que quedarse alguien en el coche? Nunca se le había ocurrido pensar en esas cosas. Un coche la llevaba a la fiesta o reunión y reaparecía cuando deseaba marcharse. Detestaba no saber.

Detestaba estar en una casa desconocida.

Hasta ahí llegaban los placeres de la aventura.

Deseó salir a la oscuridad y hacer todo el camino a casa corriendo. Y tal vez lo haría si llevara ropa normal. No la llevaba, así que sólo pudo repetir:

—Deseo marcharme.

Él estaba detrás de ella, y ante su silencio se imaginó su impaciencia con la dama mimada y exigente.

—Iré a buscar a tu doncella —dijo él entonces, pasando por su lado en dirección a la sala bulliciosa.

Mirado por la espalda casi podía ser un desconocido. El pelo rubio ondulado cayéndole a la espalda y la levita con faldones largos le cambiaba la figura, pero conocía su manera de andar, su postura, su agilidad felina.

Y esa noche había conocido su cuerpo. No en el sentido bíblico, pero sí las maravillas de su fuerza vital y su reacción.

Nunca más, se repitió, sintiendo arder la cara y toda la cabeza caliente dentro del diabólico yelmo. Apoyó la espalda en la pared, frotándose las mejillas con las manos frías, por debajo de los protectores del yelmo.

—¿Sola?

Sobresaltada, miró hacia la voz y vio al verdugo con que se había encontrado antes.

—Váyase.

Él avanzó hacia ella, sonriendo.

Ella intentó retroceder, pero la pared se lo impidió. Podría gritar, pero cuantas menos personas la vieran ahí abajo, mejor. Eso le recordó horriblemente su primer encuentro con Darien. ¿Por qué no hizo caso del aviso que había percibido entonces?

—A mis víctimas siempre les gusta que me vaya —dijo él, dando unos golpecitos al hacha que llevaba colgada del cinturón.

Era de esperar que el hacha no fuera de verdad. El hombre estaba borracho, pero no incapacitado.

Intentó mirar de reojo por si veía a Darien, pero esa parte del yelmo se lo impidió.

—Váyase —repitió—. No me siento bien. Mi acompañante ha ido a buscar a mis criados.

—Bonita historia. Sé lo que deseas.

Alargó la mano y le cogió uno de los abultados pechos, y se encontró con la armadura.

Al verlo boquiabierto se rió, y la risa le evaporó toda la tristeza y la tensión.

La furia reemplazó la sonrisa de él y trató de meter la mano por debajo de su falda corta. Ella lo empujó con las dos manos, pero era como un buey. De un tirón él la apartó de la pared y la rodeó con un brazo gordo, aplastándole la endeble armadura.

—¡Suélteme! —gritó, en tono de advertencia y de ruego.

Darien ya había salido corriendo al corredor, y su expresión era asesina.

—Obedécele —ordenó al hombre.

Él verdugo se giró, pero llevándola con él y poniéndola delante a modo de escudo.

—Quien se lo encuentra se lo queda. Apártate, niño de rizos.

Tenía que estar «muy» borracho.

Estaban saliendo criados de las dependencias cercanas, pero¿qué podían hacer? Ella intentó soltarse, pero era como una niña pequeña sujeta por ese brazo. El hombre comenzó a retroceder, llevándola con él.

Darien avanzó, atento a una oportunidad.

Entonces ella se acordó de su yelmo. Bajó la cabeza y la echó atrás con fuerza. Sintió el choque con algo sólido. El hombre aulló de dolor y la soltó.

Cayó al suelo, y a gatas avanzó hacia Darien, pero él saltó por encima de ella, y cuando se giró a mirar, vio que los hombres estaban enzarzados en una pelea.

—¡Parad! —gritó.

El verdugo tenía unos brazos enormes, el pecho grueso y fuerte, y asestó un puñetazo como para romper las costillas, pero Darien lo tenía sujeto. A él se le había caído la peluca y se notaba la dureza de su cuerpo.

Comenzaron los murmullos:

—Es lord Darien.

—El Vizconde Vil.

—El Perro Loco Cave.

Hasta ahí llegaba el restablecimiento de la reputación del apellido de su familia.

El furioso verdugo la vio y le dirigió una mirada de tanto odio que ella retrocedió arrastrándose sobre el trasero. Vio que a él le manaba sangre de la nariz; esperaba haber sido ella la causante.

Chocó con algo, miró hacia arriba y vio la cara sonriente de un niño, tal vez un pinche de cocina. Entonces cayó en la cuenta de que tenía la mayor parte de las piernas al descubierto.

Consiguió ponerse de pie, agradeciendo llevar el yelmo puesto. ¿La reconocería alguien? Las cosas iban de mal en peor, un desastre. No tardaría en correrse la voz por todas partes de lo que había hecho en el cuarto de la ropa blanca, y a Darien lo matarían.

Los hombres seguían enzarzados en la pelea, los dos con las caras contorsionadas por el esfuerzo. El verdugo se apartó con un brusco movimiento y lanzó una patada, que le cayó a Darien en la cadera, pero al instante estuvieron agarrados otra vez.

Thea se giró hacia los criados.

—¡Que alguien detenga la pelea!

—¡Silencio!

La orden fue dada por Darien; ella se giró a mirarlo furiosa, pero él estaba concentrado en la lucha; resuelto a matar, comprendió ella. No podía permitir que matara a nadie.

El verdugo asestó un puñetazo, pero Darien lo paró y comenzó a golpearlo en el pecho haciéndolo retroceder. Entonces le enterró el puño en la mandíbula.

Al hombre se le fue hacia atrás la cabeza, se le pusieron turnios los ojos, pero no cayó al suelo. Tambaleante, volvió a abalanzarse sobre Darien, aullando de furia asesina.

Si tuviera una pistola podría haberle disparado, pensó Thea.

Entonces Darien le puso una zancadilla, levantándole una pierna, y el hombre cayó al suelo. Al instante Darien estaba encima de él, golpeándole la cabeza encapuchada contra el suelo.

Todos se limitaban a mirar, pero pasado un momento, algunos criados corrieron a sacar a Darien de encima del hombre.

Él se resistió, sin duda con el deseo de continuar castigando, pero luego se encogió de hombros y se apartó. Flexionó las manos y se las pasó por la cara. Le sangraba un labio y sin duda estaba lleno de moretones, pero parecía casi ileso, mientras que su contrincante continuaba tumbado en el suelo.

¿Lo habría matado? Aunque el hombre parecía tosco, todos los invitados a ese baile tenían que ser miembros de los círculos más selectos de la sociedad. Habría un juicio. Ay, Dios.

Darien se arregló la ropa y recogió su peluca, aunque no se molestó en ponérsela. Ya lo habían visto, sabían quién era.

No había sido asesinato. Los criados estaban ayudando al hombre a ponerse de pie, aunque daba la impresión de que tendría dificultades para sostenerse en pie sin ayuda. En cuanto a sangre, sólo la que le salía de la nariz. Obra de ella.

Tragó saliva al sentir subir bilis a la garganta. Ella había hecho eso. ¡Y estaba en peligro de quedar deshonrada! Piensa, piensa. No había ninguna posibilidad de mantener secretas sus identidades, pero nadie debía relacionarlos con el cuarto de la ropa blanca.

—Qué hombre tan horrendo —dijo, tratando de poner repugnancia en la voz—. Gracias por rescatarme, Darien. ¿Harriet? Harriet, ¿dónde estás? —Llegó corriendo su doncella y le cogió el brazo—. Ayúdame a quitarme este yelmo. Me duele la cabeza como si se me fuera a partir.

—Sí, milady.

Ya antes que se quitara el yelmo sabían quién era, por Harriet.

—Es lady Theodosia Debenham —dijo alguien en un susurro.

—¡La hija del duque de Yeovil! —exclamó otro.

Thea se puso una mano en la cabeza.

—Ya no soportaba el calor y el bullicio del baile, Harriet. Bajé a ver si podía ordenar desde aquí que me trajeran el coche. Dime que puedo.

Al instante avanzó a toda prisa el ama de llaves, toda de negro, instando con gestos a los criados a volver a sus tareas.

—Por supuesto, milady. Simplemente venga a sentarse en mi sala de estar a esperar tranquila mientras lo van a buscar.

Thea no miró a Darien. No se le ocurría qué decirle, y temía que su expresión la traicionara. El tiempo pasado juntos había sido maravilloso, pero daría lo que fuera por no haber hecho lo que hizo, por no encontrarse en esa situación. No podía borrar de su mente la imagen de la rabia de él, de su violencia, de su intento de matar al hombre. Y seguía enfrentada a la deshonra total.

Tan pronto como el coche llegó a la calle de atrás de la casa, los guiaron a ella, Darien y Harriet por un sendero de un pequeño jardín. Tuvo que cogerse del brazo de Darien, y por ese leve contacto trató de percibir cómo se sentía él.

No logró hacerse ni una idea.

Emprendieron el trayecto, en silencio, pero ella tenía que decir algo que consiguiera que no la relacionaran con ese cuarto de ropa blanca. Los criados tenían sus maneras de propagarlo todo.

—Qué dolor de cabeza —dijo, con los ojos cerrados, como si sintiera un dolor terrible—. Tuve que escapar del baile.

—Debería haberme mandado llamar, milady —dijo Harriet.

—Era muy difícil encontrar criados, así que lord Darien me acompañó abajo a buscarte. Acabábamos de llegar ahí cuando ese hombre horrible...

—Un asqueroso borracho —dijo Harriet—, pero de todas maneras...

No continuó, pero Thea comprendió que también estaba pensando en la violencia de Darien. Si hubiera estado cegado por la furia, podría ser disculpable, pero no, actuó con sangre fría, resuelto.

Una máquina de castigo.

Abrió un pelín los ojos para mirarlo. Estaba mirando por la ventanilla la oscuridad que iba pasando, aparentemente tranquilo. La única señal de que había peleado era el labio hinchado. Necesitaba su ayuda.

—¿Crees que ese hombre nos siguió hasta abajo, Darien?

Él se giró hacia ella, y la observó tal como lo había observado ella.

—Es más probable que hubiera estado ocupado en una cita amorosa con alguna muchacha disoluta en alguna de las despensas y andaba buscando a otra pareja bien dispuesta.

La tapadera perfecta.

—¡Vaya, como para no creerlo! —exclamó Harriet—. Y, con su perdón, milord, no debería hablar de esas cosas delante de una dama.

—Mis más sinceras disculpas, lady Thea —dijo él—. Es mi sangre italiana.

Y reanudó su contemplación de la calle.

Qué cosa tan terrible, sangre italiana.

Pero el problema no era su madre italiana. Era su lado Cave, el lado furioso, violento, loco.

Cuando llegaron a la casa Yeovil, él las acompañó hasta el vestíbulo. Le cogió la mano y se la retuvo un momento.

—Mis disculpas, lady Theodosia. No debería haberla dejado sola.

Lady Theodosia, trato de usted, declaración de distancia. Debería desear eso.

—No hay ningún motivo para pensar...

—De prevenir lo inesperado se trata, ¿verdad? ¿Está ilesa?

A ella le temblaron los labios.

—Sí, claro que sí, aunque creo que el disfraz podría estar estropeado sin remedio.

—En especial el búho —dijo él, mirando irónico el yelmo que tenía Harriet en la mano; el pájaro plateado estaba ladeado y tenía varias alas de punta; él lo enderezó suavemente y le alisó las plumas—. Buenas noches.

Acto seguido, se marchó. Eso se parecía horriblemente a un adiós.

¿No le iba bien eso?, pensó Thea subiendo la escalera hacia su dormitorio. Francamente no tenía el temperamento para una vida tumultuosa. Detestaba haber hecho algo que la avergonzaba, por grande que hubiera sido el placer en el momento. La enfermaba la violencia que había causado. Si no hubiera estado ahí eso no habría ocurrido. No podría vivir así, de ninguna manera.

Aun no habían llegado a casa los duques, así que no tuvo que enfrentarse a ninguna pregunta. Mientras Harriet le ayudaba a quitarse el disfraz sólo podía rogar que este no llevara ninguna señal de lo que había hecho. Cuando Harriet estaba a punto de quitarle la enagua, se lo impidió, cayendo en la cuenta de que en su cuerpo podría haber señales.

—Harriet, ve por favor a prepararme una tisana. El dolor de cabeza es una tortura.

Cuando hubo salido la doncella se apresuró a quitarse la enagua. Se miró en el espejo y no vio ninguna señal. ¿Cómo era posible que no le hubiera quedado ninguna marca de esa potente experiencia?

De ese delicioso placer.

De esa intimidad a oscuras, almizclada.

De la tierna exploración.

Echó fuera esos pensamientos, con un portazo.

Se lavó, se puso el camisón que la cubría desde el cuello a las puntas de los pies, se quitó las horquillas y comenzó a cepillarse el pelo. De pronto detuvo la mano, con el cepillo casi colgando, conteniendo las lágrimas otra vez.

En eso entró Harriet.

—Uy, pobrecilla. Acuéstese, milady y bébase esto. Le puse un poco de láudano, para que la haga dormir.

Thea subió a la cama y se sentó apoyada en almohadones a beber la tisana. Tenía azúcar, pero eso no eliminó del todo el sabor amargo; el amargor de las hierbas pero principalmente del opio. Opio, el demonio de Dare, pero beneficioso en dosis pequeñas y ocasionales.

¿Darien sería como el opio? ¿Sin riesgo sólo en pequeñas dosis muy de vez en cuando?

¿Había tomado demasiado, con demasiada frecuencia, y se había hecho adicta?

Qué razón tenía él; el matrimonio no resultaría bien para ellos. Por lo tanto tendría que soportar la tortura de la abstinencia, como hiciera Dare.

Le pasó la taza vacía a Harriet y esta dijo:

—Le traeré el gorro de dormir, milady.

—No te molestes.

Se metió debajo de las mantas y Harriet le arregló los almohadones.

—Duérmase ahora. Todo será mejor por la mañana.

Después de apagar las velas, Harriet se marchó. Thea contempló la oscuridad, segura de que no sería mejor por la mañana. Sería triste y doloroso, pero con el tiempo, si era fuerte, volvería a tener su mundo ordenado, y entonces descubriría que eso era justo lo que deseaba.

Mientras el opio hacía su efecto, pasaron por su cabeza recuerdos fragmentados.

«Llevar el pelo suelto no es juicioso, ¿sabe? Da la impresión de que la dama acaba de salir de la cama.»

«Una dama se trenza el pelo para acostarse, o se lo recoge bajo un gorro.»

«¿Eso hará en su noche de bodas?»

«No hablaremos de mi noche de bodas.»

Le brotaron las lágrimas, aun cuando se estaba quedando dormida. Tal vez lloró dormida, porque por la mañana despertó con los ojos irritados y una sensación de ahogo.

Entró Harriet con el agua para lavarse. Muy poco después entró la duquesa a preguntarle cómo se sentía, y se mostró decepcionada porque ella no lo pasó bien en el baile de máscaras.

—Ah, bueno —dijo, poniéndole la mano fresca en la frente—, nunca has sido aficionada a las aventuras, cariño. No hace ninguna falta repetir el experimento.

Fue escandalosamente aventurado. Y mira lo muy imprudente que resultó ser.

Le contó a su madre que había bajado a las dependencias del servicio, por el motivo que había dado, y lo de la pelea. Había supuesto que su madre se horrorizaría, pero, aunque afectada, esta se limitó a decir:

—Qué suerte que estuvieras con Darien, cariño.

—Pero a él se le fue la mano. El hombre estaba en el suelo, derrotado, y él continuó golpeándolo.

—Los hombres se dejan llevar, pero su furia es comprensible pues te vio agredida tan vilmente. Pero es de esperar que su contrincante no haya quedado gravemente lesionado. Eso redundaría en daño a su reputación. Es una lástima que no os quedarais hasta medianoche y os hubierais quitado las máscaras. Entonces todos habrían sabido que te confiamos a su cuidado. Pero la historia de la pelea se propagará —añadió alegremente—, y tendrá el mismo efecto.

Confiamos, pensó Thea, sopesando el humor de esa alegre visión de las cosas. No habían sido dignos de esa confianza.

—Veo que sigues algo indispuesta —continuó su madre—. Pasa un día tranquilo, cariño. Si más tarde te sientes con ánimo, hay unas cartas de niñas de los orfanatos a las que hay que contestar.

Cuando se quedó sola, Thea arrugó la nariz ante la idea que

tenía su madre de un día tranquilo; pero le vendría bien un trabajo rutinario. El dolor de cabeza y la pelea le daban un pretexto para pasar el día en quietud, pero si se lo pasaba llorando su madre podría comenzar a sospechar.

Se dio un baño y después tomó su desayuno con la mayor lentitud. Pero cuando terminó ordenó que le trajeran las cartas y el inmenso cuaderno donde anotaban todo lo referente a los orfanatos. Su madre ayudaba a niños refugiados en orfanatos de todo el reino. Cada niño recibía un pequeño regalo para su cumpleaños, y debían escribir para dar las gracias. A los que eran muy pequeños o estaban tan recién llegados al orfanato que aún no sabían escribir, los ayudaban otros niños.

A modo de aliento, cada carta recibía una respuesta con encomios de alguien de la familia. Pero al ir aumentando el número de niños necesitados, esas respuestas llevaban muchísimo tiempo. Los hombres de la familia debían contestar las cartas de los niños, pero muchas veces encargaban esa tarea a un escribiente o secretario. Ella y su madre intentaban contestar ellas las de las niñas. Posiblemente las niñas nunca lo sabrían ni les importaría, pero les parecía importante.

La tarea de leer y contestar las cartas no tardó en calmarla, y al cabo de una hora, cuando selló la última carta, ya sentía su poco de paz. En cada carta había visto verdadera gratitud, y los breves informes revelaban los difíciles comienzos de esas niñas. Eso era lo importante en la vida, no los bailes de máscaras ni los hombres peligrosos. Deseaba una vida similar a la de su madre, que aprovechaba su rango para hacer el bien.

Su madre irrumpió en la habitación.

—¡Excelente noticia, cariño! Carta de Dare para decir que ya está de camino a Long Chart. Partió ayer, y claro, no viajará en domingo, y hará el viaje en etapas para descansar, no más de cuarenta millas al día. Tendríamos que poder llegar a casa a tiempo para recibirlo. Podríamos viajar en domingo con esa disculpa... —Negó con la cabeza—. Partiremos el lunes a primera hora, y así tendremos tiempo para preparar el equipaje. ¡Ah, y hacer las compras! Tenemos varios encargos de nuestras amistades del campo, y aún no las hemos hecho. Qué poco previsoras. Te enviaré la lista. No te importará ir de compras, ¿verdad? A las chicas os encanta eso.

Salió a toda prisa y Thea tiró del cordón para que subiera Harriet, riendo por ese día menos y menos tranquilo. Pero estar ocupada era justo lo que necesitaba. El lunes por la mañana ya habría llegado a su fin esa terrible temporada. Y posiblemente no volvería a ver nunca más a Darien. Fuera lo que fuera lo que él decidiera hacer una vez que su hermano pudiera casarse, no lograba imaginárselo como un miembro normal de la alta sociedad.

Revisó su guardarropa ayudada por Harriet para decidir qué llevar al campo y qué dejar ahí. Después leyó la lista de encargos de sus amistades del campo. Telas, cintas, adornos para sombreros, artículos de farmacopea y de perfumería. Libros; siempre había más para elegir en Londres que en el campo, pero eso era un trabajo hercúleo para un solo día.

Escribió la lista de libros en otro papel y se la envió al señor Thoresby, pidiéndole que mandara a uno de sus ayudantes a hacer esa búsqueda. Después salió, acompañada por Harriet y un lacayo. Para las cosas de comida al menos podía fiarse del establecimiento Fortnum and Mason.

Capítulo 29

*D*arien había dormido mal, incluso con la ayuda del coñac. La declaración de Prussock de que era la última botella lo llevó a reprender a Lovegrove, que salió de la habitación tambaleante y llorando, sin siquiera ordenar el disfraz prestado.

Su cabalgada matutina no le elevó el ánimo, y no ver al pintor en el parque lo hizo rechinar los dientes, aun sabiendo que eso era ilógico; Luck Armiger no había vuelto al parque desde ese primer encuentro. O bien había huido con las cinco guineas o estaba trabajando en su encargo.

Cuando volvió a la casa se sentó ante su escritorio a escribirle una mordaz nota al joven, y entonces cayó en la cuenta de que no sabía su dirección. Envió la nota a su abogado, pero dudaba de que sirviera de algo. No se podía confiar en nadie.

Y mucho menos en sí mismo.

¿Cómo pudo caer en la tentación esa noche? Sabía que Thea no era el tipo de mujer que se tomara a la ligera una diversión así. Lógicamente, de inmediato pensó en matrimonio; él para el que eso era absolutamente imposible, maldita sea.

Sacó el inventario del cajón donde lo guardaba con llave, de muy buen ánimo para echarle la culpa a Prussock de todo lo que faltaba, pero ese día la letra tan pequeña hizo que le dolieran los ojos.

En eso entró Pup, resplandeciente de salud y brío.

—Creí que ibas a ir al baile de máscaras anoche, Canem.

—Fui —gruñó Darien.

—No te vi.

Darien lo miró con atención.

—¿Fuiste?

—Fox me llevó. No te vi. Me marché temprano. Voy a ir a dar una vuelta.

Darien pensó que tal vez debía acompañarlo, pero, caramba, no era el cuidador de Pup.

—Que lo pases bien —dijo, y volvió la atención a la página, a la que todavía no lograba encontrarle sentido.

Había hecho lo correcto al final.

No al principio. Conservarle la virginidad era una cortesía de poca importancia. Le había quitado la inocencia a Thea, pero hizo bien en no arrastrarla más al fondo del foso.

Foso.

Cueva.

Tal vez debería cambiar la pronunciación del apellido de la familia: keiv.

Guardó el inventario, cogió su sombrero, guantes y bastón y salió en dirección a la casa de Van. Tan pronto como este entró en la sala de recibo, le dijo:

—Jackson.

Van arqueó las cejas, pero no tardaron en ir caminando hacia el salón de boxeo de Jackson.

En el pasado habían boxeado y peleado cuerpo a cuerpo con frecuencia; fuera de los periodos más activos de la guerra, los dos necesitaban formas de gastar energía. Luchar sin armas, luchar sin la intención de matar o mutilar, había sido una forma de diversión, de recreo. Pero esa semana el boxeo había sido parte del plan, una manera de hacerlo más aceptable entre los hombres de la aristocracia. Había sido la parte del trabajo de la que más había disfrutado, y Van, claro, había disfrutado de tener ese pretexto.

«A Maria no le gusta la mercancía con macas», le dijo Van

entonces, y aunque quedó claro que era una broma, él supuso que lo era sólo hasta cierto punto, por lo tanto había intentado no dejarle muchos magullones.

Cuando llegaron al caluroso establecimiento, se quitaron la ropa hasta quedar en mangas de camisa y calzas, se pusieron los enormes guantes, y comenzaron. Darien tenía que refrenarse; todavía le quedaba algo del fuego de esa noche, por la pelea, aunque principalmente por el desastre en que acabó todo.

Era bueno que Thea lo hubiera visto pelear, que supiera quién era.

Una máquina de castigo.

Una máquina de matar.

Perro Loco Cave. Detestaba ese apodo, pero se lo merecía, sin duda.

Y ella no necesitaba a un hombre como él que la tuviera a salvo. Lady Theodosia Debenham andaría por su vida dentro de una seguridad dorada, siempre que no tuviera nada que ver con hombres como él.

Jackson estuvo un rato mirándolos, gritando alguna instrucción de tanto en tanto, y después se quitó la ropa que lo cubría y le indicó a Van que se hiciera a un lado.

—¿A qué debo este honor? —preguntó Darien.

Y era un honor, pero sabía interpretar al hombre.

—Tiene el aspecto de necesitar soltarse, milord.

Eso era cierto, con Jackson no tenía que tener cuidado. Con Jackson tuvo que luchar para salvar su vida. Se defendió bien, justito, pero era estupendo que el hombre no tuviera una mujer a la que no le gustara la mercancía dañada.

Van se quejó y Jackson boxeó con él, aunque fue más una lección científica que un asalto.

Se lavaron para quitarse el sudor, se vistieron y después fueron a la sala de estar a relajarse con una jarra de cerveza.

—¿Ahora me vas a decir qué ocurrió? —preguntó Van.

—Todo, nada. Anoche estuve en el baile de máscaras Harroving con Thea Debenham.

Van arqueó las cejas, sorprendido.

—Un buen cambio para ella, ¿no?

—Deseaba una aventura. —Le hizo un breve relato, enmarcándolo en el contexto de la inteligente agudeza de Thea—. Sólo la dejé sola un instante y ese bruto la agredió.

Van bebió un buen trago de cerveza.

—Así que intentaste matarlo porque te sentiste culpable por haber permitido que la agrediera. Muy comprensible.

Darien no contestó a eso. Era cierto.

—Al menos ha puesto fin a cualquier entusiasmo inconveniente que pudiera haber estado formándose —dijo.

—No era necesario en todo caso. Los Debenham se marchan a Somerset el lunes.

Eso le sentó a Darien como una piedra fría en el estómago.

—¿Dare Debenham se ha recuperado del todo?

—Está lo bastante sano para hacer el viaje, tomándoselo con calma. ¿Es un problema eso? Ya estás bastante alto en la montaña, para continuar subiendo sin ellos.

—Con la benéfica ayuda de los Pícaros.

—Ya es hora de que no dependas de eso, ¿sabes?

Darien hizo un mal gesto, pero dijo:

—Ya me he soltado. En su mayor parte. No sé, las cosas han ido rápido.

—¿Cuáles son tus planes para el futuro, entonces? Para el verano, por ejemplo. Nos encantaría que pasaras un tiempo con nosotros...

Se interrumpió porque en ese momento entraron tres hombres riéndose a carcajadas.

Lord Charles Standerton los vio y se les acercó.

—¿Os habéis enterado de lo del incidente en casa de lady Harroving?

Darien se tensó.

Van lo miró de reojo, pero dijo tranquilamente:

—Tengo entendido que este mi amigo le dio una paliza a un verdugo que ofendió a una dama.

—¿Fuiste tú ese, Canen? —preguntó Standerton y se rió—. El hombre se equivocó al elegir contrincante. No, me refiero a Prinny.

—¿Estaba el regente? —preguntó Van sorprendido.

A eso siguieron más risas del grupo. Cogieron jarras de cerveza de la bandeja de un criado y acercaron sillas a la mesa.

—Pues sí, estaba —contestó lord Pargeter Greeve—, disfrazado de emperador romano, con hojas de laurel y todo.

—Su intención era asistir de incógnito —terció Standerton—, pero todo el mundo lo reconoció. ¿No lo viste, Canem?

—Debió de haber llegado después que me marchara.

—Llegó bastante temprano. Pero la verdadera broma fue el otro Prinny. Uno que iba disfrazado de él.

—¿Disfrazado de regente? —exclamó Van, reverente—. ¿Se encontraron?

La respuesta fue más risas.

—Gorda cara a gorda cara —resolló sir Harold Knight, golpeando la mesa con el puño—. He de decir —continuó cuando pudo volver a hablar— que el falso regente era de tamaño natural, y más. Debe de ser bastante gordo, pero llevaba dos o tres almohadillas en la tripa y otras alrededor de los muslos. Igual llevaba relleno en las mejillas también.

—Y en el pecho relumbronas imitaciones de condecoraciones de diversas órdenes —añadió Standerton—, y el pelo bien ahuecado, como se peina el regente.

—Debe de haber estado más borracho que un monje —continuó lord Pargeter—, porque no se dio cuenta de lo que pasaba. Ahí estaba el regente, con la cara roja y los ojos desorbitados, y va el hombre y dice algo así como «Romano, ¿eh? Yo soy el príncipe regente».

Los tres hombres volvieron a desternillarse de risa, limpiándose los ojos. Darien también se rió, pero tenía una horrorosa sospecha. Tan pronto como pudo se disculpó diciendo que tenía que marcharse.

Cuando ya iba con Van caminando por la calle, le preguntó:

—¿Cómo van las aventuras maritales de Pup? Lamento no haber tenido mucho tiempo para ocuparme de eso.

—Maria lo tiene de la mano. El martes fue a casa con Alice Wells a tomar el té.

—¿La dama lo aceptará?

—Creemos que sí. Ayer pasearon por el parque con los hijos de ella, y después fueron a tomar el té en Günter's.

—Debo de haber estado demasiado ocupado, porque no me lo contó. Me siento como un padre negligente.

—No eres su padre, Canem.

—No, pero si sale algo de esto, alguien tendrá que guiarlo para hacer la proposición. ¿No es injusto para ella?

—No. No será lo que se llama un matrimonio por amor, pero parece que ella le ha cobrado verdadero afecto. Colijo que su primer marido, con el que se casó por amor, era un tipo dominante, dado a los celos y los dramas. Un hombre afable, fácil de manejar, y también capaz de ofrecer seguridad y comodidad es justo lo que necesita.

—Espero que eso sea cierto. Me parece un abuso, pero necesito que se establezca.

—¿Tienes algún motivo particular ahora?

—Sospecho que Pup era el falso regente.

—¿Qué? —exclamó Van, mirándolo sorprendido—. ¿Por qué? Quiero decir, ¿por qué haría eso?

—Hace casi cualquier cosa que le sugieren, pero la descripción calza. Detecto la mano de Foxstall detrás de esto.

—Ese es un mal hombre, Canem.

—Simplemente no sabe estarse quieto cuando no tiene a alguien con quien luchar. Como yo, tal vez.

—No. Él tiene una vena malvada. He oído historias. A las personas que lo fastidian les ocurre algo malo. Algo mortal, incluso.

—¿Por qué, entonces, no se ha hecho nada?

—Falta de pruebas, y en tiempos de guerra puede ser difícil saber cómo fue herida o muerta una persona.

Darien deseó defender a Foxstall, por los viejos tiempos.

—Yo lo he fastidiado y no ha descargado el rencor en mí. En todo caso, pronto se marchará a India. Pero es una mala influencia para Pup. Es mejor establecerlo bajo el cuidado amoroso de alguien.

Cuando llegó a su casa, Pup aún no había vuelto. Llegó a media tarde, silbando muy desafinado.

—Estuve en Tatts's —anunció con orgullo.

El famoso establecimiento de venta de caballos.

—¿Compraste algo?

—No logré descubrir la manera de pujar.

Menos mal, pensó Darien.

Sirvió vino para los dos.

—¿En qué anduviste anoche? —le preguntó, imaginando que vería un gesto de incomodidad, o incluso oiría una mentira.

Pero claro, ese era Pup.

—Fui al baile de máscaras, al mismo en que estuviste tú, Canem. Fox me llevó, pero no te vi. Espléndidos disfraces. Yo era el príncipe regente.

—Eso no ha sido de lo más juicioso, Pup. ¿Se lo has dicho a alguien?

—Fox dijo que era un secreto.

—Tiene razón. Harías muy mal si le dijeras a alguien que estuviste en ese baile.

—Ah, muy bien. De todos modos, no estuve mucho rato para representar mi papel. Me encontré con ese hombre gordo vestido de romano, y parecía enfadado. Tal vez deseaba que se le hubiera ocurrido a él disfrazarse como yo. Fox me sacó de ahí a toda prisa. Y antes que hubiera probado algo de la cena, además.

Pensando en su responsabilidad, Darien lo llevó al Egiptian Hall, donde las cosas que se exhibían eran justo del tipo que le gustaban. Cuando volvieron se encontraron con una invitación para los dos a comer en casa de los Vandeimen después del servicio en la iglesia al día siguiente. En la invitación Maria añadía, como si tal cosa, que estaría presente la señora Wells.

—Eso será agradable —dijo Pup—. Lady Vandeimen ofrece buena mesa.

—¿Y la señora Wells?

—Posiblemente también, o la ofrecería, sólo que está escasa de dinero.

Darien dejó de lado las sutilezas.

—Por eso sería mejor que te casaras con ella antes que otro hombre se alce con ella.

A Pup le llevó un momento asimilar eso, pero finalmente dijo:

—¿Crees que podría ocurrir eso?

—Por supuesto. Lo que debes hacer, Pup, es pedirle la mano mañana.

Pup se tironeó la enorme corbata, como si de pronto le apretara.

—¿Cómo debo hacer eso, Canem? Quiero hacerlo bien, ¿sabes?

—Ya lo creo —dijo Darien. No lo compliques, se dijo—. Pides un momento para hablar con ella en privado. Maria los llevará a los dos a una sala de recibo.

—¿Antes o después de la comida?

—Lo que te parezca mejor —dijo Darien, y al instante comprendió que no era juicioso darle opciones.

—Antes —dijo Pup entonces—. La preocupación podría quitarme el apetito.

—Excelente. Cuando estés a solas con ella, le dices, por ejemplo:

«Mi querida Alice, he llegado a apreciarte y admirarte muchísimo. ¿Aceptarías ser mi esposa?»

Pup movió los labios, ensayando la frase.

—Creo que lo puedo hacer.

—Claro que puedes. Más fácil no lo hay. El lunes podéis ir juntos a comprar el anillo, y no hay ningún motivo para retrasar la boda, ¿verdad?

Entonces Pup lo sorprendió con un pensamiento propio:

—Necesito una casa, Canem. El casado necesita casa. Tendrá que esperar.

—Puedes alquilar una. No me cabe duda de que la señora Wells está deseosa de marcharse de la casa de su hermano. Estando casados podéis buscar juntos la casa perfecta, disponiendo de todo el tiempo que haga falta. En el campo, tal vez. Los niños necesitan el campo.

—¡Vale! Siempre podemos venir a la ciudad de vez en cuando. ¿Qué vas a hacer esta noche?

Darien sólo deseaba quedarse escondido en la cueva Cave lamiéndose las heridas, y algunas eran lesiones físicas reales. Ya sentía las agujetas y los efectos de los golpes y magulladuras de la pelea de esa noche, y no tardaría mucho en sentir las consecuencias del combate con Jackson. Pero al día siguiente a esa hora tal vez Pup ya no sería una carga, así que le prometió llevarlo al teatro Astley, donde los juegos de fuego y agua, los monos amaestrados y las guapas chicas haciendo figuras montadas a caballo serían un regalo para él.

Pero hablar de matrimonio le había recordado a Frank. La campaña había ido bien, incluso a pesar de la pelea. Algunas actividades del vizconde Darien habían aparecido en los diarios, y esas noticias viajarían a Gibraltar. Se sentó a escribirle a su hermano, diciéndole que estuviera alerta a los comentarios positivos y se preparara para abordar nuevamente al almirante Dynnevor en el momento más oportuno.

Capítulo 30

*T*hea casi había terminado sus compras cuando se encontró con Maddy en el Emporio de Encajes de la señora Curry.

—¿De verdad estuviste envuelta en una pelea en las dependencias de servicio de la casa Harroving?

—Calla —musitó Thea, mirando hacia los lados, y añadió en voz baja—: No fue lo que parece.

—Lástima. Estabas vestida para la guerra, así que esperaba que golpearas a alguien. Aunque he de decir que ese disfraz parecía incómodo.

—Lo era. El yelmo me hizo doler la cabeza y por eso estaba abajo.

—¿Por qué? Ah, entremos en la pastelería de al lado. Estoy agotadísima buscando ribetes con flecos con cuentas de perlas pequeñas o de nácar.

A Thea aún le faltaba por hacer algunas compras, pero descansar un rato se lo haría más fácil después. Le entregó la lista a Harriet y al lacayo y les pidió que buscaran esas cosas.

Cuando ya estaban sentadas ante tazas de té y pasteles, cayó en la cuenta del hambre que tenía. Había comido poco en el desayuno. Mientras comía contó la historia.

—Oí decir que Darien casi mató a ese hombre —dijo Maddy—. Qué emocionante.

—Qué horrible querrás decir.

—Pero no me digas que te perdiste lo de los dos Prinnys.

Thea comprendió que desde el comienzo Maddy había estado a reventar por contarle eso.

—¿Qué quieres decir?

—¡Te lo perdiste!

Cogió un polvorón y le hincó el diente. Antes de terminar de tragarse el bocado, le contó el espeluznante encuentro entre el verdadero regente y el hombre disfrazado de él.

Thea se tapó la boca, horrorizada, pero riendo también.

—¡No!

—¡Sí!

—¿Y quién era? Por su bien, espero que nunca lo identifiquen.

—No lo sé. Sé que no lo conozco. Creo que Fox podría saberlo, pero no lo dirá.

—¿Él también estaba ahí?

—Ah, sí. A mi madre no le cae bien, así que tuve que ir con Staverton, pero había quedado con Fox de encontrarme ahí con él.

—Deberías hacerle caso a la tía Margaret. Es un hombre indeseable.

—Es muy deseable —dijo Maddy, sonriendo satisfecha y quitándose migas del labio con la lengua—. Además, no tienes ningún derecho a predicar. Estuviste ahí con Darien.

—Sí, lo sé —suspiró Thea.

—¿Te vas a casar con él, entonces?

Thea sintió arder la cara, pero agradeció que el rubor pudiera atribuirse a indignación.

—No, de ninguna manera.

—Tonta. Estaba delicioso con todo ese satén y encajes.

—No creo que vuelva a verlo. El lunes nos vamos a Long Chart.

—¡No! Pobre de ti. ¿Por qué?

—Para estar ahí cuando llegue Dare. Ya está en camino.

—Dare no necesita que todos le limpiéis el sudor de la frente ni le deis papillas.

—Mis padres irán, así que no me puedo quedar aquí.

—Vente a vivir con nosotros. Nos divertiremos muchísimo.

¿Maddy casi a toda hora cada día? No soportó la idea.

—Deseo ir, Maddy. De verdad.

—Ah, bueno. Si abandonas al vizconde Vil tal vez yo pueda jugar con él. Incluso mi madre lo permitiría ahora. Has logrado sacarlo de los vertederos de basura e introducirlo en los márgenes de la aceptación, y tiene el título. Mi madre está desesperada por casarme con un título. Yo prefiero a un hombre más corpulento, claro, pero supongo que en la cama eso no importa mucho.

Thea temió que el té y los pasteles le subieran del estómago a la garganta. Se levantó.

—Tengo que terminar las compras y luego ocuparme del equipaje. Maddy, si no te veo antes de marcharme, te escribiré.

Cuando llegó de vuelta a casa, Thea se zambulló en la preparación del equipaje, como si eso la fuera alejar más pronto de la ciudad y de la tentación. Las palabras de Maddy habían sido repugnantes, pero le encendieron unos celos horribles. Cuando estuviera lejos se recuperaría; tenía que recuperarse.

Harriet comenzó a refunfuñar y ella recordó que nunca hacía su equipaje; igual lo estaba poniendo todo mal. Salió de la habitación y se fue a practicar en el piano, pero esta vez la actividad no le calmó los nervios, dado especialmente que no paraba de equivocarse al pulsar las teclas.

Esa noche asistió a un concierto y vio que no estaba Darien; se reprendió por fijarse. El domingo fue con sus padres al servicio religioso en Saint George, y tampoco estaba Darien. ¿Acaso la evitaba?

A primera hora de la tarde se le agotó la fuerza de voluntad. Buscó a su madre.

—Se me ocurrió...

La duquesa levantó la vista de una lista.

—¿Sí, cariño?

—Puesto que nos vamos mañana, ¿no deberíamos dar una última muestra de apoyo a Darien?

—Es domingo, cariño.

—¿Un paseo por el parque?

—Eso sería posible, pero hay muchísimo que hacer. Ah, quieres decir sólo tú. ¿Por el parque? Absolutamente respetable. Qué buena eres, cariño, al pensar en eso. Creo que el pobre hombre cree que te ha defraudado. Me escribió una nota pidiéndome disculpas.

«¿De qué, en particular?», pensó Thea, ruborizándose.

—No fue culpa suya.

—Pero te pareció que él reaccionó de modo exagerado.

—Tal vez yo estaba muy crispada.

—Eso creo yo, cariño, así que debes tranquilizarlo. Le escribiré una nota preguntándole si está libre.

Thea volvió a su habitación hecha un torbellino. Tenía el permiso, pero ya no estaba tan segura de si debía encontrarse con él otra vez. En realidad, debería resistir la tentación, pero cuando se marchara de Londres con su familia era posible que no volviera hasta finales del año. Hasta entonces podría ocurrir cualquier cosa. No le haría ningún daño un encuentro más. Y tal vez podrían despedirse de modo más amistoso.

Lo más seguro era que él alegara un pretexto para no ir. Estaba claro que quería evitarla.

Pero él contestó diciendo que pasaría a recogerla a las tres. Ella voló a elegir el atuendo perfecto, pero claro, la mayor parte de sus vestidos ya estaban en los baúles. Al final eligió un vestido rosa oscuro con su chaquetilla, del año anterior. Había sido su traje favorito, y Darien no sabría que se lo había puesto muchas veces.

Sólo un paseo por Saint James Park, pensó, ladeándose un poco la boina adornada con flores; una oportunidad para asegurarle que no estaba molesta y despedirse amablemente.

Pero en el momento en que él entró en la sala de recibo donde lo estaba esperando, se le desbocó el corazón y no pudo evitar mirarlo. Su cara delgada, sus ojos oscuros, sus manos. Esas manos...

Le pareció que él también la contemplaba, evaluando su apariencia.

—Buen día, lady Thea. ¿Está recuperada, espero?

Ella no soportó las yardas que los separaban, pero se sentía como si hubiera echado raíces donde estaba, sin poder cruzar esa distancia.

—Sí, gracias. Ocupada, por supuesto. Porque nos marchamos mañana.

—Eso supe.

Se miraron a los ojos, pero no podían hablar de nada profundo, por los criados que estaban cerca de la puerta, por la cordura. El deseo crepitaba como una potente fuerza en el aire entre ellos, pero también la imposibilidad de un futuro juntos.

Pero tenía que decir una cosa:

—No te considero responsable, Darien. De nada.

—Gracias. Mi evaluación es más severa.

Le hizo un gesto hacia la puerta. Reprimiendo un suspiro ella pasó junto a él y salió al vestíbulo.

Cuando iban caminando por la calle, el silencio se le hizo insoportable.

—Espero que no eches de menos el apoyo de mi familia.

—Creo que me las puedo arreglar. Con la ayuda de los Pícaros.

Su tono era tan indescifrable como un manuscrito antiguo.

—¿No te importa?

—Todo sea por la causa.

Ella reprimió otro suspiro.

—¿Has sabido de tu hermano?

—No, pero claro, podría estar en el mar persiguiendo piratas bereberes o algo así.

¿Por qué había sacado ese tema? Ni siquiera podían conversar.

—¿Cuánto tiempo piensas estar en la ciudad?

—Todo el tiempo que me permita trabajar aquí con miras a mi objetivo.

—Las sesiones del Parlamento podrían durar mucho tiempo...

Continuaron hablando de esa manera horrible hasta que entraron en Saint James Park. Entonces, como si algo se hubiera roto, él dijo.

—Lo siento, Thea, no fue mi intención herirte, pero te lo advertí desde el principio.

—No me has herido...

—No mientas —dijo él amablemente—. Se te notan los sentimientos.

Bueno, al menos estaban hablando. Le temblaron los labios al sonreír, pero era una verdadera sonrisa.

—¿Quieres decir que tengo mal aspecto, señor?

—¿Otra cosa que un caballero no debe decir nunca a una dama? Ya sabes que no soy ese tipo de caballero.

Ella tenía las manos juntas por delante y se las apretó.

—Me gusta el tipo de caballero que eres.

Me gusta, qué expresión tan insulsa.

—A mí me gusta el tipo de dama que eres, Thea. El tipo de dama que se siente culpable por lo que hicimos.

—No me siento culpable. No. Hacerlo otra vez o planear hacerlo estaría mal, pero no lamento lo que hicimos.

—Deberíamos caminar —dijo él, tocándole suavemente el brazo.

Tenía razón, así que ella obedeció, echando a andar por el sendero bordeado de árboles, como si sólo hubiera salido a tomar aire fresco.

—El sentimiento de culpa y el miedo a sentirlo pueden ser protectores —dijo él.

—¿Quieres que me sienta culpable?

—Quiero que estés segura, a salvo, Thea. De daño físico, de toda incomodidad o desagrado. De mí.

Thea se agarró a la seguridad más simple.

—La asociación contigo no es peligrosa. En el baile de máscaras eso podría haberle ocurrido a cualquiera. No tuvo nada que ver con lo que eres.

—Mi manera de llevarlo.

—Me rescataste.

—Tú te rescataste. Yo castigué al agresor. A ti te molestó.

—Me asustó —protestó ella—. Me he recuperado.

—¿Ya no consideras sanguinario y vil lo que hice?

—Eres un hombre exasperante —dijo ella hoscamente, deteniéndose a mirarlo indignada—. Muy bien, ¿por qué lo hiciste? ¿Por qué continuaste golpeándolo así?

—Porque estaba furioso y deseaba hacerle daño.

Tómalo o déjalo, decía su tono seco, esto es lo que soy. Y su intención era que lo dejara.

Reanudó la marcha, y comenzó a parlotear acerca de los preparativos para el viaje, del vestido que había elegido para ponerse el primer día de viaje, de las papalinas que eran más convenientes para llevar al campo y las que era mejor dejar en la ciudad; de zapatos, sandalias y botines; de guantes de piel y mitones de encaje.

Era el tipo de lata que jamás infligía a nadie, pero él se merecía cada momento de aburrimiento. Continuó parloteando toda una vuelta por el parque, sólo mirándolo de reojo de tanto en tanto. Él parecía atento; seguro que estaba pensando en caballos, armas o alguna otra cosa, así que nuevamente se detuvo y lo miró.

—Dime en qué estás pensando. Ahora mismo.

—Que serías una esposa muy cara.

—¡Exasperante!

Él se rió.

—No, Thea, eso no, de verdad. Pero serías cara.

—Sé ser frugal.

—Más o menos tan bien como sabes hacer pan.

—No eres pobre —observó, pensando nerviosa si estarían hablando de matrimonio. De matrimonio entre ellos.

—No, pero tus vestidos para una temporada me harían pobre. Thea, mi tierra necesita el dinero para labrarla, y durante muchos años. Habrá poco para perifollos, y la verdad es que no me interesan mucho los perifollos.

—¿Caballos? —desafió ella y él sonrió.

Esa era una verdadera sonrisa, sin reservas.

—Los caballos nunca son perifollos. Quiero tener unos cuantos buenos, pero no como Saint Raven, que tiene un montón, y se compra otro más cuando le viene el capricho.

—Es duque.

—Y tú eres hija de duque.

—Me tienta casarme contigo simplemente para demostrarte que no te llevaré a la cárcel de deudores.

Era muy peligroso bailar en torno a ese tema, pero ¿y si él estaba pensando en matrimonio? ¿No podía pensar ella también?

—Pero ¿y si me enviaras a la cárcel Fleet? Sin duda me abandonarías a mi suerte.

—No, viviría ahí contigo y alargaría la mano con una cesta para mendigar peniques a mis amistades ricas.

—No te lo tomas en serio, Thea, pero deberías.

Thea se detuvo como para contemplar el agua del estanque y a los patos nadando.

—No tienes una opinión muy elevada de mí, ¿verdad?

—Eres mi diosa, pero...

Ella se giró a mirarlo.

—Si dices que las diosas están todo el día tumbadas ociosas, exigiendo ser adoradas, te pegaré.

—Está claro que ni tú ni tu madre hacéis eso, pero tú tienes tu esfera y yo la mía. No podría soportar arrastrarte a mi nivel.

—¿Acaso los dioses y diosas no viven invadiendo esferas inferiores? —le retó ella.

—Ya has estado leyendo libros subidos de tono otra vez.

—Los clásicos no son libros subidos de tono.

—Ah, pues muchas veces lo son. Piensa en los cisnes, y piensa en Leda.

—O piensa en las plumas —musitó ella.

—Plumas rotas —añadió él.

Ella se giró y se internó entre los árboles cuyo follaje caía sobre una larga hondonada.

—¿Conoces este lugar? Todavía se llama estanque de Rosamund, aunque lo drenaron y taparon hace muchísimo tiempo. Era demasiado popular para los suicidios.

—Un estanque sigue siendo un estanque cuando se seca. Un Cave sigue siendo un Cave. Una diosa sigue siendo un ser superior. —Pero la estrechó en sus brazos y la besó como aquella primera vez, y ella no opuso la menor resistencia. Pero, demasiado pronto, la apartó, dejando las manos en sus hombros—. Hay magia entre nosotros, mi Thea...

—Sí.

—... pero también semillas de nuestra destrucción.

—Eres un guerrero, Darien. ¿No estás dispuesto a luchar por nosotros?

—Lucho demasiado y demasiado bien, ¿no es ese el problema?

—¡No importa! —exclamó ella. Y no importaba; de pronto lo tenía todo claro—. No quiero decir que no me importe, pero ahora lo sé. Prefiero vivir con un guerrero que sin ti. ¿Tiene sentido eso?

—Demasiado. No puedo permitir que...

Ella retrocedió, soltándose de sus manos.

—¿Por qué tienes que decir eso todo el tiempo? Tengo un nuevo acuerdo para ti.

Él la miró receloso y ella vio que estaba levantando defensas.

—¿Qué?

—Mañana partimos para Somerset. Es posible que no volvamos a Londres hasta el otoño. La primera parte del acuerdo es la siguiente: ninguno de los dos se va comprometer con otra persona antes de eso.

—¿Y la segunda parte?

—Cuando volvamos a encontrarnos, hablaremos de la situación.

—Hablar. Estamos a punto de explotar, aquí, en un parque público...

—Entre los árboles —rebatió ella.

—Aún así. ¿Y dentro de cuatro o más meses esperas que hablemos?

—Tal vez entonces ya habremos visto la locura de nuestra excitación.

—¿Y si no? —preguntó él en voz baja.

Thea bajó los ojos, sintiéndose incapaz de decirlo. Pero luego lo miró a los ojos.

—Entonces nos casamos. ¿Estamos de acuerdo?

Él lo pensó, con los labios apretados.

—Supongo que entonces ya habrás recuperado la sensatez, así que muy bien, si quieres.

Eso no era cortés, pero ella tuvo que reprimir una sonrisa cuando echaron a andar de vuelta a la casa. No era perfecto, pero no sabía qué era lo perfecto. Aun así era una promesa. Y los dos cumplían las promesas.

Capítulo 31

Los Yeovil se marcharon de Londres y Darien continuó sus muchas actividades sociales sin ellos. No podía resistirse a ver una llamita de esperanza. Sabía que no era el marido adecuado para Thea Debenham y que si ella perseveraba en su locura tendría que impedirle que arruinara su vida. Pero una pequeña parte de él se aferraba a la creencia de que lograría restablecer la reputación de su apellido haciéndolo progresar de tolerable a honorable y de esa manera ser digno de ella.

Lo impresionaba lo mucho que la echaba de menos. Antes, aun cuando no se encontraran durante días, sabía que ella estaba cerca, que podrían encontrarse en alguna parte; que si era necesario, podía buscarla. Ahora estaba total y absolutamente ausente.

Por lo menos Foxstall también lo estaba. Había cumplido sus obligaciones y regresado al norte. Había pasado a verlo para quejarse de eso.

«Justo cuando estaba haciendo progresos con la señorita Debenham.»

Darien habría hecho algo para impedir esa unión si hubiera creído que había alguna posibilidad de que ocurriera, pero no vio la necesidad.

«Con algunas mujeres creo que serviría la ausencia —continuó Foxstall—, pero no con ella. Es una verdadera mariposa.»

«No sé por qué te preocupas.»

«¡Quince mil libras y la sólida influencia de su familia! No sé cómo dejaste escapar a la otra por entre tus dedos. Sobre todo después de llevarla al baile de máscaras.»

«La idea de ir al baile fue de lady Thea.»

«Es de esperar que utilices bien eso.»

¿Detectó algo malicioso en su tono?, pensó. Le parecía que nadie sospechaba lo que había ocurrido.

Había visitado a lady Harroving al día siguiente del baile, en apariencia para pedirle disculpas por la pelea en su casa, pero en realidad para enterarse de lo que se decía sobre el cuarto de la ropa blanca. Nada, por lo que pudo saber, aunque sí se enteró de que su contrincante era el conde de Glenmorgan. Este era famoso por su belicosidad, y al parecer había intentado enviarle un reto a duelo, pero sus amigos lo disuadieron.

«La oposición de su familia podría conseguirlo —dijo Foxstall—. Es tan voluntariosa que va a insistir en salirse con la suya. Así que todavía podrías encontrarme anidado en el seno de la familia Debenham. Guapa y jugosa sinecura. Escaño en el Parlamento. Casa en la mejor parte de la ciudad.»

Sobre mi cadáver.

«¿No te va a ser un obstáculo volver a Lancashire? —preguntó en tono neutro.»

«Soy un hacha para las cartas. Deséame suerte, viejo amigo.»

«Bon voyage.»

Y vete con viento fresco.

Pero en ausencia de Foxstall, Maddy Debenham decidió divertirse con él. Menos mal que siempre estaba ocupado.

La pelea con Glenmorgan no le hizo ningún bien a su reputación. Algunos hombres admiraron su resolución al actuar de inmediato, pero muchos opinaban que fue una grosería; si había una afrenta entre caballeros, lo adecuado era un duelo bien organizado, no una riña en las dependencias de la cocina. Por lo tanto, tenía que trabajar más para recuperar el terreno perdido.

Pasaba la mañana, mediodía y noche con uno o más Pícaros, en cafeterías, en reuniones científicas, en salones de boxeo y en partidas de cartas. Cuando era necesaria la influencia femenina, tenía la compañía de la bella Laura Ball, la serena Cressida Saint Raven, la animada Clarissa Hawkinville, e incluso la de la terriblemente mordaz tía de Middlethorpe, Arabella Hurstman.

Cuando vio a la mujer de cara poco atractiva y vestida con mucha sencillez, dudó de su utilidad, pero una caminata por el parque a la hora de los elegantes fue como un tónico social. Ante su firme mirada, los todavía renuentes a aceptarlo le sonreían por primera vez; en el caso de los más obstinados, simplemente caminaba derecho hasta ellos y les ordenaba que apoyaran a la víctima inocente de ojeriza y maldad. No con esas palabras, pero con ese efecto, y absolutamente nadie se negaba.

Tal vez su paraguas los aterraba tanto como a él; lo llevaba a todas partes, y tenía una punta afilada.

Le caía bien Arabella Hurstman. No le caía bien la fría y distante lady Cawle, pero entendía que el que ella se dignara a hablar con él un rato era un sello de aprobación.

Incluso fue recibido por la realeza. Se habían movido diversas palancas pesadas, y a las dos semanas de la marcha de los Yeovil fue citado a presentarse en Carlton House para una audiencia privada con el príncipe regente. Su principal respaldo fue el hermano del regente, el duque de York, comandante en jefe del ejército, que se mostró verdaderamente simpático.

El regente sólo se mostró paciente. Lógicamente él agradecía el honor, y lo que significaría en su campaña, pero la entrevista fue una dura prueba para su autodominio. El regente, con su extrema obesidad y elegancia, tenía un claro parecido con un Pup ya entrado en años. Lamentaba haberse perdido ese encuentro ya mítico.

Hasta el arte contribuyó. Luck Armiger no había huido con el dinero, sino trabajado arduamente en su encargo. Su pintura al óleo demostraba su pericia, porque transformó lo que parecía una estatua en un retrato de acción, el caballo y el jinete preparándose con brío para la batalla. Él pagó el retrato completo. Maria pronosticó que cuando estuviera terminado lo exhibirían en alguna galería, la representación pictórica de un Cave glorioso.

Él encontraba ridícula esa idea, pero bueno, lo que fuera, por la causa.

En medio de todo esto, Pup se casó con su Alice, disfrutó del abundante desayuno de bodas organizado por él mismo y después partió en coche a pasar la luna de miel en la casita de campo adornada de Lord Arden.

En realidad, echaba de menos a Pup; nuevamente descendió sobre él la lobreguez de la casa Cave y volvieron los fantasmas.

Pero aparte de eso, todo iba bien. Sorprendentemente bien.

Por lo tanto, no sabía por qué estaba escondido en su despacho esa mañana soleada, rodeado de papeles desatendidos y bebiendo demasiado coñac. El ala plateada podría ser una pista.

La cogió y la hizo girar entre los dedos. La había encontrado pegada a uno de los galones de su disfraz de cavalier. Era una debilidad guardarla, pero era lo único que tenía de ella, lo único que tendría durante muchos meses, y tal vez siempre.

Había un problema sólido. Hacía más de un mes que no sabía nada de Frank, y eso lo preocupaba, sobre todo porque según las averiguaciones que hizo en el Almirantazgo no había ninguna campaña en la que pudiera estar ocupado. Pero a menos que cogiera un barco para ir a Gibraltar a verlo, no podía hacer nada.

Dejó a un lado la copa de coñac y volvió su atención a los libros y documentos que tenía delante. Había abandonado el intento de entender el inventario, con el fin de prepararse para ocupar su escaño en el Parlamento. Antes de ocuparlo deseaba entender algo de la miríada de asuntos en los que debía dar su voto. Aprender griego y latín en Harrow le había dado menos trabajo, pero eso formaba parte de su lucha por conseguir la aceptación, su esfuerzo por ser digno de Thea. Se entregaría a ello de lleno.

Hacía semanas que Thea no sabía nada de Maddy cuando le llegó una carta. La llevó a la terraza para leerla a la vista del calmante lago y los cisnes, pero suponía que sólo contenía salaces cotilleos. En realidad era toda una diatriba.

¡Me siento tremendamente maltratada, Thea! Mi madre la ha tomado con Fox y sin ningún buen motivo. ¿Cómo puede importar que no tenga fortuna ni título? Tengo una guapa dote y la influencia de nuestra familia puede conseguirle puestos lucrativos, y estoy segura de que algún día él se ganará un título. Como si me importaran esas cosas.

¡Sí, desea casarse conmigo! Estoy completamente en la gloria, o lo estaría si él no estuviera en ese horrendo Lancashire y mi madre no me prohibiera escribirle. Para lo que me importa eso. Le mando cartas cada día.

Pero ella le escribió a mi padre y él me ha escrito prohibiéndome todo contacto, y me inquieta más enfadar a mi padre, así que ruego que nunca lo descubra. Podría servirme de ti para llevar y traer las cartas, si estuvieras en la ciudad. ¿No puedes venirte a Londres? Me sorprende que no te hayas venido con Dare.

Era cierto. Después de unas semanas en Long Chart Dare se había sentido totalmente recuperado e inquieto, y decidió volver a Londres. Ella no podía discutirle su razonamiento. Los problemas de Canem Cave eran en parte responsabilidad suya y debía hacer lo que pudiera para ayudarlo. El duque ya había vuelto para continuar con su trabajo parlamentario. Ella podría haber ido también, pero dijo que prefería estar en el campo y la duquesa lo aprobó.

Eso había sido tal vez la prueba más difícil para su fuerza de voluntad con que se había enfrentado en su vida. No debido a Dare; estando él ya completamente recuperado, encontraba más sueltos los lazos. Lo seguía queriendo igual, pero él tenía que hacer su propia vida, y echaba de menos a Mara como a un brazo amputado. Las cartas diarias que iban y venían entre ellos se habían convertido en una cariñosa broma. Toda su tentación se debía a Darien.

Con esa carta de su prima recibía una pequeña recompensa por su fuerza de voluntad. Si estuviera en Londres, Maddy viviría intentando enredarla en sus engaños. Ya había ocurrido antes. Agradecía al cielo estar lejos de eso, pero el pinchazo del final de la carta le dolió:

A lord Darien se le ve por todas partes y de verdad parece que está extinguiendo el deshonor de su familia. A falta de Fox, me divierto con el perro de caza siempre que puedo.

Fastidiada, miró hacia los despreocupados cisnes intentando no pensar en Leda.

Consiguió resistirse al fuerte deseo de viajar a Londres inmediatamente para repeler el peligro; él había hecho su promesa y ella había hecho la suya. Tenía que esperar para ver hacia dónde los dirigían sus sentimientos.

Cuando Darien entró en su casa de vuelta de una sesión en el salón de boxeo de Jackson se encontró con un mensaje de Nicholas Delaney pidiéndole que lo visitara. En medio de todo el apoyo recibido de los Pícaros, había visto muy poco a Delaney. Suponía que a este no le gustaban mucho las diversiones de la alta sociedad, pero también sospechaba que evitaba los encuentros porque creía que él lo encontraba particularmente irritante.

Eso podría ser cierto; en Harrow Delaney era particularmente irritante.

No era irritante por algo que hiciera o hubiera hecho; simplemente era relajado y seguro de sí mismo de una manera que no debería ser nunca un niño de catorce años. Y su seguridad en sí mismo no era la de Arden, seguro de su riqueza y poder futuro, ni la de Ball, respaldada por su inteligencia. Delaney simplemente era feliz siendo él mismo, y en eso no había cambiado. Pero él había aceptado la ayuda y las responsabilidades que esta entrañaba, así que obedeció a la llamada.

Nunca había visitado la casa de Delaney. No lo sorprendió ver que era muy similar a la suya en el aspecto arquitectónico, como lo eran la mayoría de las casas de Londres, pero en el interior el ambiente era el extremo opuesto del de la casa Cave. Había luz y vida, pero también una especie de apacible armonía.

Delaney lo saludó amablemente y lo llevó a una biblioteca muy bien provista; tan bien provista que había libros apilados en el suelo. Una cosa que no había en esa casa era orden.

—Perdona esto —dijo Delaney—, cuanto más tiempo estamos aquí más libros compro. Eleanor reza cada noche rogando que podamos marcharnos. Estoy intentando decidir qué llevar a Red Oaks y qué dejar aquí. —Salvó a un libro de caerse de la esquina de la mesa, miró el lomo y se lo pasó—. Esto podría gustarte. *El siglo de los inventos.*

—¿Qué siglo? —preguntó Darien, simplemente por decir algo; Delaney debería haber sido un rancio estudioso, pero resplandecía de vigor.

—Siglo diez. Un frustrante número de aparatos olvidados. Dare está aquí. Querría hablar contigo.

Darien tardó un segundo en captar eso, y otro en pensar una respuesta.

—¿Cree que el perro lo va a morder?

Delaney agrandó los ojos ante esa elección de palabras.

—Posiblemente cree que se lo merece.

—Buen Dios, ¿es que debo darle la absolución?

—Le dije que sencillamente fuera a verte, pero no quiere forzar un encuentro si tú no lo deseas.

Por algún motivo era importante que Dare fuera hermano de

Thea, pensó Darien, pero no logró ver en qué sentido. No deseaba hablar con Dare mientras no supiera eso, pero la situación ya era lo bastante ridícula tal como estaba.

—No tengo ninguna objeción —dijo.

—Entonces iré a decírselo. Está conversando con Eleanor, pero estoy seguro de que Francis va a querer mamar otra vez; igual podría estar pegado a ella como una lapa en este momento, así que ella agradecerá el rescate.

Acto seguido, salió. Entonces Darien abrió el libro y miró un extraño diagrama intentando entenderlo. Cuando se abrió la puerta, se tomó el tiempo para cerrarlo, dejarlo en la mesa y girarse.

Dare Debenham se veía muy, muy bien. Ya estaba en buena forma física aquella vez que lo vio en el baile, pero la liberación del opio lo había completado.

—¿Te azorará una disculpa retrasada tanto tiempo? —preguntó Debenham.

—Es posible. ¿Necesitas hacerla?

Debenham sonrió.

—Buena pregunta. Sí, creo que sí. No por las palabras. Si a mí no se me hubiera ocurrido decir *cave canem*, a otro se le habría ocurrido muy pronto. Pero sí por no haberme dado cuenta de las consecuencias ni haberle dado importancia. Me gustaría deshacer eso, y de eso van las disculpas, ¿verdad?

—Supongo. Pero yo no estoy en posición de arrojar piedras, ¿verdad? Hice desdichados a todos todo lo que pude, y dejé lisiado al pobre Trigwell. Le escribí pidiéndole disculpas hace unos años. Fue amable, me perdonó, pero claro, se metió a cura, ha recibido las órdenes sagradas.

—¿Sí? Supongo que tenía el temperamento.

Darien presintió un embarazoso silencio.

—Tu familia se ha portado muy bien conmigo —dijo—. Creo que cualquier deuda ya está pagada.

—Mi deuda pagada por otros. ¿De verdad me viste caer? —preguntó entonces.

Darien lo miró sorprendido.

—¿Crees que mentí?

Debenham se ruborizó.

—Mis disculpas otra vez. Simplemente he estado pensando. El opio le hace cosas extrañas a la mente.

—Si no te hubiera visto caer es posible que hubiera mentido, si eso tiene algún sentido.

—Lo entiendo. Thea me dijo que has pasado por todo esto en favor de la causa de tu hermano. ¿Se ha ganado esa causa?

Sólo oír el nombre de ella le paralizó la lengua a Darien, pero pasado un instante pudo hablar:

—No lo sé. He mantenido informado a Frank, pero de él depende volver a probar su suerte. Una buena parte de mí desea decirle que le que diga a los Dynnevor que se vayan al diablo, pero el amor no conoce razones.

—Creí que era «el amor no conoce leyes».

—Muchas veces eso es lo que resulta —dijo Darien, comprendiendo de repente que había encontrado la respuesta a su problema: Dare Debenham era el amado hermano de Thea, por lo tanto debía quererlo—. No hay ninguna enemistad entre nosotros —continuó—. Por lo que dice Austrey, no puedes dejar de ser feliz con lady Mara, pero de todos modos te ofrezco mis buenos deseos.

Le tendió la mano y se dieron un apretón. Si Debenham pareció algo extrañado, pues que así fuera.

—¿Qué vas a hacer en verano? —le preguntó Debenham cuando los dos se giraron hacia la puerta—. Sé que mi madre estaría encantada si fueras a pasar un tiempo en Long Chart.

Qué tentación, pero sería faltar al pacto.

—Imposible —dijo en tono animado—. En primer lugar están las sesiones del Parlamento, que a este paso me parece que van a durar hasta Navidad. Luego tengo que ir a dar golpes en Stours

Court para civilizarlo un poco. Si me queda algo de vida después de eso, hay un lugar abandonado de Dios en Lancashire al que ya es hora que le preste atención.

—Con frecuencia me alegra muchísimo ser el hijo menor —dijo Dare cuando salían al vestíbulo.

—Yo lo fui en otro tiempo —dijo Darien, aunque en tono alegre, y se despidieron sonriendo.

Capítulo 32

Cuando llegó el momento de viajar a Lincolnshire para la boda, Thea cayó en la cuenta de que había un defecto en su pacto con Darien. Había olvidado que el viaje les exigiría pasar por Londres; era la única ruta lógica y, además, ahí tenían que recoger a Dare y a su padre y pasar la noche.

Llegaron ya avanzada la tarde, se marcharían a la mañana siguiente y no tenían ningún plan de asistir a algún evento social, así que pensó que estaba a salvo. Aparte de la tentación, que la devoraba.

No había contado con que su madre invitaría a Darien para que le contara cómo habían ido las cosas, ni se había enterado. Si lo hubiera sabido no habría estado con su madre en el salón pequeño cuando lo anunciaron.

Se encontraron sus ojos y se sostuvieron la mirada.

Los ojos de ella se lo comieron.

¿Cómo era posible que estuviera distinto? No lo había olvidado, pero era como verlo por primera vez, porque estaba más relajado, más dado a sonreír. Más guapo.

Él le hizo una venia.

—Espero que hayas disfrutado de tu estancia en el campo, lady Thea.

—Sí, gracias, Darien. ¿Vas a ir al campo cuando el Parlamento suspenda las sesiones?

Sus ojos, el aire que vibraba entre ellos, decían otras cosas. Él seguía teniéndole afecto y por lo tanto, por todo lo más sagrado, ella también. Si no hubiera estado ahí su madre, todas las preguntas entre ellos podrían haber acabado en una violenta explosión.

Cuando volvió el lacayo a decir que la señorita Debenham estaba abajo, Thea aprovechó la oportunidad para escapar. Encontró a Maddy en una de las salas de recibo, con un elegante traje de noche.

—Cuando supe que estabas aquí tuve que venir. ¡Podrías habérmelo dicho!

—Sólo es un alto en el camino.

Maddy le cogió un brazo.

—Tienes que convencer a tus padres de que hablen a favor de Foxstall. Todo el mundo sigue aceptando y consintiendo a Darien, y es un Cave. En la familia de Fox no hay nada deshonroso, aparte de la falta de título y dinero.

—Sabes que en mi madre no influyen esas cosas.

—Entonces adoptará su causa, ¿verdad? Es decir, cuando el pobre hombre quedó tan horrorosamente herido por protegernos a todos, es atroz que lo rechacen.

—No creo que nadie lo rechace, Maddy. Está en Lancashire.

—¡Es lo mismo!

Thea negó con la cabeza.

—Siéntate. Cálmate. ¿Te apetece un té?

—¿Cómo podría tomar té? ¿Tienes vino?

—¿Vino? —repitió Thea, sorprendida.

—¿Por qué no? Ooh, qué aburrida eres.

—Entonces no sé a qué has venido —ladró Thea.

—¡A buscar tu ayuda! Me estoy muriendo de amor, Thea, ¡muriendo! Fox es el único hombre con el que podría casarme. No puedes imaginarte lo que es sentir esa pasión.

—Gracias.

El tono seco hizo su efecto. Maddy la miró ceñuda.

—Bueno, no puedes —dijo, con menos vehemencia—. Algunas personas tienen fuertes emociones y otras no. Seguro que eso es más fácil y cómodo. Por favor, di que vas a hablar con tus padres. Si ellos usan su influencia, sabes que los míos van a ceder.

Inundada por sus deseos prohibidos, Thea deseó ayudarla, pero dijo:

—¿Será un buen marido, Maddy?

—¡Perfecto!

—Pero su regimiento se marchará a India. No veo...

Maddy se echó a reír.

—¡Tonta! Una vez que nos permitan casarnos él va a vender su comisión, pero queda muy poco tiempo. ¡Por favor!

Le había tomado aversión a Foxstall, pensó Thea, pero en realidad no tenía ningún motivo. Había tenido fuertes prejuicios en contra de Darien, y él no era en absoluto lo que se había imaginado.

—Lo intentaré —prometió.

Maddy le dio un beso y se marchó a toda prisa. Thea exhaló un suspiro, pero al instante sus pensamientos volvieron a Darien, que tal vez todavía estaba con su madre. Podría volver ahí. Pero no, mejor que no.

Dado que cumplía sus promesas, a la mañana siguiente, mientras desayunaba con su madre, sacó el tema de Maddy y Foxstall.

Su madre hizo un mal gesto.

—En este caso, creo que Margaret tiene razón, Thea. Claro que desea un título para Maddy, e ingresos que le den comodidad. ¿Y por qué no? La pobreza no es en absoluto romántica. Además, está Marchampton, enamorado. Aunque ahora dicen que el padre de Marchampton se opone debido al comportamiento de ella. No sé qué va a ser de esa chica.

—Tal vez Foxstall sea el hombre para ella, entonces.

—Lamentablemente, no.

—¿Por qué?

—Esto no es apto para oídos de doncellas, pero te considero lo bastante sensata para comprender, cariño. A petición de Margaret, hicimos averiguaciones. La lista de conquistas del capitán Foxstall es larga.

Thea trató de ser justa.

—Muchos hombres no son religiosamente virtuosos, mamá, y el matrimonio los puede reformar.

—Sí —dijo la duquesa—, pero está el problema de hasta qué punto. —Exhaló un suspiro—. Incluso mientras le prestaba sus atenciones a Maddy en Londres andaba liado con otras mujeres.

—¡No!

—Muy desagradable. La mayoría eran mujeres de los márgenes de la buena sociedad, pero una, sólo para tus oídos, por supuesto, era Maria Harroving.

—Santo cielo. Pero estuvo en el baile de máscaras con Maddy.

Su madre se encogió de hombros.

—También estuvo muchísimo tiempo con lady Harroving ahí.

—Recuerdo que Maddy me dijo que había ido con otro, pero que había quedado con Foxstall de encontrarse ahí.

La duquesa movió la cabeza.

—Qué absoluta falta de decoro. Si Margaret me hubiera preguntado, le habría aconsejado que no le diera permiso para asistir. De ti nos podemos fiar de que no te pasarás de la raya, pero Maddy, ante cualquier oportunidad, se pasa.

Thea se sintió horriblemente culpable y eso la estimuló a insistir con más argumentos.

—Pero si esa es la naturaleza de Maddy, ¿no podría ser que alguien como el capitán Foxstall sea el marido adecuado?

—Pues, no. Es bebedor, jugador y cruel. Será un marido terrible para cualquiera, pero en especial para una chica como Maddy. Ella no tiene una naturaleza complaciente; le exigirá demasiado y él la castigará. Que Maria Harroving se casara con él sería lo adecuado, porque ella conoce el mundo y tiene muchísimo dinero, pero no, es muy sensata y no lo haría. Su regimiento se marcha a India pronto, así que todo quedará en nada y entonces le buscaremos un marido más adecuado. Un hombre firme y mayor que la trate bien y no le tolere tonterías.

—Mamá...

—O eso, Thea, o ella hará algo que la deshonrará, de verdad, créeme.

Thea renunció. Había hecho todo lo posible, pero no la entusiasmaba nada explicarle todo eso a Maddy, así que fue un alivio para ella marcharse después del desayuno, aun cuando cada giro de las ruedas la alejaba más y más de Darien.

A pesar de su corazón, que creía roto, consiguió sumergirse en la alegre celebración de la boda. Dare aseguraba que Brideswell era mágica, y tal vez tenía razón. Todo era más alegre y apacible ahí, e incluso su futuro le parecía prometedor. Se encontró bailando en corro alrededor de la fogata, de la mano con dos galanes del pueblo. Se había puesto el vestido amarillo y llevaba el pelo suelto, y la divertía pensar en cuánto se asombrarían los aldeanos si se enteraran de que ese atuendo se consideraba «ropa para el campo».

Todo el día pensó en Darien, y no intentó evitar pensar. Durante la ceremonia incluso se imaginó que era ella la que le hacía las promesas. Para bien o para mal, en la riqueza y en la pobreza. De eso iba el matrimonio, no de la precavida garantía de iguales fortunas y seguridad perfecta. Sí, de verdad ya conocía su corazón y sabía lo que pensaba.

Debido a eso, no se opuso a la decisión de su madre de quedarse en Londres un tiempo en el viaje de regreso. Al fin y al cabo no había prometido no volver antes del otoño; simplemente supuso que no volvería.

Cuando llegaron de vuelta a la casa Yeovil se sentía animada por una especie de efervescencia nerviosa, y habría preferido no desperdiciarla en Maddy, pero esta llegó a las pocas horas. La llevó a su habitación.

—Menos mal que has llegado —dijo Maddy tan pronto como se encontraron solas en la habitación—. Estoy desesperada.

—¿Qué ha ocurrido?

—¡Mi madre no me permite verlo!

—¿Ver a quién?

—No fastidies. ¡A Fox! ¿A quién, si no?

—Pero si está en el norte.

—No, está aquí. Les han dado un permiso de dos semanas antes de embarcarse. —Se desató la complicada papalina y la tiró al suelo—. Estamos resueltos a casarnos.

—Ay, Dios.

—No seas así. Sé que no te cae bien, pero eso se debe a que es carne fuerte para una florecilla delicada como tú.

Thea se aferró a su paciencia.

—Maddy, si deseas una oyente amable, no me insultes.

Maddy la miró sorprendida.

—No tienes por qué avinagrarte, Thea. Estoy desesperada. Me fugaría a Gretna, pero entonces es posible que mi padre no me entregue toda mi dote. Es muy injusto que sólo una parte de ella esté fijada por la ley. El resto lo añadió como una promesa, cuando consiguió más riqueza.

—Pasado un tiempo se le podría persuadir. Cuando tu matrimonio sea feliz y Foxstall haya demostrado que es admirable.

—Vamos, por el amor de Dios. ¿Te imaginas viviendo vigilados, temerosos de actuar con osadía o de tener una riña?

Thea movió la cabeza.

—Maddy, ¿qué deseas de mí?

—Comprensión, compasión, pero veo que el pozo está seco.

—De verdad te comprendo, pero no veo qué puedo hacer yo. Ninguna palabra mía va a persuadir a tus padres de ver las cosas de otra manera, y mis padres opinan como ellos. Está claro que él no es el marido ideal.

—Es el que yo deseo. Mi madre tiene la esperanza de que yo renuncie y acepte a March, pero no aceptaré.

—Claro que no, si no lo amas.

—Amo a Fox. —Se levantó de un salto—. ¡Adoro a Fox! ¡No soporto estar ni un momento lejos de él!

Thea observó esa explosión volcánica reconociendo sus propios sentimientos, aunque ella nunca se entregaría a esos violentos arrebatos.

—Prométeme que me ayudarás —dijo Maddy.

—¿A hacer qué? —preguntó Thea, cautelosa.

—Aún no lo sé, pero cuando se me ocurra algo.

—No te voy a ayudar a fugarte.

—Qué pavisosa eres. Pero como he dicho, eso no serviría. Simplemente prométemelo.

Thea deseó librarse de ella.

—Si puedo, te ayudaré.

Maddy recogió su papalina y se la puso.

—Me casaré con Fox. Pensé en casarme con tu perro de caza en lugar de Fox. Pero, francamente, si comparamos, él es casi tan aburrido como tú. De verdad haríais buena pareja.

—¿Aburrido? —repitió Thea, riendo—. ¿Cuando casi asesinó a un hombre ante mis ojos?

—Seguro que fue un casi asesinato «muy» aburrido —dijo Maddy y salió haciendo aspavientos.

Thea deseó que eso significara que no volvería a verla durante mucho tiempo. Pero sí dedicó un rato a pensar si debería advertir a su madre o a su tía, pero, ¿de qué? Maddy había dicho que no se fugaría, y sus motivos tenían lógica; era menor de edad, por lo tanto fugarse era lo único que podía hacer para casarse con Foxstall. Podía escribir cartas secretas e incluso salir a escondidas a encuentros clandestinos todo lo que quisiera; estaba segura de que durante años había hecho esas cosas. Y si Maddy sentía por Foxstall lo que sentía ella por Darien, de verdad la compadecía profundamente.

¿Cuándo vendría Darien de visita?

Esa noche él no se presentó. Al día siguiente tampoco, así que por la tarde salió con Harriet a dar una vuelta por las calles elegantes, al estilo de un pescador que lanza el sedal al agua. Fue a la librería Hatchard a echarles una mirada a las últimas novelas y recorrió todo Oxford Street, hasta que Harriet comenzó a refunfuñar. No vio señales de Darien, aparte de en un cuadro expuesto en un escaparate.

Eso sí le absorbió la atención durante un buen rato. Estaba francamente espléndido, en toda la magnificencia de húsar, montando un brioso bayo, preparado para la batalla. Otras personas también se detuvieron a mirar el cuadro, y oyó decir a una mujer:

—Es hermano de ese loco, ¿sabes?, pero este, lord Darien, es normal, y todo un héroe.

Todo iba tan bien que deseó comentarlo con él. Esa noche fue con su madre al teatro, pero tampoco lo vio por ninguna parte. Le pareció que ya no había ningún riesgo en preguntarle a su madre.

—Creo que está pasando unos días en casa de la duquesa de York en Oatland, en Weybridge.

—Excelente —dijo Thea.

Y lo decía en serio, no sólo porque eso era otra señal de su progreso social, sino también porque eso explicaba que no se hubiera encontrado con él.

Pero al día siguiente él volvió a la ciudad, ella se enteró por una breve nota en la *Gazette*, y de todos modos no fue a la casa Yeovil. Esa noche antes de la cena, a la que estaban invitados el embajador de Francia y otros diplomáticos, incluso la duquesa le comentó su negligencia:

—Sí que deseo ver a Darien pronto, pero es excelente que esté tan ocupado, y con personas eminentes.

Ocupado en evitarla a ella, fue la conclusión a la que tuvo que llegar Thea. Era posible que la evitara por nobleza, para cumplir su promesa, pero, ¿y si había comprendido que no deseaba por esposa a una derrochadora hija de un duque? No soportaba la incertidumbre, pero no podía ir a golpear su puerta, por tentador que fuera eso.

Capítulo 33

Al día siguiente, después de una infructuosa mañana esperando tener alguna noticia de Darien, Thea recibió una misiva de Maddy:

Queridísima, queridísima Thea:

Lamento mucho haber perdido los estribos, pero estoy sufriendo mucho, y mi sufrimiento se agrava al estar Fox en la ciudad. No me dejan ir a ninguna parte sin acompañante y, claro, mi doncella no cuenta. Mi madre dice que si me acompañas tú me dará permiso para salir. ¡Gracias a Dios por tu reputación dorada! Me han hablado de una librería muy interesante que está lo bastante cerca de nuestra casa para ir a pie. Di que vas a venir para acompañarme o me cortaré el cuello.

Tu prima que te quiere

Maddy

Al terminar de leer, movió la cabeza, pero pensó que bien podría serle útil a alguien. Fue a decírselo a su madre, ordenó que le trajeran el coche, y no tardó en estar en camino hacia la casa de Maddy acompañada por Harriet. Cuando llegaron, le preguntó la dirección de la librería a Maddy y le ordenó al cochero que llevara el coche a la casa y volviera dentro de dos horas a recogerlas ahí.

Se notaba que Maddy encontraba difícil la limitación de su libertad; estaba lista e impaciente por salir. Tan pronto como estuvieron en la calle y echaron a caminar, se quejó:

—Es como estar en una prisión. ¡Gracias, gracias!

Pero tenía muy buen aspecto para ser una prisionera. Su elegante y reluciente vestido le sentaba a la perfección, mostraba buen color en la cara y los ojos brillantes.

—¿No has traído a tu doncella? —le preguntó Thea.

—Sabía que tú traerías la tuya, y mi madre no se fía de Susannah. Y con razón —añadió, riendo.

—¿Cuál es esa librería especial?

—Thicke and Stelburg. No es una tienda elegante, pero me han dicho que en ella se encuentran libros un pelín verdes.

—¡Maddy!

—Vamos, no es para tanto. Esto no es un gran escándalo. Son como las novelas Minerva, pero las heroínas prisioneras y los vigorosos héroes hacen algo más que besarse. Caroline tiene una y es buenísima. Si tengo que vivir en un infame encierro, necesito diversión.

Thea resistió el deseo de volver a exclamar «¡Maddy!». Eso era bastante inofensivo, y si distraía a Maddy de pensar en Foxstall, valdría la pena.

Durante todo el trayecto su prima le fue contando los últimos chismes de la sociedad. Cuando llegaron a la dirección, Thea se detuvo; la tienda no invitaba a entrar: la fachada era estrecha y los cristales del escaparate estaban tan sucios que costaba ver los pocos libros expuestos en él. Pero Maddy entró, así que tuvo que seguirla.

Sus ojos tardaron un momento en adaptarse al mal iluminado interior. A la derecha había un hombre de aspecto malhumorado inclinado sobre un pequeño escritorio, absorto en la lectura de un libro. Delante, largas hileras de estanterías que llegaban hasta la pared del fondo, iluminadas por unas pocas lámparas que echaban humo. No vio a Maddy; había desaparecido.

El aire estaba impregnado de olores a madera podrida y a papel mohoso. Deseó que Maddy encontrara pronto los libros que deseaba para poder salir al aire libre. Echó a andar a lo ancho de la tienda, haciendo crujir los tablones al pisar, asomándose a los pasillos.

Había clientes, todos hombres, pero de aspecto respetable. Vio a varios jóvenes, que posiblemente eran estudiantes, y a otros mayores, que parecían ser eruditos o estudiosos. Uno era un clérigo.

No sentía miedo pero, ¿dónde estaba Maddy? A veces las librerías eran verdaderos laberintos, pero esa se veía bastante sencilla, y el vestido azul de su prima destacaría como un faro.

Sintió la tentación de llamarla en voz alta, pero el silencio era tan profundo que no se atrevió, así que entró por un pasillo en que no había nadie a ver si había pasillos transversales o partes que no se veían desde la entrada. El único pasillo transversal era el que discurría junto a la pared del fondo.

Volvió por otro pasillo, tuvo que encogerse para pasar junto a un cliente mayor que la miró desaprobador, y finalmente llegó a la entrada. Renunció a la búsqueda y fue hasta el escritorio.

—Mi prima, señor. Una dama de azul. ¿Sabe adónde ha ido?

El hombre levantó la vista, sorbió por la nariz y, sin decir palabra, le entregó un papel doblado y sellado.

Con el corazón acelerado, Thea rompió el sello. Una mirada le bastó para ver la extravagante letra de Maddy y las primeras palabras: «Perdóname, Thea».

¡La muy granuja! Consciente del interés del hombre, salió a la calle para leer el resto.

Perdóname, Thea, por este engaño, aunque lo encuentro una manera muy ingeniosa de conseguir mi libertad. No te preocupes, no tienes nada más que hacer. Así que haz lo que se te antoje las próximas dos horas y después ven a recogerme a la librería y acompáñame a casa, y así mi madre no se enterará de nada.

Yo estaré con Fox, ¡para asegurar nuestro futuro!

Sé que me ayudarás, pero si no, recuerda que la olla no debe llamar negra a la tetera. Se encontraron plumas plateadas en el cuarto de la ropa blanca de la casa Harroving. Nadie lo sabe todavía, aparte de Fox y yo. No me cabe duda de que deseas que continúe así.

Tu prima que te quiere
> Maddy

Thea temió que se le salieran los ojos de las órbitas.

¿«Tu prima que te quiere»? Eso era un chantaje.

Entonces le flaquearon las piernas. Santo cielo, ¿habían encontrado plumas plateadas ahí? Sí que había notado que el pobre búho quedó bastante a mal traer.

¿Encontradas por quién? Seguramente por la lavandera, que se lo dijo a lady Harroving, la cual se lo contó a su amante.

Estaba claro que la relación de las plumas con ella no había ido más lejos, pero sólo hacía falta que alguien la señalara.

—¿Qué pasa, milady? —preguntó Harriet—. ¿Dónde está la señorita Maddy?

No podía ocultarlo.

—Ha desaparecido, Harriet. Dios mío...

—¿La han secuestrado? ¿Voy a buscar ayuda?

—¡No! Calla, tengo que pensar. —Echó a caminar, para no atraer la atención—. Se ha escabullido, para hacer una de sus diabluras. Pero ¿qué debo hacer?

—Ir directamente a decírselo a su madre, milady.

Thea no le había pedido consejo.

—No, no puedo hacer eso. Calla.

¿Maddy había decidido fugarse de todas maneras? Debía impedirlo. Pero si se lo decía a la tía Margaret, Maddy la delataría y quedaría deshonrada. Sí, podría hacerlo.

Tal vez Maddy estaba simplemente disfrutando de una cita. Eso estaba mal, pero impedirlo no valía los riesgos. Si supiera dónde se alojaba Foxstall podría ir allí a comprobarlo. Si se habían marchado en un coche de postas, sabría que había ocurrido lo peor y tendría que actuar. Si Maddy estaba ahí con él, simplemente sería embarazoso.

—Milady...

La queja de Harriet la sacó de sus pensamientos.

—¿Qué?

—¿Adónde vamos, milady?

Thea miró alrededor. Estaba en otra calle y si no tenía cuidado se extraviaría. ¿Cómo descubrir dónde se alojaba Foxstall?

Darien. Él podría saberlo. Pero no podía ir a su casa.

Entonces recordó la broma que él le gastó diciéndole que estaba encerrada entre telarañas. Muy bien, haría a un lado esa telaraña.

—Harriet, ¿cómo se va desde aquí a Hanover Square? No puede estar muy lejos.

—No lo sé, milady.

—Pregúntale a ese hombre.

Harriet puso los ojos en blanco, pero fue a preguntarle al hombre, que era de edad madura y aspecto respetable, y este le dio las indicaciones.

Thea echó a andar a paso enérgico.

—¿Adónde vamos, milady?

—A casa de lord Darien.

Harriet le cogió el brazo, espantada.

—¡A esa casa no, milady! ¡Estaba cubierta de sangre!

Thea no supo si se refería al asesinato o a las manchas de sangre más recientes, pero dijo:

—Dudo que quede sangre todavía. Vienes o no. Yo iré porque necesito cierta información.

Dicho eso reanudó la marcha y Harriet continuó caminando a su lado refunfuñando.

Pero cuando entraron en la plaza Thea se detuvo a armarse de valor. ¿Qué pensaría él? ¿Cómo reaccionaría? Ya no podía echarse atrás.

La plaza se veía muy tranquila y elegante, el jardín central bien cuidado y los cuatro bloques de casas sugerían moradores prósperos y decentes. No sabía el número de la casa de Darien, pero sí que sobre la puerta había un escudo labrado en piedra, que representaba a un perro negro gruñendo. Había oído hablar de eso a muchas personas, desaprobándolo.

Encontró la puerta. Aparte del perro, no tenía nada que sugiriera peligro. No había ni una sola mancha de sangre. Pero cuando subió la escalinata y golpeó con la aldaba, se sintió como si en todas las ventanas de las casas que rodeaban la plaza hubiera personas mirando a esa mujer boba entrando en la madriguera del perro.

No vino nadie a abrir la puerta, así que volvió a golpear. Era imposible que no hubiera nadie en la casa. Nuevamente levantó la aldaba y golpeó por tercera vez, fuerte.

La puerta se abrió un poco y apareció la cara redonda de una chica.

—¿Sí, señora?

La criada parecía a punto de cerrarle la puerta en las narices, así que dio un fuerte empujón y entró. La chica se hizo a un lado, boquiabierta.

—Deseo ver a lord Darien.

Con los ojos desorbitados, la chica echó a correr, pero no hacia alguna de las habitaciones cercanas ni hacia la escalera, sino hacia la parte de atrás de la casa, sin duda hacia las dependencias del servicio. ¿Aparecería un montón de criados a sacarla de ahí por la fuerza?

Ese no era un vestíbulo espacioso sino más bien un corredor ancho que más allá se estrechaba, al estar ocupado parte del espacio por la escalera.

A ambos lados de donde se encontraba había puertas abiertas: una sala de recibo y una sala de estar. Más allá se veía otra puerta, cerrada.

Podría revisar sala por sala, pero caminó hasta el pie de la escalera y gritó:

—¡Darien! Soy lady Thea. ¿Dónde estás?

Se abrió la puerta que había estado cerrada y salió él, en mangas de camisa, chaleco, y ceñudo:

—¿Qué diablos haces aquí?

Frío, enfadado. Eso contestaba una pregunta.

—Intentando arreglar un asunto difícil —ladró, para ocultar la pena. Se giró hacia la entrada y apuntó un sillón de madera—. Harriet, siéntate ahí a esperarme —dijo, y entró en la sala de donde había salido Darien, combatiendo las lágrimas con su rabia.

Era una especie de despacho; había un escritorio y estanterías sin libros. Al parecer él había estado leyendo unos libros con líneas impresas muy densas. Se giró a mirarlo.

—¿Dónde se aloja el capitán Foxstall?

—¿Por qué?

—No es asunto tuyo.

—Estás en mi casa.

Se miraron a los ojos. Tal vez él no estaba enfadado, al menos no con ella. Ni indiferente.

Estaba a medio vestir, sin corbata y con la camisa abierta a la altura del cuello. Se le veía un triángulo de pecho, y tuvo que tragar saliva al vérselo. Tenía el pelo revuelto, como si se hubiera pasado la mano por él una y otra vez. Deseó alisárselo.

Se obligó a serenarse.

—Maddy está con el capitán Foxstall. Espera que yo le sirva de coartada, pero no puedo hacer eso. Podría estar cometiendo un terrible error.

—¿Qué error crees que está cometiendo?

La presencia de él le hacía difícil pensar.

—Tal vez sólo es una cita amorosa, pero tengo que encontrarla. ¿Y si se fuga con él?

—¿Tan desesperada es la situación?

—Mi familia se opone firmemente a Foxstall. Lo investigaron.

—Pobre Fox. Pero sí, hay que impedir eso. No les hará ningún bien a ninguno de los dos. —Cogió la chaqueta del respaldo de su sillón y se la puso. Después su sombrero y los guantes de una mesilla que había al lado de la puerta—. Iré a ver qué ocurre.

—¿Sabes dónde se aloja?

—Sí.

—Yo iré también.

—No.

Se giró para salir y ella le cogió el brazo.

—Necesito ir.

«Necesito estar contigo.»

A él se le tensaron los músculos y ella sintió pasar sensaciones por todo el cuerpo. Retiró la mano y retrocedió.

Él hizo un gesto de pesar, pero le habló con voz tranquila:

—Deja que yo lleve esto, Thea. Podría ser desagradable.

—De eso se trata. Maddy es capaz de armar una escena horrorosa.

—¿Podrías impedírselo?

—Es posible. ¿Y si...? —Se mordió el labio—. ¿Y si está afligida?

—¿Si él la ha violado? —dijo él, sin tapujos—. Eso no serviría a sus fines y nunca ha tenido necesidad de hacerlo. Tiene un don para conquistar a las mujeres.

—Las conmueven con sus lesiones de guerra, supongo —dijo ella, amargamente.

—A menudo, pero no es una lesión de la guerra. Les cuenta una historia conmovedora, pero la cicatriz es superficial. La mandíbula torcida es de nacimiento.

—¿Es un mentiroso? Mayor razón aún para salvar a Maddy. ¿Por qué no estamos ya en camino?

Suspirando él le hizo un gesto hacia la puerta, pero ninguno de los dos se movió.

—¿Por qué no has ido a verme? —preguntó ella entonces.

—Nuestro trato era esperar hasta más avanzado el año.

—O hasta cuando yo volviera a Londres.

Él arqueó una ceja.

—Eso no lo recuerdo.

—Tal vez tienes débil la memoria. —Vio que él curvaba los labios. Se le desenroscó la esperanza—. Estaremos aquí hasta que terminen las sesiones del Parlamento —añadió.

—¿Y nuestro pacto? —preguntó él en voz baja—. No hemos tenido tiempo suficiente, Thea. Lo sabes.

—¿Lo sé? —Se le acercó, no pudo evitarlo, y le puso la mano ahuecada en el fuerte cuello; sintió los latidos de su pulso en la palma—. Yo no he cambiado. ¿Tú sí?

—No.

Ella subió las yemas de los dedos hasta sus labios. Él se los besó, pero le cogió la mano.

—Venga, vamos a rescatar a tu prima, aunque confieso que simpatizo bastante con aquellos que se vuelven locos por el... por el deseo.

¿Casi dijo «por el amor»?

La tironeó hacia la puerta, pero ella retrocedió firmemente.

—Espera, tengo que decirte una cosa, Darien. Maddy me amenazó.

—¿Te amenazó? ¿Con qué?

—Con delatarme. Dio a entender que lo sabía. Lo que hicimos. —Sacó la carta del ridículo—. Ten, léela.

Él la leyó rápidamente, con los labios fruncidos.

—Podrían ser solamente astutas suposiciones.

—Pero ¿y si es cierto que lo sabe? Mi madre me dijo que Foxstall ha sido..., que lady Harroving ha sido su amante, aun cuando él estaba cortejando a Maddy. Ese es otro motivo por el que Maddy no debe casarse con él, pero tiene que ser por eso que él sabe lo de las plumas. Pero ¿cómo pudo decírselo a ella sin revelar...?

Él la cogió en sus brazos.

—Tranquilízate. Si había plumas ahí, la historia no se ha propagado. Es posible que lady Harroving no haya hecho la conexión, y si la ha hecho, dudaría en ofender a tu familia. En todo caso, es probable que ocurran muchos incidentes similares en sus bailes de máscaras. Si se convirtieran en la comidilla de la ciudad, muy pronto nadie aceptaría sus invitaciones.

Ella se apoyó en él, donde ansiaba estar, pero sintió deseos de llorar.

—Detesto que ella lo sepa. A pesar de todo...

—Deseas no haberlo hecho. Lo sé.

—No me arrepiento de haberlo hecho contigo. Nunca lamentaré haber estado contigo.

Él la besó suavemente.

—Espero que eso sea cierto. Pero vamos, tenemos que acudir al rescate.

Se separaron de mala gana y se dirigieron a la puerta.

—Si los encontramos, déjame a Fox a mí —dijo Darien—. No es buen enemigo.

—Es menos probable que me ataque a mí que a ti.

—No me fío de eso. Es capaz de cualquier cosa de la que crea que puede salir impune.

Thea se estremeció.

—Tenemos que librar de él a Maddy. —Salió al corredor—. Harriet, lord Darien me va a llevar a buscar a Maddy. Será mejor que te quedes aquí.

Harriet se levantó de un salto.

—¡No me va a dejar en esta casa, milady!

—Me llevo al monstruo conmigo —ladró ella, y al instante deseó no haber dicho eso.

Lo miró, suponiendo que lo vería horrorizado, pero él parecía estar conteniendo la risa. Le sonrió, y deseó que Maddy se fuera al diablo. Pero si no hubiera sido por esa diablura de Maddy, ella no estaría ahí.

¿Qué debía hacer, pues? No quería llevar a Harriet, porque podrían encontrar a Maddy sola con Foxstall, y eso sería un escándalo si se sabía. Pero si enviaba a la doncella de vuelta a la casa Yeovil habría preguntas.

—¿Hay algún lugar donde te gustaría pasar una hora, Harriet?

—¿Y dejarla sola con «él», milady?

—Estoy absolutamente segura con lord Darien —repuso Thea, en tono glacial—. ¿Dónde te gustaría esperarme?

—En Westminster Abbey, milady —dijo Harriet, y seguro que añadió en silencio: «Para rezar pidiendo que recobre la sensatez».

—Muy bien, creo. —Miró a Darien—. ¿Cómo llegamos ahí desde aquí?

—En coche de alquiler —contestó él, sonriendo.

Pero ella comprendió que él estaba pensando en su ignorancia acerca de todas las cosas prácticas de la vida.

Capítulo 34

Salieron de la casa Cave y luego de la plaza. Nuevamente Thea pensó en cuántas personas estarían mirando y haciendo elucubraciones. Pero ya no le importaba; los sentimientos de él no habían cambiado y ella deseaba ser vista con él, ser relacionada con él en la mente de su mundo.

No estaba muy lejos la parada más cercana de coches de alquiler. Ella había visto muchas veces hileras de coches maltrechos en ciertos lugares y entendía que estaban ahí para alquilarlos, pero jamás se le había ocurrido pensar cómo funcionaba eso. Darien se detuvo junto al primero de la hilera, ayudó a subir a Harriet y luego habló con el cochero y le dio dinero. El coche se puso en marcha y Harriet se alejó en él, pero no sin antes mirar fijamente a Thea como diciendo «¡Tenga cuidado!»

Darien la ayudó a subir al siguiente, que estaba en mucho peor estado. El asiento se hundió tanto que ella creyó que iba a caer hasta el fondo, y la paja del suelo estaba sucia.

—Lo siento —dijo él, sentándose en el asiento de enfrente, en el momento en que el coche partió con una sacudida—, pero si no se coge el siguiente de la fila, se arma un disturbio.

—No tiene importancia —dijo ella—, y si la tiene, es problema mío, no tuyo.

—Cualquier problema tuyo es mío —dijo él simplemente.

La situación entre ellos era incierta, pensó Thea, y el asunto de

Maddy un fastidio, pero en ese incómodo vehículo se sentía en el momento perfecto, sencillamente porque estaba a solas con Darien. Claro que estar a solas con él ahí era un escándalo en sí mismo, aunque nunca había entendido por qué esos coches cerrados se consideraban antros de maldad. En ese haría falta hacer acrobacias aunque sólo fuera para besarse, sobre todo con los bruscos saltos que daba sobre los adoquines, que parecía que le iban a romper los huesos, y los violentos ladeos y sacudidas cuando doblaba las esquinas.

De repente se echó a reír.

—¿Qué es tan divertido? —preguntó él, firmemente cogido a la tira de piel, aunque con los ojos brillantes de humor.

—Ah, todo. —Miró hacia los rastros de pintura dorada en los paneles interiores—. ¿Por qué esos dorados?

—Muchos de estos son coches abandonados por caballeros. Este debió ser grandioso en sus buenos tiempos, hace muchos, muchísimos años.

—Qué historias podría contar.

Después los dos guardaron silencio, pero era un silencio agradable. El coche se detuvo con una sacudida y chirridos de las ballestas, Darien se bajó y la ayudó a bajar, delante de una posada de madera. El letrero sobre la puerta decía «The Crown and the Magpie»,* y debajo había un dibujo de una urraca con una corona en el pico. Ese era un pájaro ladrón, pero la posada se veía sólida y respetable.

Thea nunca había entrado en una posada de Londres, pero al hacerlo vio que no era muy diferente de las posadas del campo donde se alojaba en sus viajes. Se adelantó a recibirlos un hombre fornido de cara rubicunda, vestido con levita.

—Capitán Foxstall —dijo Darien—. ¿Qué habitación?

El hombre frunció los labios.

_____

* La corona y la urraca.

—¿Tal vez podría darme su tarjeta para enviársela, señor?

—No.

Una guinea cambió de mano.

—La seis, señor. Arriba a la derecha.

Subieron la escalera y al llegar al rellano, Darien le tocó el brazo.

—¿Estás segura de que deseas estar aquí? Si tu prima está con Foxstall, podría no gustarle la intromisión.

—Es posible, pero tengo que estar ahí. Por si...

—Si él le ha hecho algún daño, lo mataré, por ti.

Ella le cogió el brazo.

—No. Nada de violencia.

—Hay ocasiones para la violencia.

Eso seguía siendo un problema entre ellos, pero ese no era el momento ni el lugar para hablarlo.

—Entonces con el mínimo de violencia. Por favor.

—Siempre estaré a tus órdenes.

Diciendo eso se giró y se dirigió hacia la puerta en que estaba pintado un seis; ella lo siguió. No se oía ningún sonido de voces al otro lado de la puerta. El posadero había dado a entender que Foxstall estaba en su habitación. Si Maddy no se encontraba con él, ¿dónde estaba?

Darien levantó la mano para golpear, pero en lugar de hacerlo giró la manilla y entró.

Thea se tragó la protesta, pero, en todo caso, entraron en una acogedora salita de estar, en la que no había nadie. Entonces sí oyó voces, provenientes del otro lado de una puerta. A ella le correspondía hacer eso, así que fue hasta la puerta y la abrió.

Y se quedó inmóvil, como congelada, con la boca abierta.

Maddy y Foxstall estaban acostados en una inmensa cama toda revuelta, y riendo. Por lo que se podía ver, se encontraban desnudos. Se les congeló la risa, tal como se quedó congelada ella, y Maddy se subió la sábana sobre los pechos, con la cara roja. Entonces arqueó las cejas y sonrió, una sonrisa satisfecha, burlona.

Darien le cogió el brazo y la hizo retroceder, pero ella se lo soltó y avanzó.

—¡Maddy! ¿Estás loca?

Maddy se echó a reír.

—¿Juegos de palabras, Thea?* ¿En un momento como este? Vamos, borra de tu cara ese horror mojigato. Si hubieras hecho lo que te pedí, no habrías venido aquí a horrorizarte.

A Thea se le fue el cuerpo. Un brazo la rodeó y un cuerpo fuerte la sostuvo. No podía dejar de mirar a Maddy y los hombros nudosos y musculosos de Foxstall, y su pecho peludo. Él estaba sonriendo, y se veía diabólico con esa mandíbula torcida; que no era una noble lesión de la guerra.

—No tienes por qué mirarme tan espantada, primita —dijo Maddy, girándose levemente para apoyar la cara en el hombro de Foxstall—. Debes habértelo imaginado, si no, no habrías venido aquí corriendo.

—Creí que te ibas a fugar. Maddy, no permitiré que te hagas esto.

—Ya está hecho.

Thea creyó que se iba a poner a vomitar.

—Casarte con él, quiero decir.

—¿Y cómo me lo vas a impedir? ¿Diciéndolo al mundo?

—Diciéndoselo a tu padre y al mío.

—Que van insistir en que nos casemos, si no inmediatamente, tan pronto como sepan que estoy embarazada. Eso es lo que deseo. Qué tonta eres, Thea.

Y lo era. Jamás se había imaginado que Maddy idearía algo así con tanta sangre fría, pero era desastroso, estaba segura. La prueba clara de eso estaba en el hombre; no había la menor ternura en su expresión, sólo despectivo triunfo. No se veía en él ni una pizca de

---

* Mad: loco, loca; Maddy sería el diminutivo: loquita, loquilla.

preocupación protectora por la mujer a la que acababa de quitarle la virginidad.

—No te permitiré hacer esto —exclamó, mirándolos a los dos—. Si te casas con él me encargaré de que el tío Arthur deje bien amarrada tu dote de forma que Foxstall nunca pueda hacer libre uso de ella. Nunca.

—Bruja —espetó Foxstall.

Darien se tensó, pero se limitó a decir:

—Vámonos, Thea, no hay nada que hacer aquí.

Pero ella no pudo.

—Míralo, Maddy, míralo. No te desea bajo esas condiciones. —Aunque Maddy se giró a mirarlo, ella continuó—: Será un marido horrendo. Es todo mentiras y engaños, incluso su noble lesión de la guerra es una mentira, y se ha estado acostando con un montón de mujeres mientras simulaba que te cortejaba a ti. No cambiará. Está podrido, y siempre lo estará.

—¿Fox? —dijo Maddy, con una vocecita débil. Pero él estaba mirando a Thea con claro rencor en sus ojos—. Fox, no te preocupes. No le creo.

Entonces él la miró, y la apartó de un empujón.

—Se ha acabado el juego, Maddy, así que vete. Con tu prima metiendo cizaña en tu familia nunca tendremos alas para volar.

—¡Eso no es cierto! Mi dote es grande...

—No lo suficientemente grande para mí.

—Una vez que estemos casados, mis padres se ablandarán. ¡No le hagas caso!

—¿Serás una carga, una lata? Ella tiene razón en lo de las otras mujeres, la maldita gazmoña. No soy un hombre al que satisfagan los coqueteos de una virgen durante muchas semanas.

Maddy ahogó una exclamación y se bajó de la cama, envolviéndose en la colcha.

—¡Canalla, perro de mala muerte, gamberro!

Cogió un vaso con agua y se lo arrojó, después una taza y una palmatoria. La palmatoria dio en el blanco, pero la había arrojado sin mucha fuerza y él paró el golpe con el brazo, riendo.

—Vas a sufrir por esto, Foxstall —siseó Maddy—. Te aplastaré, te arruinaré.

Entonces se giró y se abalanzó sobre Darien, apretándose a su pecho. Darien no tuvo más remedio que soltar a Thea para cogerla. La rodeó con un brazo y la sacó de la habitación, diciéndole a Thea:

—Ven.

Pero la ropa de Maddy estaba dispersa por el suelo, así que Thea comenzó a recogerla. Deseaba no tener que mirar a Foxstall, pero tuvo que hacerlo, al percibirlo como un animal salvaje, deseoso de matar. Tropezó con el sable envainado de él y sintió la tentación de cogerlo y desenvainarlo, para protegerse.

Cuando estuvo segura de que lo había recogido todo, retrocedió hasta la puerta, con toda la ropa delante de ella.

—Pagarás por esto —dijo él entonces, con los labios torcidos, como siempre, pero tal vez sonriendo de verdad, de una manera horrenda, cruel—. Plumas plateadas. ¿Cuánto valen en Londres en estos tiempos?

Thea sintió subir bilis a la garganta, pero lo miró a los ojos.

—Ni un penique —dijo en un susurro, casi modulando; si Darien lo oyera, lo habría asesinado—. Prefiero recorrer las calles de Londres en un saco de penitencia y cenizas.

Acto seguido cerró la puerta. Se tomó un momento para serenarse y entonces se giró a mirar. Maddy seguía en los brazos de Darien, aferrada a él, llorando y gimiendo por la maldad y la traición.

—Vamos, para —le dijo, apartándola de Darien de un tirón—. Puede que hayas sido traicionada en algunas cosas, pero viniste aquí por libre voluntad y con la intención de hacer esto.

Maddy se giró bruscamente hacia ella, afirmándose la colcha.

—¿Qué sabes tú de pasión, pavisosa seca y fría?

—¿Plumas plateadas? —replicó Thea, mordaz.

—Eso no me lo creo. No me lo he creído ni por un instante. Siempre me has tenido envidia, ¡siempre!

Darien le tapó la boca con una mano.

—Dijiste que armarías una escena —dijo a Thea.

Maddy lo miró con los ojos desorbitados, pero no podía liberarse la boca sin soltar la colcha, y ni siquiera ella se atrevió a hacer eso.

—Yo saldría al corredor a esperar mientras se viste —dijo Darien—, pero no me fío de Foxstall, así que me situaré al otro de esa puerta a vigilar, de espaldas a vosotras.

Soltó a Maddy y fue a situarse ahí, a vigilar concienzudamente la puerta del silencioso dormitorio.

Maddy guardó silencio, como si se hubiera quedado muda, y Thea pensó si esa terrible experiencia no le habría metido por fin algo de sensatez.

Pero entonces se recuperó y dejó caer la colcha, enseñando presuntuosa las anchas caderas, los abundantes pechos y la cintura notablemente estrecha. Sobresalían en punta los pezones rosa oscuro. «Madura» era la palabra que venía a la mente, pensó Thea, en apariencia y olor. De ella emanaban olores a perfume, sudor y algo más. Casi le vinieron arcadas.

—Sí, mira —moduló Maddy—. Nunca conocerás esto.

—Plumas plateadas —moduló Thea, pasándole la enagua.

Eso era mezquino, pero estaba tan furiosa que no pudo evitarlo. Pero, buen Dios, ¿qué haría Foxstall, y qué podía hacer ella para impedírselo?

Mientras hacía las veces de doncella de su prima, los pensamientos pasaban girando por su cabeza, y siempre volvían a Darien. Darien silenciaría a Foxstall; Darien lo mataría si ella se lo pedía. Un duelo. Pero eso echaría por tierra su buena reputación ganada tan arduamente. Si mataba a Foxstall, podría tener que huir del país.

¿Y si Foxstall mataba a Darien? Tendría que ser un luchador formidable.

Cuando Maddy estaba envuelta en la decencia de su ropa cara y elegante, parecía la misma de siempre. No había en ella lágrimas ni vergüenza. Si estaba sufriendo por el desengaño, lo disimulaba muy bien. ¿La preocuparía en algo el riesgo de haber quedado embarazada? Esa era una Maddy a la que ella no conocía en absoluto, pero le dolía el corazón. ¿Qué sería de ella ahora?

Entonces Maddy miró hacia la puerta que estaba vigilando Darien, y pasó algo por su cara, pero se desvaneció al instante.

—Estoy vestida —dijo—, así que podemos marcharnos.

Darien fue a abrir la puerta que daba al corredor.

Thea y Maddy salieron delante de él y bajaron la escalera, Maddy bajándose una especie de velo de su ornamentado sombrero, cubriéndose la cara.

Thea no había hecho nada malo, pero se ruborizó cuando salió de la posada, sintiendo todos los ojos fijos en ella. Dio la casualidad de que pasó un coche de alquiler cerca y Darien lo llamó.

Cuando ya estaban los tres instalados en el coche, Maddy dijo:

—Bueno, ¿cuál es la sentencia? ¿Se me castiga?

—Si has renunciado a Foxstall, no veo ninguna necesidad de decirlo a nadie —dijo Thea.

—¿Y si estoy embarazada? —preguntó Maddy, en tono de desafío—. ¿Qué hago si no puedo casarme con el padre?

—Deberías haber pensado en eso antes.

—¡Lo pensé! —ladró Maddy—. Esa era la idea y ahora tú lo has estropeado todo. Ojalá nunca te hubiera metido en esto.

—Lo mismo digo.

—¿Adónde vamos? —preguntó Darien, en tono bastante tranquilo.

Pero Thea notó su tensión; sabía que ardía en deseos de volver a la posada a pelear con Foxstall, pero ella lo había hecho prometer que evitaría la violencia. ¿Debía liberarlo de la promesa? Recordó de *Julio César*, «Y soltará los perros de la guerra».

—De nuevo a la librería, supongo —dijo—, donde pronto estará de vuelta mi coche.

Hicieron el trayecto en silencio y encontraron esperando el coche Yeovil. Se trasladaron a él e hicieron el corto trayecto hasta la casa de Maddy.

La tía Margaret apareció en la puerta, nerviosa.

—Ah, ¡has vuelto sana y salva! Pero, ¿ningún libro, cariño?

—No tenían nada apropiado —contestó Maddy, con su voz y tono de siempre—. Pero adquirimos la compañía de lord Darien. ¿No lo encuentras delicioso?

—Por supuesto —dijo la tía Margaret, aunque dudosa. Era una de las no convencidas, estaba claro—. Pasad. Té, tal vez...

—No, gracias, debo volver a casa —dijo Thea—. Buen día, tía, Maddy.

Le hizo un gesto de despedida a Maddy, sonriendo. Esta, que estaba detrás de su madre, le hizo una mueca.

Volvió al coche con Darien.

—Supongo que ahora tenemos que ir a buscar a Harriet.

Él dio la dirección al cochero, subió y el coche se puso en marcha. El trayecto fue mucho más cómodo y tranquilo que en el coche de alquiler, pero ya nada era tranquilo. Se le escaparon las lágrimas.

—No —dijo Darien en voz baja—. No llores por ella. Ella no...

Ella no se lo merece.

—Es lo más cercano que tengo a una hermana —sollozó ella—. ¿Qué puedo hacer por ella?

—A veces no se puede hacer nada. Pero yo puedo librarte de Foxstall.

—No, nada de violencia.

—Thea, no puedo dejar esto así.

—¿Debido a las plumas? —preguntó ella, mirando sus ojos resueltos—. Pero Maddy también lo sabe. Silenciarlo a él no resolverá nada.

—¿De veras crees que ella te delatará? —preguntó él, tal vez horrorizado.

—Espero que no, pero...

Él exhaló un suspiro.

—Escucha, ella no puede hacer nada sin correr el riesgo de delatarse, mientras que a Foxstall eso no le importa. Y destroza cosas por pura inquina.

—Podría destrozarte a ti.

—No —dijo él secamente.

—¡No puedes estar tan seguro de eso! No soporto la idea de que mueras. O de que lo mates.

Él le pasó el dorso de la mano por la mejilla mojada.

—Lo sé. Pero debo matar a Foxstall por lo que le hizo a tu prima y por la amenaza que tiene suspendida sobre ti.

—¿Qué importa eso? —preguntó ella, intentando imitar el tono de Maddy—. Simplemente tendremos que casarnos. ¿Tan terrible será eso?

Él sonrió levemente, pero no se ablandó.

—Sí. ¿Piensas que yo permitiría que enfrentaras el escándalo y la vergüenza si puedo impedirlo?

Las lágrimas ya le salían a chorros, y sin nada de refinamiento. Sacó el pañuelo del ridículo e intentó parar el torrente.

—Pero nos merecemos el escándalo y la vergüenza. Hicimos más o menos lo mismo. ¿Por qué debe morir alguien por esto?

—No, va a morir por llevarse a tu prima a su cama.

—¿Y si mueres tú?

Él la cogió en sus brazos y la meció, amable pero implacable.

El coche se detuvo. Estaban delante de la puerta de la abadía Westminster. Se apartaron, pero ninguno de los dos se movió para bajar. Desentendiéndose del lacayo de librea que apareció junto a la

346

puerta, listo para abrirla, Darien sacó su pañuelo y le limpió las lágrimas.

—Esto es como ir a una batalla —dijo—. Algunas esposas lloran, y las muy débiles incluso les suplican a sus maridos que no vayan. Las lágrimas nunca pueden cambiar el deber, sólo lo hacen más difícil. Por favor, Thea, no llores.

Ella se sonó la nariz.

—Eso no es justo. Yo deseo cambiar las cosas.

—No puedes.

—Te pusiste a mis órdenes.

—Ya no lo estoy.

Ella vio que él deseaba besarla, pero estando ahí el lacayo, aun cuando estuviera inmóvil como una estatua y mirando hacia otro lado, no podía.

—Si vuelvo a ti con su sangre en mis manos, ¿qué harás?

Ella deseó decirle que no le importaría, que eso no afectaría a su amor, pero en un momento como ese sólo podía decirle la verdad:

—No lo sé.

Capítulo 35

Darien acompañó a Thea y a su mohína doncella hasta la casa Yeovil, pero se marchó inmediatamente, antes que apareciera la duquesa. Volvió a la Crown and Magpie con la mayor rapidez posible, y ahí se enteró de que Foxstall había dejado la posada. El posadero le dijo que no sabía adónde se había trasladado, sólo que se marchó poco después que él salió con las damas y que daba la impresión de no tener ninguna prisa.

Consideró la posibilidad de buscarlo por todo Londres, pero si Foxstall quería mantenerse oculto, lo conseguiría, a no ser que en la búsqueda participaran muchos. ¿Los Pícaros? Por lo visto contaban con una red de criados y otras personas útiles.

Fue a la casa de Delaney, donde descubrió que finalmente se habían marchado de la ciudad. La siguiente alternativa era Stephen Ball. Fue a su casa y se enteró de que también estaba fuera de la ciudad. Y Arden también. Hasta ahí llegaba la ayuda de los Pícaros.

Entonces fue a casa de Van.

—Bueno, por lo menos tú sigues aquí —gruñó.

—Hay una reunión de Pícaros en Marlowe, en Nottingham. ¿Todavía necesitas niñeros?

—Cuida la lengua —ladró Darien.

Van arqueó las cejas.

—¿Qué ha ocurrido?

—Foxstall se ha pasado de la raya. —No podía decirle a nadie los detalles—. Necesito arreglar cuentas con él, pero se ha esfumado.

—Te previne en contra de él.

—Tenías razón. Corre la voz, por favor, de que si alguien lo ve, necesito saberlo.

—Muy bien. ¿Vas a ir de todos modos a casa de Rathbone esta noche?

—Presenta mis disculpas, por favor. No seré buena compañía.

Los dos días siguientes Darien los pasó buscando a Foxstall, sin éxito. No fue a ver a Thea, pero le escribió una nota, diciéndole de forma algo vaga que todo iría bien, pues tenía la esperanza de que podría cumplir esa promesa. Como parte de esa tarea hizo una visita a lady Harroving.

La dama demostró demasiado interés en él, lo que lo hizo sentirse incómodo, pero recurriendo a halagos y a un poco de coqueteo, comprobó que ella no había hecho ninguna conexión entre las plumas y Thea. Sí, una pareja había hecho diabluras en su cuarto de la ropa blanca y se encontraron unas plumas plateadas ahí. Otro poco de conversación coquetona lo tranquilizó, demostrándole que Thea tenía razón: que los criados de lady Harroving sabían que cualquier cotilleo acerca de lo que ocurría en los bailes de máscaras significaba despido inmediato sin recomendaciones.

La dama no hizo ningún secreto de su relación con Foxstall y le explicó cómo fue que este se enteró de todo. Las plumas estaban en la salita de estar de sus aposentos cuando Foxstall la visitó ahí y ella le dijo dónde las habían encontrado. Le dio a entender que las habían usado en cierto juego amoroso y que podían volver a usarse así otra vez.

Cuando por fin Darien se las arregló para marcharse, exhaló un suspiro de alivio.

Pero seguía habiendo peligro. En el momento de la pelea Thea estaba cerca del cuarto de la ropa blanca; un buen soborno soltaría la lengua de cualquier criado. Si Foxstall armaba bien todos los datos y los presentaba al mundo, sería innegable. Por lo tanto, era necesario impedírselo.

A pesar de la muy preciada nota de Darien, Thea pasó los dos días preparándose para un escándalo, un duelo o ambas cosas, pero también analizando y combatiendo su reacción a la violencia. Tenía que aceptar o asumir eso si quería casarse con Darien. Deseaba ser capaz de mentirle, pero cuando le dijera que lo amaba, que amaba todo de él, tenía que ser la verdad.

Su madre la volvía loca preguntando a cada rato por qué Darien no se quedó un momento más para hablar con ella, y elucubrando por qué no iba a visitarlas, hasta que por fin el sábado dijo:

—Ah, bueno, mañana estará en la iglesia.

Eso era cierto. Thea se pasó el día en estado de aturdimiento, sin poder pensar en otra cosa.

Cuando a la mañana siguiente llegaron a la iglesia Saint George, Darien aún no había llegado. Thea intentó no estar atenta a su llegada, pero encontró tantos pretextos para girarse a mirar que su madre le preguntó si no se sentía bien. El servicio estaba a punto de comenzar. ¿Tan resuelto estaba él a evitarla?

Entonces se acercó un sacristán y le entregó una nota a su padre. Él la leyó y dijo, con los labios apretados:

—Darien no podrá asistir al servicio.

A Thea le dio un vuelco de miedo el corazón, y deseó preguntar detalles, pero en ese instante comenzó la música de órgano y todos se pusieron de pie. Puesto que no podía preguntar, rezó. ¿Darien habría encontrado a Foxstall y peleado con él? ¿Iría huyendo de la justicia o yacería herido en alguna parte?

Rezó como nunca en su vida, pidiendo seguridad para él y otra oportunidad. El terrible terror que sentía la convenció finalmente de que no podría vivir sin él.

Cuando terminó el servicio y salieron de la iglesia, pudo preguntar:

—¿Qué le ha pasado a Darien, papá?

—Algo desagradable en su casa.

Vio que su padre intentaba parecer relajado mientras caminaban hacia el coche, pero ella comprendió que algo andaba muy mal.

Pero claro, su padre no llamaría algo desagradable a una muerte. ¿Y «en su casa»? Eso no podía significar un duelo. Deseó ir a toda prisa ahí, pero, como siempre, cada tantos pasos tenían que detenerse a saludar a alguien.

Entonces oyó susurros, que encontró horrendamente parecidos a los de los primeros días.

—Un cadáver ensangrentado —siseó alguien.

Ella se giró a mirar para ver quién había dicho eso. ¿El cadáver de Darien?

—Thea.

Obedeció a la reprimenda volviendo a mirar hacia delante y esbozando nuevamente su sonrisa. Entonces fueron detenidos por lord y lady Rotherport, una pareja mayor siempre atenta a los cotilleos.

—Absolutamente horrible —estaba diciendo lady Rotherport, con los ojos brillantes—, pero dada la familia que es, tal vez sea comprensible.

¿Asesinar al actual vizconde Darien?

—No veo la relación —dijo la duquesa—. La familia de Darien no tiene nada que ver con que alguien mate un cerdo.

—¿Un cerdo? —exclamó Thea.

—Espantoso —concedió su madre, pero con una penetrante mirada le ordenó que se dominara.

—Ocurrió en el jardín de Hanover Square —insistió lady Rotherport—. Por la noche. En el mismo lugar donce encontraron a Mary Wilmott.

Thea podría haberse desmayado si no hubiera sido por el alivio que sintió al saber que Darien estaba ileso; al menos físicamente. Eso debió ser horroroso para él.

—¿Quién haría una cosa así? —preguntó.

—Huellas de pisadas ensangrentadas llevaban del cadáver a la casa Cave —dijo lord Rotherport, entusiasmado—. Igual que antes. Los pobres Wilmott.

—Afortunadamente se marcharon de la ciudad —dijo el duque, en un tono que decía que estaba harto del tema.

—Sólo lady Wilmott, Yeovil. Sir George sigue en la brecha.

¿Matando cerdos en el jardín?, pensó Thea. El todavía doliente padre de Mary Wilmott podría llegar a esos extremos. Ella ya sabía de antes que Darien no debería estar viviendo en esa casa.

Su madre tomó el mando.

—Vamos, Yeovil, tenemos que ir a ofrecer nuestro apoyo a lord Darien. Qué antipática molestia para él.

Diciendo eso dirigió la marcha hacia el coche. Thea la siguió, pensando que algo saldría de ese esfuerzo por aparentar que cadáveres y sangre eran simplemente antipáticas molestias.

Tan pronto como el coche se puso en marcha, el duque dijo:

—Sarah, cariño...

—Si no vamos va a parecer que lo hemos abandonado.

—Muy bien —suspiró él.

Pero cuando estaban a punto de llegar a Hanover Square oyeron voces furiosas. El duque se inclinó a mirar hacia delante.

—Una muchedumbre. No, Sarah, no servirá de nada.

Dio la orden al cochero de que continuara por el lado tranquilo de la plaza y pasara de largo.

—Pero Darien —protestó Thea, alargando el cuello para ver la casa.

—Es muy capaz de cuidar de sí mismo.

—La casa de Maria no está lejos de aquí, Charles —dijo la duquesa—. Iremos allí y enviaremos a alguien aquí a ver qué pasa.

El duque aceptó y dio la orden al cochero.

Afortunadamente, Thea no había visto señales de Darien en la plaza. Sentía miedo pero tanto por la muchedumbre como por ese vil acto. En esos tiempos, habiendo tanta miseria en el campo, se formaban muchedumbres por cualquier insignificancia, y rápidamente la gente se alborotaba tanto que se hacía incontrolable. Habían sido heridas e incluso muertas personas inocentes, y los ricos y poderosos parecían ser el blanco natural. Una muchedumbre enloquecida no se fijaba en si los ocupantes de un coche eran despreocupados opresores o personas que trabajaban arduamente por aliviar los sufrimientos.

Hacía semanas que no aparecían manchas de sangre en la puerta, pero Darien había continuado con la costumbre de mirar cada día la fachada de la casa antes de salir a su cabalgada matutina. No había visto nada hasta esa mañana, en que sí había sangre; esta vez sólo unas huellas, aunque también la huella de una mano ensangrentada en la puerta.

Por lo tanto, había ido a la cocina a ordenarle a Ellie que limpiara las manchas y de ahí continuó hacia el establo. ¿Por qué no se le ocurrió mirar alrededor, descubrir las huellas de pisadas ensangrentadas? Podría haberlo hecho limpiar todo antes que nadie lo viera. Pero no se le ocurrió, y cuando volvió de la cabalgada notó tensión en el ambiente del establo. No lo demostró pero le hizo una seña a Nid sin bajarse de *Cerb*.

Entonces Nid se le acercó y le contó la horrible historia.

—Son un montón de idiotas, señor, que creen que usted se ha vuelto loco y le ha dado por matar cerdos. Pero los ánimos están exaltados, la situación es fea.

El instinto impulsaba a Darien a enfrentarlos, a combatir, pero sabía cuándo la cautela es lo más juicioso. No tenía la menor intención de quedar atrapado en la casa por una multitud enfurecida.

¿Tal vez estimulada por alguien con algún fin particular? ¿Foxstall? Estaba seguro de que este desearía causarle daño.

—Ve a la casa —le ordenó al mozo— y dile a los Prussock que salgan si pueden. Si no, que no se acerquen a las ventanas y que no se pongan en peligro por proteger la casa. Tú también. Yo volveré pronto a restablecer el orden.

Cabalgó a casa de Van. Sólo cuando llegó ahí se acordó de que debería estar en la iglesia Saint George, cimentando su fama de respetable piedad y de tener amigos en las altas esferas. Se rió amargamente. Acabara como acabara el asunto, la Dulce Mary Wilmott y el Loco Marcus volverían a estar en las bocas de todo el mundo, y él estaría de vuelta al principio.

¿Eso era la venganza de Foxstall? Era muy capaz de eso, pero la encontraba demasiado moderada; Foxstall no consideraría bastante castigo una vergüenza social.

Encontró a Maria y Van a punto de salir hacia la iglesia, pero ellos descartaron eso en favor de reunirse a analizar la situación. Enviaron a un par de criados a la plaza a averiguar más, y un mensaje a los Yeovil a Saint George.

Las elucubraciones no sirvieron de mucho, y cuando volvieron los criados de Van sólo pudieron decir que la muchedumbre iba en aumento y se estaba volviendo peligrosa. Aunque el cadáver era de un cerdo, lo habían envuelto en un vestido azul, así que algunos seguían insistiendo en que era una persona, e incluso entre los que creían que era un cerdo había quienes decían que lo mataron para ocultar sangre humana.

—Con comentarios sobre los locos Cave, supongo —dijo Darien, con la cabeza apoyada en las manos.

—No tardarán en descubrir que no ha desaparecido nadie —dijo Maria—, y eso pondrá fin a todo, por lo menos.

Darien levantó la cabeza.

—¿Cómo? No van a encontrar a nadie desaparecido de Hanover Square, espero, pero seguro que alguna mujer ha desaparecido en Londres por la noche, así que, ¿por qué no suponer que ella fue mi víctima? La única diferencia entre Marcus y yo es que él estaba tan loco que no encubrió su crimen.

—Pues, entonces, tenemos que descubrir quién lo hizo —dijo Van—, y por qué. ¿La familia de la chica? ¿Los Wilmott?

—No, no lo creo —dijo Maria—. Son personas decentes. Lady Wilmott está fuera de la ciudad, y sir George no es ese tipo de hombre. Si decidiera hacer algo, te enfrentaría a ti en la calle, Canem, o incluso te escupiría a la cara. No haría nada tan furtivo como esto. Esto es «raro» —añadió, ceñuda—. ¿Tienes algún enemigo?

Darien se rió.

—Quiero decir, enemigo personal.

Él decidió no mencionar a Foxstall.

—No, de estas dimensiones, no.

—Entonces, ¿quién querría echar por tierra tu intento de restablecer la reputación de tu apellido?

—¿El almirante sir Plunkett Dynnevor?

—Esto no es asunto para bromear —dijo ella, severa—, y él está en Gibraltar.

—Y no llegaría a estos extremos para impedir que su hija se case con tu hermano —añadió Van.

—¿Por qué no? Yo en su lugar lo haría.

—No nos alteremos —dijo Maria—. La gente no hace cosas sin ningún motivo. ¿Cuál es el motivo?

Darien se levantó.

—Tal vez no es una persona, tal vez es el maldito espíritu de Marcus. —Al ver la mirada sorprendida de los dos, añadió—: No es del todo broma. Creo que la casa está embrujada.

—Córcholis —dijo Van—, deberías dejar esa casa. Mudarte aquí.

—¿Después de esto?

—Especialmente después de esto.

—Tiene razón, Van —dijo Maria—. Mudarse sin haber esclarecido esto sería muy mal visto. En realidad...

Sonó el golpe de la aldaba de la puerta. Los tres guardaron silencio, tal vez sintiendo el mismo recelo. Pero ¿cómo podría el problema haber seguido hasta ahí a Darien?

Entró el lacayo.

—Abajo están el duque y la duquesa de Yeovil, señora, y lady Theodosia Debenham.

Maria sonrió de alivio.

—Hazlos subir, Simon.

Los tres se levantaron a saludar a las visitas, pero Darien lo sintió como otra carga sobre su espalda que estaba a punto de quebrarse. No deseaba ver a los Yeovil envueltos en ese sórdido desastre. Y mucho menos a Thea. Se arriesgó a mirarla y captó una expresión de enardecida militancia.

No, mi amor, no te pongas de mi parte.

Fue necesario relatar los detalles otra vez.

—Un vestido —dijo la duquesa, horrorizada.

—Un cerdo —dijo Thea, pero pensativa—. ¿No sería difícil comprar un cerdo vivo en Mayfair?

—Y transportarlo —añadió Maria—. Chillan.

—Y meterlo dentro de un vestido —terció Van—. Ahí podría haber una pista para investigar.

—Pero todavía no—dijo la duquesa—. Darien, creo que es necesario que vuelvas a Hanover Square. Tu ausencia se podría interpretar como culpabilidad o huida.

—Podría ser peligroso —objetó Thea.

—Tu padre y Vandeimen le acompañarán y cogerán el coche, y es de esperar que los magistrados ya tengan el asunto controlado.

Si bien el duque hizo un gesto irónico, obedeció la orden, y Thea también se levantó y se acercó a Darien.

—Lamento mucho que haya ocurrido esto —le dijo, tendiéndole las manos sin vacilar—. Cuídate.

Él deseó que ella no se hubiera acercado, pero le cogió las manos. Puesto que ella se desentendía del público que tenían, él se desentendió también y le dio un beso en cada mano.

—Tu fe en mí significa muchísimo.

A ella se le relajó un poco la cara, aunque desastrosamente. Le temblaron tanto los labios que se los mordió.

Él le hizo una venia y se marchó, antes que ella se echara a llorar.

Eso lo derribaría.

Capítulo 36

*L*a llegada del coche del duque de Yeovil a Hanover Square, con lacayos y mozos de librea, ofreció una nueva causa de excitación a la muchedumbre.

Había soldados formando un cordón para impedir la entrada al jardín, pero alrededor había filas de mirones apiñados. Otros estaban agrupados junto a la escalinata con manchas de sangre, como hormigas alrededor de gotas de mermelada. Y algunos más alejados, en grupos, conversando y esperando para ver qué nueva excitación se presentaba.

La salida de Darien del elegante coche produjo gritos.

—¡Ese es el Cave! —gritó alguien—. ¡Ya está arrestado!

El duque simplemente miró a la muchedumbre y lentamente se hizo el silencio.

—El vizconde Darien no está arrestado —dijo, con voz clara y firme, pero sin gritar—. Hemos venido aquí a descubrir la verdad de esta broma de mal gusto.

Darien admiró esa sencilla dignidad, y esta tuvo un efecto general. Los que no oyeron lo que dijo, se enteraron por los murmullos que fueron pasando hacia atrás de persona en persona. Ya no se oían gritos, pero el aire se sentía casi eléctrico.

Del jardín salieron dos hombres, un militar y un caballero de civil, y se les acercaron. Resultaron ser el capitán Waring, de la Guardia Montada, y el señor Evesham, el magistrado.

—Me alegra tener una ayuda aquí, excelencia —dijo Evesham—. Feo asunto este, y todos quieren sangre, pero no ha habido ningún delito, ¿lo ve? Ni siquiera hay una ordenanza municipal en contra de matar un cerdo aquí, y nada por no tener cuidado con la sangre. Pero esta gente —hizo un gesto con la cabeza hacia la muchedumbre, en que todos estaban con los oídos aguzados—, temí que lincharan al vizconde Darien si venía aquí sin protección. Por eso hice venir a los militares.

Entonces miró a Darien, y este comprendió que a pesar de lo que acababa de decir, el magistrado creía que debía arrestarlo por algo.

—Lo que necesitamos hacer para apaciguarlos, milord, es registrar su casa, si tiene la amabilidad de darnos el permiso. Su personal se ha negado a abrir la puerta.

—Por orden mía. Pero no tengo ninguna objeción a que se haga una investigación ordenada. Tal vez podríamos llamar a un par de las personas más respetables de entre los mirones, y si el duque y el capitán Waring forman parte del grupo, todos quedarán satisfechos.

El magistrado se giró hacia el gentío y apuntó a dos hombres, los dos bien vestidos y serios. Se presentaron como el señor Hobbs, zapatero, y el señor Linlithgow, escribiente de banquero.

Evesham comunicó a gritos lo que se iba a hacer. Añadió la petición de que todos se marcharan a ocuparse de sus asuntos, pero nadie hizo caso de la sugerencia. Todos se quedaron a esperar, expectantes, el informe del grupo que entró a hacer el registro.

El magistrado se mantuvo al lado de Darien, y a este lo alegró estar acompañado por Van; tanto el magistrado como las personas de la multitud parecían perros guardianes bien enseñados, callados pero listos para hacerlo añicos si intentaba escapar.

Pasados unos quince minutos volvieron los cuatro hombres, dieron su informe, y el magistrado lo comunicó a gritos:

—No hay ninguna mancha de sangre en la casa Cave, ni ninguna señal de desorden o violencia, ni, indudablemente, ningún otro cadáver. Esto ha sido un acto ocioso y perverso, y si se encuentra al que lo perpetró será castigado. Ahora id todos a continuar el Día del Señor u os haré dispersar por la fuerza.

Eso sí produjo movimiento; lentamente todos fueron volviendo a sus casas o saliendo de la plaza.

Acompañado por el duque y Van, Darien entró en el jardín a ver a la víctima de la violencia. El vestido azul era desconcertante, pero envuelto en él estaba simplemente un cerdo, con un corte en el cuello, sobre el que las moscas ya se estaban dando un festín.

—Muy joven —dijo Darien.

—No llega al año —convino el duque.

—Más fácil de manejar —observó Van—. ¿Qué te parece? ¿Cincuenta libras? Un hombre puede llevarlo sin mucha dificultad, pero, como dijo Maria, chillaría.

—¿Drogado? —sugirió Darien.

—Eso es una idea —convino Van—, al menos moriría feliz.

Los interrumpió el magistrado, al parecer molesto por esa conversación práctica.

—Pero ¿qué hacemos con él, milord? —preguntó a Darien.

—Eso no tiene nada que ver conmigo, señor. Pero pagaré para que lo descuarticen y lo distribuyan caritativamente —añadió, moderando el tono; no tenía ningún sentido hacerse otro enemigo—. Gracias por su excelente manejo de la situación, Evesham. Podría haberse vuelto destructiva.

El magistrado suavizó la expresión.

—Pues, sí, milord. Y me alegra verle libre de sospechas. Pero estos delitos tan notorios quedan en la memoria.

Eso era una advertencia, detectó Darien, así que cuando el hombre se alejó a dar las órdenes para desembarazarse del cerdo, pensó qué debía hacer con ella. Se giró hacia su casa.

—Me alegraría no tener que entrar nunca más en esa casa, pero no voy a huir.

—Podrías quitar a ese maldito perro de encima de la puerta —dijo Van.

—Está tallado en piedra.

—Que lo quiten a martillazos.

—Muy sencillo —dijo Darien, riendo—. Muy bien, pero no ahora. Cualquier cosa que haga inmediatamente se interpretará como mala conciencia.

—Entonces volvamos a mi casa a ver cómo resolvemos esto.

—Sólo dame un momento para ir a hablar con mi personal.

Encontró a los Prussock en la cocina tomando el té, que era evidente que contenía coñac. Tal vez tenían derecho, pensó.

—¿Dónde está Lovegrove?

—Se marchó, milord —contestó la señora Prussock, con los labios fruncidos en una especie de sonrisa satisfecha—. No podía soportar tanto agobio, dijo. Se llevó la escribanía de plata del despacho, milord, y no sé qué más.

—¿No pudisteis impedírselo?

—Estábamos confusos, señor.

Darien controló el malhumor.

—Gracias por obedecer las órdenes. Estaré fuera un rato. No hace falta decir que continuéis vigilantes. No ha de entrar nadie.

¿Podría haber sido Lovegrove el que armó el drama para ocultar el robo? No, eso sería inverosímil en un borracho tan débil.

Subió inmediatamente a su habitación; no faltaba nada que fuera visible. Después bajó al despacho y ahí sí vio que la escribanía de plata ya no estaba. Ahí tenía una caja fuerte en la que guardaba el dinero para los gastos diarios, joyas y algunos documentos importantes; la caja estaba oculta detrás de una estantería. Lovegrove no debería haber tenido conocimiento de su existencia. Él mismo no lo sabía, hasta que se lo dijo su abogado. Había dos llaves; una la llevaba siempre con él y la otra la tenía su abogado.

Movió la parte de la estantería, abrió la puerta metálica y, como esperaba, vio que todo estaba en orden y no se había tocado nada.

De todos modos, había sido una idea loca. Sabía lo bastante sobre borrachos crónicos para reconocer a uno auténtico, y no eran capaces de hacer planes complicados. En realidad, tampoco se habría imaginado que el ayuda de cámara fuera un ladrón de poca monta. Un cobarde sí, pero no ese tipo de ladrón. Bueno, el coñac.

Estaba seguro de que los Prussock habían aprovechado la huida del ayuda de cámara para robar más cosas. ¿Qué debía hacer? ¿Simplemente despedirlos o llamar a agentes de la policía para que investigaran sus robos? Eso tendría que esperar otro día, de todas maneras.

Decidió no salir de la casa. Fue a decírselo a Van y los dos se instalaron a revisar el olvidado inventario. Por lo menos eso significaba que podría evitar a Thea.

Estando Foxstall suelto en alguna parte y ese loco bromista empeñado en hacer diabluras, cuanto más lejos estuviera y se mantuviera ella, mejor.

No hicieron mucho progreso en la revisión del inventario debido a las constantes visitas. Prácticamente todos los hombres con los que había trabado amistad en ese tiempo se presentaron a manifestarle su apoyo. En un momento la casa estaba tan atiborrada que se desternilló de risa, en especial cuando Saint Raven sacó sin miramientos los cobertores de holanda de todos los muebles del salón y exigió té. Cuando apareció Prussock con el té daba la impresión de tener todo el pelo de punta.

Si de verdad todavía rondaba por la casa el maldito espíritu de Marcus, a medianoche, cuando se hubieran marchado todos los visitantes, él también tendría los pelos de punta.

Después de todo eso, a la mañana siguiente cuando volvió de su cabalgada, no lo sorprendió mucho descubrir que los Prussock se habían marchado, llevándose, como era de esperar, otras cuantas cosas valiosas. Volvió al establo a hablar con Nid.

—No voy nunca a la casa por la mañana, señor. Tomo mi desayuno aquí con algunos de los otros mozos. Bueno, es como para no creerlo, pero no me sorprende. Gente rara. —Estuvo un momento rascándose la nariz, pensativo—. No me gusta arrojar sospechas, señor, pero divisé a Prussock hace dos noches. Creí que llevaba a una mujer, lo que me sorprendió, no le miento. Pero ahora pienso si no sería un cerdo, ¿ve?

—¿Un cerdo? ¿Fue Prussock el que...? Pero ¿por qué? He sido más tolerante con ellos de lo que se merecían.

—Ah, pero es que no estaban nada felices teniéndolo a usted aquí, ¿ve? Tenían su bonita casita toda para ellos, y con la reputación de la casa y todo eso creían que la tendrían para mucho tiempo. Así que yo creo que trataban de meterle miedo para que se marchara. Supongo que debería haberle dicho algo, pero nunca me imaginé que llegarían a ese extremo.

—Yo tampoco. Y han estado robando cosas de la casa también. Para vivir como lores cuando tuvieran la oportunidad, no me cabe duda. Tendrá que buscarlos la policía, pero igual son tan listos que ya están muy lejos.

—Tiene razón en eso, señor. ¿Quiere que ayude en algo? ¿En cocinar o algo así?

Darien recordó los intentos de Nid de cocinar en el ejército.

—No, pero tendrás dinero para pagarte la comida en alguna fonda. Contrataré a otros criados, pero lo del cerdo le ha devuelto a la casa la reputación que tenía antes.

Volvió a la casa a hacer recuento de lo robado. Se habían llevado el resto de la cubertería de plata, algunos jarrones pequeños e incluso dos cortinas de brocado del salón. Cuando fue al despacho descubrió que la caja fuerte estaba abierta.

Maldijo su estupidez. Sospechaba de los Prussock, ¿por qué, entonces, no estuvo vigilante? El día anterior uno de ellos debió seguirlo cuando hizo el recorrido de la casa comprobando qué faltaba. La mayoría de las cajas fuertes eran seguras debido a que no se sabía dónde estaban. Con un poco de tiempo y fuerza bruta, eran vulnerables. Envió a Nid a buscar a un agente de Bow Street, pero no tenía muchas esperanzas de recuperar lo perdido.

Se quedó un momento en el vestíbulo tratando de captar la sensación de la casa desocupada. No percibió la presencia de ningún fantasma, pero de todos modos la sentía pestilente. ¿Qué debía hacer con esa casa?

Sintió con fuerza la tentación de mudarse a la casa de Van, y la falta de criados le daría el pretexo, pero continuaría ahí uno o dos días, hasta que se desvaneciera el escándalo de lo ocurrido.

Sin embargo, ya no iba a intentar convertir esa casa en su hogar.

Capítulo 37

*T*iene un mensaje, milady.

Thea levantó la vista de su plato de desayuno, del que había comido muy poco. No estaba deprimida, después de la forma como se despidió de ella Darien el día anterior, sino completamente concentrada en buscar la manera de superar todos y cada uno de los obstáculos.

Ya estaba claro que todos los problemas de la casa Cave se debían a la solapada malignidad de los criados de Darien, y eso se estaba propagando por toda la ciudad por todos los medios posibles. Ella había sugerido que lo invitaran a mudarse a su casa, y pasó una hora de deliciosa expectación, hasta que llegó la respuesta de él: una amable negativa.

Incluso se sorprendió pensando, preocupada, sobre quién cuidaría de él y le llevaría la casa, pero él podía ir a comer a cualquiera de las muchas casas de sus amigos, y un hombre del ejército era capaz de vivir con sencillez si era necesario.

Por lo tanto, tomado todo en cuenta, las cosas no estaban tan mal. Ella simplemente necesitaba un momento a solas con él, sin prisas, para convencerlo de que lo amaba y debía casarse con él.

Una mirada le bastó para saber que la carta era de Maddy, y se sintió tentada de no abrirla, pero rompió el sello. Al desdoblar el papel vio que las líneas estaban muy apretadas, y que el estado de la pluma debía ser atroz porque la tinta pasaba de muy negra a clara y había manchones de tinta en toda la página. Con dificultad, logró leerla, ceñuda:

Thea, queridísima Thea, sé que me porté horrenda contigo, pero es que estaba muy dolida por la traición de Fox. Y ahora he hecho algo de lo más estúpido. Salí furtivamente de mi casa y fui a la casa de Darien a pedirle que no matara a Fox. Sé que es estúpido, pero no puedo dejar de amarlo.

¿Eso era una mancha de lágrima? ¡Maddy!

Pero Darien se comportó muy mal conmigo. No te lo puedes imaginar. Me odia porque te amenacé, y me retorció un brazo hasta que le prometí no decir nunca nada de las plumas; después se marchó a matar a Fox de todas maneras. Tengo que salir de aquí antes que vuelva, pero estoy sin ropa.

¡Sin ropa!, pensó Thea, ahogando una exclamación, tratando de comprender.

Sí, sabía que Darien se había sentido furioso con Maddy, pero también sabía que no le haría daño.

Sin embargo, lo había visto cuando estaba dominado por la furia. Aun así, nunca se portaría así con una mujer, de eso estaba segura, pero podría haber hecho algo para asustar a Maddy de modo que no revelara lo ocurrido en el baile de máscaras Harroving. Nada realmente terrible (¿quitarle la ropa?), pero lo suficiente para arrojar su reputación al estiércol si se descubría.

Se pasó una mano por la cara, contenta de que Harriet hubiera bajado a las dependencias del servicio.

Una cosa era segura. Debía sacar a Maddy de esa casa antes que fuera descubierta ahí, medio desnuda y loca de desesperación. Leyó el resto de la carta, con bastante dificultad para entender la letra:

Por favor, Thea, debes ayudarme. No hay nadie aquí. No hay ningún criado ni nadie. Debe de haberlos enviado fuera para poder hacerme esto. He girado la llave de la puerta, así que puedes entrar sin llamar. Por favor, no le digas a nadie lo que me pasa. Sólo tráeme ropa y sácame de aquí. Tengo que avisar a Fox.

Continuó sentada, confusa. ¿Cuál era la verdad acerca de los criados de Darien? Pero... Volvió a leer, para aclararse. Maddy había ido ahí por propia voluntad, por su cuenta, ¿cómo, entonces, pudo Darien haber planeado eso? Típico de Maddy, liar y exagerar. Él no habría hecho nada aparte de meterle miedo.

No conseguiría nada quedándose ahí sentada como una boba. Corrió a su vestidor, pensando qué ropa suya le quedaría bien a Maddy. Ninguno de sus corsés ni enaguas. Buscó en los cajones y ropero hasta que encontró un vestido holgado, ceñido a la cintura con un cordón. Añadió una capa larga y un par de zapatos. Eso tendría que bastar.

Lo envolvió todo y reflexionó. ¿Debería decírselo a su madre? Sería lo más juicioso, pero cuantas menos personas lo supieran, mejor.

¿Y si él se había dejado llevar por la furia y...?

No, no lo creía capaz de eso.

Se limpió las lágrimas y se puso una capa sencilla. Probaría la sugerencia de Darien sobre una manera de salir de su casa en secreto. Bajó, rogando no encontrarse con nadie que se sintiera con derecho a hacerle preguntas. Entró sigilosa en la sala jardín y salió al jardín por la puerta cristalera.

El misterio era la puerta de entrada desde el establo, pero mientras caminaba por el serpentino sendero bordeado de setos, diseñado para dar la impresión de un espacio más grande, vio la elevada pared que cerraba la parte del establo de ese lado; en la pared había una puerta. Movió la manilla y la puerta se abrió. Así de sencillo.

Telarañas, desde luego, pero al otro lado habría un cuarto lleno de gente.

Era lady Theodosia Debenham, se dijo. Si le daba la gana de ir al establo por ahí, ¿quién podía poner objeciones?

En el cuarto no había nadie, aunque sí una desconcertante cantidad de maderos y cuero; sin duda todo tenía que ver con los coches. Oyó voces, pero ninguna cerca. Una ventana le indicó el lugar donde deseaba ir, y cuando se asomó al corredor vio una puerta abierta que salía al callejón de atrás.

No tardó en ir caminando por el callejón, alejándose de su casa, sola en Londres por primera vez.

Antes de salir a la calle se cubrió la cabeza con la capucha, y caminó a toda prisa hasta que encontró una parada de coches de alquiler. Le quedó muy claro que el cochero comprendió que era una damita que no debía andar sola por la calle, pero le aceptó el chelín sin hacer ningún comentario y no tardó en dejarla a un lado de la iglesia Saint George. Desde ahí se dirigió a Hanover Square, y entró en ella con cautela. No vio nada que indicara que pasaba algo; en realidad, la plaza se veía demasiado normal y ordenada. Una mujer con capa llevando un bulto podría llamar la atención, pero no tenía otra opción, así que caminó a paso tranquilo hasta la casa de Darien. Cuando llegó a la escalinata le pareció que el feo perro negro le gruñía a ella.

Se le quedaron clavados los pies donde estaba. Hasta ese momento no se le había pasado por la mente que Darien pudiera hacerle daño «a ella».

Y no podría. Si no estaba segura de eso, de qué lo estaría. En realidad, Maddy podría haber exagerado todo. Subió hasta la puerta, giró el pomo y, como le prometiera su prima, esta se abrió.

Entró en la casa, toda ojos y toda oídos. Nunca antes había entrado en una casa en que no hubiera nadie. Siempre había criados, aunque la familia estuviera ausente. Claro que Maddy estaba ahí en alguna parte, pero se le erizó el vello de la nuca, como si por ahí anduvieran malos espíritus.

—¿Maddy? —susurró, cerrando la puerta, y se sintió peor al quedar bloqueada la luz del día.

Silencio. Por primera vez pensó si eso no sería una mala pasada. Maddy no le haría eso.

¿O sí? Si era un engaño, no logró imaginarse qué podría hacerle a su prima que fuera suficientemente doloroso.

—Maddy —llamó, en voz más alta.

—Aquí.

Fue un chillido de terror proveniente de la sala de estar, a la izquierda. El miedo le aceleró el corazón y, pidiendo disculpas mentalmente, entró corriendo.

Una mano le tapó la boca y un fuerte brazo la rodeó.

Un hombre. Un hombre corpulento.

No era Darien.

En el espejo de la pared de enfrente alcanzó a ver los colores azul y plata, pero entonces le cayó una capucha sobre la cabeza, cegándola.

Uniforme de húsar. ¡Foxstall!

La invadió un nuevo terror. Pero Maddy. Seguro que Maddy no habría...

Al instante comprendió que no; su prima no había escrito esa carta. Había sido inducida a ir ahí por Foxstall, por Foxstall con la intención de vengarse.

Se debatió como una loca, pero la enorme mano le rodeó el cuello y se lo apretó. Arañó la mano, pues no podía respirar. Cuando la oscuridad se cerraba sobre ella, comprendió que esa iba a ser la venganza de Foxstall, contra Darien y contra ella.

Otra dama asesinada, esta vez dentro de la casa de Darien.

Capítulo 38

*D*arien entró en su casa por la puerta de atrás, pasó por la desierta zona de los criados y llegó al vestíbulo pensando qué demonios estaría ocurriendo. Todos esos días había estado receloso, previendo alguna maldad de Foxstall, y esta había llegado. Pero no le encontraba sentido.

Esa mañana, al volver de la cabalgada, Nid le había entregado una carta que fueron a dejar al establo. Era una incoherente petición de Pup de que se encontrara con él en una posada al otro lado del río, en Putney. Lógicamente, fue de inmediato y encontró a Pup disfrutando de un suculento desayuno y convencido de que él había organizado el encuentro.

Foxstall le había dado ese mensaje a Pup, y se había ofrecido también a devolver la llave de la casa Cave. Pup se la entregó; con absoluta despreocupación le había dado esa arma al enemigo. Pero ¿para usarla con qué fin? Después de explicarle el error, envió a Pup de vuelta a su casa y volvió a la casa Cave con la mayor rapidez posible.

Dejó el bastón y el sombrero en la mesilla del vestíbulo que daba al corredor, se quitó los guantes y los dejó ahí, observándolo todo en busca del problema.

Lo encontró.

Sangre en el suelo.

Por el aspecto eran huellas de pisadas, ensangrentadas, iguales a las que había fuera el día anterior. Arrodillándose pasó los dedos por el líquido oscuro y luego se los miró; era sangre. Conocía la sangre, y esa era reciente. Lo más juicioso sería salir a buscar ayuda, tal vez a Evesham, el magistrado, pero si Foxstall había dejado un cadáver en la casa habría hecho todo lo posible por hacerlo parecer a él el culpable del asesinato.

Miró hacia la escalera y vio manchas rojas en la baranda. Comenzó a retumbarle el corazón. ¿Esta vez sería el cadáver de una persona?

Cogió su bastón y subió la escalera, lentamente, presintiendo peligro en cada peldaño. Encontrara lo que encontrara, esperaba que Foxstall estuviera ahí. Más que nunca, necesitaba matarlo.

Las manchas de sangre habían disminuido, pero llevaban hacia la parte de atrás de la casa.

¿A su dormitorio?

Se acercó a la puerta con los oídos atentos, pero no oyó nada.

Ni siquiera el tictac del reloj del corredor.

Cayó en la cuenta de que nadie le había dado cuerda desde que se marcharon los Prussock.

Pero había algo en la habitación; todos sus instintos se lo decían. Cogió el pomo, lo giró silencioso y abrió la puerta.

Su dormitorio se veía totalmente normal, incluso el tablero de ajedrez con las piezas colocadas que había sacado para practicar algunas jugadas. Pero las cortinas de la cama estaban corridas; nunca las cerraba en la estación calurosa. Avanzó lo más silenciosamente que le permitían las botas, pero al oír un ruido se detuvo y se quedó inmóvil. Era una especie de crujido o frufrú, procedente del otro lado de la cortina.

No era un cadáver, entonces. ¿Una serpiente, un perro rabioso? Eso podría ser atractivo para la mente pervertida de Foxstall.

Sin apartar la vista de las cortinas, abrió el arcón, hurgó y sacó su sable.

«Olvidaste esto, ¿eh, Foxstall? Sea cual sea la maldad vengativa que has hecho aquí llegará a un rápido fin, y tú serás el siguiente.»

Desenvainó el sable, dejó la vaina en el arcón y se acercó a la cama, tratando de analizar los leves sonidos.

Cauteloso, separó las cortinas con la punta del sable.

Retiró la punta y las cortinas se cerraron. Había ropa en la cama. ¿Otro cerdo con vestido?

Ya no se oía ningún sonido. Ni siseo ni gruñido. Ni de movimiento.

Con el sable descorrió la cortina de la derecha, sonaron los aros sobre el riel y entró la luz.

Al instante dejó el sable en la mesilla.

—¿Thea? Dios mío, ¿Thea? ¿Qué te ha ocurrido?

Tenía la cara tan blanca como la funda de la almohada, donde esta no estaba manchada de sangre. Sangre de ella. Tenía los ojos agrandados, ciegos de terror. Estaba atada.

Cogió el sable para cortar las cuerdas que le ataban los brazos.

Ella chilló. Por instinto le tapó la boca con una mano.

—Chhs, mi amor. Soy yo, Darien. Te liberaré en un momento.

«Foxstall, Foxstall, la muerte es demasiado buena para ti. Te desollaré, trocito a trocito.»

Ella se debatía en la cama e intentaba arañarlo, pero no podía dejarla gritar. Si venía alguien aún sufriría más. Tenía la ropa desgarrada por todas partes y estaba medio desnuda.

Cortó las cuerdas que le ataban los brazos y las manos, luego le liberó las piernas y, dejando a un lado el sable, la cogió en sus brazos. Ella comenzó a llorar, atragantándose con ahogados sollozos, y él no supo si eran de terror o de alivio. Se subió a la cama y la estrechó en sus brazos, meciéndola y diciéndole todo lo que le pasó por la cabeza, para tranquilizarla.

Entonces vio sangre fresca en su mano.

—Thea, para. Estás sangrando otra vez. Déjame que te vea y cure la herida.

Ella se apartó, empujándolo, con los ojos fijos en su mano ensangrentada.

—Suéltame, suéltame.

Él la soltó y ella cayó al suelo por ese lado de la cama, con el pelo todo enredado, y mirándolo como si él fuera un animal salvaje.

Sintió el corazón a punto de rompérsele.

—Thea —le dijo, con la mayor calma que pudo—, yo no te he hecho daño. Deja que te restañe la herida.

Le tendió una mano, vio la sangre y se la limpió en las calzas. Cuando ella se quedó quieta, bajó de la cama, se tendió junto a ella en el suelo, sacó su pañuelo y se lo aplicó a la herida de la garganta. Por suerte no era profunda, como tampoco el arañazo morado que le atravesaba la mejilla, pero tenía moretones. ¿Acaso había intentado estrangularla?

Y sus heridas no visibles podrían ser peores.

Ella ya estaba quieta, pero no de manera normal, ni buena.

Se quitó la chaqueta, se la puso sobre los hombros y fue a servir un poco de coñac en una copa. Se la puso junto a los labios.

—Bebe, cariño. Te hará bien.

Con sus oscuros ojos fijos en él, ella entreabrió los labios y él le vertió un poco. La mayor parte cayó fuera, pero tragó un sorbo. Tosió y volvió a echarse a llorar, pero ya apoyada en él, en sus brazos.

—Ah, mi amor, mi amor, yo lo corregiré todo.

Afortunadamente se acordó de no hablar de matar a nadie, aunque eso era lo que dominaba en su mente.

La meció y ella se fue calmando, pero no se atrevió a hacerle preguntas sobre los detalles. Cuando le pareció que sería capaz, la puso de pie y le apartó de la cara el pelo enredado y manchado de sangre.

—Vamos, tengo que llevarte a tu casa...

Justo en ese momento se oyó un fuerte ruido abajo, seguido por voces, gritos, y pasos subiendo la escalera. A Darien se le despejó la mente, y entró en ella esa fría claridad que lo había mantenido vivo en las batallas.

El resto del plan de Foxstall.

Que los encontraran ahí.

Cogió el sable con la mano derecha y con la izquierda la sacó de la habitación, sosteniéndole a peso, y la hizo pasar por la puerta de la escalera de servicio. Detestaba dejarla abandonada ahí, pero las alternativas eran peores.

—Quédate aquí mientras yo me encargo de esto.

No había tiempo para decir nada más. Salió al corredor, cerró la puerta y avanzó, con el sable levantado, justo cuando los invasores llegaban a lo alto de la escalera.

—¿Qué diablos pasa? —preguntó.

—¡Justo el diablo! —gruñó el hombre de cara roja que venía delante del grupo—. ¿A quién has asesinado ahora, engendro de Satán?

Era sir George Wilmott.

Darien estaba buscando palabras tranquilizadoras cuando alguien gritó:

—¡Su cama está toda cubierta de sangre!

Había olvidado el estado en que se encontraba su habitación.

Los hombres furiosos avanzaron hacia él, pero se detuvieron cuando él movió el sable. No era su intención matar a nadie, pero no estaba dispuesto a que lo linchara una multitud alborotada convencida de que él era otro Loco Marcus.

Por encima de todo, de todo, no debían encontrar a Thea allí, con su reputación tan destrozada como su ropa. Combatió su necesidad de ir a ver cómo estaba; pero la serviría mejor ahí. Miró a los ojos furiosos de Wilmott.

—No he hecho nada malo. Envíe a buscar al magistrado. Bajaré de manera ordenada y entonces podremos resolver esto.

—¡Resolver! —aulló sir George, riendo—. Nosotros lo resolveremos y esta vez será el dogal. Eso pondrá fin a los Cave para siempre.

—Entonces tendrán que matarme a mí también.

La voz que habló era una acostumbrada a gritar órdenes en medio de una tempestad.

Los hombres se giraron a mirar. No todos; algunos tuvieron el sentido común de no perderlo de vista. Pero la mayoría se giraron. Y ahí estaba Frank, en lo alto de la escalera, con su uniforme azul de la armada, nada sonriente, pero arreglándoselas para transmitir limpia y sincera buena voluntad y compañerismo.

Nadie preguntó quién era. Su pelo negro, sus ojos oscuros y el contorno de la mandíbula lo declaraban un Cave, pero, como siempre, la magia de su encanto se puso en funcionamiento.

Capítulo 39

*E*l desconcierto debilitó la resolución del grupo. Sir George masculló algo sobre engendros del diablo, pero ya sin tanta energía. De todos modos, eso no significaba que mirara con menos furia a Darien, lo que no era de extrañar, dado el estado del dormitorio.

Darien cayó en la cuenta de que tenía manchas de la sangre de Thea también.

Frank lo estaba mirando interrogante; parte de la pregunta era si estaba dispuesto a combatir para librarse de esa multitud, así que negó con la cabeza.

—Sea cual sea el problema —dijo entonces Frank, nuevamente con enérgica autoridad—, se resolverá fuera y en orden. Abajo todos.

Los hombres comenzaron a bajar, pero sir George se resistió.

—¿Y dejarlo aquí para que huya por la puerta de atrás? Camina delante de mí, Darien, para que entre varios podamos vigilar que no escapas.

Pocos hombres se habrían atrevido a hablarle así a Canem Cave, pero el hombre tenía razón al sentirse seguro en ese momento. Darien avanzó y le abrieron paso, lo cual igual podía deberse a que llevaba el sable desnudo en la mano o a su visible ira.

Deseaba llegar hasta Frank, para decirle en voz baja que fuera a ocuparse de Thea, pero la muchedumbre los separó al bajar chocándose por la estrecha escalera y llegar al atiborrado vestíbulo.

—Fuera —ordenó Frank.

Posiblemente deseaba disminuir los riesgos de que ocurriera un accidente, pero Darien se habría negado a que salieran si hubiera podido. No deseaba ventilar el asunto fuera y que todo el mundo lo viera manchado de sangre y con el sable en la mano. Pero claro, tal vez convenía que el mundo presenciara ese drama.

Cuando salió a la escalinata, a la luz del día, se encontró ante una creciente multitud furiosa. Estaba en verdadero peligro. Si decidían colgarlo ahí mismo, Frank y él solos no podrían impedirlo.

Entonces vio a Foxstall detrás de la muchedumbre, apoyado indolentemente en la reja del jardín, con su uniforme de húsar, contemplando el éxito de su plan, con su sonrisa torcida. Todo lo demás perdió importancia.

Bajó corriendo la escalinata y cruzó la calle. La gente se dispersó, gritando:

—¡Detánganlo, deténganlo!

Pero nadie intentó detenerlo.

Foxstall continuó sonriendo, pero pasado un momento su sonrisa se desvaneció, se enderezó y desenvainó su sable, justo a tiempo para parar el tajo mortal de Darien, con un choque que hizo saltar chispas.

—¡Que alguien detenga a este loco! —gritó, parando golpes y hurtando el cuerpo.

Nadie lo intentó, pero Darien oyó a Frank gritar su nombre en tono de protesta.

—¡Él lo hizo! —contestó—. ¡Él...! —Se tragó los detalles; el nombre de Thea no debía entrar en eso.

—¿Hice qué? —preguntó Foxstall, alerta a un peligro muy real, pero sonriendo de todos modos—. Creo que finalmente te has vuelto loco, Canem. ¿No puede alguien golpearlo en la cabeza o algo así? No quiero herir a este idiota.

—Mi intención es matarte —dijo Darien, recuperando el aliento.

Foxstall lo miró a los ojos y vio la verdad.

—Te colgarán.

—Valdrá la pena.

Nuevamente echó un tajo dirigido a la cabeza, pero Foxstall lo paró otra vez, y la vibración del golpe le subió por el brazo. Estaba entrenado para combatir montado a caballo, pero también lo estaba Foxstall. Los dos tenían que pensar y moverse de forma diferente, pero lo mataría. Foxstall debía morir.

—Como sea, ganaré —se mofó Foxstall, hurtando el cuerpo; estaba claro que intentaba aparentar renuencia a combatir, con la esperanza de que interviniera alguien—. Te mataré o te colgarán. Y antes me tiré a tu mujer.

Rugiendo, Darien le echó un tajo dirigido a las piernas. Foxstall lo esquivó pero al intentar devolver el golpe se le enredó el sable en la casaca adornada con franjas de piel. Corrió hacia atrás, para ganar tiempo, desatarse el cinturón y quitarse la casaca. Después se giró y la arrojó sobre el sable de Darien y aprovechó para lanzar una estocada dirigida a su corazón.

Se acabó el juego.

Darien echó hacia un lado la prenda y esquivó la estocada girándose, pero la punta del sable se le deslizó por el costado entre las costillas. Manteniendo el equilibrio con dificultad, asestó un golpe de revés, así de lado y sin mirar, simplemente para impedir que Foxstall aprovechara su ventaja.

Notó que la hoja de su sable se enterraba en carne, profundo. Al mirar vio que le había dado en el cuello.

Saltó un chorro de sangre de la arteria. Foxstall tenía los ojos agrandados y la boca abierta por la sorpresa, y entonces se le doblaron las piernas. Darien habría caído al suelo con él si no hubiera soltado el sable. Foxstall movió la boca, como si quisiera hablar, pero entonces murió, todavía con una expresión de sorpresa en la cara.

Darien lo miró a los ojos, jadeante, intentando recuperar el aliento.

Foxstall había sido una especie de amigo en otro tiempo.

Había sido un buen oficial en la guerra, pero escoria en todo lo demás. El mundo estaba mejor sin él, sobre todo después de lo que había hecho.

Thea, buen Dios, Thea.

Gritos y alaridos de la muchedumbre rompieron el silencio. Cansinamente, casi sin importarle nada, Darien se inclinó a liberar su sable y se giró. Frank ya estaba a su lado, con su alfanje de la armada desenvainado.

—Esto irá a juicio —declaró Frank, y su voz sonora llegó a todos.

Claro que con la reja a la espalda y rodeados por una media luna de gente malévolamente furiosa, no había forma de escapar. Darien era consciente de que sería afortunado si no lo linchaban ahí mismo o lo mataban a patadas. ¿Y por qué diablos tenía que estar Frank ahí, posiblemente para sufrir su misma suerte?

En ese preciso instante entró un coche en la plaza tirado por cuatro caballos al galope, y por el otro lado una tropa de soldados a medio galope, con las armas listas.

—El magistrado y agentes del orden —dijo Darien—. Tres hurras.

—Bueno, estoy feliz de verlos —dijo Frank.

Darien no estaba tan seguro. Pese a que tenía justificación, acababa de matar a un hombre. Podría llamarse duelo, pero sin respetar ningún tipo de protocolo. En otro caso, a los ojos de la justicia se podría considerar asesinato. Habían colgado a hombres por ese tipo de cosas.

Si lo llevaban a juicio, este sería en la Cámara de los Lores. Una maravilla de día para añadir a la carga Cave, y podrían exigir el testimonio de Thea. ¿Habría tenido ella la fuerza y el valor para escapar por atrás sola?

—¿Qué te hizo? —le preguntó Frank, indicando con un gesto el cadáver de Foxstall sin mucha preocupación.

—Supones que yo tenía una buena causa.

—Sí.

Darien le contestó en voz baja:

—Violó e hirió a una dama de buena familia en nuestra casa. Ella todavía podría estar ahí, en la escalera de servicio. Yo puedo cuidar de mí aquí. Ve a ver cómo está.

—¿Cómo? —preguntó Frank, sarcástico.

Cierto. Estaban acorralados ahí por una multitud que todavía parecía dispuesta a despedazarlos a los dos.

Los soldados montados se introdujeron entre la multitud abriéndole paso a Evesham. George Wilmott venía con él, ya calmado, con una horrible expresión de satisfacción.

—Locos, todos ellos —dijo a la multitud—. Lo he dicho y repetido todo el tiempo. Este cometió un asesinato en esa maldita casa y luego ha salido a matar a este noble oficial, ¡que era un simple espectador!

—No lo era —dijo Darien, aunque dudaba que ahí fuera a prevalecer la razón.

—Cállese —ladró Evesham a sir George—. Aquí tendremos ley y orden, no arengas incendiarias. Capitán, haga retroceder a esa turba. A la primera señal de violencia —gritó a la multitud—, leeré la ley antidisturbios.

Eso permitiría a los soldados usar las armas contra los civiles, y tuvo el mismo efecto.

—Ahora —dijo Evesham—, que alguien me diga lo que ha ocurrido aquí. —Apuntó a un hombre de edad madura vestido de negro—. Usted.

El hombre avanzó y relató de forma coherente el combate a espada y la muerte de Foxstall.

—¿Dice que lord Darien no fue provocado? —le preguntó Evesham.

—Sólo puedo atestiguar lo que vi, señor. Su señoría salió corriendo de la casa y atacó al oficial, que parecía estar simplemente observando la conmoción.

—Está loco —declaró sir George—. Se lo he dicho una y otra vez—. Es un Cave —le espetó.

Evesham miró a Frank.

—¿Usted también es un Cave?

—Teniente Cave, de la Real Armada.

—Él no tuvo nada que ver, que yo sepa —dijo Wilmott, de mala gana.

Darien tuvo que agradecer su imparcialidad. Wilmott creía de verdad que la historia se había repetido y deseaba ver correr sangre, pero sangre de quien se lo merecía.

—Guarde su espada, teniente —dijo Evesham a Frank. A Darien le dijo—: Entregue la suya pacíficamente, milord, si no ordenaré que le disparen.

«Como a un perro rabioso.» La frase pareció pasar por el aire en silencio.

Darien le pasó el sable ensangrentado a Frank, que lo puso de forma que alguien lo cogiera por la empuñadura. El capitán de los soldados avanzó y lo cogió, aunque no parecía complacido.

—Vizconde Darien, queda arrestado por asesinato. ¿Vendrá pacíficamente?

Cuanto antes acabara esa parte, antes podría Frank ir a ocuparse de Thea, pensó Darien.

—Por supuesto —dijo.

—Va a caminar hasta mi coche, milord...

—¡Paren eso!

El grito agudo y débil hizo girarse a todos hacia la casa. Thea estaba en la escalinata, todavía con la chaqueta verde oscuro de Darien, con toda la ropa rota y el pelo revuelto.

Darien avanzó un paso. El capitán de caballería apuntó a su pecho con su propio sable para impedirle continuar.

—Frank, haz algo. Llévatela de aquí antes que la reconozcan.

Frank intentó pasar por en medio de la gente y los caballos, pero

Thea ya había bajado la escalinata y venía corriendo descalza atravesando la calle, gritando:

—¡Paren, paren paren! ¡No fue él!

La muchedumbre se apartó, algunos perplejos, otros horrorizados, y otros entusiasmados ante la perspectiva de ver otro drama más entre los grandes.

Darien miró al oficial de caballería, al que no conocía, condenación.

—Tiene mi palabra. No voy a intentar escapar.

El hombre lo miró comprensivo, pero negó con la cabeza.

Frank llegó hasta ella, la acercó a él y le dijo algo.

Thea lo miró, visiblemente sorprendida al ver a un hombre tan parecido a Darien y que no era él.

—Llévatela, Frank. Necesita cuidados. Él la hirió.

Entonces Thea lo miró y se liberó de la mano de Frank.

—¡Sí, «él» me hirió! —exclamó, apuntando a Foxstall—. Me tendió una trampa, me aprisionó y me hirió. Quería que todos creyeran que lo hizo lord Darien.

—Vaya, ¿por qué iba a querer eso? —preguntó el magistrado, no sin amabilidad, pero incrédulo.

Ella se giró hacia él.

—Porque lo odiaba. Quiero decir, el capitán Foxstall odiaba a lord Darien.

—¿Y usted se llama?

—Eso no es asunto de nadie —se apresuró a decir Darien—. Frank, llévatela. Está conmocionada. Pero espero que crea —dijo a sir George—, que yo no asesiné a ninguna dama en mi casa hoy.

—Sólo porque llegamos a tiempo.

—¡Me estaba auxiliando! —exclamó Thea. Se quitó del cuello el pañuelo ensangrentado—. Vea. Este pañuelo es de él.

—Frank... —dijo Darien.

El magistrado lo interrumpió:

—La dama no va a ir a ninguna parte mientras yo no sepa qué papel ha tenido en esto, y mucho menos sin saber yo quién es.

—Soy lady Theodosia Debenham —dijo Thea con voz muy clara—. Hija del duque de Yeovil. Y lord Darien es mi futuro marido. Estamos comprometidos.

Frank miró a Darien con los ojos como platos.

—No me cabe duda de que el combate fue irregular —continuó Thea, como una estatua de piedra parlante—, pero no es sorprendente que lord Darien atacara al capitán Foxstall después que yo le dije quién me había herido con tanta crueldad.

Darien la había estado mirando con la intención de hacerla callar, pero en ese momento simplemente la miró, sintiéndose humilde ante su tonta valentía.

—Ahora —dijo ella, con esa dignidad innata que antes lo enfurecía—, ¿me permiten llegar hasta él, por favor?

Le abrieron camino y ella pasó, con el mentón en alto, como si estuviera ciega a todo lo demás, y se echó en sus brazos. Darien la abrazó.

—No deberías haber hecho esto.

Apoyada en su pecho y temblando, ella dijo:

—Sí, debía. Pero llévame a casa, Darien, por favor.

—Tenéis mi palabra, señores —dijo Darien al capitán, al magistrado y a sir George—. No voy a intentar huir de la justicia, pero lady Thea necesita que la aleje de aquí.

La hija de un duque expuesta medio desnuda a los ojos de la muchedumbre, era un carta de triunfo.

—Use mi coche, señor —dijo el magistrado.

—¿Qué? —explotó sir George—. ¿Dejar que se vaya en coche con su víctima?

Thea se apartó de Darien para mirarlo.

—No soy su víctima, hombre estúpido.

Darien casi se rió.

—¿Por qué no viene con nosotros, sir George? Su custodia será valiosísima.

Eso pareció confundir al hombre, pero sólo un momento. Pidió una pistola a uno de los soldados.

Darien miró a Frank y le hizo un gesto irónico.

—Bienvenido a casa. Ocúpate de las cosas aquí. Es ínfima la posibilidad de que me permitan volver a limpiar y ordenar el desastre.

Frank estaba visiblemente a reventar de preguntas, pero asintió.

Darien levantó en los brazos a Thea y la llevó hasta el coche, desentendiéndose de sir George, que caminaba detrás. Ya en el coche fue más difícil desentenderse de él, sentado al frente y con la enorme pistola lista, sin duda deseando tener un pretexto para dispararla.

Hizo todo el trayecto con Thea sobre su regazo, bien abrazada, sintiéndose impotente para eliminar el horror de su vida, el horror que había introducido él.

Capítulo 40

Cuando llegaron a la casa Yeovil se bajó el mozo a golpear la puerta con la aldaba. Darien bajó del coche con Thea fláccida en sus brazos, aunque tenía los ojos abiertos fijos en los de él, como si fuera su salvador. Cuando llegó a la puerta, esta ya estaba abierta, y el lacayo boquiabierto de sorpresa.

—¿Está en casa la duquesa? —preguntó al entrar.

Al lacayo le llevó un momento recobrarse.

—¡Sí, señor!

Con el instinto de los criados, entraron en el vestíbulo otro lacayo y una criada, los dos boquiabiertos también. Darien se dirigió a la criada.

—Condúceme a la habitación de lady Thea.

La criada vaciló, pero ante la mirada de Darien se encogió y se apresuró a subir la escalera.

—¿El otro caballero? —preguntó el lacayo.

Darien miró hacia atrás y vio a sir George.

—Puede hacer lo que le dé la real gana siempre que no nos moleste.

Estaba depositando a Thea en la cama cuando entró corriendo la duquesa.

—Ay, santo cielo, ¿qué ha ocurrido?

Repentinamente Darien se sintió a la deriva.

—Eso es muy complicado —dijo.

Thea le tendió los brazos a su madre, que corrió a abrazarla.

Darien salió de la habitación retrocediendo.

Y al instante volvió a entrar, empujado. El duque entró detrás de él y cerró la puerta.

—¿Qué ha ocurrido? —preguntó.

No se podía dejar sin responder esa pregunta. Darien intentó recobrar su aplomo.

—La tomaron prisionera. El capitán Foxstall. Todo por mi causa. —Se cubrió la cara con las manos—. Es culpa mía.

—¡No!

Esa exclamación de Thea lo obligó a quitarse las manos de los ojos para mirarla.

—Si yo no hubiera invadido tu vida esto no habría ocurrido.

—¿Qué le hizo este Foxstall a mi hija, y dónde está? —preguntó el duque, en tono duro.

—Muerto —contestó Darien—. Lo maté.

El duque exhaló un suspiro.

—Eso al menos es satisfactorio.

—Thea declaró ante una muchedumbre de gente de Londres que está comprometida en matrimonio conmigo, excelencia.

—Eso no lo es —dijo el duque, pero en sus ojos había una sombría pregunta.

Darien no deseaba contestar, pero claro, su silencio ya era respuesta suficiente.

Thea se sentó, separándose suavemente de los brazos de su madre.

—Nada de esto ha sido culpa de Darien. Recibí una nota. Creí que era de Maddy. Me pedía ayuda, así que fui, y entonces él me tomó prisionera.

—¿Este Foxstall? —preguntó el duque, dulcemente.

—Sí. —Paseó la mirada por la habitación y se estremeció—. Intentó ocultar su identidad, pero yo supe que era él. Era más corpulento que Darien. —Se tocó la garganta magullada—. Alcancé a verlo en el espejo antes que me estrangulara.

—Dios mío —musitó el duque.

—Oh, mi pobrecilla —dijo la duquesa, apartándole la mano para mirarle la piel amoratada y la herida con la sangre.

—Creí que me iba a matar, pero desperté. En una cama...

La duquesa la abrazó.

—Está bien. No tienes por qué decir nada más.

Thea agitó la cabeza.

—Me había vendado los ojos y trataba de imitar la voz de Darien, pero yo sabía que era él. Me dijo que me odiaba. Me hizo cortes, en el cuello y en la pierna. Volví a pensar que me iba a matar, pero entonces aflojó la venda. Cuando yo logré quitármela con las manos atadas, él ya no estaba.

Pasado un momento, la duquesa preguntó:

—¿Eso fue todo, Thea? ¿No te violó?

—¡No! Uy, no.

—Gracias a Dios —dijo el duque.

Darien también dio las gracias, pensando en lo inmensa que era la maldad de Foxstall, para haberle mentido respecto a eso, aun sabiendo que por eso podría morir.

—Muy bien —dijo el duque, entonces, en tono enérgico—. Necesitamos una historia para contener todo esto. —Miró a Darien—. ¿Medio Londres has dicho?

Darien se serenó para poder hacer el informe.

—Lo que ocurrió en la plaza fue presenciado por unos cuarenta mirones, a los que luego se sumaron el magistrado, dos oficiales agentes del orden y veinte soldados de caballería. Lo ocurrido fue la muerte de Foxstall por mí en un duelo totalmente irregular y luego la salida de Thea de la casa corriendo a impedir que la muchedumbre me linchara ahí mismo.

—Tienes razón en lo que dijiste —declaró el duque—. Todo habría sido mucho mejor si nunca hubieras entrado en nuestras vidas.

—Aunque tarde, me retiraré, excelencia. Doy mi palabra de que volveré para enfrentar la justicia.

Diciendo eso salió de la habitación, pensando si alguna vez volvería a ver a Thea. Se dio cuenta de que el duque lo seguía y se preparó para más comentarios mordaces. Se los merecía.

El duque lo adelantó, con un gesto le indicó que lo siguiera, y bajó la escalera en silencio. Cuando llegaron al vestíbulo tomó por el corredor que llevaba a su despacho y oficinas. No se veía a ningún criado curioso mirando, pero ciertos movimientos sigilosos indicaban que estaban por todos los rincones observando. Los cotilleos ya irían volando hacia todas partes de Londres y más allá.

Tan pronto como entraron en el despacho, Darien dijo:

—Lamento profundamente que lady Thea se haya visto envuelta en esto, y haré lo que sea para disminuir el escándalo. Marcharme del país, o incluso poner fin a mi desastrosa existencia.

—Dudo que eso sirva de algo —dijo el duque fríamente, haciéndolo sentirse como un niño crispado—. No tengo idea de hasta qué punto fuiste causa de esto, Darien, pero lo descubriré. Parece que mi terca sobrina ha contribuido en algo, y Thea no debería haber salido sola de la casa.

—No es un defecto ser bondadosa.

—¿Puedes negar que ella casi sin lugar a dudas intentó ocultar una locura de mi sobrina, cuando debería haberle llevado la nota a su madre?

Sintiéndose ya como un escolar llevado ante un maestro vengativo implacablemente lógico, Darien guardó silencio.

—No habrá juicio —continuó el duque—. Mucho menos uno sensacional ante la Cámara de los Lores. No toleraré que llamen a mi hija a declarar como testigo de un suceso como este.

—Yo no deseo eso tampoco.

—¿Cómo consiguió Foxstall entrar en tu casa?

—Consiguió la llave de un amigo común, señor.

No tenía sentido intentar explicar las complejidades del papel de Pup en eso.

—Entonces te recomiendo que en el futuro guardes bien las llaves de tu casa. Él decidió usar tu casa para cometer esta maldad. Tú lo sorprendiste en...

—Con su perdón, excelencia, él estaba en la plaza observando plácidamente la conmoción cuando yo lo vi, lo ataqué y lo maté.

La furiosa mirada del duque lo culpó de la inconveniencia de los hechos.

—Cuando volviste inesperadamente a casa —enmendó—, Foxstall escapó, pero se quedó al acecho, esperando la oportunidad.

¿Para hacer qué?, pensó Darien, pero no lo interrumpió. Si el duque de Yeovil conseguía atarlo todo en un paquetito bien pequeño y enterrarlo, él no pondría objeciones.

—Lo viste, viste su culpa escrita en todo él, así que corriste a apresarlo para entregarlo a la justicia. Él se resistió violentamente y no tuviste otra opción que defenderte, lo que llevó a su muerte.

—Corrí para matarlo, señor, por lo que le había hecho a Thea, pero si su historia cuela, pues que así sea.

El duque asintió, mirándolo atentamente con ojos glaciales. Por lo que él sabía, el duque de Yeovil jamás había estado en el ejército, pero en ese momento podría empequeñecer la figura de Wellington, en lo tocante a mordaz desaprobación.

—¿Hay algo de cierto en lo del compromiso? —preguntó entonces el duque.

—No, excelencia. Ella lo dijo con la intención de protegerme.

—Lo ocurrido no va a mejorar la reputación del apellido de tu familia.

—No, excelencia.

—Pero si Thea declaró vuestro compromiso ante testigos, sobre todo vestida así, será mejor que se mantenga un tiempo. Por suerte, habiéndonos marchado ya una vez al campo, Thea y la duquesa podrán volver a Long Chart sin que parezca demasiado raro. En vista de vuestros felices planes tú desearás ir a ocuparte de tus propiedades e intentar poner orden en ellas para vuestro futuro.

—Iré, por supuesto —dijo Darien, irónico—, pero habiendo ocupado mi escaño en el Parlamento, deberé quedarme hasta que terminen las sesiones, señor.

Los labios apretados del duque daban a entender que preferiría ver desaparecida antes la amenaza, pero dijo:

—Por supuesto. Cuando haya pasado el alboroto, Thea te liberará del compromiso. Dudo que eso sorprenda a alguien.

Darien hizo su venia, salió de la sala y se dirigió al vestíbulo, con la esperanza de que no estuviera ahí sir George para arengarlo. Ya estaba casi en el límite de su tolerancia, por justificadas que fueran las quejas.

En lugar de al hombre encontró ahí a Frank, con su chaqueta. No se había dado ni cuenta de que no llevaba puesta la chaqueta.

Frank se la pasó.

—La duquesa bajó a dármela. Me dijo que te dijera que lady Thea se está recuperando bien y que desea recibirte aquí mañana temprano, antes que se marchen a Somerset.

Darien vio la mancha de sangre en el forro de la parte delantera, por lo que no lo sorprendió el fuerte olor que despedía cuando se la puso. El leve olor al perfume de Thea era otra cosa.

—Está claro que aún no lo ha hablado con el duque —dijo. Echó a andar delante de él hacia la puerta, que abrió el lacayo con expresión de gran interés—. ¿Qué ocurrió con las autoridades? —preguntó, cuando ya estaban fuera de la casa.

—El magistrado insistió en inspeccionar la casa, lo que me pareció bastante lógico. No encontró nada, por supuesto, aparte del desastre que quedó en el dormitorio, pero de todos modos desea hablar contigo y con lady Thea. El belicoso sir George se marchó con la intención de encontrar algún delito para culparte. ¿De verdad no hay ningún criado? Eres sospechoso de habértelos cargado también.

Darien negó con la cabeza.

—Hay un mozo. Los otros huyeron, llevándose lo que quedaba de la cubertería de plata. Tenemos que volver ahí.

—No. Todo puede esperar, y no podemos vivir en esa casa. Hay una excelente posada en la próxima calle.

—¿Cómo sabes eso? —le preguntó Darien, divertido a su pesar.

—El lacayo me lo dijo.

—Qué solución tan sencilla. Pero voy a necesitar mis cosas. ¿Dónde están las tuyas?

—En la posada a la que llegan las diligencias. No sabía si seguías viviendo en la casa. ¿Por qué sigues ahí?

—Mirado desde esta perspectiva, no tengo ni idea.

—Tienes sangre en la camisa. ¿Estás herido?

Darien recordó la punta del sable de Foxstall deslizándose por su costado. Se tocó el lugar dolorido.

—No es nada grave.

Frank se cogió de su brazo y lo hizo avanzar.

—Vamos. Después iremos a buscar tus cosas. Ahora necesitas comida, coñac y un poco de paz y quietud.

—¿Qué posibilidades hay de eso contigo al lado? —se quejó Darien, pero de pronto, a pesar del desastre, de las pérdidas y del dolor, el mundo le pareció mejor—. ¿Y qué hay de tu bella Millicent?

—¿Millicent? Ah, todo eso ya es pasado. Fue tan débil ante las objeciones de su padre que eso le quitó el dorado al pan de jengibre, y después el almirante se encargó de tenerme muy ocupado haciendo patrullas. Durante un tiempo ella me envió cartas manchadas de lágrimas, pero cuando me marché miraba con sonriente adoración a un capitán.

Darien se echó a reír.

Capítulo 41

Darien no tardó en estar instalado en una cómoda sala de estar de la Dog and Sun, disfrutando de la novedosa situación de tener a Frank cuidando de él, y muy bien, además. No había visto a su hermano desde hacía dos años, y ya estaba convertido en todo un hombre. Eso no era de extrañar, pues en esos dos años había llevado la dura vida de la armada con todas sus exigencias, además de participar en la expedición contra los estados bereberes.

Se sentía complacido, pero finalmente dijo:

—Espero que esto pare antes de que comiences a envolverme los hombros con un chal.

Frank sonrió de oreja a oreja.

—De acuerdo, muy bien, pero no puedes negar que la situación era alarmante cuando llegué a casa. Había oído algunas cosas, de todos modos.

—Ah.

—¿Qué ha pasado?

Así pues, mientras se comían unas excelentes empanadas de carne y bebían cerveza, Darien le contó la mayoría de los últimos acontecimientos, omitiendo su principal motivación para intentar ser aceptado en la alta sociedad.

—Me sorprendió que desearas dejar el ejército, sobre todo para entrar en este mundo —dijo Frank—, pero entiendo lo que querías decir sobre el final de la guerra. Yo me siento un poco así.

—¿Qué? —preguntó Darien, sintiendo resurgir en él al hermano mayor—. ¿Debido a Millicent y a su padre?

—Buen Dios, no. Ya te dije que eso lo considero una afortunada escapada. No tengo el menor deseo de atarme antes de haberme puesto al corriente de todo. Voy a retirarme de la armada.

No era una pregunta, sino una afirmación.

—¿Ya está acordado? —preguntó Darien, con cautela.

—Sugerido, digamos. Al viejo Dynnevor le venía bien enviarme aquí por si Millicent flaqueaba, pero yo lo pedí. Hace años que no veo nada de Inglaterra, aparte de Portsmouth. Necesito hacerme una idea de cómo es, cómo se siente. Y aún no me puedo quejar de aburrimiento —bromeó.

—Pero ¿por qué? Creí que te gustaba esa vida.

Frank apuró su jarra y se sirvió más cerveza del jarro.

—Sí, pero no me vuelve loco. Podría haber sido igualmente feliz en el ejército, creo, o en cualquier otra cosa que ofreciera acción contra el enemigo. Muchos de los oficiales se vuelven locos por esa vida. Les encantan los barcos y el mar, y los mata estar en un puesto en la costa. No encuentro justo ocupar un puesto que otros desean tanto.

—Comprendo, pero ¿puedo plantearte la pregunta de qué vas a hacer para tener dinero? Yo te mantendré, lógicamente, pero...

Frank se rió.

—Viviríamos peleándonos si yo dependiera de ti. Premios, Canem, dinero de botines. La olla de oro de la armada.

—No sabía que habías participado en ricas capturas.

—No del tipo magnífico, pero sí bastante, y siendo primer teniente, mi parte en los botines del año pasado fue guapa.

—Podría pedirte un préstamo —dijo Darien, pero al ver la mirada de su hermano negó con la cabeza, sonriendo—. Asombrosamente, tengo bastante, y con una buena administración, no me faltará. Así pues, ¿qué planes tienes? —preguntó, todavía algo alarmado, aun cuando Frank siempre caía de pie.

—No tengo ni idea —dijo Frank alegremente—. ¿No es espléndido eso? Entré en la armada a los doce, y no he tenido voz ni voto en los diez años desde que...

—Lo siento.

—Para —dijo Frank, fingiendo un ceño—. Convenciste a padre de que me enviara a esa edad y lo agradecí, a ti y a Dios. He disfrutado de esa vida, pero ahora estoy preparado para otra cosa, algo nuevo. Pero ¿y tú? ¿Va a haber juicio?

Darien estuvo un momento maravillándose de que pudiera existir ese estado de despreocupación de Frank, sin ser consciente de él. Siempre esperar lo mejor.

—Probablemente no. Va en interés del duque de Yeovil que no lo haya. La historia será que yo intenté arrestar a Foxstall pero él se resistió y que lo maté más o menos por accidente.

La expresión de Frank fue de educada duda.

—No violó a Thea.

—¿Maldad y estupidez? —dijo Frank—. Decididamente el mundo está mejor sin él.

—Sí, pero fuimos más o menos amigos. Era un soldado condenadamente bueno.

Sintió la necesidad de contar algunas historias que mostraban a Foxstall bajo una luz positiva, y Frank se lo consintió, aunque vio que no lo impresionaban mucho. Los dos sabían que la valentía ciega y la capacidad para matar eran bastante comunes; que el honor y la integridad son más importantes a la larga.

—¿Qué harás ahora?

Darien se levantó, llevándose la jarra y fue a asomarse a la ventana, desde la que se veía el patio de la posada. Esa no era una posada a la que llegaran diligencias ni coches correo, pero había muchísimo movimiento, con entradas y salidas de coches.

—Una vez que acaben las sesiones en el Parlamento iré a Stours Court —dijo—. A prepararla para nuestro falso feliz futuro.

—¿Por qué falso?

—Nadie podría ser feliz jamás en Stours Court —dijo Darien, sorprendido de descubrir esa certeza en él; se giró a mirar a Frank—. Pudrición seca, pudrición mojada, carcoma.

—Derríbala.

—Probablemente es tu herencia. Dudo que yo me case.

—Pues, entonces, derríbala. Pero podrías vivir más tiempo que yo si te establecieras en una vida apacible.

—Mi capacidad para llevar una vida apacible está marcadamente ausente.

Le contó lo del baile de máscaras.

—¿Qué otra cosa podías hacer? Por muy conde que sea, el hombre es un cerdo y había atacado a tu dama.

Darien sonrió.

—Qué maravilloso tenerte aquí, Frank.

—Eso veo —dijo su hermano, enérgicamente—. A mí me parece que te has dejado fastidiar hasta deprimirte. Podría deberse a ese perro negro que te gruñe cada vez que entras en la casa. Eso tiene que salir de ahí. Sabes lo que significa un perro negro, ¿verdad?

—Nada en particular.

—Melancolía. Los perros negros son malos presagios en general. No me veo viviendo en esa casa, pero de todos modos hay que sacar a ese monstruo. ¿Viste el letrero de esta posada?

—Un perro y un sol, supongo.

—El sol naciente y Sirius, de la constelación Canis Maior. ¿Lo ves? Siempre depende de cómo miras las cosas.

Darien se echó a reír, pero paró, consciente de que estaba con los nervios de punta.

—Por lo tanto —continuó Frank—, tú y tu Thea necesitaréis mejores casas.

Darien miró su jarra y la encontró vacía.

—No nos vamos a casar.

—¿No? Reconozco que la situación ha sido algo difícil, pero me pareció que los dos estabais muy preocupados el uno del otro.

—La quiero demasiado para permitir que se una a mí, y después de esto dudo que sus padres lo permitan.

—¿Y ella? Las mujeres suelen ser amedrentadoramente insistentes. Lo sé por experiencia.

—Te han dado caza sin tregua, ¿eh?

Frank se rió, pero no contestó.

Darien apoyó la espalda en el marco de la ventana, oyendo los distantes sonidos del ajetreo de la vida normal, viendo ante él la prueba evidente de que ser un Cave no significaba inexorablemente ser un paria.

Entonces era él quien se causaba todos los problemas. Se parecía más al resto de su familia de lo que se había imaginado.

—Lady Thea ha llevado una vida muy resguardada, así que yo la entusiasmo, pero ha tenido claras pruebas de los estragos que voy dejando a mi paso. Si aún no ha recobrado la sensatez, con el tiempo la recobrará, así que es mi intención hacerle ese regalo. Iré a Stours Court, como se me ha ordenado. Ella se irá a la hermosa, elegante y ordenada Long Chart y comprenderá que ese es su ambiente. Durante meses estaremos separados por la mitad del país, y cuando volvamos a encontrarnos seremos corteses conocidos, nada más.

Frank no dijo nada, pero estaba claro que no creía ni una palabra de eso.

—Los grandes amores mueren —insistió Darien—. Tú has tenido esa experiencia.

—Yo no diría que Millicent fuera un gran amor, pero ve a ocuparte de Stours Court, faltaría más. Las cosas se arreglarán solas.

—Caramba, hablas como Cándido.* «Todo es para mejor en este el mejor de todos los mundos posibles.»

---

* Cándido: protagonista de la novela *Cándido o el optimismo* (*Candide ou l'optimisme*), del filósofo Voltaire, publicada en 1759.

—Pero no pierdas de vista el tiempo —dijo Frank—. Veremos lo que piensas después de tu encuentro con tu dama mañana.

—Dudo que me reciban.

—Yo apuesto a que la duquesa y lady Thea le ganan al duque, siempre que quieren.

—Eso si supones que Thea desea verme.

—Te apuesto un poni a que sí.

—¿No has desaprobado siempre jugar con apuestas altas?

—¿No estás dispuesto a arriesgar una apuesta conmigo por ser el pariente pobre? —bromeó Frank.

—No estoy dispuesto a apostar en ese asunto.

Frank se levantó y fue a situarse junto a la ventana, a su lado.

—Lo siento. ¿Qué harás si ella no quiere nada contigo?

Darien se encogió de hombros, sonriendo irónico.

—Ir de juerga contigo, tal vez. Pero por el momento, sería mejor que fuéramos a la casa Cave a ocuparnos del caos y recoger mis posesiones.

Fueron a pie, porque Frank estaba deseoso de ver todo lo posible de la ciudad, pero cuando entraron en la plaza Darien tuvo que armarse de valor. Entonces vio que no quedaba ningún rastro de los últimos acontecimientos. Alguien, tal vez el duque, había ordenado eliminar todos los rastros de la sangre y del disturbio. Aun así, los remanentes de la muerte y el disturbio se cernían en el aire.

De tres puertas más allá salió una pareja, se detuvieron a mirarlos y se alejaron a toda prisa.

—Cave, cave —musitó Darien.

—Una muerte violenta en la puerta de la casa es sobrecogedora —dijo Frank—, seas quien seas.

—¿No me vas a dejar dramatizar un poco? —protestó Darien, girando la llave en la cerradura.

—No le veo ninguna utilidad.

Darien entró delante.

—Podría pedir que volvieran los fantasmas, sólo para demostrártelo. Pero ellos también eran maquinaciones de los Prussock, estoy seguro.

—¿Qué?

—Supongo que no te he contado nada acerca de mi maravillosa colección de criados...

Se interrumpió, porque sonó un ruido arriba, y no debería haber nadie en la casa. Entonces llegó hasta ellos un «Uuuuuuuuu». Se miraron asombrados y subieron corriendo la escalera.

—Te diré una cosa —dijo Frank cuando llegaron a lo alto de la escalera—, ese no es Marcus. La voz es demasiado débil.

Sonó un rugido.

Los dos se detuvieron y, a pesar de los años, la autoridad y la guerra, avanzaron con mucha más cautela hacia el salón con todo tapado por cobertores de holanda.

Entonces sonó un gemido gutural, junto con sonidos de pies arrastrándose.

A Darien se le erizó la piel, y entró en el salón deseando tener consigo su sable, aunque este sería inútil contra un mal espíritu.

Del sofá se levantó una figura toda tapada por el cobertor blanco.

Comprendió que era una persona un instante antes de que el cobertor saliera volando, dejando a la vista a un sonriente Pup.

—¿Qué te ha parecido, Canem? ¿Te he dado un susto?

Pasado un momento de silencio, Frank dijo, con los ojos brillantes:

—Preséntanos, Canem.

Darien sentía la necesidad de beber algo fuerte.

—Frank, te presento a Pup Uppington. Pup, te presento a mi hermano Frank.

Pup avanzó sonriendo de oreja a oreja, con la mano extendida.

—Teniente Cave, es un honor conocerle. Me alegra verte a ti también, Canem. Me preocupó el asunto Foxstall. Pensé que debía venir a ver. Nid Crofter me lo contó todo, y estuvo aquí un hombre que dejó una nota para ti.

La sacó del bolsillo y se la pasó. Era de Evesham, citándolo severamente para el día siguiente. Pero mencionaba a su excelencia el duque de Yeovil, lo que indicaba que el duque ya había comenzado su trabajo.

—Raro, sí —dijo Pup—. ¿Todo está bien ahora?

Darien no tenía ganas de explicar los detalles.

—Se está resolviendo. ¿Qué ha sido eso del fantasma?

—Te oí decir que deseabas algunos, así que te he dado el gusto. Ha salido bastante bien, ¿eh?

Darien se limitó a mover la cabeza.

—¿Puedo hacer algo para ayudar? —continuó Pup—. No puedo vivir aquí sin criados. Puedes venir a alojarte con nosotros, si quieres.

—No, gracias, pero agradéceselo de mi parte a la señora Uppington.

—Estupenda mujer. No hace un problema de nada y es una excelente administradora. Siempre la mejor comida, y tal como a mí me gusta. Y tenías razón, Canem, una esposa es mejor que una puta.

Darien oyó un sonido ahogado procedente de Frank, pero no se atrevió a mirarlo.

—Sin duda te está echando de menos —dijo—, así que deberías volver a casa. Gracias por venir.

—Vale —dijo Pup—. Siempre puedes ir a visitarme, y me imagino que ahora sé algo del estado matrimonial.

Les sonrió a los dos y se marchó, silbando desafinado.

Frank se dejó caer en el sofá sin cobertor y trató de sofocar la risa en el cojín del brazo.

Darien logró aguantarse un momento, y cuando oyó cerrarse la puerta de la calle, se echó a reír también hasta que le corrieron las lágrimas. Y si con las lágrimas de risa se mezclaban algunas de verdad, era de esperar que Frank no lo notara.

Finalmente se acabó la risa y se serenaron. Darien le enseñó el retrato de su padre. Frank se estremeció y volvió a taparlo. Recorrieron toda la casa y al final estuvieron de acuerdo en que en ella no había nada que alguno de ellos deseara, a excepción de las pertenencias de Darien.

Metieron todo en el arcón de madera, aunque con tanta ropa elegante ya no cabían todas sus cosas.

Darien extendió un cobertor en el suelo, puso su ropa encima e hizo un bulto. Lovegrove se habría desmayado; pobre Lovegrove.

Después de echarle una última mirada a todo, salieron y cerraron la puerta con llave. De ahí fueron al establo, donde Darien le ordenó a Nid que buscara a un hombre con una carreta para que llevara el arcón y el bulto a la Dog and Sun, y luego se fuera ahí él también con *Cerb*. Después echó a andar por el callejón con su hermano, con la esperanza de no volver a posar sus ojos en la casa Cave nunca más.

Capítulo 42

Cuando llegaron a la posada los esperaba un mensaje de Van, invitándolos a los dos a cenar en su casa esa noche. Van y Maria desearían enterarse de todos los detalles, pensó Darien, y aunque él habría preferido evitar eso, claro, hacerlo no tenía sentido.

Descubrieron que a la cena también estaban invitados Saint Raven con Cressida y Hawkinville con Clarissa. Asimismo, se encontraba presente la guapa y rellenita sobrina de Maria, Natalie. Darien encontró que eso no era muy juicioso, dado el atractivo de Frank para las damitas, pero había decidido intentar imitar el despreocupado enfoque de la vida de su hermano.

Durante la cena, sin criados presentes, comentaron los sucesos.

—Ciertamente no deseamos que lady Thea esté expuesta a más atención pública —dijo Cressida Saint Raven, que prefería evitar la atención.

—A algunas damas les gusta la notoriedad —bromeó su gallardo marido.

—A ninguna dama le gusta la notoriedad —lo corrigió Maria, firmemente.

—Y por lo tanto una gran parte de la alta sociedad no es noble —dijo Van sonriendo.

—Por favor —protestó Saint Raven arrastrando la voz—, no prediques que toda la nobleza tiene ese mismo espíritu, o uno de estos días tendremos que encadenarte por traición y rebelión.

A eso siguió una breve y seria conversación sobre los disturbios y las formas sensatas e idiotas con que el gobierno intentaba solucionarlos, pero enseguida Frank alegró los ánimos relatando el incidente de Pup haciéndose pasar por fantasma, y después Hawkinville contó una historia de un encuentro con Pup que Darien nunca había oído.

—Fuiste muy bueno al cuidar de él, Canem —dijo Clarissa Hawkinville—, en lugar de pasarlo a otro jefe. Tiene que haber sido desconcertante y preocupante ser él.

—Ciertamente era desconcertante y preocupante para todos los demás —dijo Darien—. No me conviertas en un santo. Una vez que se convirtió en el Cachorro de Canem, ¿qué podía hacer yo?

—Dejar que se ahogara en el Loira —dijo Van, mirándolo a los ojos.

Entonces contó una anécdota sobre otro subalterno inútil con que se había encontrado.

No continuó la conversación sobre muerte y disturbios, así que fue un extraño final para un día aciago, una velada agradable entre, sí, amigos.

Pero antes de marcharse Darien buscó una oportunidad para hablar con Maria.

—¿Sabes cómo está Thea?

Ella lo miró con ojos amables, pero preocupados.

—Ha sido una experiencia horrible. Está muy conmocionada.

—Pero sus heridas, ¿no son graves?

—Ah, no, no. ¿Nadie te ha tranquilizado sobre eso? Sólo eran cortes superficiales, pero qué crueldad hacer eso simplemente para aterrarla, y aterrarte a ti. Todo ese plan era vil. Me alegra que lo mataras.

—¿Y a Thea?

Ella lo miró comprensiva.

—No lo sé. No me he entrometido. ¿Qué planes tienes?

Delicadamente indirecta.

—Cuando el Parlamento suspenda las sesiones llevaré a Frank a Stours Court para echarle una mirada a esa vieja casa. Él sugiere que la haga derribar, y eso podría ser lo que conviene. Necesito ideas sobre qué hacer con la casa Cave. No volveré a vivir ahí, pero no debe quedar desocupada. He intentado alquilarla o venderla, pero no hay interesados.

No había contestado a su verdadera pregunta, pero ella no insistió.

A la mañana siguiente Darien envió un mensaje a la duquesa de Yeovil preguntándole si podía hacerles una visita. No quería ocasionar a nadie la molestia de rechazarlo en la puerta. La respuesta no tardó en llegar; se le esperaba, decía la duquesa, y ella y Thea emprenderían su viaje dentro de una hora.

Se vistió con especial esmero, y luego hizo a pie la corta distancia, consciente del ridículo deseo de correr. Cada minuto del trayecto era un minuto menos con Thea. Pero de todos modos su entrevista con ella sería corta, sin duda. Cuando pasó junto a una florista compró un ramo de fragantes flores de guisantes de olor, y luego se sintió tonto al llegar con el ramo en la mano.

Lo hizo pasar un lacayo de expresión impasible, pero era el mismo que lo hiciera pasar el día anterior con Thea en los brazos. Sin duda giraban muchas reacciones por debajo del barniz profesional.

La duquesa salió de una de las salas de recibo, sonrió al ver las flores y lo hizo pasar a esa sala. Eso no era bueno. No lo iban a admitir en la parte de la casa reservada a la familia.

Pero Thea estaba ahí, de pie junto al hogar sin fuego, girada hacia un lado, como si se estuviera preparando para algo. Se veía ojerosa y cansada y él deseó cogerla en sus brazos.

—Ha llegado Darien —dijo la duquesa, y salió, cerrando la puerta.

Darien miró un momento la puerta, sorprendido, y luego se giró a mirar a la mujer a la que adoraba, la mujer a la que debía dejar libre. ¿Por qué diablos, entonces, le había traído flores? De las flores emanaba el perfume, amenazando con impregnar todo el aire de la pequeña sala.

Ella estaba vestida para viajar, con un práctico vestido azul gris que no contribuía a disimular su palidez. El corpiño era bastante escotado, pero toda la parte del escote estaba cubierta por tela blanca fruncida terminada en pequeños volantes de encaje alrededor del cuello. Llevaba el pelo recogido en un pulcro moño en lo alto de la cabeza y en las orejas, unos pequeños pendientes de perla. La recordó vestida de rojo.

No se le ocurrió nada que decir, aparte de un tonto:

—¿Cómo estás?

—Bastante bien.

Él tuvo que acercarse a ofrecerle el ramo. Ella lo cogió, sonriendo levemente y se llevó las flores a la cara para aspirar su perfume.

—Preciosas. —Hizo un gesto hacia el sofá—. ¿No te vas a sentar?

Ella se sentó primero, con las manos en la falda, con el ramo. Él se sentó en el otro extremo del sofá, pensando por qué no había puesto esmero en prepararse para ese encuentro.

—¿Tus heridas? —preguntó.

—Son superficiales, pero todavía me duelen. ¿Y las tuyas?

—Lo mismo.

Ella lo miró más detenidamente.

—¿Cómo estás?

—Bastante bien. Fue una suerte que apareciera Frank. —Bueno, había encontrado un tema del que podía hablar—. Ya no es mi hermano pequeño, y me cuida bastante bien. —Pasado un momento cayó en la cuenta de que estaba parloteando acerca de su hermano como un padre amoroso, o como un hombre desesperado por no decir lo que tenía en el corazón—. Lo siento.

Ella estaba sonriendo, aspirando el perfume de las flores otra vez.

—No lo sientas. Me alegra que por fin tengas familia. Y ayer él fue un regalo de Dios.

—Sí.

—Así pues —dijo ella, con la cara hundida en las flores—, estamos comprometidos para casarnos.

—Tu padre lo consideró mejor.

Ella lo miró.

—¿Y tú?

—Tapará algunas de las rarezas. Lamento que siempre vaya a perdurar el escándalo ligado a lo ocurrido. Y que tú tengas que plantarme.

Intentó sonreír, pero ella no le correspondió la sonrisa.

—O no —dijo.

Él miró sus ojos grandes y desafiantes, y dijo lo que ella había esperado oír, para lo que se había preparado:

—No resultará, Thea.

—¿Yo no tengo voz ni voto?

—No. Has visto lo que soy, dos veces. Es mi naturaleza. No he conocido verdadera paz en toda mi vida, y a pocos amigos dignos de confianza. Si no viene un problema y me encuentra, posiblemente yo lo buscaré y lo enfrentaré de modo sanguinario. Eso no te gustará.

—Las dos veces fue para salvarme. —Enderezó la espalda, apartando la cara de las flores, y declaró—: Tengo voz y voto.

—Thea, mi amor... —Eso fue un error.

—Si me amas, es una tontería que dejes que pase esto.

Él se levantó, dio unos pasos, poniendo distancia entre ellos, dándole la espalda.

—El amor no basta.

—El amor es precioso.

—El amor no siempre sobrevive.

—Pero ¿y si nunca vuelve a llegar, así? ¿Para ninguno de los dos?

Él continuó dándole la espalda, resistiéndose a su ruego.

—Darien —dijo ella entonces—. Te exijo que cumplas tu parte de nuestro trato.

—¿Qué trato?

—Que lo decidiríamos en otoño.

Él sintió avivarse la esperanza, ese agobiante sentimiento que le oprimía el pecho, al que debía matar.

—Eso fue hasta que volvieras a Londres, creo.

—Te exijo atenerte al espíritu original de la promesa —dijo ella con firmeza—. Para ver si sobreviven nuestros sentimientos. En todo caso, tenemos que continuar comprometidos unas semanas para que el mundo olvide los comienzos. —Sonrió levemente—. Al fin y al cabo no me puedes rechazar, a no ser que tengas la intención de plantarme, y eso sí arruinaría la reputación Cave.

Él la miró fijamente, mudo.

—Puesto que no es seguro cuándo reanudará las sesiones el Parlamento a finales de año —continuó ella—, ¿digamos a comienzos del otoño? ¿Septiembre?

—Parece que no tengo voz ni voto.

Ella se levantó, serena y digna, con el ramo de flores en las manos.

—Puedes decir no en septiembre. Si quieres.

—Como puedes tú.

—Por supuesto. ¿Te acordaste de traer un anillo?

A él le llevó un momento captar la pregunta. Casi se le escapó una palabrota.

—Lo siento, no...

Ella se sacó uno del bolsillo y se lo presentó en la palma de la mano.

—Has tenido muchas cosas en la cabeza. Y de verdad sería injusto hacerte comprar uno basándonos en algo tan hipotético.

Él cogió el anillo: cinco rubíes pequeños alrededor de una perla.

—¿Del tesoro ducal?

Ella curvó los labios en una sonrisa milagrosamente traviesa.

—Perteneció a una dama Debenham de la que se dice que fue amante de Rupert del Rin. Claro que no logró conquistar a su príncipe.

Él estuvo un momento haciendo girar el anillo entre los dedos, después le cogió la mano izquierda y se lo puso.

—No soy ni un príncipe ni un premio, Thea. Puedes encontrar a alguien mucho mejor que yo.

—Seguro que puedo, siendo hija de un duque con una bonita dote. No olvides esa dote cuando tomes tu decisión, señor. Creo que sería muy útil para tus propiedades.

Sin querer, él también sonrió.

—Eres una mujer aterradora.

—Ten presente eso también. Dicen que las hijas salen a sus madres.

Él se puso serio al instante.

—¿Y si los hijos salen a sus padres?

—Tal vez eso se disipa después de dos. Me bastó estar apenas un instante con tu hermano para saber que la mancha no es inevitable.

Entonces se le acercó y lo besó, y el perfume de las flores se elevó entre ellos junto con la excitación.

Él cogió el ramo, lo tiró sobre el sofá y la cogió en sus brazos, simplemente para abrazarla. Alarmado, sintió subir lágrimas a los ojos y una opresión en la garganta. Contuvo las lágrimas, tragándoselas, luego aflojó el abrazo y le rozó los labios con los suyos. No se permitiría más, ni siquiera viendo el brillo de lágrimas en los ojos de ella.

Se apartó.

—Te deseo un viaje agradable y sin incidentes.

Aunque le brillaban lágrimas en las pestañas, ella se veía totalmente serena.

—Colijo que te irás pronto a Stours Court.

—Como ordenó tu padre.

—No vayas si no lo deseas, pero tal vez deberías ir. Y tal vez te convendría echar abajo la casa, por sus recuerdos si no por otro motivo.

—¿Cómo diablos conoces mis pensamientos?

Ella se rió.

—No por arte de magia. Maria envió una nota.

—Ah, las tres Parcas.

Ella ladeó la cabeza.

—¿Qué?

—Nada, no tiene importancia. —Era peligroso pero irresistible hablar de eso—. Si echo abajo la casa y si..., lo que es muy inverosímil, tú te conviertes en mi esposa, no tendremos dónde vivir.

—Está tu propiedad en Lancashire.

—Es peor.

—¿Irlanda?

—Aún no tengo ni idea, pero es un país rebelde, y estoy cansado de la guerra.

—Entonces simplemente compraremos una casa en algún otro lugar. Canem —añadió de repente—. He decidido llamarte Canem, como te llaman todos tus amigos. ¿Te importará?

Él tuvo que tragar saliva otra vez.

—No.

—Podría ser muy agradable —dijo ella, cogiendo el ramo de flores y dirigiéndose a la puerta—. Elegir casa, quiero decir. Pocas personas de nuestra posición pueden elegir dónde vivir. Nuestra casa podría estar cerca de Long Chart, o cerca de la de Dare en Brideswell. —Lo observaba atentamente para ver su reacción—. En una zona de caza, incluso. En cualquier lugar que desees.

Él le cogió la mano, porque no pudo evitarlo.

—Si ocurre, será donde tú desees.

—Muy bien, pero más te vale dejar claros tus deseos, porque yo elegiré por ti.

Abrió la puerta y se encontraron con la duquesa, que estaba supervisando a los criados que llevaban el equipaje al coche, y que tal vez estaba ahí rondando por ellos.

La duquesa se giró a mirarlos, evaluadora, y sonrió de oreja a oreja.

—Darien —dijo entonces—, respecto a tu casa...

—Uy, se me olvidó avisarte —musitó Thea.

—Colijo que tienes la intención de no vivir ahí —continuó la duquesa—. Muy juicioso, mi querido niño.

¿Se había convertido en su querido niño?

—¿Podría persuadirte de que la dones a la causa? Tengo pensado un refugio para algunos de los casos más difíciles entre nuestros veteranos heridos y otros casos especiales de huérfanos y mujeres desafortunadas. Podrían vivir todos juntos ahí, ¿sabes?, ayudándose mutuamente. No será exactamente a lo que están acostumbrados los residentes de la plaza, pero sí muy tranquilo. Y creo que estarán felices de librarse de recordatorios de los Cave.

Parecía tan deseosa de eso que él aceptó.

Se echó a reír, le cogió la mano y se la besó.

—Es usted mi salvadora en todas las cosas, excelencia. Considérela suya.

—De ellos, Darien, querido. De ellos. Muy amable de tu parte. Y ahora, Thea, debemos ponernos en marcha.

Entonces se llevó a Thea hacia el coche que las esperaba, antes que él lograra asimilarlo todo. Salió de la casa que había invadido unos meses atrás, combatiendo una nueva guerra, esta contra la esperanza. El tiempo cura todas las heridas, decían. Él sabía que eso no era cierto, pero muchas veces la distancia sí cambia la apariencia de las cosas.

En su amada casa, rodeada por el afecto y el tranquilo orden que le gustaba, Thea llegaría a verlo como a la negra presencia que le había causado tanto daño. Él no debía desear que fuera diferente, pero su parte más débil lo deseaba.

Atravesó los parques recordando muchísimos incidentes. En ese lugar instó a Thea a cambiar, a ser más osada, a quitarse las telarañas. Pero nuestra naturaleza más profunda nunca es tan insustancial, nos vean como nos vean los demás.

Ella había cambiado. ¿Podría cambiar él?

Sabía que era capaz de dominar su lado violento. No lamentaba haber matado a Foxstall, y lo volvería a hacer, pero, con la gracia de Dios, no volvería a ocurrir nada semejante a eso.

¿Glenmorgan? Eso podría haberlo llevado mejor, y ni siquiera con un duelo. Hay momentos para la violencia y momentos para tomar otras medidas. Eso lo había aprendido en el ejército, pero nunca le había tocado aplicarlo cuando alguien agredía a la mujer que él adoraba, quería, veneraba.

Observó a tres niños corriendo hacia el agua por la que se deslizaban un par de cisnes.

Cisnes.

Si una diosa podía bajar a la tierra por él, él podía hacer cambios de la misma envergadura.

Cuando acabaron las sesiones en el Parlamento, Darien y Frank viajaron a Stours Court a caballo. Hicieron el trayecto a paso tranquilo, porque Frank no estaba acostumbrado a cabalgar y deseaba explorar el campo a medida que pasaban. No se adelantaban mucho a la carreta que transportaba sus pertenencias.

El viaje resultó instructivo para Darien. Cierto que no había estado mucho tiempo en Inglaterra, pero nunca había tenido esa capacidad de apreciación que Frank demostraba tener.

—Claro que llegué en invierno —comentó, cuando estaban sentados en un banco fuera de la posada de un pueblo pequeño, bebiendo cerveza, descansando del calor de la tarde; las abejas zumbaban alrededor de una cesta con flores colgada cerca, y un par de gatitos jugaban persiguiéndose cerca de sus pies—. E inmediatamente enviaron el regimiento al norte, donde no brillaba el sol y la lluvia no paró de caer durante semanas.

—Yo pienso explorar todo el país —dijo Frank, cogiendo a un gatito que le estaba arañando las botas—. Lo duro y lo maduro.

El gatito comenzó a ronronear. Cuando Frank lo dejó en el suelo, maulló y luego intentó seguirlo cuando se marcharon.

Finalmente, a su debido tiempo, llegaron a Stours Court, y aunque el sol agraciaba el día, no hacía su magia ahí. Si había partes duras y partes maduras, eso formaba parte de las duras. Darien sintió el conocido deseo de darse media vuelta y marcharse. Wytton, el nuevo administrador de la propiedad, había logrado hacer muchísimas mejoras, pero tenía órdenes de concentrarse en las tierras y en las dependencias de labranza esenciales y no perder el tiempo con la casa, jardines ni nada que no fuera práctico.

Sabia decisión. Una mirada con visión clara le confirmó que la casa debía derribarse.

—Es curioso —comentó, deteniendo a *Cerb*—, la última vez que estuve aquí, sentí esta casa como una carga de la que no me podría librar jamás, como la roca de Prometeo o el albatros del marinero. Ahora es simplemente una casa fea, decrépita, plagada de humedad. Me gustaría saber si padre opinaba lo mismo. La negligencia no es reciente. Por aquí se va al establo.

—Lo recuerdo —dijo Frank—. Hasta yo he estado aquí de vez en cuando en los últimos diez años.

Darien no se había imaginado que hubiera venido.

—¿Supongo que no desearás intentar salvarla?

—Buen Dios, no. Si fuera de madera sugeriría hacer con ella una buena hoguera, pero esa piedra gris se reiría de las llamas.

—Y la madera del interior debe de estar tan húmeda que no ardería bien. Vamos, entonces, supongo que no se nos caerá encima de la cabeza.

Era evidente que Wytton había considerado práctico el establo, porque el techo estaba reparado y los mozos jóvenes que salieron a encargarse de los caballos se veían sanos y animosos.

Unas semanas antes, preparándose para esa visita, Darien había enviado la orden de despedir a los criados que quedaban de los tiempos de su padre, proveyendo para indemnizaciones de despido o pensiones, incluso para los que recordaba que habían sido crueles. Ser custodio responsable del legado Cave le estaba resultando bastante caro. Había ordenado a Wytton que contratara nuevo personal, pero no sabía si eso habría sido posible. Antes eran pocas las personas dispuestas a trabajar ahí.

Pero además de los chicos del establo, encontró una cocinera y una fregona en la cocina limpia; ambas les hicieron reverencias, algo cautelosas tal vez, pero no asustadas. Había dos criadas para los quehaceres de la casa, les dijo la cocinera, y no tardaron en encontrarse con ellas, dos chicas robustas ocupadísimas haciendo las camas, fregando el suelo, quitando el polvo y abrillantando. También parecían recelosas, pero estaban ahí y dispuestas a sonreír. Veinticuatro horas con Frank, y estarían como unas pascuas.

Pero a pesar de las mejoras, la casa no tenía arreglo. Ninguna cantidad de limpieza ni ceras eliminaría el olor a podredumbre, y solamente cambiar todo el techo eliminaría las manchas de humedad del cielo raso de las habitaciones de la planta de arriba. ¿Qué utilidad podría tener hacer reparaciones cuando la casa estaba situada sobre un terreno tan húmedo que casi semejaba un pantano? A saber por qué se eligió ese sitio para construirla.

—No me hace ninguna gracia dormir aquí —dijo Frank, mirando una combadura en el cielo raso de la habitación que le habían preparado—, pero las criadas han hecho el mejor trabajo posible, así que nobleza obliga.

—Como ocurre muy a menudo.

Por lo tanto, se instalaron en sus dormitorios, felicitando a las criadas, y se sirvieron la cena, felicitando a la cocinera. Al menos en eso no fue necesario mentir. Las criadas habían hecho todo lo mejor posible, pero cuando se derribara la casa, se les acabaría el empleo. Era una mala recompensa, pero Darien no veía otra solución.

Wytton cenó con ellos. Era un hombre macizo, de edad madura, muy trabajador, pero nada bueno para conversar de trivialidades, así que la conversación durante la comida versó sobre el trabajo. A Darien lo divirtió el entusiasmado interés de Frank por enterarse de todo. Le hizo tantas preguntas, que este se disculpó pronto para marcharse.

—Creo que lo has exprimido hasta dejarlo seco —le dijo Darien sonriendo, pasándole la copa de oporto.

—Todo esto es fascinante. Drenaje. ¿Quién habría pensado que eso es tan importante?

—Ojalá quien fuera el que eligió el lugar para construir la casa hubiera tomado en cuenta eso.

—Sí, desde luego, pero la falta de planificación está en todo, me parece. Y los árboles. Yo creía que sólo estaban por la apariencia, para hacer mástiles o muebles. Bosquecillos, sotos, poda.

Y continuó hablando sobre el tema, alargándose tanto que Darien se levantó y lo instó a dejar la mesa, con la esperanza de cambiar de tema. Pero mientras iban saliendo del comedor, Frank le dijo:

—¿Qué te parece si intento hacer algo en Greenshaw? No permanentemente, no. Pero me gustaría probar mi mano en la administración de una propiedad.

—Es un lugar muy lúgubre —contestó Darien, disimulando su sorpresa—, pero si lo deseas, por supuesto, faltaría más.

Lo que fuera que hacía Frank, lo hacía concienzudamente. Tenían eso en común.

Mientras iban atravesando el vestíbulo, cuyas paredes estaban revestidas con paneles de madera, los dos se detuvieron ante el arcón de roble tallado. Darien levantó la tapa. Como era de esperar, estaba vacío, pero por dentro todavía se veían los arañazos que hicieron ellos con un pequeño cuchillo tratando de encontrar una manera de salir.

—¿Lo conservamos o lo tiramos? —preguntó.

—Lo conservamos —dijo Frank.

—¿Por qué?

—Nunca les demuestres que tienes miedo. Tú me enseñaste eso. Darien bajó la tapa.

—Ojalá no hubiera tenido que enseñarte eso.

—Somos lo que somos debido a lo que hemos sido.

Esa era una manera inesperada de considerar las cosas, pensó Darien. Pero claro, Frank era Frank y él era Perro Loco Cave. Había dedicado bastante tiempo a hacer revisión de su vida y encontrado poco de qué arrepentirse.

Las semanas siguientes las pasaron bastante bien explorando la propiedad, y Frank no paraba de hacer preguntas y más preguntas al agobiado administrador, aunque finalmente tuvo que ir a Londres a ocuparse de las gestiones para retirarse de la Armada de Su Majestad. Cuando volvió, vestido de civil, recorrieron la casa decidiendo qué salvar antes que la derribaran.

La mayoría de los muebles eran antiguos, y aunque ya no estaban de moda los muebles viejos y pesados, no habían hecho nada malo. Los que se encontraban en buen estado y sin carcoma, los hicieron llevar a un sitio para guardarlos.

Iban a la iglesia, por supuesto, lo que causó revuelo, pero finalmente los acogieron bien, con cautela. Incluso recibieron invitaciones. Cuando se celebró un baile en la sala de fiestas de Kenilworth, que estaba cerca, sir Algernon Ripley fue a caballo a la propiedad a instarlos a asistir.

—Mis hijas no me lo perdonarán jamás si no asistís —les dijo irónico—. Estáis avisados, jovencitos.

Las hijas de Ripley eran jóvenes y excitables y, junto con muchas otras jóvenes presentes, todas se enamoraron perdidamente de

Frank. En su nueva actitud optimista, Darien supuso que Frank estaba acostumbrado a eso y sabría arreglárselas. La acogida que le dieron a él no fue tan cálida, lo que podría deberse a dudas persistentes acerca del nuevo vizconde Vil o simplemente a su apariencia y modales más toscos. Pero no lo aislaron, lo cual le resultó seductoramente agradable.

Cuando Frank logró escapar de un trío de doncellas, una de ellas no mayor de quince años, le pasó una copa de reconstituyente ponche de vino.

—Imagínate lo terrible que sería si tuvieras el título para añadir a tus encantos, muchacho, y dame las gracias por salvarte.

—Te lo agradezco todos los días —dijo Frank, sonriendo de oreja a oreja—, pero he de señalar que no te han hecho el vacío.

—Me he envuelto en la glacial dignidad de un par del reino.

—¿Thea, todavía? —preguntó Frank, tal vez algo preocupado.

Darien apuró su copa.

—Siempre Thea.

—Supongo que también asiste a reuniones y fiestas.

—Eso espero. Deseo que valore los encantos de su vida normal y las virtudes de personas amables sin dramas. Pero si decide ser sensata, tú tendrás que producir a la siguiente generación Cave, y, por lo tanto, volver a la refriega.

Sonriendo Frank apuró su copa y después se puso serio.

—Eso lo encuentro teatral, ¿sabes? Una y la única.

—Es práctico. No sería justo que me casara con otra a la que no amo, y creo que no estoy hecho para la simulación y la mediocridad. Si cambiaran mis sentimientos... —Se encogió de hombros—. De todos modos, si quieres optimismo, estoy pensando en reconstruir Stours Court. Veo la posibilidad de hacer un hogar en esta región, aunque cómo resolver el problema de la humedad, no lo sé.

Encontraba peligroso expresar la nueva idea con palabras, pero Frank dijo, como si la opción fuera de lo más sencilla:

—Yo opino lo mismo. Ahora me voy a bailar otra vez. Esta vez con esa rubia tímida. Si tienes planes de formar parte de la sociedad de aquí, será mejor que bailes más.

—Maldita sea, tienes razón. —Paseó la mirada por el salón—. Con una casada no correré riesgos, creo.

—Canem, Canem, ¿quién te dijo que no hay riesgos con las casadas?

Darien se rió y fue a invitar a bailar el vals a la señora Witherspoon; tenía cuarenta años y era poco atractiva. Ella se ruborizó. Inquietante.

Capítulo 43

*T*hea habría sido feliz llevando la retirada y tranquila vida de una ermitaña mientras esperaba que pasaran los días, pero se atuvo a la promesa implícita de llevar una vida normal. Era necesario en todo caso. Las historias de Londres habían llegado a Somerset, y tenía que apagar los fuegos de las elucubraciones en todas partes. Si la veían cambiada y dada a recluirse, le echarían la culpa a Canem.

Por lo tanto, salía y se mostraba encantada por su compromiso, y tanto ella como su madre hablaban del heroísmo de él siempre que salía a colación su nombre, tanto que algunas personas se hicieron la idea de que él la había salvado arrancándola de las garras del malvado Foxstall. Ellas no las corrigieron.

Cuando finalmente acabaron las sesiones del Parlamento, Avonfort regresó a su propiedad y Thea se preparó para más problemas. Pero él no volvió a proponerle matrimonio. Si él se mostraba frío y desaprobador, a ella no le costaba nada desentenderse de eso, pero se moría de ganas de encontrarse con alguien que hubiera visto a Canem ese último tiempo para que le dijera cómo estaba.

El duque se les reunió sólo un día después, pero lo único que dijo acerca de Canem fue que se había ido a Stours Court, como se esperaba.

Como se le «ordenó», pensó ella, pero no logró reunir el valor para pedirle más información. Sabía que su padre no lo consideraba el marido adecuado para ella, pero Canem, Canem, Canem, era su mayor placer. Agradecía el compromiso porque este le permitía, casi la obligaba, a hablar de él siempre que estaba en público.

En la biblioteca encontró unos libros en que se hablaba de los Cave y de Stours Court, y los miraba y leía en secreto, como si fuera un pecado. Leyó sobre los actos heroicos de la familia Stour y sobre la llegada de los Cave. ¿Sabría Canem que el Cave al que se le otorgó la propiedad se casó con una viuda que era la última superviviente de los Stour? Si no, no veía la hora de contárselo.

En una guía de casas de caballeros de Warwickshire venía un grabado de la casa, a la que se describía como «carente de importancia arquitectónica y mal situada». Sofocó la risa pensando «pobre Canem», deseando estar ahí con él para ayudarle a solventar el problema. Y al mismo tiempo pasaba los dedos por las ventanas, pensando en que habitación estaría él en ese momento, si es que estaba ahí.

Podría haber ido a visitar su propiedad de Lancashire, o incluso la de Irlanda; no había encontrado ningún libro que las mencionara. Podría haber ido a Escocia a cazar, o a Brighton a divertirse. Podría haber cogido un barco rumbo a las antípodas. ¡Podría haber muerto! No, seguro que se lo habrían dicho si hubiera muerto su prometido.

Los diarios de Londres que recibían ahí no hablaban nunca de él, pero claro, ¿por qué habrían de mencionarlo? Él ya no era el centro de atención. Ella había trabajado muchísimo para conseguir eso, y ahora agradecería algún retazo de escándalo. Siempre que no fuera con otra mujer.

No, sabía que él cumpliría esa promesa, aunque eso no significaba que no hubieran cambiado sus sentimientos.

No recibía nada útil por carta, porque la mayoría de sus amigas estaban en Somerset, con ella. Se le ocurrió escribirle a un Pícaro o a alguna de sus señoras, pero parecería una fisgona. Si los Delaney hubieran ido a visitarlos podría haberles hecho preguntas, pero como Dare no estaba ahí, no había ningún motivo particular para que los visitaran.

Sí recibió una carta de Maddy, que estaba en Gales, desterrada. Después del asunto Foxstall su padre le había hecho muchas preguntas incómodas, y ella no pudo ocultar el engaño de la librería ni lo de su cita con Foxstall en la posada, en especial porque Harriet ya había contado parte de eso a los demás criados. No reveló los detalles, pero al final, esa cita, sumada a otras aventuras, había sido demasiado para el tío Arthur, y la mandó a casa de unos parientes lejanos que vivían, según decía ella, rodeados por nada que no fueran cerros y ovejas.

La carta de Maddy era una mezcla de arrepentimiento y resentimiento que no le dejó claro cuáles eran sus verdaderos sentimientos hacia ella, hacia Darien e incluso hacia Foxstall. Pero por lo menos no estaba embarazada; eso era de agradecer. Le contestó, intentando no decir nada que pudiera herirla o causarle resentimiento, pero dudaba de que alguna vez pudieran volver a ser tan amigas como antes. Aunque Maddy no tuvo arte ni parte en la maquinación de Foxstall, no podía quitarse la impresión de que su conducta estaba en la raíz del problema.

Comenzó agosto, pero el otoño aún estaba muy lejos en el tiempo. Su paciencia con las fiestas, meriendas campestres y encuentros en carreras se le fue desgastando hasta quedar casi transparente, sobre todo después que el silencio de Canem se la agotaba día a día. Trataba de convencerse de que a él el honor le exigía no escribirle. Eso no se dijo, pero estaba implícito en el acuerdo en que ella insistió.

Pero en su interior, sobre todo en las oscuras horas de la noche, se inquietaba pensando que su silencio significaba que se habían debilitado sus sentimientos. Intentaba tranquilizarse diciéndose que debía tener fe, que sólo tenía que esperar hasta fines de septiembre. Pero esperar le resultaba muy difícil.

En la segunda semana de agosto, la paciencia se le estiró hasta el límite y se quebró, así que fue a buscar a su padre y le pidió una entrevista.

—Necesito hablar contigo, papá.

Le pareció que él suspiraba, pero aceptó.

—Caminemos por el jardín, la mañana está tan hermosa que sería un desperdicio quedarse dentro de la casa.

Era un día de verano perfecto, aunque podría ser excesivamente caluroso por la tarde. La propiedad se veía tan hermosa como en las acuarelas que ella le enseñara a Canem, tanto tiempo atrás. El jardín de bien cuidado césped bajaba suavemente hasta el lago, cuyas aguas hacían ondular los cisnes, y algunos ciervos caminaban delicadamente por entre los bellos árboles. En los parterres de flores cercanos revoloteaban las mariposas y las abejas libaban polen.

Era perfecto, pero no era lo que ella deseaba.

Hizo acopio de valor.

—Si decido casarme con lord Darien, padre, ¿te desagradaría?

Él avanzó unos cuantos pasos en silencio, con las manos cogidas a la espalda.

—¿Lo prohibiría? —dijo al fin—. No, querida mía. A fin de año ya serás mayor de edad, y aunque me gustaría pensar que un simple desagrado mío te disuadiría, dudo que eso pese más que el verdadero amor. Pero sí tengo mis reservas. No será un marido tranquilo, y tú siempre has sido una persona a la que le disgustan los dramas y las alarmas.

Ella intentó imitar su tono moderado.

—Tal vez es como el vino, papá. A muchas personas no les gusta al principio, y después descubren que les gusta mucho.

—Pero en eso también es necesaria la moderación. Darien podría no ser capaz de eso. —Entonces movió la cabeza y le sonrió—. Aquí estoy yo con una hija. Ningún hombre del mundo sería lo bastante bueno para ti, mi queridísima niña.

Se detuvieron bajo la sombra de una frondosa haya.

—¿Quieres decir que no debo buscar tu consejo, papá?

—¿Eso es lo que estás haciendo?

Ella se ruborizó, porque no era consejo lo que deseaba. Tal vez estaba probando las aguas, pero con toda la intención de zambullirse.

—Eres una jovencita muy sensata —dijo él. Entonces añadió—: No arrugues la nariz como si eso fuera un insulto.

—Pero es que eso es lo que siempre dicen de mí. Y normalmente quieren decir que soy aburrida.

—Hay mucho bueno que decir a favor de una vida tranquila, Thea.

Ella recordó los disfraces.

—¿Pensabas así cuando tenías mi edad?

Él se rió.

—No sé si alguna vez tuve tu edad. Y tú no eres exactamente como te correspondería ser a tu edad. Tu madre y yo nos fiamos de tu buen juicio, así que estamos dispuestos a dejar que tomes esta decisión. Tu deseo de tomarte tiempo para considerar el asunto demuestra tu sabiduría. Además —añadió, irónico—, nadie puede decir que sólo lo has visto en sus mejores momentos.

Thea se rió, ruborizándose, y se zambulló:

—Entonces, ¿puedo ir a buscarlo?

—¿Qué? No, Thea.

—Pero es que me estoy volviendo loca clavada aquí —protestó ella—. Sé que dijimos en otoño...

—¿Qué?

Ella había olvidado que sólo ella y Canem conocían los detalles del acuerdo. Pero habiendo descubierto el pastel, tuvo que contarlo todo.

—Ah —dijo su padre echando a caminar—, así que por eso él no ha hecho ningún intento de contactar contigo. Reconozco que me ha dado la impresión... Pero, ¿es justo acortarle su tiempo de reflexión?

—Sea cual sea su decisión, ya la habrá tomado. Yo la he tomado.

Él se rió, moviendo la cabeza.

—Ay, tu madre era igual de impaciente antes.

—¿Era impaciente mi madre?

—¿No te has fijado en que sigue siendo impaciente cuando tiene un proyecto en la cabeza? Cuando decide que debe hacerse algo, desea que se haga inmediatamente. —Continuó caminando hasta la orilla del lago que parecía un espejo, y estuvo ahí un momento pensando—. Muy bien, querida mía. Sería un mal padre si permitiera que cayeras en la locura. Si estás segura, te acompañaré a Stours Court. En todo caso, necesito ver si Canem puede darte todas las comodidades que vas a necesitar.

Ella se abalanzó a rodearlo con los brazos, en un fuerte abrazo.

—Todas las comodidades y más.

Viajaron en coche de posta, acompañados por Harriet y el ayuda de cámara de su padre en otro coche con el equipaje extra. Les llevó tres días llegar a Stours Court, pero finalmente ya estaban cerca, viajando por campos mucho más llanos que el del condado donde estaba Long Chart. Como para poner a prueba su resolución, el tiempo se había ido enfriando, pues viajaban hacia el norte, y en esos momentos había nubarrones bajos en el cielo, que amenazaban lluvia.

Recordó el dibujo impreso titulado *La ira de Dios*, pensando cuál de las colinas cercanas sería el lugar donde ocurrió eso. Era de esperar que ese día Dios no se sintiera inclinado a hacer demostraciones al respecto. Ya estaba bastante nerviosa sin nada de eso.

Había insistido en que no enviaran un mensaje anunciando su visita. Le encantaba imaginarse el sorprendido placer de Darien al verla, pero también la aterraba pensar que si le hubieran avisado, quizás él habría intentado evitarla. En resumen, estaba hecha un enredo de esperanza y miedo, e igual podría haberse puesto a vomitar de tanta tensión cuando finalmente vieron la puerta que debía ser la de la propiedad.

Apareció una mujer y abrió las puertas de hierro. Thea la observó detenidamente, como si ella pudiera revelarle algo importante, pero sólo era una campesina robusta de cara cuadrada que se inclinó en una reverencia cuando pasaron.

—Siempre podemos volver —dijo su padre.

—¡No! Sólo estoy nerviosa, papá. Por si él no estuviera aquí.

Él no pareció convencido de eso, lo que no era sorprendente. Se soltó las manos, que había llevado fuertemente apretadas, e intentó parecer simplemente serena.

El coche avanzó dando unos pocos tumbos por el camino de entrada, pero la propiedad no se veía en un estado lamentable. La hierba la mantenían corta las ovejas, ese método tan práctico y común, había árboles hermosos y agradables vistas, tal vez todo producto de la naturaleza. Divisó las románticas ruinas del Castillo Stour en una elevación de terreno.

Pero ¿dónde estaba la casa? Ya estaba llegando a su fin el camino de entrada y seguía sin verse por ninguna parte un edificio de envergadura.

El coche tomó por un ramal del camino de entrada en dirección a una edificación de dos plantas: el bloque del establo. Entonces ella cayó en la cuenta de que ese amplio espacio de tierra lodosa cubierta por escombros tenía que ser el lugar donde hasta hacía poco se elevaba la casa de Darien. No sólo no estaba él ahí, tampoco estaba su casa.

Miró hacia el establo, totalmente pasmada, sin saber qué hacer, aun cuando de ahí salieron unos mozos.

—¿Thea? —dijo una voz.

Miró hacia la voz, enfocando la vista, y ahí estaba él, con botas, calzas y una camisa con el cuello abierto, con la apariencia de un labrador, su piel más morena por el sol del verano. Parecía tan pasmado como lo había estado ella.

Aunque ya no lo estaba. Un mozo había abierto la puerta del coche, así que bajó corriendo los peldaños.

Y se hundió en un charco de barro.

Se quedó ahí con la boca abierta, las faldas recogidas y los pies empapados.

Canem llegó corriendo hasta ella y la levantó en volandas.

—¡Buen Dios, Thea! ¿Qué haces aquí? Ahora, quiero decir. Yo...

Pero Thea se estaba riendo de la locura que era todo eso, y de una alegría que la hacía volar. Le echó los brazos al cuello y lo besó con todo su corazón.

Finalmente tuvieron que interrumpir el beso, aunque no podían dejar de mirarse a los ojos.

—¿Dónde está tu casa? —preguntó ella, con una sonrisa tan ancha que le dolieron las mejillas.

Él también estaba sonriendo.

—Se fue a vivir al cielo. Esperaba tener algo construido para ti cuando llegara el otoño. Una villa palladiana o algo...

Para ti. En el otoño.

Él no había cambiado en sus sentimientos. Se rió suavemente, con la cabeza apoyada en la suya.

—Pero ¿dónde estás viviendo?

—En la casita para el guardabosques. —Finalmente miró más allá de ella—. Córcholis, ¿has traído al duque?

Thea se rió.

—Quería comprobar si podías darme las comodidades apropiadas.

—Estoy perdido entonces.

Pero sonreía mientras la llevaba a terreno seco, donde la dejó de pie en el suelo. Tal vez su padre no advirtió que no retiró inmediatamente las manos. Pero claro, después de ese beso...

Canem tardó sólo un momento en dirigir la operación de traslado del coche hasta un terreno más seco, y ahí se bajó el duque. El cochero del coche con los criados, que venía detrás, había tenido más prudencia. Thea vio, aliviada, que su padre parecía más divertido que enfadado, pero temió que quisiera retrasar la boda, y eso ella no lo soportaría.

—Mi hija tiene los pies mojados —dijo el duque, en un tono bastante amable, tomando en cuenta las circunstancias.

Canem volvió a cogerla en brazos diciendo:

—Lo mejor que puedo ofrecer que esté cerca es el cuarto de estar de los mozos, excelencia.

La miró a los ojos y ella vio que los de él chispeaban de humor, llevándola hasta la sencilla habitación de paredes encaladas cuyos únicos muebles eran una mesa y bancos de pino, y un sencillo aparador.

La sentó en un banco y se arrodilló a desatarle y quitarle las botas de media caña. Estremecida placenteramente por el contacto de sus manos en los pies, pensó si él intentaría quitarle las medias estando su padre delante. No alcanzó a descubrirlo, porque en ese momento entró Harriet a toda prisa, escandalizada y lanzando exclamaciones.

Soplándole un beso, Canem se incorporó y fue a reunirse con el duque, que estaba cerca de la puerta mirando hacia fuera, contemplando el paisaje.

—Bueno, Darien, no haces las cosas a medias tú.

—Eso intento, duque.

El duque emitió una aparatosa carraspera.

—¿Deseas casarte con Thea? Después de ese beso vale más que tu respuesta sea sí.

Darien giró un poco la cabeza para sonreírle a ella.

—Sí.

Harriet salió con las botas y las medias mojadas a buscar otras secas. Thea vio que Canem le miraba los pies desnudos y los levantó hacia él moviendo los dedos.

—Inmediatamente —añadió él.

—Eso me encantaría —dijo Thea.

—No os casaréis antes de tres semanas a partir de hoy, en Long Chart —declaró el duque—. Para entonces, Darien, espero que tengas dispuesta una casa apropiada y criados para mi hija, aquí o en otra parte.

—Me gustaría hacer un hogar de este lugar —dijo Canem, sin dejar de dirigirse a Thea—. Pero sólo si tú lo deseas, mi amor.

A ella le era indiferente el lugar, pero sabía que ni a su padre ni a Canem les gustaría oír eso.

—El terreno se ve agradable, y me gusta el castillo. Pero ¿justo en el pantano?

Él hizo un mal gesto.

—Pues sí. Estoy viendo la manera de drenarlo, pero no será fácil.

—¿Por qué, entonces, no construir en terreno más elevado?

Canem la miró sorprendido.

—De tal madre tal hija. Por supuesto. Y yo que he estado intentando encontrar la manera de construir en el mismo sitio, como si fuera sagrado. Pero tú has visto al instante el problema. La pregunta es ¿dónde?

Fue hasta la puerta a mirar el terreno.

Thea ya se sentía bastante irritada por estar clavada en el banco, pero entonces entró Harriet con unas medias y unos zapatos. Estos no eran de lo más apropiados para la situación, pero servirían. Tan pronto como los tuvo puestos, se levantó para ir a acompañar a Canem en la puerta, pero se detuvo a mirar a su padre, que se veía muy fuera de lugar en esa sencilla habitación. Él movió la cabeza y le hizo un gesto indicándole que continuara su camino.

La hora siguiente la pasó con Canem, explorando, eligiendo con cuidado donde pisar, y a veces llevada en brazos, lo que no era ningún castigo, buscando el lugar perfecto para construir la casa, su hogar, su cielo.

Se decidieron por un lugar que estaba lo bastante elevado para garantizar que se mantendría seco y al mismo tiempo era práctico y de fácil acceso. Después volvieron cogidos de la mano hasta el lugar donde sólo quedaban algunos escombros de la casa anterior.

—Y el pantano se convertirá en un lago —dijo ella.

—Todo es para mejor en el mejor de los mundos posibles.

—Eso se parece a una cita. ¿De qué?

—De *Cándido* de Voltaire. Es una historia muy tonta.

—Parece feliz al menos.

—Nada de eso, es una serie de desgracias.

—Entonces no tendremos nada de ella.

Volvieron a besarse, pero un beso suave. No les hacía falta ningún escándalo estando tan cerca el premio. Continuaron caminando hacia el establo, sin soltarse las manos.

—¿Te he dicho que te comparaban con el corsario?

—¿El corsario de Byron? ¿No está basado en él? ¿Acaso me acusas de ser poético, muchacha?

Ella se rió ante esa idea.

—Pero tienes que reconocer que en medio de los aristócratas parecías «un hombre solo y misterioso».

—No por elección. —Le apretó suavemente la mano—. No has hablado de esas inquietudes, Thea, pero aquí no soy un paria. De hecho, me han acogido tan bien en la pequeña aristocracia rural que me alegrará el rescate.

—¿Rescate?

—De las damitas que están muy deseosas de pasar por alto mis faltas para convertirse en vizcondesas.

—¿Qué faltas? —preguntó ella, y añadió al instante—. Lo entiendo en el sentido de que he hecho muy bien de no esperar hasta septiembre.

Él la giró, la cogió en sus brazos y volvió a besarla.

—¿Tú crees?

—Sí —dijo ella, acurrucándose más—. Pero sólo he venido porque no podía soportarlo ni un momento más.

Simplemente estar juntos era tan irresistible que continuaron abrazados así.

Finalmente ella se apartó para mirarlo.

—Está el problema de dónde alojarnos. Ven con nosotros a Long Chart, Canem. La casa puede esperar. La construiremos juntos. Pese a lo que dice mi padre, me gustará vivir en una casita de guardabosques. Por un tiempo al menos.

Él le besó la punta de la nariz.

—Me alegra que hayas hecho esa matización. Estaba pensando adónde se habría ido mi diosa.

Ella se rió.

—¿Dónde está tu hermano?

—Pasando un tiempo en Lancashire, jugando a la administración agrícola. No sé en qué va a fijar su interés finalmente.

Volvieron al establo cogidos del brazo, hablando de Frank, de la casa que construirían, de su futuro, y de todo. Y cuando llegaron al establo descubrieron que al duque se le había acabado la paciencia; pidió la dirección de una posada decente y se llevó a Thea.

Pero Darien los siguió un rato después, sólo el tiempo necesario para vestirse bien, y se reunió con ellos en la posada, donde disfrutaron de una excelente cena. Y al día siguiente partieron juntos en dirección a Long Chart para casarse.

Capítulo 44

*S*i el duque había tenido sus dudas respecto al matrimonio, la duquesa ciertamente no. Derramó lágrimas de alegría y se lanzó a organizar los preparativos para la boda del año. Nada que dijera Thea consiguió hacerla cambiar sus planes, y mientras no retrasara la boda, no le importaba. Pero se escapaba con Darien con la mayor frecuencia posible.

Recorrían los campos caminando, cabalgando y en coche, y Thea le enseñaba todos sus lugares favoritos. Por primera vez él admitió que tocaba la flauta, pero sólo tocaba para ella cuando estaban fuera, en el campo. Pero también tenía buena voz para cantar, y finalmente la acompañó en un dúo ante los demás.

Pero el tiempo para estar solos era limitado, porque las familias de todo el condado deseaban conocerlo, y tenían que asistir a una reunión social tras otra. En algunos vecinos el deseo de conocer a lord Darien estaba motivado por una horrorizada fascinación y era necesario conquistarlos, pero eso ya era más fácil, debido en gran parte a que él había cambiado. Seguía teniendo todo ese poder y vigor que al principio a ella le había atraído y aterrado, pero estaba menos reservado y más alegre.

Cuando llegó Frank Cave, la semana anterior a la boda, a Thea se le ocurrió que él podría ser la principal causa del cambio. El cariño entre los hermanos no era expresivo pero sí muy profundo. En compañía de Frank nadie podía ser frío o reservado.

Pero cuando le comentó esto a Canem, él le dijo:

—No, mi Thea. Cualquier mejoría que haya en mí es por completo obra tuya.

También llegaron Dare y Mara, lógicamente, presentando un excelente ejemplo de felicidad conyugal. A Thea la conmovió no ver ningún rastro de enfado o resentimiento entre Canem y Dare, aunque no le gustó nada cuando los dos organizaron una competición en el antiguo arte de la barra, o juego con varas, y Canem acabó con un chichón en la cabeza.

Él se tendió a la sombra de un árbol junto a ella, con la cabeza apoyada en su falda, mientras ella le aplicaba paños mojados en vinagre.

—Ha valido la pena aunque sólo sea por esto —dijo él, con los ojos cerrados—, pero creo que un dulce beso tendría mejor efecto que el vinagre.

Al día siguiente Canem retó a Dare a una competición con sables, pero tanto Mara como Thea se opusieron terminantemente. Se conformaron con una carrera de obstáculos en que participaron la mayoría de los jóvenes de la zona. Thea masculló algo sobre Conrad y Medora, y tuvo que explicárselo a Mara.

En la víspera de la boda la duquesa ofreció un baile. Asistieron cientos de personas y muchas se quedaron a pasar la noche, así que incluso Long Chart estaba atiborrada. Nuevamente les fue imposible encontrar un tiempo para estar solos, pero mañana... aah, mañana, esa noche podrían bailar.

La duquesa había deseado que Thea se mandara hacer un vestido nuevo para el baile, pero ella se puso el rojo. Se lo puso exactamente igual como aquella noche, con una sola excepción: el corsé hacia juego con el vestido.

—¿Perlas, cariño? —le preguntó su madre cuando la vio—. Mis rubíes tal vez.

—No, mamá. Estoy exactamente como deseo estar.

Su madre movió la cabeza, pero no protestó.

Cuando la vio Canem, su reacción fue todo lo que ella había soñado, y bailaron toda esa noche mágica sumidos en un mundo propio.

—¿Te he dicho que a medianoche habrá fuegos artificiales? —le preguntó ella cuando estaban bailando un vals.

Él se echó a reír. Todos sonrieron indulgentes ante ese par de enamorados locos.

Miraron juntos los fuegos mágicos, ella envuelta en sus brazos, sintiendo sus ocasionales besos en el pelo mientras le decía en voz baja que ella era su fuego, su chispa, su belleza en la noche. Cuando acabaron las explosiones volvieron a bailar, pero no mucho rato. La boda estaba fijada para las diez de la mañana, así que nadie podía continuar bailando hasta el amanecer.

Para la boda Thea sí tenía un vestido nuevo, uno sencillo de muselina blanca con nomeolvides bordados y nomeolvides de seda en el pelo. La ceremonia propiamente dicha fue sencilla, celebrada en la capilla de la propiedad con la asistencia de sólo los familiares, pero después se celebró con una gran fiesta en el terreno y hubo otras celebraciones en toda la región.

Thea y Canem estuvieron presentes en esta fiesta como era lo debido, pero a media tarde escaparon encantados, aunque eso sí, en un coche engalanado con flores a cuyo paso se agrupó la gente a gritar vivas por todo el camino de entrada y una buena milla más, hasta que salieron de las tierras de su padre.

—Uuf —exclamó Canem, reclinándose agotado en el asiento—. Si me lo hubieras advertido podría haber huido.

—¿De veras? —preguntó ella.

—No. Ven aquí.

Ella ya llevaba una papalina, que presentaba un pequeño reto, pero nada, como dijo Canem, que hiciera palidecer a un héroe de la guerra.

Les habían prestado una casa a sólo quince millas de Long Chart, y eso les fue muy bien. Cuando llegaron a la casa, lograron soportar el mínimo de cortesías de los criados y enseguida se fueron a buscar el dormitorio.

Pero cuando entraron, Thea se sintió ridículamente tímida. Todavía entraba sol por la ventana, que estaba abierta. Se oían los cantos de los pájaros, pero también voces de personas en el jardín y en la distancia ladridos de un perro.

—Tal vez deberíamos esperar hasta la noche —dijo, aun cuando ardía de deseo.

—Si quieres.

Ella lo miró y comprendió que él se sentía igual.

—No, pero...

—Yo podría cerrar las cortinas, si temes que nos vean los pájaros.

A ella le entró la risa, se arrojó en sus brazos y todo estuvo bien.

Él consiguió dominarse para hacerlo lento, desvistiéndola poco a poco, lentamente, relajándola tiernamente, quitándole capas y capas de ansiedades con besos e incluso con risas; y se las arregló para ir quitándose al mismo tiempo la ropa él también, de forma que fue él el que se quitó primero la última prenda.

Se sacó la camisa y se quedó de pie desnudo a la luz del sol, toda su piel ligeramente morena, su cuerpo tan hermoso que Thea estuvo un momento simplemente disfrutando de su vista. Entonces se le acercó, todavía con la enagua de seda, a acariciarle las cicatrices, en el brazo, en el costado, por el abdomen.

También le tocó el miembro, tímida, pero ya conocedora de su cálida dureza.

Él le levantó esa última prenda, se la sacó por la cabeza y la atrajo hacia sí para besarla. Después la levantó en brazos, la llevó hasta la cama, que estaba preparada con las mantas echadas hacia atrás, y la depositó suavemente sobre la fresca sábana. Thea se estremeció, pero no de frío, sino por el potente olor a sábanas recién lavadas, que le atizó el fuego del deseo.

Le abrió los brazos y él se le reunió en la cama, besándola, acariciándola y explorándola, como hiciera una vez antes, pero esta vez toda entera. Cuando la penetró sintió la punzada de dolor, pero eso era lo que hacía el acto completo. Completamente perfecto. Por fin eran uno.

Él se había quedado quieto, pero pasado un momento comenzó a moverse. Ella se rió suavemente ante las placenteras sensaciones y se movió con él, gozando de cada nuevo y delicioso descubrimiento, en su cuerpo, en el de él, hasta que fue aumentando, aumentando la pasión, la pasión que ella conocía, la que había ansiado desde hacía tanto, tanto tiempo. Y fue incluso mucho mejor que antes.

—Fuegos artificiales —dijo al fin, desperezándose con lánguido placer—. Pero no a medianoche.

Él la atrajo a sus brazos.

—Habrá muchas, muchas noches, pero también días de luz. Te prometo que...

Ella le puso los dedos en los labios.

—No te apures, no te esfuerces, mi amor. Sencillamente somos, y nada, nada en absoluto, podría ser mejor, Canem Cave.

—Puede que yo sea Canem Cave —dijo él—, pero tú, ¿sigues siendo la Sublime Intocable?

Ella se rió.

—Nunca para ti. Nunca, jamás para ti. Hazme el amor otra vez, amado.

Entonces volvieron a acariciarse, a besarse, y acompañado por la música de los cantos de los pájaros que entraba por la ventana, él obedeció.

Nota de la autora

Con la historia de Dare (publicada con el título *Al rescate del canalla*) terminó la serie sobre los miembros de la Compañía de los Pícaros, pero su mundo se había convertido en mi versión del periodo de la Regencia en Inglaterra, por lo tanto siempre que escribo algo ambientado en ese periodo, ellos están por ahí, en alguna parte, aunque no aparezcan.

Como parte de eso voy urdiendo mis otras novelas de la Regencia. Los que habéis leído mis primeras novelas de ese periodo habréis reconocido a lord y lady Wraybourne, a Fred Kyle e incluso a Maria Harroving, que aparecieron en mi primerísima novela, *Lord Wraybourne's Betrothed*. Esperamos que salga pronto una nueva edición de este libro, pero como se publicó en tapa dura, es posible que lo encuentres en una biblioteca pública.

Pero lord Darien no estaba en mis planes. Simplemente entró hacia el final de la historia de Dare, dispuesto a hacer un papel pequeño aunque importante, y erizado de antagonismo. Sólo me llevó un momento comprender que, como es lógico, en el colegio alguien tenía que haber odiado a los Pícaros simplemente por ser ellos, y tal vez también con motivo; los niños saben ser despreocupadamente crueles. Entonces comenzó a girar en mi cabeza el comienzo de la historia.

¿Y si Darien se encontrara con la hermana de Dare?

Claro que al instante tuve problemas. Este hombre insistía en que su título era lord Darien. ¿Lord Dare y lord Darien en el mismo libro?, protesté. Él insistió y, como habéis visto, Darien no es un hombre al que se pueda intimidar.

Luego estaba el asunto de *cave canem* y la pronunciación del apellido de la familia. Hay muchos nombres ingleses de lugares y personas que no se pronuncian como sería la forma correcta; por ejemplo, el apellido Mainwaring lo pronuncian «mannering», Worcester, «wuster», y dicen que Featherstonehaugh lo pronuncian «fansho», aunque esto último nunca me lo he creído del todo. Así pues, Cave podía ser fácilmente «cave», sólo tenía que explicarlo al lector.

La frase *cave canem* se remonta casi a los tiempos de Maricastaña, como dicen. Alrededor del año 20 de nuestra era un romano llamado Petronio explicó la práctica de poner la imagen de un perro guardián encima del dintel de la puerta, con las palabras *cave canem*. Esto se confirmó en el siglo XVIII cuando descubrieron una imagen como esa en las ruinas de Pompeya.

Y sí, todos esos escolares de Harrow, a los que se les enseñaban los clásicos (griego y latín), tendrían que haber conocido la frase.

Aparte de eso, la historia avanza por los senderos normales de la Regencia, si nos permitimos criados intrigantes y un enemigo despiadado e implacable. Espero que te haya gustado.

Si estás abierto/a a algo diferente, hace unos meses New American Library publicó una colección de novelas cortas, titulada *Dragon Lovers*. Mi historia en ella está ambientada en un país de fantasía, de castillos, princesas y caballeros de brillante armadura. La princesa Rozlinda es la Virgen Sacrificial de Saragond, lo que significa que cuando llega un dragón a causar estragos la ofrecen en sacrificio para aplacarlo y echarlo. No es algo terrible, dado que el sacrificio es simbólico, y una vez hecho, ella puede continuar con su vida. Casarse con el caballero de sus sueños y por lo tanto dejar de ser virgen está en el primer lugar de su lista de cosas por hacer. Pero alguien ha cambiado las reglas, y Rozlinda se entera de que el sacrificio ya no es simbólico.

Mis colegas en esta colección son mis buenas amigas Mary Jo Putney, Barbara Samuel y Karen Harbaugh. Tenemos un sitio web, en www.dragonloversromance.com.

Puedes averiguar más sobre *Dragon Lovers* y mis otras novelas en mi sitio web, www.jobev.com. Hay resúmenes, extractos, fotos y otros materiales conectados con mis libros. Incluso hay algunas novelas para leer gratis. También puedes apuntarte para recibir mi hoja informativa más o menos mensual.

También formo parte de un grupo de novelistas históricas que bloguean acerca de la vida y la escritura en www.wordwenches.com. Cada una nos dedicamos un día, y actualmente yo soy la Saturday Wench (muchacha de los sábados), aunque eso está sujeto a cambios. Visítanos.

También puedes enviarme *e-mails* a jo@jobev.com.

Y si aún no tienes conexión con Internet, puedes contactar conmigo por correo postal. Por favor, envíame las cartas a Margaret Ruley, Jane Rotrosen Agency, 318 East 51st Street, Nueva York. NY 10022 (se agradece enviar sobre con sellos para la respuesta).

¿Cuál es la próxima? Creo que una vuelta al periodo georgiano. Un libertino se encuentra con una monja en apuros. Pero ¿de verdad es una monja? Y, ¿quién persigue a quién?

www.titania.org

Visite nuestro sitio web y descubra cómo ganar
premios leyendo fabulosas historias.

Además, sin salir de su casa, podrá conocer
las últimas novedades de
Susan King, Jo Beverley o Mary Jo Putney,
entre otras excelentes escritoras.

Escoja, sin compromiso y con tranquilidad,
la historia que más le seduzca
leyendo el primer capítulo de cualquier libro
de Titania.

Vote por su libro preferido y envíe su opinión
para informar a otros lectores.

Y mucho más…